Astrid Plötner

Ruhrpott-Connection

Handlung und Figuren dieses Romans entspringen der Phantasie der Autorin. Darum sind eventuelle Übereinstimmungen mit lebenden oder verstorbenen Personen zufällig und nicht beabsichtigt. Nicht erfunden sind Institutionen, Straßen und Schauplätze in Unna und den anderen Ruhrgebietsstädten wie auch in der Schweiz und Ägypten, die in diesem Roman vorkommen.

Originalausgabe November 2022

Tel.: 0561/766 449 0, Fax: 0561/766 449 29

Titelbild: © Astrid Plötner
Dunkelmänner: © Adobe-Stock, Дмитрий Ткачук
Schriften: Linux Libertine

ISBN: 978-3-95475-243-0
www.prolibris-verlag.de

Astrid Plötner

Ruhrpott-Connection

Hellweg-Krimi

Prolibris Verlag

Die Autorin

Astrid Plötner wuchs am Rande des Ruhrpotts im westfälischen Unna auf, wo sie heute mit ihrer Familie lebt. Sie arbeitet seit einigen Jahren als freie Autorin, hat zahlreiche Kurzkrimis in Anthologien und einige Romane veröffentlicht. Zwei Mal, in den Jahren 2013 und 2014, wurde sie für den Agatha-Christie-Preis nominiert.

Ruhrpott-Connection ist der fünfte Kriminalroman der Autorin mit dem Kommissaren-Team Maike Graf und Max Teubner, die im westfälischen Unna ermitteln. Astrid Plötner ist Mitglied der Autorenvereinigung *Syndikat e.V.*

Weitere Informationen unter: www.astrid-ploetner.de

Amon! Vom Himmelsgewölbe
schaust du zur Erde herab.
Wende dein strahlendes Antlitz zur starren, leblosen Hülle
deines Sohnes, des viel geliebten!
Mache ihn kräftig und siegesbewusst
in den Unteren Welten!

Ägyptisches Totenbuch
Kapitel 162

Prolog

Es wimmelte von Menschen im Flughafengebäude von Antalya. Reisezeit. Hauptsaison. Der Geräuschpegel verschaffte Jana Kopfschmerzen. Vereinzelt kreischten Kinder, Touristen verschiedener Nationalitäten hetzten an ihr vorbei. Eine Durchsage schallte zunächst in Türkisch, dann in Englisch aus den Lautsprechern. Jana starrte auf die Anzeigentafel und versuchte ihren Flug nach Düsseldorf zu finden. Sie hatte keine Ahnung, an welcher Schlange sie sich mit ihrem Koffer anstellen sollte. Vor einem Monat, im Mai 2001, war sie gerade 18 geworden, bis dahin nie geflogen und kam sich nun allein und verlassen vor. Adil hatte einen Anruf erhalten und ihr gesagt, sie solle schon einchecken, er würde gleich nachkommen. Jana wusste nicht, was ihr Freund so kurz vor dem Abflug zu erledigen hatte. Sie kannte ihn noch nicht lange.

Erst ein paar Tage vor Antritt dieser Reise hatte sie ihn auf dem Königsborner Markt in Unna getroffen, während ihrer Mittagspause auf einer der Bänke. Bei Nieselregen setzte er sich zu ihr und fragte, warum sie bei dem schäbigen Wetter draußen sitze. Jana grinste verlegen. Eine Erklärung wollte sie nicht abgeben, da hätte sie ihr ganzes Leben vor ihm ausbreiten müssen. Nach Feierabend wartete Adil auf sie. Er gefiel ihr. Seine schlanke Figur, die schwarzen Haare, der getrimmte Bart, die dunklen Augen. Inzwischen wusste sie, dass er nur zwei Jahre älter war. Sie spazierten durch den Kurpark bis zur Innenstadt, wo er sie zu einem Eis einlud.

Drei Tage später hatte er ihr angeboten, ihn in die Türkei zu begleiten. Jana seufzte, als sie daran dachte, wie ihr bei seinem Vorschlag das Herz geflattert hatte. Niemals würden ihre Tante und ihr Onkel dafür Verständnis aufbringen und erst recht nicht die Erlaubnis dazu geben. Dennoch nahm sie am Abend all ihren Mut zusammen und rechnete mit einem Donnerwetter. Aber Onkel Matthias willigte sofort ein, bot ihr sogar an, sie zum Flughafen zu bringen. So eine Möglichkeit biete sich schließlich nicht oft. Keine Warnung davor, sich von einem fremden Libanesen zu diesem Trip einladen zu lassen. Kein Gemecker, kein Gezeter von Tante Silvia. Alles ganz easy! Fast so, als seien sie froh, die lästige Nichte endlich loszuwerden.

Jana war total happy, mitfliegen zu dürfen, sah den Urlaub als Schritt in eine glücklichere Zukunft, obwohl sie Adil kaum kannte. Sie wusste nicht, wo er wohnte, nicht einmal seinen Nachnamen – der sei viel zu kompliziert – und hatte auch keinerlei Ahnung, was er beruflich machte. Er sei Geschäftsmann, mehr brauche sie nicht wissen, hatte er lächelnd erklärt.

Als Onkel Matthias sie Tage später am Flughafen abgesetzt hatte, kam Adil schon auf sie zugelaufen. Er nahm sie in die Arme und wirbelte sie herum. Er habe sein Gepäck bereits aufgegeben, müsse dringend noch etwas klären und drückte ihr das Flugticket in die Hand. Sie würden leider nicht zusammensitzen, bedauerte er, aber er sei froh, überhaupt ein Ticket für denselben Flug bekommen zu haben. Tatsächlich saß er beim Hinflug in einer der vorderen Reihen und sie ziemlich weit hinten. Erst am Gepäckband hier in Antalya waren sie wieder vereint.

Danach begann eine herrliche Zeit in der Türkei. In einem schönen Hotel in Alanya. Er zeigte ihr Side, Mersin und Gaziantep. Und gestern hatte er ihr einen Ring an den Finger gesteckt. Sie blickte auf ihre Hand und lächelte verträumt. Das Schmuckstück in Antikgold sah sehr alt und wertvoll aus. Es solle ihre Freundschaft besiegeln, hatte Adil charmant gesagt. Noch jetzt bekam Jana weiche Knie, wenn sie daran dachte.

Endlich hatte sie den richtigen Schalter gefunden, war bald darauf an der Reihe. Ihr Koffer wurde gewogen, man prüfte ihre Personalien. Währenddessen hielt sie Ausschau nach Adil. Wo blieb er nur? Als Jana ihre Unterlagen wieder an sich nahm, rutschte ihr der Personalausweis aus der Hand und fiel auf den Boden. Sie bückte sich danach, atmete schwer. Nur kein Asthmaanfall jetzt. Sie versuchte sich zu beruhigen, lief durch das Terminal, fand aber keine Spur von ihrem Freund. Wieder lautes Kindergeschrei, hektische Stimmen, Lautsprecherdurchsagen.

»Attention please! Passenger Mrs. Jana Helmes. Please report to the information desk. Achtung! Fluggast Frau Jana Helmes. Bitte melden Sie sich an der Information.«

Jana stockte. Man hatte soeben ihren Namen in der Durchsage genannt! Was sollte das bedeuten? War Adil etwas passiert? Ging es ihm schlecht? Panisch schaute sie sich um. Wo befand sich der Informationsschalter? Sie stürmte durch die Flughafenhalle, rempelte mehrere Passanten an, die sich lauthals be-

schwerten. Ihre Augen irrten gehetzt von links nach rechts. Endlich sah sie jemanden vom Sicherheitspersonal. Ein untersetzter Mann mit dunkler Uniform und düsterem Blick. Jana nahm all ihren Mut zusammen und fragte ihn auf Englisch nach dem Weg zur Information. Als sie ihren Namen nannte, nickte er und zückte sein Funkgerät. Er sprach auf Türkisch, Jana verstand nur ihren eigenen Namen.

»Follow me!«, sagte er mit ernstem Gesicht.

»What happened?« Jana war den Tränen nah. Ging es um Adil? Hatte er einen Unfall? Was war passiert? Das Atmen fiel ihr schwer. Sie bekam kaum noch Luft. Das Asthmaspray befand sich in ihrer Handtasche. Keine Zeit, danach zu kramen. Der Uniformierte hatte sie am Arm genommen und zog sie neben sich her. Jana stolperte und keuchte. »Warten Sie!« Sie brauchte das Spray. Sie blieb stehen.

Der Mann sah sie mit hochgezogenen Brauen an. Als sie in ihrer Tasche kramte, griff er zu seiner Pistole. »Hands up!«, brüllte er. Schon fuchtelte er mit der Waffe auf und ab. »Down! Down! Lay down!«

Jana erstarrte. Sie fiel auf die Knie und legte sich flach auf den Bauch. Die Arme streckte sie weit von sich. Sie hörte Menschen um sich herum entsetzt rufen und weglaufen. Der Mann ging langsam neben ihr in die Hocke. Seine Pranke schloss sich schmerzhaft um ihr Handgelenk. Kurz darauf fixierten Handschellen ihre Arme auf dem Rücken und sie wurde auf die Beine gezogen. »Please«, keuchte sie und deutete mit dem Kopf auf ihre Handtasche in seinen Händen, »I need my medicine. My asthma spray.«

Er wühlte in der Tasche, zog das blaue Spray heraus und hielt es ihr an den Mund. Kaum hatte sie daran gezogen, warf er es zurück und zerrte sie neben sich her. Seine Waffe hatte er ins

Holster gesteckt. Sie steuerten auf eine grün und rot markierte Zone zu. Dort trat er auf eine Tür mit der Aufschrift »Airport Customs Area« zu. Jana wurde in den Raum gestoßen und man öffnete ihre Handschellen.

»Open the suitcase!«

Jana registrierte, dass Adil nicht anwesend war. Sie erkannte ihren Koffer auf einem Tisch und trat langsam darauf zu. Ihre Hände zitterten, als sie am Zahlenschloss drehte und die Riegel entsperrte. Sie wurde zurückgezogen. Ein anderer Uniformierter hob den Deckel und zerrte einige Kleidungsstücke hervor. Dann nahm er zwei in braunes Packpapier gewickelte Gegenstände heraus, die Jana nie zuvor gesehen hatte. Wie in Zeitlupe entfernte der Mann das Papier, bis man erkennen konnte, was sie heimlich in ihrem Koffer transportieren sollte.

Kapitel 1

Freitag, 25. März, kurz vor 19 Uhr

Kriminalhauptkommissarin Maike Graf trat neben Jochen Hübner aus dem Einfamilienhaus in den milden, sonnigen Märzabend hinaus und sah sich noch einmal um. Ihren Mund umspielte ein Lächeln, ihre Augen blickten verträumt. Das war es! Genauso hatte sie sich das Zuhause mit ihrem Freund vorgestellt. Modern und schlicht. Weiße Fassade, von der sich der Eingangsbereich in einem dunklen Anthrazit abhob, große Fenster, Garage und hintendran ein hübsch angelegter Garten mit Terrasse. »Was meinst du? Gefällt es dir?« Sie hakte sich bei Jochen ein und überquerte neben ihm die Straße, während der Glockenturm der nahe gelegenen Paul-Gerhard-Kirche siebenmal zur vollen Stunde schlug. »Nun sag schon!«

Jochen blieb stehen und sah sich das Haus aus der Ferne an. »Ich würde mich ein bisschen umstellen müssen, aber ich könnte mich eventuell daran gewöhnen.« Er grinste. »Weil du in meiner Nähe bist.«

Maike knuffte ihn in die Seite. »Oh, der gnädige Herr scheint verwöhnt zu sein, muss auf seinen Pool im Garten verzichten und das Kaff Königsborn kann mit dem Prominentenviertel von Herdecke natürlich nicht mithalten.« Tatsächlich lag sein Haus in einer Gegend, wo auch Spieler von Borussia Dortmund lebten. Er konnte sich das leisten, da seine Eltern aufgrund einer Erbschaft nicht unvermögend waren und auch im Berufsleben gut verdient hatten. Beide hatten inzwischen das Rentenalter erreicht, sein Vater war Staatsanwalt, die Mutter Notarin gewesen. Und sie hatten sowohl Jochen als auch seine Schwester Chiara beim Kauf ihrer Häuser mit einer ordentlichen Finanzspritze unterstützt. Jochen hatte Maike mehrmals gebeten, wieder zu ihm zu ziehen, aber zu diesem Schritt war sie nicht bereit. Das war vor einigen Jahren schiefgegangen. Wenn sie einen Neuanfang wagen sollte, dann wollte sie konsequent bei null beginnen.

Jochen schüttelte den Kopf. »Im Ernst. Ich habe kapiert, dass du dich nicht von mir abhängig machen möchtest, weil du in meinem Haus lebst. Ich kann es vermieten und du deine Wohnung genauso. Darüber lässt sich unser neues Eigenheim problemlos finanzieren. Mir hat das Häuschen da drüben ebenfalls gut gefallen. Zeigst du mir die Umgebung, mein Schatz? Mit einem netten Umfeld könnte mir die Entscheidung hierherzuziehen leichter fallen.« Er legte ihr einen Arm um die Schulter und zog sie im Weitergehen an sich.

»So gut kenne ich Königsborn auch nicht«, erklärte Maike. »Aber wir würden hier recht zentral wohnen. Bis zur Dienststelle in Unna ist es nicht weit und zum Präsidium nach Dortmund kommst du ruckzuck über die Autobahn. Die Auffahrt liegt kaum fünf Minuten entfernt.« Kurze Zeit später erreichten sie den Markt Königsborn. Ein großer Platz mit Apotheke, Friseur, Spielothek, Pizzeria, Bäckerei und einigen anderen Geschäften. Auffällig war das Schaufenster des vorderen Eckhauses, in dem ein Antiquitätenladen auf einen Ausverkauf wegen Geschäftsaufgabe aufmerksam machte. Es war mit gelben Papierbahnen beklebt, auf denen rote Prozentzahlen die Kunden anlocken sollten. »Schade«, meinte Maike, »heute war letzter Verkaufstag. Sonst hätten wir eventuell ein Schnäppchen für unser neues Haus machen können. Einen kleinen antiken Eyecatcher.« Sie versuchte durch die beklebte Scheibe ins Ladeninnere zu schauen, konnte jedoch nichts erkennen.

»Ich bin ja eher für moderne Kunst«, erwiderte Jochen und steuerte auf eine große Skulptur auf dem Marktplatz zu, die auf einer Art Sockel saß. Der kantige Körper war aus Kupfer gearbeitet, die nackten Füße aus feinem Sandstein. Ebenfalls der überdimensionale Kopf und die Hände, in denen eine Taube ruhte. »Der Taubenkasper«, las Jochen laut von einer kleinen Tafel. »Gruppe Kontakt Kunst. Interessantes Werk.«

»Das soll ein Bergmann sein. Erkennt man an seinem Helm. Das Kunstwerk steht für den Kohleabbau, der früher in Königsborn betrieben wurde. Viele Bergleute haben sich in ihrer Freizeit für die Zucht von Tauben begeistert, deshalb hält der Mann eine in den Händen.«

»Gibt es weitere interessante Geschichten über den Ort?« Jochen trat auf sie zu und zog sie an sich. »Ich muss ja wissen, was das für eine Gegend ist, die ich demnächst meine Heimat nenne.«

Maike blickte zu ihm auf. »Heißt das, wir nehmen das Haus? Königsborn hat noch viel mehr zu bieten. Die alte Mühle, den Kurpark, das ...« Ehe sie ihren Satz zu Ende bringen konnte, zerriss ein lauter Knall die Idylle. Maike zuckte zusammen und schnellte herum. »Das war ein Schuss!«, rief sie entsetzt und griff automatisch an die Stelle, wo sonst ihre Dienstwaffe saß. Aber die lag gut verschlossen in der Dienststelle.

»Das kam aus dem Haus mit dem Antiquitätenladen«, stellte Jochen fest. Er war direkt von einem Einsatz zu der Hausbesichtigung gekommen und zog seine Walther P99 nun aus dem Schulterholster. »Verständige die Kollegen, Maike. Ich glaube, der Schuss kam aus dem Erdgeschoss.« Er lief auf die Ladentür zu, an der ein großes Plakat auf den letzten Tag des Ausverkaufs aufmerksam machte und jeden Blick nach innen verwehrte. Jochen fasste an den Griff der Tür. Da sie sich nicht öffnen ließ, drehte er sich um. »Ich versuche es hinterm Haus.«

Maike nickte und erreichte im selben Moment die Leitstelle. »Am Markt in Königsborn ist ein Schuss gefallen. Ich bin zufällig mit EKHK Hübner vom PP Dortmund vor Ort. Wir brauchen dringend Verstärkung. Der Knall kam aus dem Antiquitätenladen.« Sie beendete das Gespräch und folgte Jochen, der bereits aus ihrem Blickfeld verschwunden war. Im Laufen checkte sie das Gebäude. Erdgeschoss, Obergeschoss, Dachgeschoss. Ladentür vorne, seitlich weder Fenster noch Türen, hinten zwei Eingänge, nur neben dem rechten befanden sich ein Briefkasten und eine Klingelanlage, daher führte der linke wohl in das Geschäft. Auf den steuerte Maike zu und drückte vorsichtig gegen die Tür, die sich lautlos aufschieben ließ. Sie spähte in einen dunklen Flur mit Specksteinfliesen, die an mehreren Stellen gebrochen waren. An der Seitenwand waren beschriftete Kartons gestapelt. Von Jochen keine Spur. Maike schlüpfte ins Haus und lauschte. Vorsichtig tastete sie sich voran.

Aus dem Nachbarraum, bei dem es sich um den Ladenraum handeln musste, schallte Jochens Stimme herüber. »Lassen Sie die Waffe fallen und nehmen Sie die Hände hoch! So kommen Sie nicht weit!«

Anstelle einer Antwort erfolgte ein Rumpeln. Glas klirrte, als sei eine Scheibe zerborsten. Maike hatte die Ladentür fast erreicht, als sie ein Stöhnen vernahm. Hatte Jochen den Schützen überwältigt? Was war mit dem Ladenbesitzer? Um einen Kampf schien es sich nicht zu handeln, denn außer dem Klirren war nichts zu ihr gedrungen. Maike griff an die Klinke. Sie schob die Tür einen Spalt auf und versuchte die Lage zu checken. Graublauer Teppichboden, entlang der Wand Kartons, die durchwühlt wirkten. Anscheinend hatte hier jemand etwas gesucht. Maike drückte die Tür vorsichtig weiter auf. Zentimeter für Zentimeter. Auf keinen Fall wollte sie den Eindringling zu einer unüberlegten Tat verleiten. Eine Glasvitrine kam in ihr Sichtfeld. Gefüllt mit sicher wertvollen, filigranen Porzellanfiguren, Vasen und Ziertellern. Da die Scheiben der Vitrine unversehrt waren, musste etwas anderes zu Bruch gegangen sein. Maike setzte einen Fuß auf den Teppichboden. Noch ein kleines Stück, dann könnte sie sich durch den Spalt zwängen.

»Jetzt lassen Sie den Quatsch!«, hörte sie Jochen sagen. »Meine Kollegen sind gleich hier. Seien Sie vernünftig!«

Anstelle einer Antwort folgte ein Schuss. Etwas rumpelte, kurz darauf hörte Maike ein Glöckchen bimmeln und eine Tür schlug zu. »Jochen? Bist du okay?«

Niemand antwortete. Nichts rührte sich. Maike vergaß alle Vorsicht. Sie stieß die Tür weit auf, blickte sich kurz um. Von mehreren Kommoden lagen die Schubladen herausgerissen am Boden. Im vorderen Bereich des Geschäfts war das Glas einer Vitrine zersplittert. Sie zwängte sich an Truhen und antiken Kleinmöbeln vorbei, dann erstarrte sie in der Bewegung. Jochen lag reglos am Boden. Seine Waffe musste ihm aus der Hand gefallen sein oder der Täter hatte sie mitgenommen. Er lag auf dem Rücken. Der Schuss hatte ihn in den Bauch getroffen. Sie stürzte sich auf ihn, tastete mit den Fingern an seinem Hals nach dem Puls und presste ihre andere Hand auf die Wunde. Schwach spürte sie das Blut in seiner Aorta pochen. Sie schluchzte. Sein grauer Pullover war im Bauchbereich bereits rot durchtränkt. Maike zog ihr Handy aus der Jacke, wählte die 112 und schrie in das Telefon: »Lebensgefährliche Schussverletzung bei einem Polizisten im Einsatz. Er ist bewusstlos und verliert verdammt viel Blut. Antiquitätenladen am Markt Königsborn. Schnell! Kommen Sie schnell!«

Kapitel 2

Freitag, 25. März, 20.45 Uhr

»In was sind die da bloß reingeraten?«, murmelte Kriminalhauptkommissar Max Teubner, während er den zivilen Dienstwagen über die Friedrich-Ebert-Straße lenkte, wo seit geraumer Zeit wegen des hohen Verkehrsaufkommens und zum Schutz der Anwohner Tempo 30 galt. Jetzt am späten Abend waren jedoch kaum Autos unterwegs.

Die letzten dreieinhalb Stunden hatte Teubner sich mit einer Gruppe alkoholisierter Jugendlicher in der Dienststelle beschäftigen müssen. Sie hatten sich im Stadtgarten von Unna eine Schlägerei mit Junkies geliefert, die dort oft anzutreffen waren. Durch den chronischen Personalmangel wegen dieser verdammten Pandemie, die einfach nicht enden wollte, musste Teubner sich ohne jemanden aus seinem Team mit den Kids auseinandersetzen, nur ein Kollege von der Schutzpolizei unterstützte ihn. Erst danach hatte er von der Schießerei in Königsborn erfahren, bei der Jochen Hübner eine lebensgefährliche Verletzung erlitten hatte und die Besitzerin des Ladens, eine gewisse Silvia Brecht, zu Tode gekommen war.

Teubner starrte konzentriert auf die Straße, um die Abfahrt zum Königsborner Markt nicht zu verpassen. Endlich erreichte er sein Ziel. Mehrere Einsatzwagen der Polizei standen vor dem Antiquitätengeschäft. Er wusste, dass Jochen Hübner mit dem Rettungshubschrauber in die Städtischen Kliniken nach Dortmund geflogen worden war. Seine Freundin und gleichzeitig Teubners Kollegin Maike Graf hatte ihn begleitet. Daher würde er sie hier nicht antreffen. Wer nun wohl die Leitung der Ermittlungen übernommen hatte?

Er parkte hinter einem der Einsatzfahrzeuge und verließ den Dienstwagen. Für einen Abend im März war es recht mild, überhaupt hatte die Sonne in diesem Monat schon viele Stunden geschienen und würde es laut Vorhersage weiter tun, was momentan nicht zu seiner Laune passte. Ein Kollege war angeschossen worden. Er betrachtete die beklebten Schaufenster des Geschäfts. Ob der Täter wegen des Schlussverkaufs eine volle Kasse vermutet hatte und es so zu einem Raubmord gekommen war? Er klopfte an die Tür. Kurz darauf wurde ihm von einem Mitarbeiter des Dortmunder KK11 geöffnet, der ihn bat, den Hintereingang zu nutzen. Teubner umrundete das Haus und betrat einen Hinterhof, wo ein schwarzer Mercedes Vito abgestellt war.

Am Haus gab es zwei Hintertüren. Zwischen der linken und dem Türrahmen lag ein Zollstock geklemmt, daher wählte er diesen Eingang. Er gelangte in einen fensterlosen Flur, gleich rechts führte eine Treppe in den Keller, links an der Wand stapelten sich Umzugskartons mit verschiedenen Beschriftungen. Er zog sich weiter vorn aus einer Kiste der Kriminaltechniker Schutzanzug und Schuhüberzieher an, dann betrat er die Geschäftsräume.

Warme Heizungsluft strömte ihm entgegen wie der Atem eines bettelnden Hundes. Die gehobene Einrichtung wirkte zerwühlt. Antike Kommoden mit herausgerissenen Schubladen, offene Schränke und Vitrinen, zerrissene Kartons, durchwühlte Kisten. Die Kollegen der Kriminaltechnik bemühten sich, die vorhandenen Spuren zu sichern, was aussichtslos schien in einem Geschäft, das im Ausverkauf zahlreiche Kunden betreten haben mussten. Bevor Teubner sich einen eigenen Eindruck vom Tatort machen konnte, wurde er von einem kräftigen Mann mit rötlichem Bart und stechenden grünen Augen angesprochen.

»Sie müssen KHK Teubner sein. Nett, dass Sie Ihren Arsch endlich herbemühen!«, blaffte er. Sein Gesicht war gerötet, auf seiner Stirn glänzten Schweißperlen. »Ich bin jetzt seit über 18 Stunden im Dienst und habe die Schnauze gestrichen voll. Dass ich diese Mordermittlung nun auch an der Backe habe, hat mir gerade noch gefehlt. Diese verdammte Omikron-Scheiße. Über die Hälfte der Ermittler sind entweder infiziert oder in Quarantäne oder beides. Sie werden sich hier ohne mich einen Überblick verschaffen müssen, Herr Kriminalhauptkommissar. Ich hau mich jetzt für ein paar Stunden aufs Ohr und morgen sehen wir uns zur Besprechung im Präsidium. Ist das bei Ihnen angekommen?«

Teubner nickte. Was für ein Arschloch, dachte er, mühte sich dennoch, höflich zu bleiben. »Alles klar, Herr ...«

»Oh, ich vergaß, mich vorzustellen!« Die Stimme des bulligen Mannes triefte vor Ironie. »EKHK Mark-Oliver Marschewski. Soll ich meinen Ausweis zücken oder glauben Sie mir auch so, dass ich die Ermittlungen in diesem Fall leite?« Der Erste Kriminalhauptkommissar wartete Teubners Antwort nicht ab, schob sich an ihm vorbei und verließ den Laden durch die Hintertür.

Teubner seufzte tief. Aber egal mit welchen Armleuchtern er es sonst noch zu tun bekäme, er würde alles geben, um den Täter zu fassen. Allein schon aus Solidarität mit seiner Kollegin Maike Graf. Ihr Freund Hübner war bei früheren Mordermittlungen in Unna der Leiter und wesentlich zugänglicher als dieser Marschewski gewesen.

Teubner ging an der Stelle, wo man Hübner niedergeschossen hatte, in die Hocke. Er musste verdammt viel Blut verloren haben. Hoffentlich kam er durch. Die Leiche der Ladenbesitzerin Silvia Brecht lag weiter vorne im Laden. Die Frau trug einen dunklen Hosenanzug, ein hochhackiger Pumps musste ihr beim Aufprall auf den Boden vom Fuß gerutscht sein. Die blonden kurzen Haare waren frech frisiert, das Gesicht stark geschminkt. Vielleicht hatte sie so ihr Alter etwas kaschieren wollen, denn

Teubner schätzte, dass sie das Rentenalter bereits erreicht hatte. Rechtsmediziner Doktor Werner Severin, der Ähnlichkeit mit dem Bares-für-Rares-Moderator Horst Lichter hatte, stemmte sich gerade aus der Hocke hoch und packte dann seine Sachen.

Als er Teubner sah, blickte er ihn ernst durch seine Nickelbrille an. »Eine furchtbare Geschichte, die hier passiert ist«, begann er und gab den Bestattern die Anweisung, die Leiche auf die Überführungstrage zu legen. »Ich muss heute noch obduzieren. Marschewski macht Druck und die Staatsanwaltschaft fordert rasche Ergebnisse.«

»Haben Sie schon etwas Relevantes finden können?«

»Nicht viel«, erwiderte Severin. »Die Kugel hat vermutlich die rechte Herzkammer der Ladenbesitzerin getroffen. Sie muss sofort tot gewesen sein. Todeszeitpunkt zwischen 19 und 19.30 Uhr. Das deckt sich mit den Angaben von Maike Graf, die den Schuss gehört hat.«

Teubner nickte. »Ich habe kurz mit ihr telefoniert. Sie ist völlig fertig. Hoffentlich kommt Hübner durch. Die beiden wollten ... ach egal.« Ihm saß ein fetter Kloß im Hals, wenn er daran dachte, dass die Kollegin, mit der er sich seit Jahren ein Büro teilte, ihr gerade gefundenes privates Glück nun eventuell wieder verlieren würde. »Sobald Sie etwas finden, das uns weiterhelfen könnte, geben Sie mir bitte persönlich Bescheid.« Er reichte Severin seine Visitenkarte.

Der Rechtsmediziner nickte. »Ich melde mich, sowie ich was habe.« Teubner sah ihm nach, als er den Antiquitätenladen durch die Vordertür verließ.

Im selben Moment trat Kollege Sören Reinders neben ihn. »Na? Hast du Arschloch Marschewski kennengelernt? Ich durfte die Hausbewohner befragen, danach das Büro hier durchsuchen.

Und schau mal, was ich gefunden habe.« Reinders, der als Kriminaloberkommissar ebenfalls in der Dienststelle Unna an der Husemannstraße tätig war und äußerlich dem Schlagersänger Florian Silbereisen glich, hielt ihm eine aufgeschlagene Boulevardzeitung unter die Nase.

Teubner las in einem groß aufgemachten Artikel, der am heutigen Freitag erschienen war, von einer aufgebrachten Silvia Brecht, die sich über die Kündigung des Mietvertrags nach fast 30 Jahren Antiquitätenhandel in Unna-Königsborn beschwerte. Der Bericht wurde gepusht mit Fotos ihrer Waren und einem großformatigen Bild von Ehepaar Brecht. Teubner pfiff leise durch die Zähne. Lag hier das mögliche Motiv des Überfalls? Steckte die Vermieterin der Ladenräume dahinter? Sofort verwarf er den Gedanken wieder. Schließlich war die Eigentümerin des Hauses mit dem Auszug der Brechts am Ziel ihrer Wünsche angekommen.

Ein Blick auf den Verfasser des Artikels veranlasste Teubner dazu, das Gesicht zu verziehen. Er tippte mit seinem Finger auf den Namen. »Mario Clemens. Ein freier Journalist von üblem Format. Die Befragung können gerne die Dortmunder Kollegen übernehmen.« Teubner drehte sich der Magen um, wenn er an den Mann dachte. Er hatte ihn bei einigen Pressekonferenzen beobachtet, immer in der vordersten Reihe und stets bohrte er nach Antworten wie ein Zahnarzt nach Karies.

»Das kannst du vergessen. Marschewski hat gesagt, den Kleinkram müssen wir abarbeiten, weil er zig andere Fälle an der Backe hat und sich nicht mit etwas aufhalten will, das in seinen Augen für die Aufklärung des Falls nicht relevant ist. Soll ich also einen Termin mit Clemens machen?« Reinders kramte ein Kaugummi aus seiner Jackentasche, wickelte es umständlich aus der Folie und schob es in den Mund. Seinen Vorsatz, das Rauchen aufzugeben, hatte er anscheinend noch nicht über Bord geworfen.

»Meinetwegen«, seufzte Teubner. »Bestell ihn für Montag in die Dienststelle. Dann haben wir genug Zeit, uns vorzubereiten. Was hat die Befragung der Hausbewohner ergeben? Hat irgendjemand etwas beobachtet?«

Reinders hob leicht die Schultern. »Im ersten Stock wohnt eine alte Dame. Gisela Breitner ist weit über 80 und ohne Hörgerät so gut wie taub. Deshalb hat sie auch nichts mitgekriegt. Die Brechts kannte sie nur sehr flüchtig, man habe sich manchmal hinterm Haus gesehen, wenn sie den Müll zu den Tonnen im Hinterhof gebracht habe. Die Geschäftsleute hätten den Kontakt zu den Mietern eher gemieden.«

Teubner nickte. »Sonst noch was?«

»Im Dachgeschoss wohnt eine Ines Scherber, Studentin. Sie soll laut Frau Breitner zur Tatzeit zu Hause gewesen sein, wir haben sie aber nicht angetroffen.«

»Was ist mit Verwandten der Toten? Wurde jemand informiert?«

Reinders zuckte die Schultern. »Frau Brecht hat den Laden hier mit ihrem Ehemann Matthias geführt. Den haben wir bislang nicht erreicht. Weder übers Handy, noch auf seinem Anschluss zu Hause. Aber eine Streife ist unterwegs.«

Teubner rieb sich nachdenklich das Kinn. »Eigentlich müsste Herr Brecht am letzten Verkaufstag doch hier gewesen sein. Hat ihn niemand gesehen?«

Reinders blickte in seine Notizen. »Frau Breitner wusste jedenfalls nicht, ob er heute im Laden war.«

»Okay, belassen wir es erst mal dabei. Schaffst du den Rest allein? Ich bin seit heute früh auf den Beinen und brauche dringend etwas Schlaf.« Teubner verkniff sich ein Gähnen.

»Klar, mach den Abflug, Kollege!«

Teubner verließ den Antiquitätenladen durch den Hinterausgang. Sein Blick fiel auf den Bürgersteig, wo gerade ein VW-Golf einparkte. Eine schlanke Frau mit langem naturblondem Haar, etwa Mitte dreißig, stieg aus und hievte zwei Einkaufstaschen aus dem Kofferraum.

Er trat auf sie zu und stellte sich vor. »Wohnen Sie in der Nähe? Ich würde Ihnen gern einige Fragen stellen, Frau ...«

»Melanie Dinawari«, sagte die Blonde und setzte die Einkäufe ab. »Ja, ich wohne mit meinem Mann im Haus nebenan, in der ersten Etage, über der Boutique. Aber bitte sagen Sie mir doch, was hier los ist? Was sollen denn die ganzen Polizeiwagen hier? Ist etwas passiert?«

Teubner nickte. »Ja, es hat einen Mord gegeben, an der Antiquitätenhändlerin. Sie waren einkaufen?« Er warf einen Blick auf ihre Taschen. »Wann sind Sie denn losgefahren?«

»Gegen Viertel vor sieben.«

»Ist davor etwas Ungewöhnliches aufgefallen? Haben Sie jemanden beobachtet? Vielleicht hat Ihr Mann etwas bemerkt?«

Melanie Dinawari schob nachdenklich die Hände in die Taschen ihrer weißen Steppjacke. »Shervin ist Arzt am Christlichen Klinikum Mitte. Er musste heute schon um sechs anfangen und eben hat er mich angerufen, dass er vor 21 Uhr nicht zu Hause ist. Seit der Pandemie sind geregelte Arbeitszeiten ein Fremdwort für ihn geworden.« Sie seufzte laut. »Ja, da war tatsächlich jemand. Ein mir unbekannter Mann hat sich am Lieferwagen der Brechts zu schaffen gemacht, als ich von hier losgefahren bin. Ich dachte, es sei ein Helfer. Der Laden muss ja leer geräumt werden.«

»Mit dem Lieferwagen meinen Sie den schwarzen Mercedes Vito, der im Hinterhof steht? Können Sie die Person beschreiben?«

»Ja, der Mercedes gehört den Brechts. Den fahren sie aber nur geschäftlich und sonst bleibt er im Hof stehen. Ich habe den Typ, der sich hineingebeugt hat, nur kurz gesehen. Er war schlank, vielleicht 40 Jahre alt, etwa 1,75 groß und er hatte dunkle, fast schwarze Haare.«

»Sie haben erwähnt, der Unbekannte könne ein Helfer der Brechts gewesen sein. Gab es feste Angestellte? Oder Aushilfen?«

»Mir ist nur ein Mitarbeiter bekannt, der ab und zu Antiquitäten ausgeliefert hat. Kern heißt er. Der ist immer mit einem Motorrad gekommen, das einen Höllenlärm gemacht hat. Eine *Harley Davidson* ist das. Habe mich oft gewundert, wie er sich die leisten kann. Die kosten ein kleines Vermögen. Herr Kern war das aber nicht, den ich gesehen habe, der ist größer.«

»Wann haben Sie Herrn Kern zuletzt gesehen?«

Melanie Dinawari hob ratlos die Schultern. »Ich bin mir sicher, dass ich das Motorrad heute gehört habe, gesehen habe ich den Kern aber nicht.«

»Wie spät war es, als sie es gehört haben?«

Die Stirn der Frau legte sich in Falten. »Ich denke, kurz bevor ich zum Einkaufen los bin, also gegen zwanzig vor sieben.«

»Sonst ist Ihnen nichts aufgefallen?«

Die Frau schüttelte den Kopf. »Tut mir leid.«

»Wissen Sie, ob Herr Brecht heute auch im Geschäft war?«

Melanie Dinawari nickte. »Aber ja, er ist am Morgen mit seinem Jaguar in die Einfahrt gefahren, als ich mich auf den Weg zur Arbeit gemacht habe. Seine Frau saß auf dem Beifahrersitz.«

»Und als Sie von der Arbeit gekommen sind? Oder am Abend, als Sie von hier zum Einkaufen gefahren sind? Erinnern Sie sich, ob der Jaguar da immer noch auf dem Parkplatz hinterm Haus stand?«

Sie hob die Schultern. »Da habe ich nicht drauf geachtet.«

Teubner bedankte sich, reichte ihr seine Visitenkarte und ging zurück in den Antiquitätenladen. Als Reinders ihn überrascht anblickte, fragte er ihn, ob man den Angestellten Kern schon befragt habe.

Reinders nickte und griff nach seinem Notizbuch. »Kern. Holger Kern, ja, den haben wir telefonisch erreicht. Der wollte eigentlich den Brechts am Abend beim Ausräumen des Ladens helfen. Allerdings ist er am Nachmittag in seiner Küche ausgerutscht und hingefallen. Hat sich den Arm lädiert. Nachbarin hat ihn bandagiert, und er hat ihn vorsichtshalber, weil die Schnerzen nicht weggingen, im Christlichen Klinikum Mitte vorsichtshalber röntgen lassen. Kann aber eigentlich nicht so schlimm gewesen sein, er ist auf seiner Harley hingefahren. War wohl angeknackst und ist geschient worden. Mit den Schmerzen habe er nicht arbeiten können. Deshalb sei er auch gar nicht erst hergekommen. Zur Tatzeit hat er sich angeblich im Krankenhaus befunden.«

Teubner hob die Augenbrauen. Hatte Melanie Dinawari ein anderes Motorrad gehört? »Das muss schnellstens überprüft werden. Wir sollten diesen Kern dringend zur erneuten Befragung in die Dienststelle bestellen. Vielleicht hat er etwas beobachtet oder eine Idee, wer hinter dem Überfall stecken könnte.«

Kapitel 3

Samstag, 26. März, 9.25 Uhr

Maike Graf hatte in der Nacht schlecht geschlafen. Immer wenn sie an Jochen dachte, stiegen Tränen in ihre Augen. Ihr ging der Flug mit dem Hubschrauber nicht aus dem Kopf, als der Notarzt bereits um sein Überleben gekämpft hatte. Jochen hatte so verdammt viel Blut verloren. Bei Ankunft in den Städtischen Kliniken in Dortmund wurde er sofort in den OP gebracht. Bange Stunden vergingen, ehe ein Arzt Maike und Chiara, Jochens Schwester, die ins Krankenhaus geeilt war, Auskunft gab. Das Geschoss hatte viel Schaden angerichtet, etliche Verletzungen und Blutungen ausgelöst. Jochen hatte wie durch ein Wunder überlebt. Man hatte ihm eine Niere entfernen müssen und einen Teil vom Darm. Das Projektil hatten die Ärzte beseitigen können, dennoch war sein Zustand äußerst kritisch und man hatte ihn ins künstliche Koma versetzt. Ob er durchkomme, stehe in den Sternen. Man müsse abwarten. Wann man ihn aus dem Koma hole, sei ungewiss, das hänge vom Genesungszustand ab, in seiner Lage aber gewiss mehrere Tage bis Wochen. Man hatte Maike und Chiara nahegelegt, das Krankenhaus zu verlassen. Auf Besuch sollten sie wegen der andauernden Pandemie und zum Schutz der Patienten verzichten. Blieb Maike nur abzuwarten, dass Chiara oder Jochens Eltern sich bei ihr meldeten. Denn die Ärzte gaben nur engen Verwandten Auskunft über seinen Gesundheitszustand.

Maike schluchzte. Die Ungewissheit zerfraß sie, als habe sie Säure geschluckt. Sie machte sich Vorwürfe. Warum war sie nicht einfach auf Jochens Vorschlag eingegangen und zu ihm gezogen? Das hatte eine lange Zeit hervorragend funktioniert. Erst als er ihr einen Heiratsantrag gemacht hatte, war Maike in Torschlusspanik geraten und hatte die Beziehung beendet. Sie wollte sich in keine Abhängigkeit begeben. Niemand verstand diesen Schritt. Sie selbst stellte ihre Handlung später oft infrage. Maike und Jochen galten als das perfekte Paar. Dennoch zog Maike bei ihm aus, in ihre jetzige Eigentumswohnung in die Lortzingstraße. Beruflich wollte sie ebenfalls nicht mehr unter ihm arbeiten und ließ sich nach Unna versetzen. Aber ganz entfliehen konnte sie ihm nicht, denn bei einigen Mordermittlungen in Unna waren sie aufeinandergetroffen und hatten sich irgendwann auch privat wieder angenähert.

»Ich hätte einfach zu ihm zurückziehen sollen«, schluchzte Maike. Sie schlug sich mit der flachen Hand vor die Stirn. »Warum bin ich so dickköpfig gewesen?« Sie sank auf die Couch in ihrem Wohnzimmer und vergrub ihr Gesicht in den Händen. Jochen lag mehr tot als lebendig im Krankenhaus. Sie hätte das verhindern können, wenn sie nicht so ignorant und selbstbestimmend wäre. Er hatte ihr niemals das Gefühl gegeben, dass sie sich von ihm abhängig gemacht hatte, nachdem sie bei ihm eingezogen war.

Es klingelte an der Tür. Maike wischte sich die Tränen mit dem Ärmel ihres Pullis aus den Augen und stand auf. Sie schniefte, schluckte und ging zur Fernsprechanlage im Flur ihrer Wohnung. »Ja?«

»Hey, Maike. Ich bin ’s, Max. Bin auf dem Weg zum Privathaus der Brechts und wollte nur kurz bei dir vorbeischauen, wie ’s dir geht. Gibt ’s schon was Neues von Hübner?«

Maike drückte auf den Türöffner und schloss ihre Wohnungstür auf. Sie sah Teubner die Stufen zu ihr hinaufsteigen. In seinem Gesicht las sie Besorgnis. Er trat wortlos auf sie zu und nahm sie in die Arme. Maike legte ihren Kopf an seine Brust und schluchzte. Sie hatte noch nie vor einem ihrer Kollegen geweint, aber sie konnte die Tränen nicht zurückhalten.

»Mensch, Maike, in was seid ihr da nur reingeraten? Willst du drüber reden? Früher oder später müssen wir dich sowieso noch einmal befragen.«

»Einfühlsam wie ein Elefant im Porzellanladen«, lächelte Maike krampfhaft und entzog sich der Umarmung ihres Kollegen. »Komm rein. Möchtest du einen Kaffee?«

Teubner schüttelte den Kopf. »Keine Zeit. Ich muss dringend Matthias Brecht befragen. Bislang konnten wir ihn nicht erreichen. Er scheint wie vom Erdboden verschluckt. Er geht nicht ans Telefon. Zu Hause haben ihn die Kollegen der Streife gestern nicht angetroffen. Vielleicht ist er inzwischen zurück. Ich will nicht hoffen, dass er seine Frau erschossen hat.«

»Und da fährst du allein?«, fragte Maike.

Teubner hob ratlos die Schultern. »Du kennst die aktuelle Situation in der Dienststelle ja selbst. Es stehen kaum Mitarbeiter zur Verfügung.«

»Dann werde ich dich begleiten.« Sie griff nach ihrer Jacke, die neben Teubner an der Garderobe hing.

»Du weißt schon, dass das nicht nach den Vorschriften ist«, widersprach er. »Du bist persönlich betroffen und befangen. Somit raus aus dem Fall.«

»Ich halte mich im Hintergrund. Versprochen. Alleine als Polizeibeamter zu agieren, ist ebenfalls nicht nach Vorschrift. Erst recht nicht, wenn der Befragte der Täter sein könnte.« Maike schob Teubner aus ihrer Wohnung und schloss die Tür hinter sich zu. Sollte etwas sie von ihrer Sorge um Jochen ablenken können, war es die Arbeit. Kämen sie dabei auch dem Mörder auf die Spur, umso besser.

Sie fuhren mit Teubners Privatwagen, einem in die Jahre gekommenen schwarzen VW Scirocco. Während der Fahrt erzählte Maike vom Vortag. Nach und nach fiel eine schwere Last von ihr ab. Sie versuchte kein Detail auszulassen. Wer sich allerdings außer Jochen und der Ladenbesitzerin noch im Antiquitätenladen aufgehalten hatte, wusste sie nicht. »Ich habe niemanden gesehen, nur das Läuten der Türglocke gehört. Folgen konnte ich dem Täter nicht, sonst …«

»Schon gut, Maike. Quäl dich nicht länger.« Teubner war über die alte B 1 Richtung Werl gefahren und schließlich nach Unna-Mühlhausen, einem der alten Hellwegdörfer, abgebogen. Inzwischen hatte er den Dorfkern hinter sich gelassen, setzte den Blinker und verließ die Heerener Straße. Das Haus der Brechts aus den 80er-Jahren lag einsam. Eine lange Einfahrt mündete in einen halbrunden, großzügigen Vorplatz, an dessen Rand ein schwarzer SUV der Marke Jaguar stand. Die Garage war an das Einfamilienhaus angebaut. Das deutete auf die Anwesenheit von Matthias Brecht. Allerdings schimmerte nirgends ein Licht durch die Fenster.

Teubner parkte den Dienstwagen hinter dem SUV und pfiff durch die Zähne. »Wow. Ein Jaguar F-PACE, mit Panoramadach« Er stieg aus und begutachtete den Wagen. »Alles an Ausstattung drin, was das Herz begehrt«, schwärmte er. »Der kostet mal locker an die 100.000 Euro. Scheint ja gut zu laufen, das Geschäft mit Antiquitäten. Wohin Brecht damit wohl gestern unterwegs war? Das Auto stand laut der Streife, die am Abend hier gewesen ist, jedenfalls nicht vorm Haus. Lass uns den Herrn mal dazu befragen. Aber wie besprochen, halt dich im Hintergrund!« Teubner ging auf den Eingang zu und klingelte.

Maike fingerte Einweghandschuh aus ihrer Jacke und überprüfte die Fahrertür des Jaguars. Der Wagen war nicht verschlossen. Rasch warf sie einen Blick ins Wageninnere, konnte nichts

Auffallendes entdecken, schlug die Tür zu und folgte Teubner, der gerade erneut seinen Daumen auf die Klingel drückte. Maike blinzelte in die Sonnenstrahlen dieses milden Märzmorgens, die sich durch die vorüberziehenden Wolken schoben, und wandte sich nach links. »Ich sehe mich mal ein bisschen um.« Sie steuerte auf die angrenzende Garage zu und blieb unschlüssig stehen. Neben dem Anbau sah sie dicht gepflanzte Koniferen, die über drei Meter in den Himmel wuchsen und das Grundstück längs der Einfahrt begrenzten. Sie verhinderten eine Sicht auf den hinteren Teil des Hauses. Maike bückte sich, drehte den Griff des Garagentors, das sie mühelos aufziehen konnte.

Teubner kam auf sie zu und ließ seine Taschenlampe aufblitzen. Im Inneren der Garage befand sich ein mit grüner Plane abgedecktes Auto. Er blickte unter die Plane und erkannte einen Oldtimer. Brecht schien ein Jaguar-Fan zu sein, denn es handelte sich um eine alte Limousine dieser Marke. Umzingelt von alten Autoreifen, Regalen, einer Werkzeugbank, Getränkekisten und Einkaufskörben. Am Ende der rechten Wand sah man eine Stahltür, die ins Haus führen musste. Teubner, der ebenfalls Einweghandschuhe trug, erreichte sie zuerst und drückte die Klinke hinab. Gleichzeitig tastete er nach seiner Dienstwaffe.

Maike folgte ihm stumm. Hier stimmte etwas nicht. So einsam gelegen, wie dieses Grundstück lag, würde Matthias Brecht kaum sein Auto unverschlossen vor der Tür stehen lassen und danach weder Garage noch Hauszugang versperren. »Wieso haben die Kollegen gestern nicht bemerkt, dass die Türen nicht verschlossen sind?«, flüsterte sie.

»Die haben keinen schwarzen Jaguar erwähnt, auch kein anderes Auto. Sie haben geklingelt und sind ums Grundstück gegangen. Es habe keinen Hinweis darauf gegeben, dass jemand im Haus gewesen sei. Laut Bericht waren die Kollegen gestern gegen 21 Uhr hier«, wisperte Teubner und zog die Verbindungstür langsam auf. Das Quietschen der Türangeln übertönte das fröhliche Vogelgezwitscher, das von draußen hereindrang. »Herr Brecht? Hier ist die Polizei. Wir kommen jetzt ins Haus!« Seine Stimme hallte unwirklich durch die untere Etage.

Sie betraten einen lang gezogenen Hausflur, von dem vier weitere Türen abgingen und eine Wendeltreppe ins Obergeschoss führte. Maike betätigte den Lichtschalter. Ihr Blick fiel auf eine antike Kommode, deren Schubladen herausgerissen waren, der Inhalt lag ringsum auf dem Boden verteilt. »Hallo? Herr Brecht?«, rief sie und drückte vorsichtig eine Tür links von ihr auf. Ein Gäste-WC. Die Tür hinter der Treppe führte in eine durchwühlte Küche. Sie betraten ein großräumiges Wohnzimmer mit bodenlangen Fenstern und einer Terrassentür mit Blick in den Garten. Die Einrichtung wirkte gediegen. Antike Möbel, Perserteppiche, Skulpturen und alte Ölbilder dominierten das Zimmer. Man fühlte sich wie in einem Museum, allerdings auch hier offene Schränke und herausgerissene Gegenstände. Von Matthias Brecht keine Spur.

In der ersten Etage fanden sie ein ähnliches Szenario wie im Erdgeschoss vor. Die Matratzen im Schlafzimmer waren aus den Rahmen gerissen, der Kleiderschrank durchwühlt. Ein angrenzendes Zimmer wirkte mit Bett, Schrankwand und Schreibtisch wie ein Jugendzimmer aus den 80er oder 90er-Jahren. Sowohl Bettdecke, Kopfkissen und Schaumstoffmatratze lagen auf dem Boden, als habe man sie unter Zeitdruck herausgerissen.

Vom langen schmalen Flur gingen drei weitere Türen ab. Eine führte in ein geräumiges Bad, eine zweite in eine Abstellkammer, mit Wendeltreppe zum Dachboden, eine dritte in ein Büro. Hier saß eine korpulente Person auf einem Drehstuhl. Sie hatte ihnen den Rücken zugedreht. Jemand hatte den Oberkörper mit Panzergewebeband am Rückenteil des Bürostuhls fixiert. Die Gestalt rührte sich nicht, hielt den Kopf gesenkt. Maike hastete mit zwei langen Schritten hin und tastete mit den Fingern am Hals des Mannes, den sie für Matthias Brecht hielt, nach dem Puls, fand keinen. Als sie den Stuhl langsam drehte, fuhr ihr ein Schreck durch die Glieder. Er war aufs Übelste gefoltert worden. Sein Gesicht war schlimmer zugerichtet, als das eines Boxers nach einem verlorenen Kampf über zwölf Runden: aufgeplatzte Lippen, zugeschwollene Augen, gebrochene Nase, eingedrückter Kiefer, ausgeschlagene Zähne. Seine Krawatte war gelöst, die obersten Knöpfe des Hemdes standen offen. Am Hals leuchteten Würgemale. Auch seine Unterarme waren an den Armlehnen des Bürostuhls fixiert. Sämtliche Finger beider Hände schienen gebrochen zu sein. Dazu kamen Schusswunden am linken Fuß und am rechten Knie. Irgendwann musste der Mörder die Geduld verloren haben. Davon zeugte der vermutlich finale Schuss ins Herz.

Kapitel 4

Montag, 28. März, 9.58 Uhr

Teubner saß in seinem Büro und starrte auf den leeren Platz ihm gegenüber. Das laute Ticken der Bahnhofsuhr an der Wand machte ihm deutlich, wie ruhig es ohne Maike war. Nach dem Auffinden der Leiche von Matthias Brecht am vergangenen Samstag hatte er sofort die Unnaer Kollegen und die Kriminalhauptstelle Dortmund informiert. Inzwischen war ihm der Bericht der Rechtsmedizin übermittelt worden. Der Todeszeitpunkt von Brecht lag nach 24 Uhr in der Nacht von Freitag auf Samstag. Wo hatte er sich den ganzen Abend befunden, nachdem sein Laden überfallen worden war?

Mark-Oliver Marschewski hatte die Ermittlungen in den beiden Mordfällen sofort der von ihm gebildeten Sonderkommission zugeteilt. Als er am Tatort eingetroffen war und dort Maike gesehen hatte, war er völlig ausgerastet. Ob die Dorfpolizei nicht wisse, dass ein persönlich involvierter Polizeibeamter nichts bei den Ermittlungen zu suchen habe. Er schrie Maike an, als sei sie von Geburt an fast taub, dann jagte er sie vom Grundstück. Ehe Teubner eingreifen konnte, lief Maike mit hochrotem Kopf aus dem Haus und machte sich zu Fuß auf den Heimweg. Von Mühlhausen zu ihrer Eigentumswohnung in der Unnaer City waren das immerhin etwa fünf Kilometer. Teubner seufzte. Seine Kollegin hatte ihm unendlich leidgetan. Trotz der schwachen Personaldecke in der Dienststelle hatte sie sich nun einige Tage Urlaub genommen, was ihr niemand verübeln konnte. Teubner hatte versprochen, sie – soweit es ihm möglich war – auf dem Laufenden zu halten.

Marschewski hatte auch ihm und Reinders gegenüber klargemacht, dass seine Art der Mordermittlung sich von der des Ermittlungsleiters Jochen Hübner deutlich unterschied. »Dieser Mordfall wird ausschließlich von Fachleuten bearbeitet!«, hatte er gebrüllt. »Dilettanten kann ich in meinem Team nicht brauchen! Offiziell sind Sie aus diesem Fall raus! Wenn ich die Hilfe der Dienststelle Unna benötigen sollte, werde ich das ausdrücklich sagen. Haben Sie das kapiert? Bis dahin können Sie sich wieder um Verkehrsdelikte, Einbrüche oder sonst was kümmern. Ich denke, da liegen Ihre Kompetenzen am ehesten!« Anscheinend bezog er Maikes Fehlverhalten auf die gesamte Dienststelle Unna.

Immerhin hatte er Teubner später doch die Aufgabe zugeteilt, die einzige Verwandte der Brechts zu befragen. Die Nichte hieß Jana Helmes und lebte seit vielen Jahren in Hamburg. Marschewski glaubte wohl, ihre Aussage würde zur Aufklärung des Falls sowieso nichts beitragen. Da war Teubner mittlerweile jedoch anderer Meinung. Er hatte sich am Wochenende intensiv auf die Befragung vorbereitet und dabei sehr interessante Dinge erfahren. So war er auch auf einen ungeklärten Mordfall gestoßen, der sich vor über drei Jahrzehnten ereignet hatte. Dieser Cold Case ging ihm seitdem nicht aus dem Kopf.

Jemand klopfte an die Bürotür. »Ja bitte?«, rief Teubner, worauf eine Frau mit dunkelblondem und schulterlangem Haar eintrat. Aus den Unterlagen wusste er, dass sie 39 Jahre alt war. Sie wirkte zerbrechlich und hatte ein Gesicht wie eine Porzellanpuppe. Ein süßliches Parfüm umspielte ihre schlanke Figur. Zu engen Jeans trug sie Turnschuhe, einen grauen Sweater und eine Fleecejacke. Teubner grüßte freundlich und bot ihr den Besucherstuhl neben seinem Schreibtisch an. Sie setzte sich, kramte nervös in ihrer Umhängetasche, hielt sich ein Asthmaspray an den Mund und zog daran wie eine Verdurstende.

»Sie sind Jana Helmes, gebürtig in Unna, jetzt wohnhaft in Hamburg-Altona. Nicht verheiratet, keine Kinder und laut meiner Unterlagen sind Sie die einzige lebende Verwandte des Ehepaars Silvia und Matthias Brecht. Ist das so weit korrekt?«

Jana Helmes nickte und überlegte kurz. »Ja, Tante Silvia war die jüngere Schwester meiner Mutter. Sie muss, wenn ich mich richtig erinnere, jetzt 68 gewesen sein.«

»Trotzdem hat sie noch gearbeitet?«, fragte Teubner verwundert.

»Die Brechts hatten den Antiquitätenladen seit zig Jahren. Sie haben die Arbeit mit diesem alten Kram geliebt, waren damit verwachsen.« Ihre weißen Hände zitterten. Sie rutschte auf dem Stuhl zurück und zog den Reißverschluss ihrer Jacke bis zum Hals hoch. Dann verschränkte sie die Arme vor der Brust und schlug die Beine übereinander. Sie schien mit den Nerven völlig am Ende zu sein. »Könnte ich ein Glas Wasser haben?«, krächzte sie.

Teubner stand auf, schloss das gekippte Fenster und goss ihr Mineralwasser ein. Danach blätterte er in einem Stapel Papiere, seufzte, fand nicht, wonach er suchte und zog eine Schublade auf. Er kramte einen Hefter hervor. »Frau Helmes, zunächst mein aufrichtiges Beileid. Es ist furchtbar, was mit Ihren Verwandten passiert ist, und wir arbeiten mit aller Macht daran, diese brutalen Mordfälle aufzuklären. Wie war Ihr Verhältnis zu den Brechts? Wann haben Sie sich zuletzt gesehen?«

Sie räusperte sich. »Ich bin bei den Brechts aufgewachsen, sie haben mich sehr streng erzogen. Als ich mit 18 ausgezogen bin, habe ich sie nicht großartig vermisst, sondern war eher erleichtert, von ihnen wegzukommen. Kontakt hatte ich zu beiden seit Jahren nicht. Weder persönlich noch am Telefon.«

Teubner nickte. »Ihre Eltern sind früh verstorben? Wollen Sie mir erzählen, wie es dazu kam? Was ist passiert?«

Jana Brecht griff nach dem Glas, trank in langsamen Schlucken und stellte es zurück. Dann streckte sie ihren Rücken und bemühte sich, einen selbstbewussten Eindruck zu machen. Nebenbei zog sie den Reißverschluss ihrer Jacke wieder auf. »Meine Mutter ist gestorben, als ich ein noch kleines Kind war. Gerade zwei Jahre alt. Mein Vater gilt seitdem als verschollen.«

Teubner taxierte die Frau. Er griff nach einem DIN-A4-Blatt. »Ich hatte ein wenig Zeit, mich mit Ihrer Familiengeschichte zu beschäftigen. Das Polizeiarchiv gibt einiges her. Was Sie mir erzählen, ist eine ausgedünnte Wahrheit. Ihr Vater wurde als Mörder Ihrer Mutter gesucht.«

Jana Brecht starrte ihn an und schluckte. »Ja, also«, begann sie unsicher, »ich, ich habe mich lange an den Gedanken geklammert, dass mein Papa unschuldig ist. Habe gehofft, irgendwann kommt er zurück und klärt alles auf. Ich war ja noch ein Kleinkind, als es geschah. Erst als ich zwölf war, hat Onkel Matthias mir erzählt, was damals passiert sein soll. Bis dahin dachte ich, meine Eltern wären bei einem Unfall ums Leben gekommen. Ich habe das nicht glauben können, habe später, als ich in Hamburg lebte, sogar einen Privatdetektiv beauftragt. Aber auch der fand keine Spur von Papa. Vielleicht hat er sich im Ausland eine neue Identität zugelegt.«

»In meinem Bericht steht«, erwiderte Teubner geduldig, »dass Ihr Vater Ihre Mutter erschlagen haben soll. Ich habe sämtliche Zeugenaussagen aus den damaligen Untersuchungen durchforstet. Es deutet nichts zwingend darauf hin, dass er schuldig ist. Dennoch gilt er seitdem als verschwunden. Hatten Sie in den letzten Jahren Kontakt zu ihm?«

Jana Helmes schüttelte langsam den Kopf.

»Er hat sich nie bei Ihnen gemeldet?«

Jana griff erneut zu ihrem Asthmaspray. »Entschuldigen Sie bitte, ich bin mit den Nerven am Ende.« Sie schluckte.

»Was wissen Sie von dem Mord an Ihrer Mutter?«

Jana seufzte. »Onkel Matthias hat mir erzählt, dass Papa meine Mama kaltblütig erschlagen haben soll«, begann sie leise. Sie vermied es, Teubner in die Augen zu sehen, fixierte dagegen einen schwarzen Stiftbehälter mit dem Logo des BVB. »Papa hat als Bauunternehmer gearbeitet. Mama, die ältere Schwester von Tante Silvia, hatte die Baufirma von ihren Eltern übernommen, da Tante Silvia und Onkel Matthias kein Interesse am Bau gezeigt haben. Sie wollten sich anderweitig selbstständig machen. Meine Tante hat sich ihr Erbteil auszahlen lassen, nachdem meine Großeltern bei einem Flugzeugabsturz ums Leben gekommen waren.«

»Wissen Sie, wie es zu den Geschehnissen gekommen ist?«, fragte Teubner. Er war nicht sicher, ob diese alte Geschichte mit den aktuellen Ereignissen zu tun hatte, aber er hatte in den Unterlagen gelesen, dass Matthias Brecht seinen Schwager mit seinen Aussagen schwer belastet hatte. Daher bestand die Möglichkeit, dass Janas Vater für Jahrzehnte im Ausland untergetaucht und erst jetzt nach Deutschland zurückgekehrt war, um sich an seinem Schwager zu rächen. Vielleicht hatte Silvia Brecht versucht, sich ihm in den Weg zu stellen, und die für ihren Mann bestimmte Kugel hatte sie erwischt und Matthias Brecht die Möglichkeit gegeben, zunächst zu fliehen.

Jana Helmes Stimme zitterte, als sie leise fortfuhr: »Papa sollte das Haus für meinen Onkel bauen. Das Haus, in dem ich später aufgewachsen bin und in dem die Brechts bis zuletzt gelebt haben. An jenem Abend hatten die beiden Männer einen Bagger von der Firma auf das Grundstück fahren lassen und waren damit beschäftigt, selbst die Grube für das Fundament der Garage auszuheben. Sie haben wohl viel eigenständig in ihrer Freizeit erledigt, um Kosten zu sparen. Laut Onkel Matthias soll meine Mama gegen 20 Uhr mit dem Fahrrad zur Baustelle gekommen sein. Ich saß auf dem Kindersitz, weil ich nicht alleine zu Hause bleiben sollte. Dann sei es zum Streit zwischen meinen Eltern gekommen. Meine Mama habe Papa mitgeteilt, sie habe eine Affäre und wolle ihn verlassen. Mich nehme sie mit. Onkel Matthias hat behauptet, der Konflikt zwischen meinen Eltern sei ihm zu persönlich geworden. Er sei nach Hause gefahren und wisse nicht, was danach passiert sei. Es ist mir immer schwergefallen, diese Geschichte zu glauben. Sie klingt so an den Haaren herbeigezogen. Aber was blieb mir anderes übrig? Es gab ja keine anderen Zeugen an jenem Abend.«

»Haben Sie selbst noch Erinnerungen an den Tag?«, fragte Teubner.

Jana Brecht schüttelte den Kopf. »Nein. Ich war ja gerade mal zwei Jahre alt. Man hat rekonstruiert, dass meine Mama auf dem Rad von einem Auto von der Straße abgedrängt worden ist. Sie konnte auf einen Feldweg flüchten, wo ihr Mörder sie jedoch eingeholt und mit einem stumpfen Gegenstand erschlagen hat. Die Tatwaffe ist nie gefunden worden. Auf das Fahrrad, auf dem ich immer noch im Kindersitz angeschnallt saß, ist erst am nächsten Tag ein Spaziergänger aufmerksam geworden. Es soll unweit der Leiche meiner Mutter im Gras unter einem Baum gelegen haben.«

»Das tut mir sehr leid«, sagte Teubner ehrlich. »Was geschah danach?«

»Ich habe damals einige Tage auf der Intensivstation gelegen und bin dem Tod nur knapp entronnen. Ich war stark unterkühlt und habe schon damals an schwerem Asthma gelitten.« Sie hielt das Spray wie zur Bestätigung hoch. »Das alles ist weit über 30 Jahre her.«

Max Teubner griff nach dem Hefter und blätterte. Dabei murmelte er: »Ich versuche mir ein Bild von der Gesamtsituation zu machen. Ihr Vater konnte niemals überführt werden. Man hat sich in den Ermittlungen einzig auf die Aussage Ihres Onkels verlassen. Und falls der gelogen hat? Was ist, wenn Ihr Vater unschuldig gewesen und zurückgekommen ist, um sich zu rächen? Natürlich stellt sich die Frage, warum er 30 Jahre gewartet hat. Aber wir dürfen keine Eventualität außer Acht lassen. Und da kommen wir schon zum nächsten Punkt. Sie sind vorbestraft?«

Jana Helmes zuckte zusammen, als habe man sie geschlagen. »Ich, ich war, war unschuldig«, stotterte sie und schien selbst zu merken, wie unglaubwürdig diese Aussage klang.

Teubner fasste die Fakten knapp zusammen. »Der Zoll hat bei der Ausreise aus der Türkei in Ihrem Gepäck illegale Objekte aus Raubgrabungen sichergestellt. Sie sind von den türkischen Beamten festgenommen und später nach Deutschland überstellt worden, wo man Ihnen den Prozess gemacht hat. Sie haben die Tat nie zugegeben, obwohl sie dadurch das Strafmaß hätten verringern können!« Teubner blickte die Frau eindringlich an. »Erzählen Sie mir Ihre Version der Geschichte! Was ist damals passiert?«

Jana Helmes schaute überrascht auf. Sie musste sich wieder räuspern, nahm einen Schluck Wasser und begann: »Meine Kindheit war furchtbar. Die Brechts haben mir ständig das Gefühl gegeben, dass ich nur geduldet bin. Onkel Matthias war immer streng und unerbittlich. Wenn ich nicht pariert habe, hat er mich in den Keller gesperrt. Manchmal auch über Nacht. Mit 18 Jahren hat sich mir die Möglichkeit geboten, endlich einmal zu verreisen, ohne diese Familie. Ich war volljährig, konnte das entscheiden. Und Urlaub stand mir ja auch zu.« Sie hob die Schultern und drehte die Handinnenflächen nach außen.

»Nach meinem Schulabschluss habe ich nicht so recht gewusst, was ich machen sollte. Deshalb habe ich im Antiquitätenladen von Onkel Matthias und Tante Silvia gejobbt. Die Pausen habe ich immer auf dem Königsborner Marktplatz verbracht. Dort hat mich eines Tages ein junger, südländischer Typ angesprochen, Adil hieß er. Er war kaum älter als ich und geschäftsmäßig gekleidet. Er hat mir sofort gefallen. Ich glaube, er hat gemerkt, welchen Eindruck er auf mich gemacht hat, denn er hat sich zu mir auf die Bank gesetzt und begonnen, mit mir zu flirten. Keine Ahnung, warum ich so vertrauensselig war. Vielleicht, weil mir endlich mal jemand Aufmerksamkeit geschenkt hat. Als er mich Tage später gefragt hat, ob ich Lust hätte, mit ihm in die Türkei zu fliegen, habe ich zugesagt.«

Teubner hatte schweigend zugehört und sich einige Notizen gemacht. »Sie haben den Brechts damals nichts von Ihren Plänen erzählt, richtig?«

»Doch«, erwiderte Jana Helmes, »und im Nachhinein habe ich mich oft gewundert, warum Onkel Matthias so verständnisvoll gewesen ist und mich sogar zum Flughafen gebracht hat. Manchmal glaube ich, er hat Adil gekannt, aber das ist natürlich Blödsinn. Na ja, es war jedenfalls ein unvergesslicher Urlaub, der im Chaos endete. Am Tag der Abreise hat Adil am Flughafen einen Anruf bekommen und gesagt, ich solle schon einchecken, er käme nach.«

»Und als der Zoll die antiken Figuren in Ihrem Gepäck gefunden hat, gab es von dem jungen Mann keine Spur«, resümierte Teubner.

Jana nickte. »Ein Mann mit dem Vornamen Adil stand nicht einmal auf der Passagierliste. Er hatte mich von Beginn an belogen. Als er von Weitem bemerkt hat, dass der Schmuggel aufgefallen ist, hat er sich aus dem Staub gemacht.«

Teubner zuckte die Schultern. »Oder er hat unter seinem richtigen Namen in Seelenruhe eingecheckt und ist nach Deutschland geflogen, um sich ein neues Opfer zu suchen.«

Jana Brecht blickte ihn verwundert an. »Sie glauben mir? Da haben Sie meiner Tante und meinem Onkel etwas voraus. Die wollten nach dem Prozess nichts mehr mit mir zu tun haben.«

Teubner fixierte die junge Frau. Er wusste nicht, was er von ihr halten sollte. Eigentlich machte sie einen glaubwürdigen Eindruck auf ihn. Er rollte seinen Stuhl zurück und verschränkte die Finger ineinander. »Ich fasse mal zusammen: Sie sind unter schwierigen Umständen aufgewachsen, haben darunter gelitten, dass Ihr Onkel Ihren Vater des Mordes an Ihrer Mutter beschuldigt hat. Gerade volljährig, sind Sie von einem jungen Mann ausgetrickst worden und konnten froh sein, mit einer Bewährungsstrafe davonzukommen. Angeblich haben Sie den Kontakt zu den Brechts abgebrochen. Wir werden das überprüfen. Dennoch muss ich Sie fragen: Wo waren Sie am letzten Freitag gegen 19 Uhr?«

Jana Helmes musste Teubners Worte zunächst sacken lassen. Vermutlich tröpfelte die Gewissheit, nach einem Alibi gefragt zu werden, nur langsam in ihr Gehirn. »Am Freitag habe ich bis 20 Uhr gearbeitet«, murmelte sie, während sie nach ihrer Handtasche griff. »Sie können das bei meiner Chefin überprüfen. Wir haben den Laden gemeinsam verlassen.« Sie stand auf und wandte sich zur Tür. Für sie war das Gespräch beendet.

»Wir sind hier nicht fertig!«, hielt Teubner sie zurück und erhob sich ebenfalls.

Die Frau drehte sich langsam zu ihm um. »Was wollen Sie noch?«

»Ich benötige Adresse und Telefonnummer ihrer Chefin. Außerdem sollten Sie sich zur Verfügung halten. Vielleicht nehmen Sie sich für einige Tage ein Hotelzimmer in der Stadt? Vorschreiben kann ich Ihnen das allerdings nicht.«

Jana Helmes kramte ihr Smartphone aus der Tasche und diktierte ihm die Nummer ihrer Chefin. »Was ist mit dem Haus meiner Verwandten?«, fragte sie zögernd. »Darf ich da rein?«

»Soweit ich weiß, sind die Kollegen mit der Spurensicherung durch. Der Staatsanwalt hat lediglich das Büro Ihres Onkels als Tatort versiegelt. Falls sich bei den laufenden Ermittlungen neue Erkenntnisse ergeben und wir uns den Raum noch einmal ansehen müssen«, erklärte Teubner. »Sobald Sie sich als rechtmäßige Erbin ausweisen können, spricht von meiner Seite nichts dagegen, dass Sie das Haus betreten. Ich werde das aber noch mit dem Leiter der Ermittlungen abklären.« Er reichte ihr über den Schreibtisch hinweg seine Hand und wünschte ihr alles Gute.

Jana Helmes nickte unsicher. »Vielen Dank«, murmelte sie zögernd, als wolle sie noch etwas sagen oder einwenden. Schließlich drehte sich um und verließ das Büro.

Kapitel 5

Montag, 28. März, 10.15 Uhr

Kriminaloberkommissar Sören Reinders knallte den Telefonhörer auf die Station. Dieser blasierte Oberfuzzi Marschewski, der die Ermittlungen in den Mordfällen an den Antiquitätenhändlern leitete, konnte ihn mal kreuzweise. »Wir brauchen Ergebnisse«, äffte Reinders ihn nach und legte die Notiz mit der Rufnummer des Angestellten aus dem Antiquitätenhandel neben das Telefon. War es seine Schuld, wenn Holger Kern nicht zur Befragung erschien und sich nicht einmal entschuldigte? Reinders konnte ihn nicht herzaubern. Er seufzte und versuchte erneut, ihn anzurufen, aber er meldete sich weder am Festnetzanschluss noch auf dem Handy.

Wütend stand Reinders auf und riss ein Fenster im Büro auf. Er stützte sich mit den Händen am Fensterrahmen ab, sog gierig die frische Luft in seine Lungen und beobachtete die Autos unter ihm auf dem Verkehrsring. Sein Blick fiel auf das Backsteingebäude gegenüber, von dem seine Mutter ihm erzählt hatte, darin habe sich früher die Katharinen-Grundschule befunden. Heute nutzte ein Qualifizierungszentrum der Werkstatt Unna das Haus.

Reinders trommelte nervös mit den Fingern auf das Fensterbrett. Momentan lief aber auch gar nichts rund. Seit er sich privat noch einmal auf eine feste Beziehung eingelassen hatte und die Fitnesstrainerin Beatrice mehr oder weniger bei ihm eingezogen war, fühlte er sich eingeengt. Das lag nicht allein an seiner kleinen Wohnung, nein, Beatrice schien aus ihm einen Weltklassesportler und Gesundheitsfreak machen zu wollen. Er ernährte sich zu Hause praktisch ausschließlich von Grünzeug und Körnern. Und das Rauchen, das sollte er natürlich tunlichst aufgeben.

Reinders lechzte nach einer Zigarette, zog stattdessen ein Kaugummi aus seiner Hosentasche und schob es in den Mund. Mit einem Blick auf die Armbanduhr realisierte er, dass der Journalist Mario Clemens eine Viertelstunde überfällig war. Reinders versprach sich nicht allzu viel von dem Gespräch mit dem Presseheini, aber vielleicht wusste der ja mehr über die ominösen Figuren, die er abgelichtet hatte. Er schloss das Fenster und setzte sich hinter seinen Schreibtisch.

Dass Marschewski-Arschloch ihm überhaupt zwei Befragungen überlassen hatte, grenzte an ein Wunder. Denn was er von der *Dorfpolizei* hielt, hatte er mehr als einmal deutlich gemacht. Allein die seit der Pandemie so dünne Personaldecke, die wohl auch dem Polizeipräsidium in Dortmund zu schaffen machte, ließ Marschewski auf die Unnaer Beamten zurückgreifen. Aber Reinders hatte es dem blasierten Fuzzi gezeigt und bewiesen, dass auch in Unna kompetente Kriminalisten saßen. Bei seiner Recherche über den Zeitungsbericht war ihm aufgefallen, dass unter den Fotos, die Mario Clemens geschossen hatte, ein Bild mit seltenen Figuren erschienen war. Und diese kleinen Skulpturen, die passten so überhaupt nicht zum restlichen Inventar des Ladens. Reinders hatte mal einen Thriller über den Handel mit gestohlenen Fundstücken aus archäologischen Grabungsstätten im Kino gesehen. Da war es um ähnliche Figuren gegangen. Die Ermittler in Dortmund hatten auf seinen Hinweis hin jedenfalls tatsächlich einen Sachverständigen für diesen verbrecherischen Antikenhandel hinzugezogen.

Da die Auswertung der Fotos von Clemens nun über die Kollegen in Dortmund lief, loggte Reinders sich ins interne System ein und brachte sich auf den neuesten Ermittlungsstand. Er stutzte. Der Bericht des Sachverständigen lag schon vor. Laut seiner Expertise waren die antiken Figuren als Bronzefiguren des Gottes Osiris identifiziert worden und sollten ein kleines Vermögen wert sein. Allerdings waren sie bislang weder im Inventar noch in den Büchern der Brechts aufgetaucht. Über die Herkunft der Figuren konnte der Fachmann nichts sagen, man würde weiterrecherchieren müssen. Der Verdacht läge jedoch nahe, dass es sich um illegal eingeführte Antiken handle. Da hatte Reinders also den richtigen Riecher gehabt. Er zuckte zusammen, als die Bürotür aufgerissen wurde, und er in das erhitzte Gesicht des Journalisten Mario Clemens blickte. »Hat man Ihnen nicht beigebracht anzuklopfen?«, blaffte er und loggte sich aus dem Intranet aus.

»Sorry«, hechelte sein Gegenüber und ließ sich unaufgefordert auf dem Besucherstuhl nieder. »Ich hetze heute von einem Termin zum anderen. Muss auch gleich weiter.«

Reinders musterte den Journalisten. Er schätzte ihn auf Anfang 40, aber seine Garderobe wirkte wie die eines 20-Jährigen. Er trug Jeans mit Löchern an den Knien, Chucks, ein weißes T-Shirt und eine braune Lederjacke mit einer eingesetzten Stoffkapuze. Sportliche Figur, Dreitagebart, Koteletten im Gesicht, zerzaustes Haar und strahlend blaue Augen. »Nett, dass Sie es einrichten konnten«, brummte er. »Kommen wir gleich auf den Punkt, damit ich Sie nicht so lange aufhalte«, fuhr er mit ironischem Unterton fort. »Sie haben über den Rauswurf der Brechts aus dem Antiquitätenladen berichtet. Wie ist der Bericht zustande gekommen?«

Clemens schlug die Beine übereinander. Da ihn die Fotoausrüstung auf dem Schoß zu stören schien, legte er sie vorsichtig neben dem Besucherstuhl auf den Boden. »Frau Brecht hat sich an den Chefredakteur der Zeitung gewandt. Da ihm die Story interessant erschien, seine Leute aber unterwegs waren, hat er mich kontaktiert, damit ich ein paar Fotos mache und auch ein bisschen was dazu schreibe. Ich habe noch am selben Tag einen Termin gemacht.«

»Wann hat Silvia Brecht bei der Zeitung angefragt?«

»Letzten Mittwoch. Sie hat mich gebeten, in der Mittagszeit zu kommen. Hab ich gemacht. Ihr Mann war während des Interviews gerade unterwegs.«

»Der wusste also nichts von dem Interview?«

»Keine Ahnung. Vielleicht hatte er kein Interesse«, erwiderte Clemens.

»Warum hat Frau Brecht sich nicht früher an die Presse gewandt? Das Kündigungsschreiben der Geschäftsräume lag ihr doch längst vor.«

»Sie hat erwähnt, sie habe bis zum Schluss gehofft, die Vermieterin würde die Kündigung zurückziehen.« Der Reporter schielte auf die Zeitanzeige seines Handys. Dabei tippte er nervös mit der Hacke seines linken Stoffturnschuhs auf den Boden.

»Wie ist das Gespräch abgelaufen?«

Clemens wechselte die Fußstellung, wippte aber weiter. »Wie das so abläuft. Sie hat sich über die Hausbesitzerin aufgeregt, sie hätten 30 Jahre immer pünktlich ihre Miete bezahlt und das sei nicht wenig gewesen. Die Mietpreise für Geschäftsräume seien sowieso kaum bezahlbar und so ein Blabla halt.« Er blickte erneut auf sein Smartphone.

»Was hat Frau Brecht über ihr Verhältnis zur Vermieterin erzählt? Was war der Auslöser der Kündigung?« Reinders sah, dass Clemens auf den Notizzettel auf seinem Schreibtisch schielte, auf dem die Nummer von Kern stand, der Aushilfe vom Ehepaar Brecht. Sofort drehte er den Zettel um. »Also?«

»Herrje, was hat man für 'ne Beziehung zu seinem Vermieter? Wohnen Sie zur Miete? Ich höre vom Besitzer meiner Wohnung nur bei einer Mieterhöhung. Bei den Brechts ging es um irgendeinen Streit wegen der kaputten Fliesen im Hausflur und eine daraus folgende Mietkürzung.«

Reinders fühlte sich von den flapsigen Antworten des Journalisten genervt. Zudem lechzte er nach einer Zigarette. »Wie war das mit den Fotos? Hat sie explizit auf gewisse Gegenstände gedeutet, die sie fotografieren durften? Wissen Sie etwas über ihre Geschichte und Herkunft? Haben Sie weitere Bilder geschossen, die nicht veröffentlicht worden sind?«

Clemens stoppte mit dem Wippen. Er starrte Reinders an und schien zu überlegen. »Wo Sie so konkret fragen ... Glauben Sie, die Fotos haben mit dem Verbrechen zu tun, sind vielleicht sogar der Auslöser für den Mord am Ehepaar Brecht? Das wäre der Hammer!«

»Antworten Sie einfach! Wie genau sind die Fotos entstanden?«

Der Journalist lehnte sich zurück, verschränkte die Arme vor dem Bauch und grinste. »Ich habe mit meiner Kamera ein Motiv anvisiert und auf den Auslöser gedrückt. Das war 's. Keine Geschichte dazu. Tut mir leid.«

»Frau Brecht hat Ihnen also nicht gesagt, was Sie fotografieren dürfen und was nicht?«, fragte Reinders.

»Wenn Sie es ganz genau wissen wollen, ich habe die Fotos geschossen, als die Dame mir gerade einen Kaffee geholt hat. Natürlich habe ich sie hinterher gefragt, ob es in Ordnung ist, dass die Bilder veröffentlicht werden. Sie hatte nichts dagegen und hat mir sogar angeboten, mir per Mail ein Foto von sich und ihrem Ehemann zu schicken. Ich hatte das Gefühl, die brauchte einen Abgang mit Pauken und Trompeten.« Er blickte erneut auf sein Smartphone. »War 's das jetzt? Ich müsste wirklich los.«

Reinders ließ sich nicht aus der Ruhe bringen. »Was hat Frau Brecht über ihre Vermieterin erzählt?«

Mario Clemens seufzte und verdrehte die Augen. Dann zog er ein Notizbuch aus der Innentasche seiner Jacke, blätterte einen Moment, ehe er fand, was er suchte. »Sie haben den Bericht in der Zeitung doch gelesen. Da steht alles drin«, sagte er gereizt. »Amelie Sydow, wohnt in München, besitzt zahlreiche Immobilien deutschlandweit, kümmert sich aber kaum drum, sondern kassiert nur ab. Bei einer Immobilie in Düsseldorf soll sie sogar eine Truppe angeheuert haben, die nachgeholfen hat, die Mieter aus dem Haus zu ekeln.« Er klappte das Büchlein nachdrücklich zu, schob es zurück in die Jacke und stand auf. »Ich hab 's eilig, Herr Kommissar. Wenn Sie noch Fragen haben, rufen Sie mich einfach an.« Er nahm seine Fotoausrüstung auf, zog aus einem Seitenfach eine Visitenkarte und knallte sie auf den Schreibtisch. Dann hängte er sich den Riemen der Tasche auf die Schulter.

Reinders stand ebenfalls auf. »Hat Frau Brecht etwas von ihrem Laden erzählt? Oder von außergewöhnlicher Ware? Sie werden doch nicht nur über den Rausschmiss geredet haben.« Er zog eine Kopie des Fotos mit den Osiris-Figuren aus der Ermittlungsakte und hielt sie dem Journalisten entgegen. »Hat sie etwas zu diesen Figuren gesagt?«

Die Hand von Mario Clemens lag bereits auf der Türklinke. Er warf einen flüchtigen Blick auf das Foto. »Die kleinen Dinger lagen in einer Vitrine. Ziemlich versteckt, aber ich fand sie irgendwie interessant. Frau Brecht hat das Foto überhaupt nicht zu Gesicht bekommen. Übrigens: Ich muss Ihnen jetzt nicht ernsthaft erklären, wie Journalismus funktioniert. Wir schreiben das, was für den Leser interessant erscheint. Der Aufmacher des Artikels war der Rauswurf. Da ist relativ egal, ob der Laden lief oder es andere Probleme gab. Frau Brecht hat wiederholt darauf hingewiesen, wie erfolgreich sich der Antiquitätenladen in den vergangenen Jahrzehnten in Königsborn etabliert hat. Sammler aus ganz Deutschland und auch dem benachbarten Ausland gehörten demnach zu den Stammkunden. Der Onlinehandel macht 's möglich. Das reichte mir als Info. Ich muss wirklich los.« Er hob lapidar die Hand, bevor er die Tür aufzog und fast mit Teubner zusammenstieß, der zwei Kaffeebecher balancierte. Er entschuldigte sich und verschwand.

Teubner trat ins Büro und schob die Tür mit dem Fuß zu. Dann hielt er Reinders einen Kaffee entgegen. »Damit deine Laune sich etwas bessert«, grinste er und setzte sich ihm gegenüber. »So ein Nikotinentzug ist gewiss grausam.«

Reinders reagierte nicht auf die spitze Bemerkung des Kollegen, nahm ebenfalls Platz und nippte an der Tasse. »Wir kommen nicht weiter, Max. Da sterben zwei Geschäftsleute und Hübner kämpft um sein Leben. Hast du was Neues von ihm gehört?«

»Nein. Leider nicht. Aber etwas haben wir doch und deshalb bin ich hier«, erklärte Teubner. »Holger Kerns Alibi ist geplatzt. Er hatte ja behauptet, zur Tatzeit im Krankenhaus gewesen zu sein, wo sein Arm geschient wurde. Ich habe eben mit der Studentin aus dem Dachgeschoss telefoniert. Ines Scherber hat ausgesagt, am Freitagabend gegen 18.30 Uhr sein Motorrad in der Straße gesehen zu haben. Nicht direkt am Haus, sondern etwas die Straße rauf. Da die Maschine außer durch viel Chrom mit einem knallroten Tank und ebenfalls roten Schutzblechen ausgestattet ist, sei sie sich zu hundert Prozent sicher, dass es sich um die Harley von Kern gehandelt habe. Melanie Dinawari hatte ja ebenfalls gemeint, den lauten Motor an dem Abend gehört zu haben.«

»Also muss der Kern am Freitag doch im Antiquitätenladen gewesen sein. Und das vielleicht zur möglichen Tatzeit.«

Teubner nickte. »So sieht 's aus. Frau Scherber hat nicht nur sein Motorrad in der Nähe parken sehen. Als sie am Hintereingang des Ladens vorbeigekommen sei, habe diese weit aufgestanden und sie habe seine Stimme erkannt.«

Reinders nahm einen großen Schluck Kaffee, erhob sich, griff nach seiner Jacke und warf sie sich über. »Konnte sie hören, mit wem er gesprochen hat?«

»Nein«, erwiderte Teubner, trank den Rest seines Kaffees aus und stand ebenfalls auf. »Die Studentin wollte nicht lauschen und ist gleich auf den danebenliegenden Hauseingang zugesteuert. Es gibt übrigens noch etwas Interessantes über Holger Kern. Er hat als junger Mann bereits im Knast gesessen. Schwerer Raub und Körperverletzung. Damals hat er eine Tankstelle überfallen. Ist allerdings schon über zwanzig Jahre her und danach ist er wohl sauber geblieben.«

»Oder er war schlau genug, sich nicht erwischen zu lassen«, mutmaßte Reinders und eilte hinter Teubner aus dem Büro. »Ich bin jedenfalls gespannt, wie Herr Kern auf die Aussage der Nachbarin reagiert.«

Zehn Minuten später lenkte Teubner den Dienstwagen Richtung Unna-Massen, wo der Mitarbeiter der Brechts in einem Häuserkomplex am Massener Hellweg gemeldet war. Reinders schob sein Kaugummi während der Fahrt von einer Backentasche in die andere. Das Verlangen nach einer Zigarette ließ ihn keinen klaren Gedanken fassen. An der ausgebauten Kreuzung Ecke Hansastraße, Hochstraße mussten sie an der roten Ampel warten. Reinders ließ das Seitenfenster hinab, zog aus der Innentasche seiner Jacke ein Päckchen Zigaretten und steckte sich eine davon an. Genussvoll zog er den Qualm tief in seine Lungen und schloss dabei die Augen.

»So wird das aber nichts mit deiner Beatrice. Ich wette, die riecht das Nikotin noch heute Abend, wenn du nach Hause kommst«, neckte Teubner.

»Mir scheißegal. Ich lasse mir nicht alles verbieten.« Er nahm einen tiefen Zug, dann warf er den Rest der Kippe aus dem Fenster und verschloss es wieder. »Das Haus, in dem Kern wohnt, muss das Eckhaus am Hellweg hin zur Bismarckstraße sein.«

Teubner nickte bestätigend und bog von der Hauptstraße ab. Etwas entfernt vom Wohnhaus, wo die Straße breit genug zum Parken war, lenkte er den Wagen halb auf den Bürgersteig. »Auf geht 's!«

Sie liefen ein Stück zurück und blieben vor einem der Eingänge stehen. Mit einem Blick auf die Türklingeln erfasste Reinders, dass Holger Kern im zweiten Stock wohnte. Teubner klingelte und kurz darauf schnarrte der Türöffner. Sie betraten einen schmalen hohen Flur und erklommen sogleich die Stufen.

»Guten Tag, Herr Kern«, begann Teubner, kaum dass er die Wohnung erreicht hatte. »Sie haben Ihren Termin bei uns im Präsidium versäumt. Wir hätten einige Fragen an Sie.«

Kern schielte durch einen schmalen Türspalt. »Mir geht es heute nicht so besonders. Mein Magen macht Probleme. Das kommt vermutlich von den Schmerztabletten. Ich bin morgen pünktlich bei Ihnen, da geht es sicher wieder.« Er wollte die Tür schließen.

Reinders reagierte schnell und drückte die Tür auf. »Uns rennt die Zeit davon, guter Mann. Wir haben einen Mord aufzuklären.«

Teubner folgte ihm durch eine dunkle Diele in eine chaotische Küche mit hohen Decken. Vermutlich hatte Kern sich vor den Beamten für die Unordnung geschämt. Auf der Arbeitsplatte stapelten sich schmutziges Geschirr, leere Konservendosen und Pizzakartons. Eine Glastür ohne Gardinen führte auf einen Balkon, der mit Müllsäcken und Getränkekisten vollgestellt war. Auf dem Küchentisch fand sich neben dem Frühstücksgedeck eine Vielzahl von leeren Bierflaschen und angebrochenen alkoholischen Getränken.

»Entschuldigen Sie das Chaos hier«, begann Holger Kern sichtlich verlegen und stellte einige Flaschen in einen leeren Kasten am Boden, bevor er sie bat, sich zu setzen und sich zu ihnen gesellte. »Ich hatte am Wochenende eine kleine Feier mit meinen Nachbarn. Ist ziemlich spät geworden. Eigentlich wollte ich gestern aufräumen, aber ich hatte furchtbare Kopfpinne und mit dem Arm bin ich ziemlich gehandicapt. Die Schmerzen lassen sich nur mit Tabletten aushalten, obwohl ich heute noch mal zum Krankenhaus gefahren bin. Da haben sie ihn neu geschient. Deshalb habe ich auch den Termin bei Ihnen versäumt.« Er deutete auf seinen rechten Unterarm, der vom Ellbogen bis zu den Fingerknöcheln ruhiggestellt war.

»Sie hätten zumindest absagen können«, begann Reinders mürrisch und konnte sich kaum verkneifen, zu sagen, dass die Unordnung in der Wohnung sicherlich nicht erst in den letzten zwei Tagen entstanden war. Es gab kaum ein freies Fleckchen. Selbst der Fußboden war mit Kartons und Tüten vollgestellt. Fast hätte man meinen können, er wolle umziehen. Zudem deuteten die vielen Flaschen darauf hin, dass hier ordentlich gebechert wurde. Hatte es etwas zu feiern gegeben? Oder war Kern Alkoholiker? Sein Äußeres unterstrich diese Vermutung nicht, denn er machte einen gepflegten Eindruck. Reinders schätzte ihn auf Anfang 50. Die dunklen Haare, durchzogen von ersten grauen Strähnen, waren ordentlich nach hinten frisiert. Er schien trotz seines Handicaps frisch rasiert zu sein und ihn umhüllte der Duft eines herben Aftershaves. Zur schwarzen Jeans trug er ein weißes Polohemd mit dem Markenkrokodil von Lacoste. Trotz der frischen Außentemperaturen kurzärmelig, vermutlich wegen der Armschiene. An den Füßen glänzten schwarze Sneakers, die noch recht neu aussahen und teuer wirkten.

»Sie haben ausgesagt, dass Sie am Freitag in ihrer Küche ausgerutscht sind, sich den Arm verletzt und ihn röntgen lassen haben«, begann Teubner nun. »Man hat Ihre Aussage im Krankenhaus bestätigt, allerdings haben Sie das Klinikum Mitte bereits gegen 17 Uhr verlassen.«

Kern griff an sein linkes Ohrläppchen, an dem ein kleiner Brillant blitzte. »Das kann durchaus sein. Ich habe nicht auf die Uhr geschaut und bin danach gleich nach Hause gefahren.«

Teubner beugte sich etwas vor. »Wir haben die Aussage einer Hausbewohnerin aus dem Dachgeschoss über Brechts Laden. Sie hat ihr Motorrad am Freitagabend in der Nähe gesehen. Und zwar in etwa zu der Zeit, als Frau Brecht erschossen worden ist.«

Holger Kern wurde eine Spur blasser. Er stand auf, trat an den Kühlschrank in der Ecke der Küche und holte eine Flasche Mineralwasser heraus. Er drehte den Verschluss auf und tat einen tiefen Zug, bevor er sich wieder setzte. »Da muss Ihre Zeugin sich irren.« Er versuchte ein Rülpsen zu unterdrücken, was ihm kläglich misslang.

»Wenn Sie geschossen haben, werden wir Schmauchspuren an Ihrer Kleidung finden«, sagte Reinders und glaubte, im Atem Kerns tatsächlich eine Alkoholfahne zu riechen. Der deutliche Geruch von Rum ließ sich durch das Mineralwasser wohl nicht so schnell neutralisieren.

»Es gibt keine Spuren, da ich niemanden erschossen habe!«, meinte Kern ruhig. »Ich besitze nicht einmal eine Waffe. Nur weil ich vor ewigen Zeiten schon mal im Knast gesessen habe, bin ich noch lange kein Mörder. Die Brechts haben mir vertraut und mich gut bezahlt. Sie konnten sich in jeder Hinsicht auf mich verlassen.« Er wischte sich mit dem Handrücken über die Stirn.

»Fakt ist, dass Sie sich zum ungefähren Tatzeitpunkt in der Nähe des Ladens aufgehalten haben. Waren Sie im Haus? Konnten Sie etwas beobachten? Haben Sie den Schuss gehört? Wann genau sind Sie bei den Brechts eingetroffen und wann wieder gefahren?« Reinders beobachtete den Mann genau.

Kern trommelte nervös mit den Fingern seiner gesunden Hand auf den Tisch. Er schien abzuwägen, welche Aussage ihm am wenigsten gefährlich werden konnte. »Also gut, ja, ich war da«, gab er endlich zu. »Nach dem Unfall und während der ultralangen Prozedur im Krankenhaus habe ich mehrmals versucht, die Brechts anzurufen, bin aber leider nicht durchgekommen. Da bin ich auf dem Heimweg über Königsborn gefahren und habe ihnen persönlich Bescheid gegeben. Ich wollte mich auch erkundigen, ob ich ihnen für Samstag einen Ersatzhelfer besorgen soll. Als ich in den Laden kam, waren die Brechts in einen heftigen Streit verwickelt. Es ging um eine Zeitungsreportage in so einem Boulevardblatt. Herr Brecht ist völlig ausgerastet, weil da so viele Fotos von den besonders wertvollen Antiquitäten erschienen sind. Das würde Diebe und Hehler anlocken, hat er gebrüllt. Ich wollte schlichten, aber der hat mich nicht zu Wort kommen lassen.« Holger Kern stand erneut auf und steckte seine gesunde Hand in die Hosentasche.

»Vielleicht ging es bei dem Streit im Besonderen um die kleinen Osiris-Figuren, die in der Zeitung zu sehen gewesen sind. Was wissen Sie von ihnen? Haben die Brechts unter der Hand illegal mit Antiken gehandelt?«

Einen Moment wirkte Holger Kern perplex, hatte sich aber schnell wieder unter Kontrolle. »Von Osiris-Figuren habe ich nichts mitbekommen. Die Brechts haben einen Antiquitätenhandel betrieben. Das waren ehrenwerte Leute. Davon, dass sie illegale Geschäfte gemacht haben, weiß ich nichts.«

»Sie haben niemals Fundstücke von Ausgrabungen oder Ähnliches ausgeliefert?«

»Nein. Niemals. Es ging immer nur um Antiquitäten.«

»War am Freitagabend außer Ihnen und den Brechts noch jemand im Laden?«, fragte Teubner.

Kern schüttelte den Kopf. »Nein, wir waren allein. Ich war auch höchstens zwei Minuten dort. Die miese Stimmung konnte ich nicht ertragen und bin gleich wieder raus.«

»Sie haben sich krankgemeldet und sind sofort gegangen? Ist Ihnen dabei jemand begegnet? Wann haben Sie den Laden verlassen?«, fragte Reinders.

»Keine Ahnung. Ich habe nicht auf die Uhr geschaut. Beide Brechts waren jedenfalls noch quicklebendig.«

»Sind Sie durch den Vorder- oder Hintereingang rausgegangen?«, wollte Reinders wissen, der sich daran erinnerte, dass die Kollegin Graf die Glocke der Ladentür gehört hatte.

»Weiß ich nicht mehr. Wieso ist das wichtig?« Kern lief unruhig in der Küche auf und ab.

Reinders stand auf und bemühte sich dabei, nichts auf dem vollgestellten Tisch umzuschmeißen. »Sie kennen das Prozedere. Wir müssen Sie erst mal mitnehmen und Ihre Aussage aufnehmen. Sie können gerne einen Anwalt kontaktieren.«

»Ich war 's nicht.« Kerns Stimme klang resigniert.

»Wir brauchen die Kleidung, die sie Freitag getragen haben. Wir müssen einen Schmauchtest machen. Packen Sie außerdem vorsichtshalber ein paar Sachen zusammen, es kann sein, dass der Richter Sie in U-Haft steckt«, meinte Teubner. »Vielleicht finden sich ja Zeugen in der Nachbarschaft, die gesehen haben, wann und wo Sie den Laden verlassen haben.«

»Ach, den Mist kenn ich doch noch!« Kern trat an den Tisch, griff nach der Wasserflasche und trank sie in einem Zug leer. »Mir ist übrigens doch noch etwas aufgefallen, als ich mit dem Motorrad nach Hause fahren wollte. Ein Stück weiter die Straße runter, da parkte der Wagen vom Kumpf.«

Teubner blickte Kern fragend an. »Und das ist wer?«

»Antiquitätenhändler und Wiederverkäufer. Er reist viel herum, durch ganz Europa, glaube ich. Manchmal hat er den Brechts auch etwas abgekauft. Er war in den letzten Wochen ein paar Mal da, zuletzt am Donnerstag, glaube ich, um mit ihnen über den Restbestand des Ladens zu verhandeln.«

Reinders zog sein Notizbuch aus der Jacke. »Saß er im Wagen? Haben Sie eine Adresse?«

»Ob er im Auto saß, weiß ich nicht. Der war das letzte Mal am Donnerstag im Geschäft, meine ich. Ich habe seine Visitenkarte. Moment.« Er öffnete die Tür zu einem angrenzenden Raum einen Spaltbreit und zwängte sich hindurch. Vermutlich war es darin genauso unaufgeräumt wie in der Küche. Zwei Minuten später kam er zurück, erneut sorgfältig darauf bedacht, dass sie keinen Blick hineinwerfen konnten. Er reichte Teubner die Karte des Händlers.

»Und Sie sind sicher, dass sein Auto am Freitagabend in der Straße stand? Kennen Sie den Fahrzeugtyp, das Kennzeichen?«, schoss Reinders weitere Fragen ab, da er ahnte, dass Kern mit der angeblichen Beobachtung nur einen kläglichen Versuch startete, sich aus der Affäre zu ziehen.

»Sein schwarzer VW Caddy stand am Straßenrand. Ich habe mich noch gewundert, dass er mit dem Lieferwagen unterwegs ist. Wenn er nichts zu transportieren hat, fährt er nämlich eine Mercedes-M-Klasse. Vielleicht kriegt er den Restbestand doch, habe ich noch gedacht. Jetzt so im Nachhinein finde ich, hat er ein erstklassiges Motiv. Denn der Brecht wollte nicht an ihn verkaufen. Da kann die Situation ja durchaus eskaliert sein. Obwohl ich natürlich nicht weiß, ob Björn Kumpf im Besitz einer Waffe ist.«

»Wir werden Ihre Aussage überprüfen. Sie müssen uns dennoch begleiten. Sie brauchen noch eine Tasche«, bemerkte Teubner.

Kern seufzte. »Meinetwegen. Lassen Sie mich nur noch kurz ins Bad. Das Mineralwasser treibt.« Er ging durch die Diele und verschwand rechts hinter einer Tür. Reinders blieb davor stehen, um zu vermeiden, dass er plötzlich die Flucht ergriff.

Ein paar Minuten später klopfte er an die Badezimmertür. »Herr Kern? Jetzt machen Sie mal voran!« Er bekam keine Antwort und hämmerte mit der Faust gegen die Tür. Es war nichts zu hören. »Verdammt!«, schimpfte er und drückte die Klinke runter. Die Tür war nicht verschlossen. In dem kleinen Badezimmer gab es ein winziges Fenster, das weit offen stand. Reinders lief darauf zu, stellte sich auf die Toilette, um hinaussehen zu können. »Mist! Der ist über den Balkon abgehauen.«

Teubner rannte bereits ins Treppenhaus, um die Verfolgung aufzunehmen. Reinders sprang vom Toilettendeckel, zückte sein Handy und gab eine Fahndung nach Holger Kern raus. Er würde warten, bis die Kollegen der Streife eintrafen, um die Wohnung im Auge zu behalten. Kurz darauf erhielt er die Meldung von Teubner, dass es weder auf der Straße noch im Hinterhof eine Spur von dem Flüchtigen gab. Ein Observationsteam war bei der dünnen Personaldecke nicht einsetzbar. Reinders zögerte nicht lange. Vorschriften hin oder her. Er wählte die Nummer von Kollegin Maike Graf.

Kapitel 6

Montag, 28. März, 11.23 Uhr

Die Stadt war ihr noch gut bekannt, sie mochte Unna, auch wenn sie viele negative Erinnerungen damit verband. Aber die musste sie jetzt hinter sich lassen. Denn egal, wie das Verhältnis zu den Brechts auch gewesen war, solch einen brutalen Tod hatten sie nicht verdient. Nach dem Gespräch mit Kommissar Teubner war Jana sich der Aufgabe bewusst, sich als einzige lebende Verwandte um den Nachlass von Onkel Matthias und Tante Silvia kümmern zu müssen. Dazu würde sie einen Erbschein benötigen. Also hatte sie telefonisch einen Termin beim Nachlassgericht vereinbart. Jetzt parkte sie vor dem Gerichtsgebäude in der Friedrich-Ebert-Straße. Sie legte die Hände ans Lenkrad und trommelte nervös mit den Fingern darauf. Als es Zeit wurde, verließ sie ihr Auto, erklomm die Stufen des Gerichts und schob die schwere Tür auf. Der Beamte an der Schleuse bat sie, ihre Handtasche zum Durchleuchten auf ein Band zu legen, dann durfte sie durch die Sicherheitstür treten. Jana ließ sich den Weg zu den Büros des Nachlassgerichts erklären und stieg eine knarrende Treppe mit Holzgeländer hinauf.

Sie betrat das Amtsgericht in Unna zum ersten Mal, dennoch kamen sofort Erinnerungen an ihren Prozess wegen Antikenschmuggelei in ihr hoch. Der war ihr in zehn Sitzungen beim Oberlandesgericht in Düsseldorf gemacht worden. Die Brechts weigerten sich, sie zu fahren, und die Zugfahrkarten musste Jana selbst bezahlen. Man stellte ihr einen Pflichtverteidiger an die Seite, von dem sie glaubte, dass er sie insgeheim für schuldig hielt. Das Urteil von einem Jahr auf Bewährung hatte sie hingenommen, die Erleichterung darüber, nicht ins Gefängnis zu müssen, überwog die Tatsache, dass sie von nun an als vorbestraft galt.

Das Amtsgericht in Unna wirkte gegen das gigantische Gebäude in Düsseldorf fast unscheinbar. Hohe Flure mit großen vergitterten Fenstern, kaum Fußvolk. Jana klopfte an eine Holztür und saß bald dem zuständigen Sachbearbeiter gegenüber. Bereits eine Viertelstunde danach waren die Formalitäten erledigt. Man würde den Erbschein an Janas Adresse in Hamburg schicken.

»Wie lange wird das dauern?«, fragte sie erwartungsvoll.

Der Beamte hob ratlos die Schultern. »Das kommt auf den zuständigen Richter an. Mit Glück in ein paar Tagen, im ungünstigsten Fall in einigen Wochen.«

Sie bedankte sich und verließ das Büro. Erst im Flur verstaute sie ihren Ausweis und das Familienbuch in ihrer Handtasche.

»Jana? Bist du das wirklich? Jana Helmes?«

Jana blickte auf und direkt in das strahlende Gesicht eines uniformierten Polizisten. »Frank Strodtbeck?«, fragte sie zaghaft.

Der Mann nickte und umarmte sie so spontan, dass Jana sich ein wenig überrumpelt fühlte. Als er sie losließ, grinste er verschmitzt. »Die kleine Jana ist aus dem Norden zurückgekehrt.« Er wurde ernst und fuhr fort: »Eine schreckliche Geschichte, dass mit den Brechts. Ich habe es auf der Dienststelle mitbekommen. Deshalb bist du hier, stimmt 's?«

Jana nickte und zog den Reißverschluss ihrer Tasche zu. Ihr Herz klopfte wild gegen ihre Brust, und das lag nicht an der Polizeiuniform, auf die sie im Allgemeinen allergisch reagierte. Frank Strodtbeck war der ältere Bruder ihrer ehemaligen Mitschülerin und Sitznachbarin Yvonne, das einzige Mädchen, mit dem Jana sich während der Schulzeit ein wenig angefreundet hatte. Frank hatte seine Schwester oft von der Schule abgeholt, in der Oberstufe kam er mit dem Auto und nahm Jana meist mit, obwohl ihr Zuhause in einer völlig anderen Richtung lag. Sie mochte ihn, er hatte eine natürliche und unvoreingenommene Art, die sie immer fasziniert hatte.

»Wie geht 's Yvonne?«, fragte sie unverbindlich.

Frank lächelte und legte eine Reihe perfekter Zähne frei. »Oh, ich denke gut. Wegen ihres Manns ist sie nach Stuttgart gezogen, hat inzwischen zwei Kinder. Sie wohnen in einem Einfamilienhaus am Stadtrand, und ich wette, mein Schwesterchen würde sich freuen, wenn du dich mal bei ihr meldest.«

Jana nickte und wechselte das Thema. »Und du bist also zur Polizei gegangen.« Sie bemerkte, dass sie die Henkel ihrer Tasche krampfhaft vor sich festhielt, als wollte sie unbewusst eine Distanz schaffen. Sie ließ ihre Linke los und hielt die Handtasche seitlich.

»Ja«, grinste Frank. »Irgendwer muss die bösen Buben jagen.« Er schob seine Hände in die Hosentaschen. »Ich darf mich Polizeioberkommissar nennen.«

»Du bist nicht für die Morde zuständig, oder?« Jana hoffte insgeheim, er könne ihr etwas über die Ermittlungen erzählen.

»Nein, aber«, er trat einen Schritt vor und fasste sie vorsichtig an den Oberarmen, »wenn ich dir irgendwie helfen kann, mach ich das gerne. Das ist keine Phrase, ich meine es ernst.«

Jana blickte in seine braunen Augen, sah seine Grübchen und das Muttermal auf seiner linken Wange ganz nah, dabei erkannte sie ehrliches Mitgefühl. Das hatte ihr in den letzten Jahren gefehlt. Nach der Enttäuschung mit Adil hatte sie niemanden mehr so richtig an sich herangelassen. Sie lebte seit dem Prozess nun schon fast zwei Jahrzehnte in Hamburg und hatte dennoch nur wenige Bekannte. Mit einem Mal bemerkte sie, dass ihr jemand fehlte, eine Person, die ein offenes Ohr für ihre Bedürfnisse hatte, die nicht nur an Small Talk interessiert war, sondern an ihr selbst.

Frank schien ihre Verzweiflung zu spüren, musste die Tränen sehen, die sich in ihren Augenwinkeln sammelten und sich nur mühsam zurückhalten ließen. »Komm her«, sagte er leise, nahm sie in die Arme und drückte sie fest an sich. Dieses Mal erwiderte sie die Umarmung.

»Ich bin für dich da«, murmelte er. Dabei legte er sein Kinn auf ihrem Kopf. »Du musst dir nur helfen lassen und dich nicht allein durchboxen wie bei der Sache mit der Antikenhehlerei.«

Jana sah ihn fragend an. »Du weißt von meinem Prozess?«

Jetzt ließ er sie los und schaute durch eines der großen vergitterten Fenster des Flurs, die auf den Innenhof des Gerichts führten. Er stützte sich mit den Händen auf der Fensterbank ab. Dann drehte er sich wieder zu ihr und hatte sein altbewährtes schelmisches Grinsen im Gesicht. »Ich war wohl ein bisschen verliebt in dich damals. Ich bin sogar zur Urteilsverkündung nach Düsseldorf gefahren, aber du hast mich nicht bemerkt. Überhaupt hast du so eine dicke Betonschutzmauer um dich hochgezogen, dass ich keine Chance gesehen habe, dir meine Liebe zu gestehen.«

Sein Tonfall sollte die Worte ins Lächerliche ziehen, aber Jana sah in seinen Augen, dass er ernst meinte, was er sagte. Warum hatte sie nie etwas von seiner Zuneigung gespürt? »Schade«, erwiderte sie und versuchte seine ironische Tonlage zu treffen, »wer weiß, was aus uns geworden wäre!«

Eine Weile standen sie stumm voreinander. Dann räusperte Frank sich und blickte auf seine Armbanduhr. »Tut mir leid, Jana. Aber ich muss zurück in die Dienststelle. Ich hatte eben einen Gerichtstermin, wo ich als Zeuge aussagen musste. Danach habe ich nur kurz einen Kumpel besuchen wollen, der hier oben sein Büro hat.«

Jana nickte und bemühte sich, ihre Enttäuschung zu verbergen. Ein wenig hatte sie gehofft, sie könnten irgendwo gemeinsam einen Kaffee trinken.

»Bleibst du noch eine Weile in Unna oder geht 's sofort zurück nach Hamburg? Es wäre schön, wenn ich dich zum Essen einladen dürfte. Um über alte Zeiten zu quatschen.«

Jana zog die Schultern hoch. »Ich denke, ich werde einige Tage hierbleiben. Allerdings muss ich sehen, wo ich unterkomme, in das Haus der Brechts darf ich erst, sobald ich den Erbschein habe.«

Frank fischte aus der Innentasche seiner Uniformjacke eine Visitenkarte. »Ruf mich einfach an. Ich freu mich drauf. Lass mich nicht wieder jahrelang warten, ja?«

Kapitel 7

Montag, 28. März, 14.05 Uhr

Maike Graf hatte die halbe Nacht bei den Städtischen Kliniken Dortmund verbracht. Ein Anruf von Jochens jüngerer Schwester Chiara hielt sie keine Sekunde länger zu Hause. Sein Zustand habe sich verschlechtert, man müsse mit dem Schlimmsten rechnen. Vor dem Klinikum sah sie Chiara Zigarette rauchend auf und ab laufen. Es dürfe nur eine Person auf die Intensivstation und dort sei nun ihre Mutter und halte die Stellung. Weinend umarmten sich Maike und Chiara. Es tat gut, die Last und den Kummer zu teilen. Gegen vier Uhr in der Früh kam Gerlinde Hübner kreidebleich aus dem Krankenhaus. Jochens Zustand habe sich etwas stabilisiert, er brauche Ruhe, man könne nichts anderes machen, als abzuwarten. Auf Besuch müsse man bis auf Weiteres verzichten. Daraufhin fuhr Maike wieder nach Hause. Sie war mit ihren Kräften völlig am Ende, hatte ihr Smartphone ausgeschaltet und sich hingelegt.

Seit dem frühen Morgen saß sie nun an ihrem PC im Wohnzimmer ihrer Eigentumswohnung. Die Sorge um Jochen fraß sie fast auf. Sie musste sich ablenken. Das klappte am besten mit Arbeit. Sie hätte sich zwar in der Dienststelle mit anderen Kriminalfällen beschäftigen können, dazu fehlte ihr jedoch die Konzentration. Deshalb hatte sie sich für einige Tage beurlauben lassen.

Bei ihrer Recherche zu Hause organisierte sie sich zunächst die Online-Ausgabe des Zeitungsartikels von Mario Clemens über den Rauswurf der Brechts aus ihrem Laden und studierte die dort abgebildeten Fotos. Die Kollegen hatten angedeutet, dass der Artikel möglicherweise der Auslöser für die Morde sein könne. Fünf Fotografien aus dem Antiquitätenladen waren in der Zeitung abgedruckt. Eine dekorative Deckelvase, ein Bronzeleuchter und eine Barockkommode, drei wertvolle und dekorative Gegenstände, für die jedoch kaum jemand einen Doppelmord begehen würde. Interessanter erschienen ihr die übrigen beiden Fotos. Eines zeigte zwei kleine Figuren, die Maike mit der ägyptischen Kultur in Zusammenhang brachte. Ob es sich hierbei um antike Figuren handelte? Vielleicht sogar illegal eingeführt? Nach kurzer Recherche erfuhr sie, dass sie aus Bronze gearbeitet waren und mit den typischen Herrscherinsignien, Atef-Krone und Krummstab, den Gott Osiris darstellten.

Maike interessierte sich nicht besonders für die antiken Kulturen, aber sie fand heraus, dass Osiris im alten Ägypten als Totengott galt und zunehmend zu einer sehr wichtigen Gottheit wurde. Schließlich wies man ihm den Rang eines alleinigen Herrschers im Reich der Toten zu, in das ja auch die Pharaonen nach ihrem Tod eintraten. Daher stand er sogar höher als sie.

Maike las in mehreren Artikeln über die Beliebtheit des Totengottes. Ausgrabungsskulpturen lagen bei Sammlern hoch im Wert. Nach langem Suchen fand sie einen Bericht, in dem von einem spektakulären Fund vieler Artefakte nahe dem Ptah-Tempel in Karnak bei Luxor die Rede war. Darunter zahlreiche Osiris-Statuen. Als sie die Bilder der Ausgrabung vergrößerte und mit dem Foto aus dem Antiquitätenladen verglich, pfiff sie leise durch die Zähne. Sie mochte es nicht beschwören, aber es könnte sich bei den Skulpturen aus Brechts Laden um Stücke aus dieser Grabung handeln. Laut des Berichts datierte man die Fundstücke auf das 8. Jahrhundert vor Christus, womit sie vermutlich ein Vermögen wert waren. Genau wie die Henkelvase der Hethiter um 2.000 vor Christus auf dem fünften Foto. Ihr Schätzwert lag im 5-stelligen Eurobereich.

Maike lehnte sich zurück und faltete die Hände hinter ihrem Kopf. Woher stammten diese Antiken? Diese Stücke galten als Kulturgut und gehörten ins Museum. Bestand die Möglichkeit, dass die Brechts einen illegalen Handel neben ihrem eigentlichen Geschäft betrieben? War das der Grund dafür, dass sie sterben mussten?

Plötzlich fiel Maike eine ehemalige Schulfreundin ein, die nach München gezogen war, um dort Archäologie zu studieren. Claudia hieß sie. Maike hatte sie beim letzten Klassentreffen vor einigen Jahren getroffen und ein angeregtes Gespräch mit ihr geführt. Sofort griff sie nach ihrem Smartphone und schaltete es ein. Auf dem Display erschienen zehn verpasste Anrufe von Reinders. Zudem eine Textnachricht von Chiara, dass Jochens Zustand wieder stabil sei. Maike atmete auf, scrollte die Namensliste ihrer gespeicherten Kontakte herunter und wählte kurz darauf die Nummer ihrer Schulfreundin.

»Sievert?«, meldete sie sich.

»Hallo«, grüßte Maike und erklärte den Grund ihres Anrufs. »Als Archäologin sagt dir der Begriff Antikenhehlerei doch etwas?«

Claudia seufzte. »Ja, ein schlimmes Verbrechen.«

»Nehmen wir mal an«, fuhr Maike fort, »ich hätte in einem Antiquitätenladen ein Objekt entdeckt, das aus einer Raubgrabung stammt. Wäre das ungewöhnlich?«

Claudia stieß die Luft aus. »Sagen wir mal so, es ist nicht unmöglich, dort ein Stück aus ungewisser Quelle zu entdecken. Aber es wäre eher die Ausnahme. Meist werden gestohlene Kulturgüter zum Beispiel aus Ausgrabungen unter der Hand gehandelt. Oft geht sogar die konkrete Bestellung eines Privatkunden voraus.«

Das war nicht die Richtung, in die Maike gedacht hatte. Es musste andere Möglichkeiten geben, wie die Kulturobjekte in den Laden der Brechts gekommen waren. »Wenn ein Stück aus einer Raubgrabung aber bei einem Händler landet, wie könnte das ablaufen?«

»Am einfachsten recherchierst du, mit welchen Zwischenhändlern der Ladenbesitzer im Geschäft war. Vielleicht hat er die Objekte selbst eingeführt? Ist er viel gereist? Eine kleine Buddha-Figur oder ein wertvolles Schmuckstück findet in jedem Koffer Platz. Gibt es keine Angestellten, die du befragen kannst? Du bist doch bei der Polizei!«

Maike nickte, wollte der Freundin aber nicht sagen, dass sie von dem Fall abgezogen worden war und freiwillig Urlaub eingereicht hatte. »Ja, da kommen wir nicht so recht weiter«, sagte sie vage.

»Du solltest deine Fühler mal Richtung Schweiz ausstrecken. Dort gibt es den Freihafen Genf. Ein riesiges Areal, wo Tausende Kulturschätze deponiert sein sollen. Viele unrechtgemäß eingeführte Antiken werden da zwischengelagert. Es existiert zwar seit 2003 ein neues Kulturgütertransfergesetz, schlaue Schmuggler wissen die legalen Wege jedoch zu umgehen.«

Maike bedankte sich und beendete das Gespräch, danach rief sie sofort ihren Kollegen Sören Reinders zurück. »Was gibt 's? Sorry, ich hatte ...«

»Kein Problem, ich verstehe, dass du deine Ruhe haben willst. Aber wir brauchen deine Hilfe.« Er erklärte, dass Holger Kern geflohen war und der Dienststelle die Kapazitäten für eine Observierung seiner Wohnung fehlten. »Kannst du das Haus im Auge behalten? Ich bitte dich nicht gerne darum, doch wir sind sicher, der Kern verschweigt uns was. Vielleicht kehrt er in seine Wohnung zurück.«

»Meinst du, er könnte die beiden Morde verübt haben?«, fragte Maike.

»Also den Matthias Brecht hat er mit seinem gebrochenen Arm kaum selbst so zugerichtet. Aber möglicherweise weiß er oder hat zumindest eine Idee, wer dahintersteckt. Auf jeden Fall kennt er die Abläufe in dem Antiquitätenladen. Und falls die Händler Dreck am Stecken hatten, wird er davon wissen.«

»Ich helfe gerne, Sören. Ich mache mich sofort auf den Weg.«

»Aber nur observieren. Wenn du ihn siehst, gib uns Bescheid!«

»Klar, Kollege.« Maike nickte und beendete das Gespräch.

Von der Lortzingstraße bis zu dem Mehrfamilienhaus, in dem Holger Kern lebte, brauchte sie mit ihrem roten Renault Clio nur zehn Minuten. Zunächst wollte sie prüfen, ob der Mann sich inzwischen wieder in seiner Wohnung befand. Sie parkte etwas abseits und ging zielstrebig auf den Hauseingang zu. Kern wohnte im Obergeschoss. Maike wollte gerade auf eine Klingel im Erdgeschoss drücken, um sich Zugang zum Haus zu verschaffen, als die Haustür sich öffnete und ein junges Mädchen herauskam. Maike schlüpfte in den Hausflur und lief die Stufen hinauf. Sie fand die Wohnungstür Kerns nur angelehnt vor, hörte eine Stimme und lauschte. Vorsichtig schob sie sich in einen dunklen Wohnungsflur, von dem vier Türen abgingen. Eine führte in die Küche und stand halb offen. Maike sah dort einen Mann, der ihr den Rücken zudrehte und telefonierte. Sein rechter Arm war geschient, er trug dunkle Jeans, schwarze Sneakers und ein weißes Polohemd mit kurzen Ärmeln.

»Die Polizei sucht mich«, sprach er hektisch, »ein Wunder, dass die das Haus nicht observieren. Ich muss hier erst einmal weg und dafür brauch ich Geld.« Er fischte eine Zigarette aus der Packung und zündete sie umständlich an, wobei er mit seinem lädierten Arm das Telefon hielt und seinem Gesprächspartner zuhörte. »Okay, dann bei mir in der Wohnung. In zwei Stunden? Geht das nicht schneller? Ich hoffe, die Bullen sind bis dahin nicht erneut hier aufgetaucht. Die werden sich ja ausrechnen, dass ich ...«

In Maike keimte ein Plan auf. Leise trat sie zurück in den Hausflur und lief die Stufen hinab. Bevor sie das Haus verließ, legte sie den Hebel für die Türverriegelung um, damit die Tür nicht ins Schloss fiel. Der Verkehr rauschte laut an ihr vorbei, als sie den Hellweg erreichte. Ein Bus hielt an der nahe gelegenen Haltestelle und spuckte einige Insassen aus. Maike lief weiter bis zur Sparkasse, wo sie am Geldautomaten 1000 Euro zog. Sofort rannte sie den Weg wieder zurück, erklomm die Stufen bis zu Kerns Wohnung erneut und klopfte an seine Tür, die immer noch einen Spalt offen stand. Mit festem Schritt trat sie ein.

»Hallo? Warnke ist mein Name, ich bin eine Kollegin von Mario Clemens, der Journalist, der den Bericht über das Ehepaar Brecht geschrieben hat.« Sie schob die Tür zur Küche auf und sah, wie Kern sich ruckartig umdrehte. »Würden Sie mir einige Fragen beantworten?«

»Wie kommen Sie hier rein? Was wollen Sie von mir?«, blaffte er böse.

»Die Tür stand auf. Mario Clemens und ich recherchieren über den Tod der Brechts. Uns interessiert, mit wem sie Geschäfte gemacht haben. War da alles sauber oder ist der Handel auch unterm Tisch abgelaufen? Wie sind Ihre Chefs an die Antiken gekommen, die in der Zeitung erschienen sind?«

Holger Kern schwieg einen Moment, dann brannte er mit einem tiefen Zug die Zigarette bis zum Filter herunter und drückte sie im Ascher aus. »Ich glaube nicht, dass ich mich dazu äußern möchte. Es sei denn, Sie hätten mir etwas zu bieten.« Er grinste vielsagend.

Maikes Menschenkenntnis hatte sich bewährt. Sie zog ihr Portemonnaie aus der Tasche und legte zunächst zwei Hunderteuroscheine auf den Tisch. »Als Anzahlung«, sagte sie.

Holger Kern fixierte die Scheine mit scharfem Blick. »Soll das ein Witz sein? Dafür bekommen Sie nicht einmal den Wetterbericht von mir.«

Maike seufzte und legte noch drei Hunderter drauf. »Also?«

»Da muss aber noch mehr kommen. Okay, damit Sie meinen guten Willen sehen, nenne ich Ihnen einen Namen. Björn Kumpf«, sagte er und verschränkte die Arme vor der Brust. »Sein Auto habe ich in der Straße nahe dem Geschäft gesehen an jenem Abend, als der Mord passiert ist.«

Maike tippte den Namen im Stehen als Notiz in ihr Handy. »Und weiter? Wer ist das? Wo wohnt er? Wann und wo genau haben Sie welchen Wagen gesehen?«

»Ein Antiquitätenhändler, der Geschäfte mit den Brechts gemacht hat.« Kern nahm die Geldscheine vom Tisch und schob sie in die Hosentasche. Er rülpste mehrmals leise und Maike roch seine Alkoholfahne. Das erklärte seinen Leichtsinn, die Wohnungstür nicht hinter sich zugezogen zu haben.

»Hören Sie!«, sagte sie energisch. »Für einen einzelnen Namen zahle ich keine 500 Euro. Entweder Sie rücken jetzt relevante Informationen heraus oder Sie geben mir das Geld zurück.«

»Nun halten Sie mal den Ball flach!« Das Gesicht von Kern verschloss sich. »Den Preis bestimme ich und 500 Euro sind mir definitiv zu wenig.«

Maike seufzte und legte zwei weitere Hunderter auf den Tisch. »Jetzt will ich aber was hören.«

Er schüttelte den Kopf. »Unter 1000 läuft da nichts mehr.«

Maike zog die restlichen drei Scheine aus ihrer Jacke, hielt sie aber fest. »Ich kaufe nicht die Katze im Sacke. Jetzt reden Sie, dann bekommen Sie den Rest des Geldes! Wer genau ist Björn Kumpf und was, denken Sie, hatte er in der Nähe des Ladens zu tun?«

Kern blickte sie genervt an. »Björn Kumpf hat ein Antiquitätengeschäft in Mülheim. Gesehen habe ich am Freitag seinen schwarzen VW Caddy. Da steht an der Seite das auffällig goldene Logo seines Ladens dran. *Antikes und Antiquiertes.* Ich nehme an, er wollte den Brechts die besten Sachen aus ihrem Laden abkaufen und sie sofort mitnehmen. Denn sonst ist er mit einer Mercedes-M-Klasse unterwegs.«

»Gab es weitere Händler, zu denen die Brechts Kontakt hatten? Haben sie oft Urlaub im Ausland gemacht? Vielleicht in Ägypten, in der Türkei, dem Nahen Osten oder anderen Ländern mit alten Kulturen? Wissen Sie von illegal eingeführten Antiken?«

Kern seufzte, schielte auf die Uhr und setzte sich mühsam auf einen Stuhl. »Ja. Tatsächlich. Zwei Mal im Jahr sind die mindestens geflogen. Zuletzt nach Griechenland. In Ägypten waren sie auch.«

»Kann es sein, dass sie ihren Urlaub in der Nähe von Karnak gemacht haben? Das liegt bei Luxor und den Pyramiden.«

»Keine Ahnung«, erwiderte Kern und stand wieder auf. Dabei stieß er mit dem kranken Arm gegen den Tisch, wobei mehrere Flaschen umkippten, deren Inhalt auf den Boden tropfte. »Scheiße!«, fluchte er und sah Maike böse an. »War es das jetzt?« Er schwankte leicht. »Geben Sie mir den Rest des Geldes und verschwinden Sie endlich!« Er stellte die Flaschen wieder auf.

»Ich glaube nicht, dass Ihre Informationen mehr als 700 Euro wert sind«, meinte Maike unbeeindruckt und schob die Hand mit den 300 Euro in ihre Jackentasche.

Kerns aufgesetzte Freundlichkeit war nun endgültig verschwunden. Er trat auf Maike zu und packte sie mit der gesunden

Hand fest am Arm. Er stank eindeutig nach Rum. »Wie viel meine Informationen wert sind, entscheide ich«, zischte er böse. »Und jetzt rücken Sie das Geld heraus!«

Maike befreite sich ruckartig aus seinem Griff und trat zurück. Als Kern daraufhin zum Schlag ausholte, duckte sie sich geschickt darunter hinweg. Holger Kern geriet ins Taumeln. Dabei versuchte er sich an der Wand festzuhalten. Er riss eine runde Wanduhr ab, die scheppernd auf den Fliesen zerbrach, bevor er selbst mit dem Kopf gegen den Türrahmen knallte und bewusstlos zu Boden ging. Sofort beugte Maike sich über ihn und tastete nach dem Puls, der gleichmäßig schlug. Sie zog ihr Smartphone aus der Gesäßtasche und rief Reinders an. »Holger Kern ist in seiner Wohnung und schläft jetzt seinen Rausch aus«, sagte sie knapp.

»Heißt, du bist bei ihm?«, fluchte ihr Kollege und lauschte daraufhin Maikes Erklärung. »Du solltest nur observieren! Verschwinde da, Maike, und fahr am besten sofort nach Hause. Ich mache mich mit Teubner gleich auf den Weg. Und ... danke!«

»Ich soll den Kerl einfach so hier liegen lassen?«, fragte Maike.

»Wir machen uns so schnell wie möglich auf den Weg. Wenn der Typ besoffen ist, wird er so schnell nicht aufwachen. Also verschwinde da!«

Maike versprach es und hockte sich neben den Betrunkenen. Noch einmal tastete sie nach seinem Puls, der regelmäßig schlug. Leises Schnarchen tönte aus seinem Mund. Maike schob ihre Hand vorsichtig in seine Hosentasche und zog ihm langsam die Hunderter heraus. »Da, wo deine Reise hingeht, brauchst du das Geld nicht«, flüsterte sie und verschwand eilig aus der Wohnung.

Kapitel 8

Montag, 28. März, 17.25 Uhr

Aus den Unterlagen, die sich auf seinem Schreibtisch stapelten, zog Teubner einen Bericht hervor, den ihm die Kollegen aus München elektronisch übermittelt hatten. Die Eigentümerin des Hauses am Königsborner Markt, in dessen Erdgeschoss das ermordete Ehepaar den Antiquitätenladen geführt hatte, hatte endlich von den Geschehnissen in Kenntnis gesetzt und dazu befragt werden können. Zur Tatzeit war Amelie Sydow nicht in Deutschland gewesen, sondern für drei Tage mit ihrer besten Freundin auf Mallorca in einem Fünf-Sterne-Wellnesshotel. Ihre Aussage über die Brechts deckte sich im Groben mit den gewonnenen Erkenntnissen, die die Ermittler bereits aus den Geschäftsunterlagen zusammengetragen hatten. Das Mietverhältnis mit den Brechts sei Jahrzehnte lang unkompliziert verlaufen. Als vor etwa einem Jahr plötzlich nur noch zwei Drittel des Mietpreises überwiesen wurden, habe sie das Gespräch mit den Händlern gesucht. Matthias Brecht habe eine Komplettrenovierung seiner Ladenräume gefordert und sich geweigert, die seit Jahren konstante Miete weiterzuzahlen. Als Konsequenz sei die Kündigung der Geschäftsräume gefolgt.

»Die Geschichte hat sie sich ja nett zurechtgelegt«, murmelte Teubner und legte den Bericht beiseite. Er fuhr sich mit den Fingern durch die blonden, kurzen Haare. Die Aussage der Vermieterin dramatisierte die Tatsachen. Bei Durchsicht der Geschäftsunterlagen war ein Ordner mit dem Schriftverkehr zwischen der Sydow und den Brechts aufgetaucht. Da stand nichts von der Forderung einer Renovierung der Ladenräume, die Brechts hatten nur lockere Fliesen im Flur und eine gesprungene Scheibe der Hintertür moniert. Danach war die Zahlung der Miete von über 2.000 Euro um zehn Prozent gekürzt worden. Unterschiedliche Aussagen hin oder her, letztendlich war die Sydow mit dem Auszug der Händler jedenfalls an ihrem Ziel gewesen. Sie war die lästigen Mieter los, konnte renovieren und die Miete so anpassen, dass der Verlust bald vergessen war. Da hätte auch der Zeitungsbericht über den Rauswurf nichts dran geändert. Amelie Sydow schied als Verdächtige jedenfalls aus.

Wie sah es dagegen mit der Nichte der Brechts aus? Teubner kramte nach dem Bericht. Ihr angegebenes Alibi stimmte. Sie hatte zur Tatzeit gearbeitet, diese Angabe war von ihrer Chefin bestätigt worden. Mit dem Einverständnis von Jana Helmes hatten sie ihre Telefondaten ausgewertet. Ihr Handy war in den letzten Wochen nur in Hamburg eingeloggt gewesen. Ihre Anrufliste zeigte keine Kontaktaufnahme zu den Brechts, zu niemandem in Unna, Dortmund oder überhaupt im Ruhrgebiet.

Die Hamburger Kollegen hatten ihre Chefin, Arbeitskollegen und Nachbarn befragt. Demnach schien Jana Helmes sehr zurückgezogen zu leben. Anscheinend existierte kein fester Freund und sie pflegte kaum soziale Kontakte. Sie war nicht im Sportverein, Gespräche mit ihren Hausnachbarn beschränkten sich auf Small Talk. Teubner seufzte.

Und dann gab es noch diesen Cold Case, den Mord an ihrer Mutter. Er hatte sich die alten Akten besorgt und viele Stunden damit verbracht, die damaligen Ermittlungen zu durchforsten. Tatsächlich war Matthias Brecht ebenfalls verdächtigt worden. Er war der Letzte, der Dirk Bredow, den Vater von Jana Helmes, gesehen hatte. Seine Behauptung, Janas nicht verheiratete Eltern hätten heftig gestritten, die Mutter habe sich vom Vater trennen wollen, waren durch keine weiteren Indizien oder Zeugenaussagen untermauert worden. Es gab lediglich diese Briefe, die Brecht der Polizei vorgelegt hatte. Angeblich an Janas Mutter adressierte Liebesbriefe. Teubner las die Kopien. Auf ihn wirkten sie, als seien sie von einem Jugendlichen geschrieben worden. Und in keiner Zeile stand etwas davon, dass Janas Mutter mit ihrem Geliebten nach Amerika gehen wolle. Das hatte Brecht jedoch mehrfach behauptet.

Dagegen hatten alle Befragten aus dem direkten Umfeld Janas Eltern als überaus glückliches Paar beschrieben, während Matthias Brecht von den Mitarbeitern des Bauunternehmens, seinen damaligen Nachbarn und Bekannten als Choleriker bezeichnet worden war, der nach dem Tode von Kerstin Helmes alles in seiner Macht Stehende getan hatte, um an das Sorgerecht für Jana und somit an ihr Erbe zu gelangen. Allerdings waren ihm vom Jugendamt Auflagen gemacht worden, die man bis zur Volljährigkeit Janas streng kontrolliert hatte. Die damaligen Ermittlungen gegen Brecht hatten ihn jedenfalls nicht als Täter überführen können. Seine Frau hatte ihm ein Alibi für die Tatzeit des Verschwindens von Kerstin Helmes gegeben. DNA-Spuren konnte man damals noch nicht verwerten.

Teubner nahm sich vor, eine Wiederaufnahme des Falls zu beantragen. Irgendwie ließ ihn das Gefühl nicht los, dass die beiden Kriminalfälle möglicherweise miteinander zu tun hatten. Vielleicht konnte die Kriminaltechnik aus damals gesicherten Beweismitteln heute den Mörder von Janas Mutter ermitteln. Jana Helmes hatte in diesem Cold Case sicher keine entscheidende Rolle gespielt. Sie war damals erst zwei Jahre alt. Aber was, wenn sie ihren Onkel für den Mörder ihrer Mutter hielt? Hatte der Privatdetektiv, den sie engagiert hatte, vielleicht doch etwas herausgefunden, das diese These untermauerte? Teubner schüttelte den Kopf. Das war reine Spekulation und reichte nicht einmal für einen Anfangsverdacht. Also stand auf der kleinen Liste der Verdächtigen nach wie vor Holger Kern an erster Stelle.

Zudem dürfte die Annahme, dass die Brechts in den illegalen Antikenhandel verwickelt gewesen sein könnten, eine große Rolle spielen. Denn dieses überaus lukrative Geschäft hätte dem Paar zum Verhängnis werden können. Teubner hatte sich im Internet eine Weile mit Raubgrabungen beschäftigt. Ein Geschäft, bei dem die Händler unvorstellbare Gewinne erzielten. Antiken wurden gerne unter der Hand gehandelt, da es hohe Auflagen für den seriösen Handel mit alten Kulturgütern einzuhalten galt. In Deutschland musste der Besitzer nachweisen, woher die Antike stammte und auf welchem legalen Weg sie überhaupt in seinen Besitz gelangen konnte.

Dieser juristisch einwandfreie Herkunftsnachweis war in den meisten Fällen nur schwer zu erlangen, denn eigentlich gab es so gut wie keine legale Möglichkeit, sich Kunstschätze anzueignen. Es sei denn, sie wären schon vor sehr langer Zeit erworben und weiterverkauft worden, als diese Gesetze noch nicht galten: Archäologische Objekte gehörten in der Regel dem Land, in dem sie ausgegraben worden waren, und wurden dort Museen überstellt, die sie in ihren Bestand aufnahmen und ausstellen konnten, sodass die Bevölkerung, also im weitesten Sinn die Nachfahren der alten Kunsthandwerker, sie bewundern konnten.

»Das ist ja alles schön und gut«, murmelte Teubner zu sich selbst, »aber entsprechende Nachweise lassen sich von findigen Betrügern sicherlich fälschen. Für diese kleinen Osiris-Figuren haben wir allerdings keinerlei Belege oder Dokumente gefunden.« Ein festes Klopfen an seiner Bürotür riss ihn aus den Gedanken. »Ja?«

Reinders blickte ihn hektisch an. »Wir haben Arbeit, Max. Maike hat angerufen, Holger Kern ist in seiner Wohnung.«

Teubner griff sofort nach seiner Jacke und folgte Reinders zum Parkplatz hinter der Dienststelle. »Was hat Maike gesagt? Ist Kern allein? Hoffentlich ist sie nicht zu ihm reingegangen. Wenn der Marschewski rauskriegt, dass du sie eingespannt hast, kannst du was erleben.«

»Mir scheißegal«, zischte Reinders. »Maike ist in der Wohnung gewesen, ich habe sie nach Hause geschickt, mehr brauchst du nicht zu wissen. Den Rest müssen wir jedenfalls selbst erledigen.«

Bis zum Massener Hellweg benötigten sie kaum eine Viertelstunde. Teubner parkte vor den Garagen hinter dem Gebäude und folgte Reinders, der bereits die Tür aufdrückte. Ein Riegel verhinderte, dass sie ins Schloss fallen konnte. »Glück muss man haben«, murmelte er.

Teubner folgte Reinders die Stufen hinauf. Als er kurz hinter ihm das Treppenpodest vor Holger Kerns Wohnungstür erreichte, sah er, dass sie nur angelehnt war. Sofort griffen die Beamten nach ihren Dienstwaffen und entsicherten sie. Teubner schob sich an seinem Kollegen vorbei und klopfte. »Herr Kern?«, rief er. »Hier ist die Polizei. Wir müssen uns unterhalten.« Er drückte die Holztür langsam auf. Das Quietschen der Scharniere schallte durchs Treppenhaus. »Wir kommen jetzt rein!«, sagte er deutlich.

Nur wenig Tageslicht erreichte den kleinen Wohnungsflur. Teubner tastete nach dem Lichtschalter und betätigte ihn. Eine dreiflammige Lampe spendete nur schummriges Licht. Von der Diele gingen vier Türen ab. Wie er wusste, führte eine ins Bad und eine in die Küche. Hinter den anderen beiden vermutete Teubner das Schlaf- und Wohnzimmer. Er schob die erste Tür vorsichtig auf und sah ein ungemachtes Bett und einen großen

Einbauschrank. Keine Spur von Kern. Im nächsten Raum standen ein Esstisch voll mit Krempel aller Art, gebrauchten Gläsern und Flaschen, drumherum kreuz und quer sechs Stühle, einer davon umgeworfen, eine Wohnwand, in deren Staub man verwischte Spuren sah, eine Sitzgarnitur, über und über mit Zeitungen und Zeitschriften bedeckt, eine niedrige Anrichte mit Fernseher. Dazwischen stapelten sich ein paar blaue Säcke und hochkant unter dem Fenster noch zusammengefaltete Umzugskartons. Ob man Kern die Wohnung gekündigt hatte? Reinders drückte die Tür zum Bad auf. Auch hier hielt er sich nicht auf, das Fenster war von innen verriegelt. Sie lauschten. Kein Laut drang aus der Wohnung.

Langsam öffnete Teubner die Tür zur Küche. Etwa zwei Meter von ihm entfernt sah er Holger Kern. Er lag am Boden, die Augen geschlossen. Teubner sicherte seine Waffe, steckte sie ins Holster und ging neben dem Leblosen in die Hocke. Er suchte den Pulsschlag am Hals vergeblich und schüttelte resigniert den Kopf. Dann drückte er sich in den Stand. Die Kriminalhauptstelle musste informiert werden, ebenso der Notarzt. »Da kommt jede Hilfe zu spät. Ruf den RTW. Ich sag Marschewski Bescheid. Sieht zwar auf dem ersten Blick nach einem Sturz mit Todesfolge aus, aber ich möchte keine voreiligen Schlüsse ziehen. Vielleicht hat auch jemand nachgeholfen.« Im Stillen verfluchte er Reinders dafür, Maike Graf mit in die Sache hineingezogen zu haben. Sie mussten sie persönlich befragen. Ganz offiziell. Und das würde Ermittlungsleiter Marschewski gar nicht gefallen.

Kapitel 9

Montag, 28. März, 18.08 Uhr

Mit Björn Kumpf, den Holger Kern ihr als Zwischenhändler genannt hatte, war sie nicht viel weitergekommen. Bei dem Antiquitätenhändler aus Mülheim landete man stets auf der Mailbox. Eine nette Frauenstimme versprach, umgehend zurückzurufen. Auf das Band sprechen mochte Maike nicht, und ob sie sich persönlich dorthin aufmachen sollte, würde sie später entscheiden.

Kern hatte behauptet, den Wagen von Kumpf am Tatabend in der Nähe des Geschäfts gesehen zu haben. Maike schloss einen Moment die Augen und versuchte sich zu konzentrieren. Hatte dort ein schwarzer Kleintransporter mit auffällig goldenem Logo gestanden? Sie schüttelte resigniert den Kopf und blickte auf den Bildschirm. Sie konnte sich nicht erinnern, war an dem Abend zu sehr mit ihrem Glück über die gemeinsame Zukunft mit Jochen beschäftigt gewesen. Aber vorausgesetzt Kern sagte die Wahrheit: Was hatte Kumpf in Königsborn gemacht? Vielleicht den Restbestand der Brechts verhandeln wollen? War es dabei zum tödlichen Streit gekommen? Warum sollte ein Mann, der mit Antiquitäten handelte, den Laden eines seiner Kunden oder Mitbewerbers mit einer Waffe betreten? Hatte es in der Vergangenheit illegale Geschäfte zwischen ihnen gegeben? Hatte Kumpf eine der fotografierten Antiken in der Zeitung wiedererkannt und bekam es nun mit der Angst zu tun? War das ein Motiv für einen brutalen Mord?

Antikenhehlerei sei ein schlimmes Verbrechen, hatte Claudia gesagt. Doch ging es überhaupt um den unrechtmäßigen Antikenhandel? Maike seufzte und sortierte den Wust der Ausdrucke über dieses Thema. Dabei fiel ihr ein Artikel in die Hand, in dem ein New Yorker Archäologe den Umsatz aus dem Verkauf illegal erlangter Kulturgüter weltweit auf sechs bis acht Milliarden Euro pro Jahr schätzte. Sie las weiter, dass die systematischen Plünderungen vorwiegend in Syrien, dem Irak, in Ägypten, überall im Nahen Osten, allerdings auch in Fernost und Lateinamerika stattfanden. Besonders ägyptische Funde würden als schick und als außergewöhnliche Sammlungsobjekte angesehen. »Das passt zu den Figuren des Osiris«, dachte Maike und warf einen Blick auf das Foto von den Statuetten in der Zeitung. Wo sie sich wohl inzwischen befanden? Da die Kollegen sie weder im Laden noch im Wohnhaus gefunden hatten, musste sie Brecht wohl verkauft haben. Oder aber sein Mörder hatte sie mitgenommen.

Das Bimmeln ihres Smartphones riss Maike aus ihren Recherchen. »Was gibt 's, Sören?«, grüßte sie den Kollegen Reinders. »Habt ihr Kern? Ihr müsst ihn in die Mangel nehmen, der muss doch wissen, was in dem Laden der Brechts für Geschäfte gelaufen sind.«

»Würden wir gerne.« Reinders sprach mit gedämpfter Stimme. »Aber Kern ist tot. Hast du jemanden gesehen, der das Haus betreten hat? Wir haben Marschewski bislang noch nichts von deiner Beteiligung am Geschehen gesagt. Der rastet aus, wenn der mitbekommt, dass …«

Maike konnte dem Gespräch nicht mehr folgen. Holger Kern war tot? Dieser Gedanke raste wie ein Intercity Express durch ihre Gedanken. War der Sturz schlimmer gewesen, als sie angenommen hatte? Er hatte sich den Kopf am Türrahmen gestoßen. Sie hätte ihn nicht so da liegenlassen dürfen! Jetzt war sie für seinen Tod verantwortlich. Allerdings hatte er gleichmäßig geatmet, er hatte sogar geschnarcht. »Habt ihr die Todesursache?«, fragte Maike mit zittriger Stimme und krampfte ihre Finger in ihre Oberschenkel.

»Nein. Du weißt doch, wie lange das dauert. Noch mal: Hast du jemanden gesehen? Versuch dich zu erinnern!«, forderte Reinders leise.

Maike schüttelte den Kopf. Sie war den Tränen nah. »Kern war alkoholisiert, das habe ich gleich bemerkt. Ich habe mich als Journalistin ausgegeben, doch ich habe ihm wohl nicht genug Geld geboten, da wollte er nach mir schlagen, hat das Gleichgewicht verloren und ist zu Boden gegangen. Er war bewusstlos, aber er hat gelebt. Als du gesagt hast, ich soll da verschwinden, bin ich zu meinem Auto und gleich nach Hause gefahren.«

»Scheiße. Maike!« Reinders seufzte. »Wenn Marschewski davon Wind kriegt, ist unsere ganze Dienststelle raus aus dem Fall. Wir halten am besten erst einmal den Ball flach. Sobald das Ergebnis der Obduktion da ist, sehen wir weiter. Hast du in der Wohnung irgendwas angefasst?«

Ihre DNA hatte sie gewiss hinterlassen, aber ihre Fingerabdrücke würden die Kollegen der Kriminaltechnik nicht finden. Die Tür hatte sie mit dem Fuß aufgestoßen und sonst hatte sie gar nichts berührt, nur die Hosentasche von Holger Kern. »Nein, habe ich nicht.«

»Ich halte dich auf dem Laufenden, Maike. Kopf hoch! Und bleib erreichbar!«

Maike nickte. Der Bildschirm vor ihren Augen verschwamm. Ein einziger Gedanke dominierte. Hatte sie Holger Kern auf dem Gewissen? Sie hätte ihn nicht am Boden liegend zurücklassen dürfen, er hätte ihre Hilfe benötigt! Sie war zur Polizei gegangen, um Menschen in Notsituationen zu helfen. Und jetzt? War durch ihre Nachlässigkeit jemand gestorben? Wie könnte sie sich je wieder reinen Gewissens im Spiegel betrachten? Der Rufton ihres Smartphones riss sie aus den Gedanken. Eine ihr unbekannte

Nummer wurde angezeigt, sie nahm das Gespräch mit zitternden Fingern an.

»*Antikes und Antiquiertes* in Mülheim«, meldete sich eine junge Frauenstimme, »Sara Koch mein Name. Sie hatten mehrfach versucht hier anzurufen. Was kann ich für Sie tun?«

Maike brauchte einen Moment, ehe sie realisierte, dass sie mit einer Mitarbeiterin des Antiquitätenhändlers Björn Kumpf sprach. Sie räusperte sich ein paarmal, ehe sie einen Ton herausbrachte. »Das ist aber nett, dass Sie zurückrufen«, begann sie und beschloss spontan, sich als interessierte Kundin auszugeben. »Könnte ich bitte Ihren Chef sprechen? Es geht um den Erwerb einer besonders alten Statuette. Näheres würde ich gerne persönlich mit ihm besprechen.«

Die Dame am anderen Ende der Leitung verstand ihre Andeutung. »Ach so. Herr Kumpf ist leider für einige Tage geschäftlich unterwegs.«

Maike bemühte sich, ihrer Stimme einen hoffnungsvollen Klang zu geben. »Oh. Vielleicht ist er wegen meiner Bestellung auf Reisen. Ich möchte gerne Details mit ihm besprechen. Ist er über Handy erreichbar?«

»Hm. Einen Moment bitte, Frau ...«

»Warnke. Frieda mit Vornamen.« Maike hörte Papier rascheln, dann wurde die Verbindung in die Warteschleife geschoben und sie kam in den Genuss von Klaviermusik.

Endlich meldete Sara Koch sich zurück. »Es tut mir leid, Frau Warnke. Herr Kumpf ist mobil nicht erreichbar. Ich habe ihm eine Nachricht geschickt, er wird sich bei Ihnen melden.«

»Es ist wirklich dringend. Schließlich geht es um eine Menge Geld. Geben Sie mir seine Handynummer!«, drängte Maike.

»Mein Chef hat geschäftlich in Genf zu tun. Dabei möchte er nicht gestört werden.«

»Oh, sicherlich in der Freihandelszone?«, fragte Maike ins Blaue hinein.

Nach kurzem Zögern bestätigte Sara Koch die Vermutung.

»Verstehe. Da muss ich wohl warten, bis er sich bei mir meldet.« Sie beendete das Gespräch und lehnte sich zurück. Auf der einen Seite stand die Angst, für den Tod von Holger Kern verantwortlich zu sein. Andererseits drängte alles in Maike danach, den Tod von Ehepaar Brecht und den Anschlag auf Jochen aufzuklären. Sie hatte Urlaub und konnte privat machen, was sie wollte. Zumindest so lange, wie Reinders ihr den Rücken freihielt. Sie musste diese Zeit nutzen! Entschlossen wählte sie die Nummer von Claudia. Die nahm das Telefonat sofort entgegen.

»Hallo Maike! Ich bin auf dem Sprung. Falls es nicht dringend ist, ruf mich bitte heute Abend an.« Ihre Stimme klang gehetzt.

»Nur ganz kurz, Claudia«, bat Maike. »Du hast mir ja den Tipp gegeben, ich solle am Freihafen in Genf recherchieren. Im Netz steht nicht allzu viel Konkretes, nur, dass das Areal abgeschottet wird wie Fort Knox. Hast du eventuell eine Idee, wie ich da, ohne Aufsehen zu erregen, an jemanden herankomme?«

»Eine Sekunde, Maike!« Man hörte das Klackern von Absätzen in einem Treppenhaus, danach schlug eine Tür mit lautem Knall zu. Wenig später wurde der Motor eines Autos gestartet. »So, jetzt habe ich dich auf der Freisprechanlage. Du hast zehn Minuten.«

Maike klopfte nervös mit ihrem Kugelschreiber auf das Papier ihres Notizbuches. »Der Freihafen in Genf. Kannst du mir sagen, wie ich da reinkomme, um mich unauffällig umzusehen? Meine Recherche deckt sich mit deinem Tipp, ich solle das Gebiet unter die Lupe nehmen.«

»Pass doch auf!«, schrie Claudia laut, sodass Maike zusammenzuckte. »So ein idiotischer Radfahrer!«, meckerte sie weiter und hupte. Schließlich kam sie zum Thema. »Ein Bekannter von mir arbeitet im Freihafen. Ich frage ihn, ob er einer millionenschweren Kundin das Areal kurzfristig zeigen kann. Ich ruf dich gleich zurück.«

Maike lehnte sich in ihrem Bürostuhl nach hinten, ihre Gedanken überschlugen sich. Sie würde diese Reise nach Genf antreten. Endlich nicht mehr sinnlos herumsitzen, endlich etwas erreichen, endlich Ablenkung von der Sorge um Jochen. Außerdem konnte sie so einer Befragung von Marschewski für eine Weile entgehen.

Maike rollte mit ihrem Stuhl an den Schreibtisch und rief den von ihr zuletzt recherchierten Artikel über den Genfer Freihafen auf. Aufmerksam las sie den Inhalt noch einmal durch. Laut des seriös wirkenden Berichts vergehe kaum ein Monat, in dem im Zusammenhang mit dem Freihandelslager keine neue Machenschaft enthüllt wurde. Sarkophage mussten dem Herkunftsland zurückgegeben werden. Sie las von Gemälden, die zum Zweck der Geldwäsche den Besitzer wechselten. Der Berichtschreiber warf die Frage auf, ob es sich beim Genfer Freeport unter anderem um einen Zufluchtsort für Raubkunst dubioser Antikenhändler handle. Ehe Maike tiefer in diesen Sumpf des illegalen Kunsthandels eintauchen konnte, vibrierte ihr Smartphone. Claudia meldete sich zurück.

»Hallo Maike. Ich habe einen Besichtigungstermin für dich ausgemacht. Du wirst dich ausweisen müssen. Du bist Maike Graf, die in Dortmund eine angesehene Galerie betreibt, und du bist auf der Suche nach einem gesicherten Lagerraum für deine wertvollen Gemälde. Wende dich an Milo Mathys, dein Termin ist morgen um 15 Uhr.«

Maikes Herzschlag beschleunigte. Endlich ging es einen Schritt voran. »Vielen Dank, Claudia, du hast was gut bei mir.«

»Hab ich gern gemacht.« Man hörte ihre Absätze wieder in einem Treppenhaus klackern. »Ich muss jetzt schlussmachen. Ich bin etwa um 22 Uhr wieder zu Hause, falls du noch Fragen hast. Ansonsten viel Glück in der Schweiz!«

Bevor sie antworten konnte, hatte Claudia das Gespräch beendet. Maike setzte sich an den Computer und suchte die günstigste Flugverbindung nach Genf heraus.

Kapitel 10

Dienstag, 29. März, kurz vor 08.05 Uhr

Teubner quälte sich an seinem Arbeitsplatz durch die vorläufigen Ermittlungsergebnisse des Mordfalls Brecht. Inzwischen lag der Bericht der Kriminaltechnik zu den benutzten Waffen vor. Auf Silvia Brecht und Jochen Hübner war mit einer nicht registrierten Heckler und Koch USP geschossen worden. Beide 9 Millimeter-Projektile dieser universalen Selbstladepistole stammten definitiv aus derselben Waffe. Ob sie schon einmal bei einem Verbrechen eingesetzt worden war, wurde derzeit noch überprüft, woher sie ursprünglich stammte, konnte man anhand der Projektile bislang nicht nachweisen. Dagegen war Matthias Brecht mit einer polizeibekannten Waffe erschossen worden. Genauer gesagt mit der Dienstwaffe von Jochen Hübner. Der Täter hatte sie also im Antiquitätenladen an sich genommen, mit Brecht das Geschäft verlassen und ihn damit später in seinem Haus in Mühlhausen erschossen.

Teubner seufzte leise, als es an der Tür klopfte und Polizeioberkommissar Frank Strodtbeck den Raum betrat. Der Uniformierte grüßte und setzte sich auf den Besucherstuhl. Teubner hatte schon einige Male mit ihm zu tun gehabt. Er galt als aufstrebender, zielorientierter und zuverlässiger Polizist. Jetzt machte er allerdings einen verunsicherten Eindruck. »Was gibt 's, Frank?«

»Tja«, begann er etwas unbeholfen und drehte seine Dienstmütze in den Händen. »Es geht um den Mordfall Brecht. Ich kenne deren Nichte, Jana Helmes, von früher. Sie war mit meiner Schwester in einer Klasse. Gestern habe ich sie zufällig bei Gericht getroffen, als sie den Erbschein beantragt hat.« Er erklärte, dass er Jana dort seine Visitenkarte gegeben habe, falls sie Hilfe benötige. »Ich habe nicht damit gerechnet«, fuhr Strodtbeck etwas stockend fort, »dass sie mich bereits in der Nacht anrufen würde. Sie war völlig panisch. Ich habe mich sofort auf den Weg zu ihr gemacht.«

»Was war der Grund für ihre Panik?«, fragte Teubner neugierig.

»Jana ist in der Nacht durch ein Geräusch wach geworden. Irgendjemand muss sich Zugang zum Hause der Brechts verschafft haben. Allerdings waren weder Türen noch Fenster beschädigt.«

Mit einem Schlag war Teubner hellwach. »Was sagst du da? Deine Freundin hat in dem Haus übernachtet, in dem ihr Onkel ermordet wurde? Sie hat überhaupt keine Befugnis, sie ...«

»Das weiß sie selbst«, fuhr Strodtbeck nun resoluter fort. »Sie ist zunächst nur aus Neugier zu dem Haus gefahren. Dann hat sie sich daran erinnert, dass in der Garage in einem Werkzeugkasten immer ein Ersatzschlüssel für die Zugangstür zum Haus lag. Das Garagentor war nicht abgeschlossen, damit hatte es schon in ihrer Kindheit Probleme gegeben. Sie hat es halt versucht und konnte tatsächlich das Haus betreten. Dort hat sie das Chaos gesehen und wollte Ordnung schaffen, sie hat ja nur eine Woche Urlaub. Irgendwann war es dunkel und da hat sie beschlossen, in ihrem ehemaligen Zimmer zu übernachten. Sieh es doch mal so: Wäre sie nicht im Haus gewesen, hätten wir vermutlich gar nicht mitbekommen, dass der Mörder der Brechts nachts noch einmal in das Haus zurückgekehrt ist. Vielleicht sucht er noch immer etwas, was im Besitz der toten Antiquitätenhändler ist. Jana hat jedenfalls geglaubt, die Geräusche, die sie gehört hat, seien aus dem Keller gekommen. Als ich die Räume dort überprüft habe, habe ich ein umgestürztes Regal, aufgerissene Kommoden und zerrissene Umzugskartons gesehen.« Die Augen des Uniformierten blickten fordernd. »Jetzt würde ich gerne die Tatortfotos sehen, um zu überprüfen, ob die Kollegen der Spurensicherung dieses Chaos hinterlassen haben.«

Teubner lehnte sich in seinem Bürostuhl zurück, trommelte mit den Fingern auf seinen Oberschenkeln und versuchte den Ärger über das Verhalten von Jana Helmes auszublenden. Es gelang ihm nicht. »So geht das nicht, Frank. Jana Helmes kann da nicht einfach reinspazieren und wohnen bleiben. Auch wenn außer dem Büro ihres Onkels das Haus von der Spurensicherung freigegeben worden ist. In einem Hotel ist sie besser aufgehoben, sag ihr das! Erst recht, wenn da in der Nacht jemand herumgeschnüffelt hat.« Er rutschte schwungvoll an den Schreibtisch und fixierte Strodtbeck.

»Wieso hat sie eigentlich nicht umgehend die Polizei informiert?« Teubner schlug sich mit der flachen Hand vor die Stirn. »Na klar, ging ja nicht. Sie wollte Ärger vermeiden, weil sie sich unrechtmäßig in dem Haus aufhält.« Er blockte Strodtbecks Protest mit einem genervten Kopfschütteln ab, beugte sich vor, griff nach einem Ordner und blätterte. Dann schüttelte er erneut den Kopf. »Nein. Die Fotos aus dem Haus zeigen keine Unordnung im Keller. Sämtliche Kartons, die die Brechts aus dem Antiquitätenladen dorthin gebracht haben, sind verschlossen. Das Regal steht an der Wand. Wenn Jana Helmes also nicht selbst Hand angelegt hat, ist wohl tatsächlich jemand unbefugt im Haus gewesen.«

Strodtbeck sprang erregt auf. »Willst du ihr das unterstellen? Da irrst du aber gewaltig. Sie hat eine schwere Phobie, einen Keller zu betreten. Sie hat es nicht einmal gewagt, hinunterzugehen, um die Sicherungen wieder einzuschalten. Im Haus war es stockdunkel, als ich dort eingetroffen bin.« Er drehte sich um und wollte aus dem Büro stürmen.

»Setz dich hin, verdammt!«, brüllte Teubner und sprang selbst auf. »Wir sind hier nicht im Kindergarten!«

Strodtbeck kam zurück, blieb aber stehen. Rote Flecken glühten auf seinem Gesicht. So, wie er sich für Jana Helmes ins Zeug legte, schien es sich um mehr als eine Freundschaft zu handeln.

»Ich unterrichte Ermittlungsleiter Marschewski, damit die Spurensicherung sich den Keller ein zweites Mal ansieht«, meinte Teubner nun beschwichtigend. »Mit etwas Glück ergeben sich neue Ermittlungsansätze. Konnte Jana Helmes Angaben zum Täter machen? Hat sie ihn gesehen?«

Strodtbeck schüttelte zaghaft den Kopf. »Nicht wirklich. Sie ist aus dem Haus gerannt und hat es irgendwie bis zu ihrem Wagen geschafft. Da hat sie sich eingeschlossen und mich angerufen. Als ich eine Viertelstunde später bei ihr ankam, war niemand mehr im Haus.« Er drehte wieder resigniert seine Dienstmütze zwischen seinen Händen.

»Sie hat also nichts gesehen«, seufzte Teubner.

»Doch, schon«, widersprach Strodtbeck, »als sie im Auto saß, hat sie am Ende der langen Einfahrt, nahe der Straße, ein Motorrad starten hören und auch gesehen. Das Kennzeichen konnte sie aus der Entfernung aber nicht entziffern.«

Teubner wurde hellhörig. »Ein Motorrad sagst du?«

Strodtbeck nickte. »Ja, ich habe mehrmals nachgehakt. Jana konnte an der Form erkennen, dass es ein Chopper oder Cruiser war, vielleicht eine Harley. Als der Fahrer an der Straßenlaterne vorbeigefahren ist, hat Jana sogar sehen können, dass der Tank und die Schutzbleche in einem kräftigen Rot lackiert waren.«

»Hm, merkwürdig«, meinte Teubner, »der Helfer der Brechts, Holger Kern, hat genau solch eine Harley gefahren. Sein Motorrad haben wir bislang nicht gefunden. Bei ihm zu Hause stand es nicht.«

»Du glaubst, es ist sein Motorrad gewesen?«

»Wann hat Jana das Motorrad wegfahren sehen?«, erwiderte Teubner, ohne auf die vorangegangene Frage einzugehen.

Strodtbeck setzte sich nun doch noch einmal auf den Besucherstuhl. »Das muss so kurz nach drei Uhr nachts gewesen sein. Zwanzig nach drei bin ich bei ihr eingetroffen.«

Teubner lehnte sich grübelnd zurück. »Zu dem Zeitpunkt war Holger Kern schon einige Stunden tot. Aber ich habe so das Gefühl, dass es dennoch seine Harley war, die Jana Helmes gesehen hat. So ein auffälliges Motorrad wird es nicht allzu häufig geben. Fragt sich nur, wer damit gefahren ist. Hat sie den Fahrer irgendwie beschrieben?«

»Nur sehr vage«, meinte Strodtbeck. »Er habe jedoch keine Motorradkleidung getragen, nur einen schwarzen Helm mit dunklem Visier. Sonst Jeans und Winterjacke. Beides schwarz, meint sie. Er sei recht schlank gewesen.«

Teubner seufzte. Das war nicht viel, aber besser als nichts. »Vielleicht lässt sich anhand der Fingerabdrücke feststellen, wer die Harley gefahren hat. Dazu müssen wir sie aber erst einmal finden. Ich gebe sofort eine Fahndung danach raus.«

Strodtbeck nickte. »Danke dir. Kann ich noch irgendwie helfen?«

»Kannst du«, meinte Teubner. »Richte deiner Jana aus, dass Sie heute noch mit der Spurensicherung rechnen kann. Sie soll nichts mehr anfassen. Vielleicht wäre es gut, wenn sie so lange im Haus bleibt, bis die Kollegen bei ihr eintreffen. Ich muss auch noch einmal persönlich mit ihr sprechen. Danach soll sie sich aber umgehend ein Hotelzimmer nehmen.«

Kapitel 11

Dienstag, 29. März, 9.10 Uhr

Jana Helmes fühlte sich unsicher wie lange nicht mehr, obwohl die Ereignisse der Nacht bei Tageslicht viel von ihrem Schrecken verloren hatten. Dennoch verspürte sie Angst. Wer hatte sich da Zutritt zum Haus verschafft und wie? Mit einem Schlüssel, mit einem Dietrich? Sie würde in jedem Fall die Schlösser austauschen lassen müssen, sollte sie weiterhin hier wohnen bleiben wollen. Vermutlich würde die Polizei ihr jetzt, wo sie von ihrer Anwesenheit im Haus erfahren hatte, sowieso den Aufenthalt verbieten. Mit dem Erbschein wäre sie bald rechtmäßige Eigentümerin, solange und bis die Türen mit neuen Schlössern ausgestattet worden waren, würde sie ins Hotel umsiedeln. Da Frank sich für den Vormittag angemeldet hatte, würde sie nur noch auf ihn warten.

Um sich abzulenken, widmete sie sich zunächst dem Chaos im Haus, das der Mörder ihres Onkels hinterlassen hatte, und begann mit dem Aufräumen des Wohnzimmers. Mit wenigen Handgriffen schloss sie Schranktüren, schob Schubladen ein und setzte Zierkissen sorgfältig auf die Couch. Die herausgerissenen Bücher stellte sie zurück ins Regal. Erst jetzt fiel ihr auf, dass die Glasvitrine mit dem Meißener Porzellan von den Verbrechern nicht angerührt worden war. Tante Silvia hegte eine Vorliebe für diese edlen Figuren, Vasen und Teller. Jana wusste, dass sie einen stattlichen Wert besaßen, aber das schien für die Täter nicht wichtig gewesen zu sein.

Sie versuchte sich zu erinnern, welche wertvollen Gegenstände sich außerdem im Haus befunden hatten. Auf dem Sideboard stand damals ein antiker Helm. Als Kind hatte Jana sich ihn einmal auf den Kopf stülpen wollen, da war Tante Silvia wie eine Furie auf sie zugerast und hatte ihr das alte Ding aus den Händen gerissen. Es handele sich um einen Bronzehelm aus dem frühen vierten Jahrhundert vor Christus im Wert von 30.000 D-Mark. Jana sah das angelaufene Blech noch vor sich. Zwischen den Sehschlitzen hatte sich ein Nasenschutz befunden. Der Helm hatte auf einer Halterung aus Holz gehangen und war etwa 30 Zentimeter hoch gewesen. Jetzt war er verschwunden. Dass er verkauft worden war, bezweifelte Jana, die Halterung war ja noch da. Vielleicht hatte der Täter seinen Wert erkannt und ihn mitgenommen, zumal er wesentlich einfacher zu transportieren war als Porzellan.

Vom inneren Spürsinn gepackt suchte sie nach weiteren Wertgegenständen, die sie noch in Erinnerung hatte. Neben der Tür hatte früher eine Maske gehangen. Wenn man genau auf die beigefarbene Textiltapete schaute, sah man einen hellen Fleck. Die präkolumbische Totenmaske mit einem Wert von ungefähr 25.000 D-Mark stammte aus Peru von einem Hohepriester und war über 1.000 Jahre alt. Sie sollte den Toten im Jenseits beschützen. Jana hatte nicht zu fragen gewagt, warum sie denn nun im Wohnzimmer hing, anstatt ihren Zweck für den Verstorbenen zu erfüllen.

Mit Argusaugen durchstreifte sie das Erdgeschoss. Sie vermisste eine keltische Terrakottavase bemalt mit Blumenfiguren und Schriftzeichen, einen Wikingerhelm mit Kinnriemenschale aus Eisen und die winzige Marmorfigur einer Muttergöttin aus dem dritten bis vierten Jahrtausend vor Christus. Jana staunte, wie exakt sie die Gegenstände noch bezeichnen konnte. Tante Silvia hatte ihr damals viel über die Antiken erzählt und Jana hatte dieses Wissen in sich aufgesogen. Sie ahnte, dass sie bei genauerer Durchsicht, weitere fehlende Wertgegenstände bemerken würde. Der Eindringling hatte gezielt zugegriffen, denn für einen Laien waren diese Gegenstände eher hässlich und wertlos. Das Vibrieren ihres Smartphones stoppte ihren Tatendrang. Sie erkannte die Nummer im Display und lächelte automatisch. »Hallo, Frank«, sagte sie erfreut.

»Hey! Ich wollte dich längst anrufen, aber hier auf der Dienststelle ist heute die Hölle los. Wir sind völlig unterbesetzt. Ich kann also in meiner Pause leider nicht zu dir kommen. Ich habe aber mit Hauptkommissar Teubner gesprochen, die Spurensicherung schaut sich das Haus noch einmal an. Du sollst nichts anfassen und doch, wenn möglich, daheimbleiben, damit er mit dir persönlich sprechen kann. Und danach sollst du dir ein Hotelzimmer nehmen. Ich bin auch der Meinung, dass es dort für dich sicherer ist.« Seine Stimme klang gehetzt.

»Ich bin gerade dabei, aufzuräumen, das Wohnzimmer ist so gut wie fertig. Ich wusste ja nicht ...«

»Kein Problem, Jana. Lass nun einfach alles stehen und warte auf die Kollegen. Ich melde mich, versprochen.«

Ehe sie antworten konnte, hatte er den Anruf beendet. Ein wenig enttäuscht schob Jana das Telefon zurück in ihre Hosentasche. Ihr aufkeimender Eifer verflog. Was sollte sie machen? Im Haus anfassen durfte sie nichts mehr. Zum Einkaufen fahren ebenfalls nicht. Dabei hatte sie Frank mit einem leckeren Frühstück überraschen wollen. Aber das erübrigte sich ja sowieso, wenn sie in ein Hotel umsiedeln sollte. Sie würde in ihrem Zimmer etwas lesen. Als Jana die Wendeltreppe ins Obergeschoss hinaufstieg, läutete es jedoch bereits an der Haustür. Das musste die Mannschaft der Spurensicherung sein. Jana lief die Stufen wieder hinab und öffnete die Tür. Ihr gegenüber stand ein Mann mit Jeans und dunklem Wollmantel.

»Guten Morgen, Jana. Mein Name ist Björn Kumpf«, stellte er sich vor. »Vielleicht erinnern Sie sich noch an mich? Ich habe mit den Brechts seit vielen Jahren Geschäfte gemacht. Ich erkenne Sie kaum wieder. Als ich Sie das letzte Mal gesehen habe, waren Sie ein Teenager. Darf ich einen Moment hereinkommen?«

Jana zögerte. Ihr war nicht bewusst, diesem Mann je über den Weg gelaufen zu sein. Sie schätzte ihn auf Mitte 50. Unwillkürlich musterte sie ihn genauer. Dunkler, seitlich gescheitelter Kurzhaarschnitt, Dreitagebart. Er war größer als sie, vielleicht knapp 1,75 Meter. Mit kräftiger Statur wirkte er dennoch nicht dick, sondern eher, als würde er regelmäßig mit Hanteln und Gewichten arbeiten. Eine lange Nase, die spitz zulief, dominierte sein Gesicht. Die Lippen hielt er zusammengepresst, als könnte er sich kaum gedulden, endlich ins Haus zu gelangen. Sein Gesichtsausdruck hinderte Jana jedoch daran, ihm den Weg frei zu machen. Der Blick seiner eiskalten blauen Augen flößte ihr Angst ein. »Das ist im Moment schlecht«, wich sie daher aus. »Ich erwarte Besuch und muss noch einiges vorbereiten.« Warum sie das Eintreffen der Polizei nicht erwähnte, wusste Jana selbst nicht. Vermutlich wäre sie ihn mit dieser Information schneller losgeworden. Aber es interessierte sie, weshalb er eigentlich hergekommen war, vielleicht würde er es noch verraten.

Sein kurzes Lächeln erreichte die Augen nicht. »Wie gesagt, ich habe mit Ihrem Onkel Geschäfte gemacht. Es gibt wichtige Unterlagen, die ich einsehen möchte, außerdem wollten die Brechts mir etwas besorgen, das Sie mir dringend aushändigen müssen. Es müsste ein kleines Päckchen mit meinem Namen drauf sein.« Sein Mund glich einem schmalen Strich. Die Hände hielt er in den Manteltaschen.

Jana fasste von innen an den Türgriff, bereit, die Tür sofort zuzuschlagen, würde er einen Schritt näherkommen. »Es tut mir leid, Herr Kumpf, aber ich weiß nichts von einem Päckchen. Mir ist im Hause auch keines aufgefallen. Die Geschäftsunterlagen befinden sich vermutlich im Büro meines Onkels. Das hat die Polizei versiegelt. Sobald es freigegeben wird, werde ich Sie informieren.«

Kumpf sog die Luft scharf durch seine riesigen Nasenlöcher. Dann trat er mit dem Fuß vor und verharrte zwischen Tür und Rahmen. »Es ist wichtig! Bitte schauen Sie sofort nach dem Päckchen! Vielleicht ist es im Keller.« Seine blauen Augen durchbohrten sie wie Laserschwerter.

Unwillkürlich stellte Jana ihren Fuß hinter die Tür, damit er sie nicht ohne Weiteres aufschieben konnte. Sie versuchte sich nicht anmerken zu lassen, welche Angst ihr dieser Mann einflößte. »Ich werde mich nach dem Paket umsehen, Herr Kumpf. Ich möchte nicht unhöflich sein, aber ich muss Sie bitten, jetzt zu gehen.«

Sein Blick wurde durchdringender. Er nahm die Hände aus den Manteltaschen, legte eine an den Türknauf, die andere an den Rahmen. »Ich kann selbst im Keller nachsehen. Ich werde Sie nicht lange stören. Sobald ich das Päckchen gefunden habe, sind Sie mich los und können sich in Ruhe auf Ihren Besuch einstellen.« Er grinste frech, als glaube er nicht, dass Sie wirklich jemanden erwarte.

Jana überlegte, wieso er davon ausging, dass das, was er suchte, im Keller war. Hatte er etwa mit dem Mord an ihrem Onkel zu tun? Hatte er nach der Tat das Haus durchsucht und sein Päckchen nicht gefunden? Sein dominantes Auftreten löste Angstzustände bei ihr aus. Die Luft wurde ihr knapp, sie atmete nur noch stoßweise. Automatisch griff sie in die Tasche ihrer Jeans, zog ihr Asthmaspray heraus und benutzte es. »Wie Sie sehen, geht es mir nicht besonders gut. Gehen Sie! Ich suche Ihr

Paket!« Sie versuchte Überzeugung in ihren Blick und ihre Stimme zu legen. »Kommen Sie morgen wieder!«

Kumpf zeigte zunächst keine Reaktion. Erst als sich ein Auto auf der langen Einfahrt dem Garagenvorplatz näherte, trat er zurück. »Also gut. Rufen Sie mich an, wenn Sie das Päckchen gefunden haben.« Er zog eine Visitenkarte aus der Innentasche seines Mantels und reichte sie ihr. Dann eilte er mit großen Schritten auf einen schwarzen Lieferwagen zu, der direkt hinter ihrem hellblauen Ford Fiesta parkte, sprang ins Auto, wendete rasant und raste am Wagen der Kriminaltechniker vorbei zur Hauptstraße.

Kapitel 12

Dienstag, 29. März, kurz vor 15 Uhr

In der Nacht hatte Maike erneut sehr unruhig geschlafen und von Jochen geträumt. Dieses Mal war er nach einem Schusswechsel in ihren Armen gestorben. Maikes Herz hatte wild gepocht, als sie nach dem Albtraum um 4 Uhr aus dem Bett gekrochen war. Sich wieder hinzulegen hätte sich nicht gelohnt. Also hatte sie einen früheren Zug nach Düsseldorf genommen. Inzwischen war sie froh, aus Unna rausgekommen zu sein. Da sie weder an den Ermittlungen im Mordfall Brecht teilnehmen noch Jochen besuchen durfte, bot ihr die Recherche in Genf eine willkommene Abwechslung.

Der Flug von Düsseldorf in die Schweiz verlief reibungslos. Maike brachte ihr Gepäck am *Aéroport International de Genève* in einem Schließfach unter, dann fuhr sie mit einem Taxi zum Zollfreilager. Das Gelände zeigte sich als gigantischer, dennoch recht unspektakulärer Komplex, der die verschiedensten Lagerhallen beheimatete. Claudia hatte Maike erklärt, wo sie Mathys treffen würde. Nun stand sie bei Nieselregen und böigem Wind vor einem der riesigen Gebäude und betrachtete sechs Stockwerke voller Hässlichkeit. Der Freihandelshafen sollte auf 120.000 Quadratmetern Waren im Wert von mehreren Milliarden Euro horten. Im Netz bezeichnete man das Zollfreilager mit Synonymen wie »geheimster Ort der Schweiz« oder »Europas bestgehütetes Geheimnis«. Andere nannten es auch das »größte Museum der Welt«. Neben den antiken Schätzen munkelte man von über drei Millionen eingelagerten Weinflaschen im Wert von je 500 bis 2000 Euro, womit man das Bauwerk ebenfalls als gewaltigsten Weinkeller auf diesem Globus bezeichnen könnte.

Maike sah an sich hinab. Mit grauem Kostüm, schwarzen Pumps und Mantel fühlte sie sich bereit für das Abenteuer Zollfreilager. Sie hatte ihre Haare hochgesteckt und ein dezentes Make-up aufgetragen. Der Termin mit Milo Mathys sollte in wenigen Minuten stattfinden. Gemächlich öffnete sie ihre Handtasche, entnahm eine kleine Flasche Mineralwasser und trank einen kräftigen Schluck. Danach ging sie am Verwaltungsgebäude und einigen Parkplätzen vorbei auf ein überdimensionales Parkverbotszeichen mit einem Durchmesser von etwa sechs Metern zu, das auf den Boden gemalt war. Dahinter thronte ein grauer Betonklotz, auf dem die roten Lettern PORT FRANCS – ET ENTREPOTS DE GENÈVE S.A. am obersten Stockwerk angebracht waren.

Maike wurde bereits erwartet. Milo Mathys wirkte auf sie wie aus einem Modejournal entsprungen. Schwarzer Anzug, schmale dunkle Krawatte, blütenweißes Oberhemd, Dreitagebart und ein betörender Blick, den man auch von Werbeikonen wie George Clooney, David Beckham und Robert Lewandowski kannte.

»Bienvenue in der Schweiz, Madame Graf. Comment ça va?«, säuselte er mit stark französischem Akzent. »Meine liebe Freundin Claudia hat mir gesagt, Sie suchen nach einem Lagerplatz für wertvolle Gemälde aus Ihrer Galerie? Très bien. Da sind Sie bei uns an der richtigen Adresse. Wir haben speziell klimatisierte Räume, wo Sie Ihre Kunstwerke aufhängen können. Es besteht auch die Möglichkeit, sie in Showrooms auszustellen. Kommen Sie! Sie werden begeistert sein.« Er ging mit federnden Schritten voraus und sah sich alle paar Meter mit breitem Lächeln um, als wollte er sich vergewissern, dass Maike ihm folgte.

Um zu dem begehbaren Lagerraum dieses Schweizer Steuerparadieses zu gelangen, mussten sie einige Barrieren bewältigen.

An der ersten Tür tippte Mathys eine Zahlenkombination in einen Bildschirm. Danach passierten sie eine Schranke, worauf sich eine schwere Stahltür öffnete, die dem Schott eines U-Bootes ähnelte. Es folgte ein langer trister Gang, von dem auf beiden Seiten weitere Türen abgingen. Mathys erklärte, dass diese nur von den Mietern der Lagerräume geöffnet werden könnten. Stolz erzählte er von Picassos, Degas, Monets und Rothkos, die in jenen speziell klimatisierten Räumen aufbewahrt würden. »Nach der großen Bankenkrise waren viele Menschen um ihr Vermögen besorgt, Madame«, meinte Mathys. »Auch die Folgen der Corona-Krise spielen eine Rolle. Sie bringen ihr Hab und Gut in die Lager der Stadt. Meist kein Bargeld, sondern Kunstwerke, Oldtimer oder Wein. Unsere Lagerräume sind rar, Madame.«

Maike zeigte sich beeindruckt. »Sehr interessant.«

Mathys blieb vor einer der verschlossenen Lagertüren stehen und zog einen Schlüssel aus seiner Jackentasche. »Bislang interessiert sich nur der Zoll für den Inhalt der Lager. Aber keine Angst, es gibt kaum eine Chance, an die Listen der Eigentürmer oder der gelagerten Artikel zu kommen. Steuerhinterziehung gilt in der Schweiz nicht als Straftat.« Er kniff Maike mit schelmischem Lächeln ein Auge zu.

»Das ist gut zu wissen«, grinste sie und griff nach dem Schlüssel, den der Angestellte des Zollfreilagers ihr reichte.

»Momentan kann ich Ihnen nur diesen Tresorraum anbieten. Wir sind fast ausgebucht. Mit zehn Quadratmetern ist es eines der kleinsten Schließfächer hier. Die Jahresmiete beträgt 22.000 Schweizer Franken. Das sind etwa ...« Sein Smartphone vibrierte und er warf einen Blick darauf. »Entschuldigen Sie bitte, Madame. Ein Großkunde ist früher als geplant eingetroffen. Ich darf mich kurz um ihn kümmern?« Seine Augen blickten professionell bittend.

»Selbstverständlich, Monsieur Mathys. Ich bin sehr dankbar, dass Sie mich so kurzfristig empfangen haben. Ich werde mich in Ruhe umsehen und warten, bis Sie zurückkommen.«

Der Schweizer nickte freundlich und eilte den Gang zurück. Maike sah ihm hinterher, bis er hinter dem Schott verschwand. In was für eine Parallelwelt war sie hier geglitten? Ein Sparstrumpf der Superlative. Selbst für die läppischen zehn Quadratmeter des Lagers verlangte man knapp 20.000 Euro im Jahr, immerhin fast 1.600 im Monat. Sie wollte gar nicht wissen, was die großen Lagerräume kosteten. Für die Millionäre dieser Welt vermutlich nur ein Taschengeld. Allerdings dürften die Brechts dieser Klientel kaum angehört haben. Wo also könnte die Verbindung liegen? Lagerte dieser Björn Kumpf, illegale Antiken in diesem Areal?

Neugierig steckte sie den Schlüssel in das Schloss und zog die schwere Sicherheitstür auf. Das Innere des begehbaren Schließfaches wirkte bieder. Türkis gehaltene Wände, grauer Fußboden und Neonröhren an der Decke. Ein Blick genügte Maike, sie interessierte sich weitaus mehr für den Großkunden, den Mathys empfing. Also ließ sie die Tür weit geöffnet zurück und lief zum Schott, hinter dem der Angestellte des Freilagers verschwunden war. Die Tür hatte er nur angelehnt, gerade begrüßte er seinen Kunden.

»Welch eine Freude, Monsieur Ahmadi! Wir haben uns lange nicht gesehen. Comment ça va? Wie schön, dass Sie heute persönlich zu uns kommen. So sehr ich Ihren Kollegen Monsieur Kumpf aus Mülheim auch mag. Er ist hoffentlich nicht krank?«

Maike hielt die Luft an. Der Angestellte des Zollfreihafens sprach von dem Antiquitätenhändler, auf den sie hier in Genf zu stoßen gehofft hatte. Aus welchem Grund war er nicht erschienen? Sollte ihre Reise in die Schweiz umsonst gewesen sein? Der

Großkunde antwortete mit rauchiger leiser Stimme. Maike konnte ihn kaum hören.

»Nein … geht ihm gut … Schwierigkeiten … Unterlagen … Antik …«

Mathys sprach laut und deutlich, als er erwiderte: »Ah, ich verstehe, Monsieur Ahmadi. Ich hoffe, Sie können die Probleme schnell lösen, n'est-ce pas?« Ein künstliches Lachen ertönte. Dann fuhr er fort: »Möchten Sie etwas einlagern? Soll ich Ihnen Helfer zur Verfügung stellen?«

»… nicht nötig sein … Platz schaffen … Kumpf … mein Sohn … übermorgen in Al-Minya in Ägypten … Geschäfte … neue Grabung … mehrere Tage.«

Maike kombinierte, dass der Mülheimer Händler am kommenden Donnerstag nach Ägypten fliegen würde, um neue Ware zu organisieren. Bei ihrer ausgiebigen Recherche im Internet hatte Maike erfahren, dass vor Kurzem im ägyptischen Gouvernement Al-Minya in der Nähe der Ortschaft Tuna el-Gebel eine neue Ausgrabungsstätte in der dortigen Totenstadt entdeckt worden war. Ob Björn Kumpf dorthin aufbrechen wollte? Würde er illegal ausgegrabene Kulturschätze in Empfang nehmen? Hatte er Kontakte zu ägyptischen Hehlerbanden? Wie lief der Handel ab? Wie könnte man das herausfinden?

»Selbstverständlich, Monsieur Ahmadi. Ich überlasse Ihnen jetzt Ihr Reich. Ich muss mich nur kurz um einen Neukunden kümmern.«

Die Antwort verstand Maike nicht mehr. Sie hörte klackernde Schritte, die sich flink auf den glänzenden Marmorfliesen näherten. Rasch lief sie zurück zu dem ihr zugewiesenen Lagerraum, zückte ihr Handy und machte Fotos vom Innenraum des Schließfachs.

»Ich hoffe, Sie mussten nicht zu lange warten, Madame Graf. Wie gefällt Ihnen der Lagerplatz für Ihre Gemälde? Kommen wir ins Geschäft?« Mathys lächelte.

Maike ließ ihr Smartphone betont nachdenklich in die Innentasche ihres Mantels gleiten und griff nach ihrer Handtasche, die sie nahe der Sicherheitstür abgestellt hatte. »Ihr Sicherheitskonzept ist fantastisch«, begann sie zögernd. »Allerdings befürchte ich, dass dieser Raum für meine Gemälde zu klein ist. Ich hatte mir etwas Größeres vorgestellt, eine Art Galerie, in die ich potenzielle Käufer der Kunstwerke einladen kann. Das ist auf zehn Quadratmetern leider nicht möglich. Sehr schade. Sie haben doch eben Showrooms erwähnt. Das wäre für mich interessanter.« Sie machte einen hoffnungsvollen Gesichtsausdruck.

Mathys hielt sich zwei Finger unter sein Kinn und blieb einen Moment stumm. Die andere Hand stütze er in der Hüfte ab, was ihn ein bisschen weibisch aussehen ließ. »Wir werden eine Lösung finden, Madame. Geben Sie mir ein paar Tage Zeit. Für die Freunde von Claudia gibt es kein unmöglich!« Er grinste und verließ hinter ihr den Lagerraum, den er sorgfältig verschloss.

»Vielleicht kann der Großkunde, den Sie gerade empfangen haben, mir einen Raum abtreten?«, fragte Maike.

»Monsieur Ahmadi? Mais non! C'est impossible!«, rief Mathys aus und lachte. »Er ist Antiquitätenhändler aus Dortmund und benötigt viel Platz für seine außergewöhnlichen Waren.« Er lächelte unverbindlich.

»Aus Dortmund? Da müsste ich ihn ja eigentlich kennen!«, sagte Maike schlagfertig, da Claudia sie ja als Galeristin aus Dortmund eingeschleust hatte. »Er ist spezialisiert auf Antiquitäten? Sicherlich besitzt er auch alte Gemälde! Das ist interessant. Hat er ein offizielles Ladengeschäft? Ich würde mich dort sehr gerne einmal umsehen wollen, sobald ich zurück in der Heimat bin«, heuchelte sie.

Damit schien sie bei Mathys genau ins Schwarze getroffen zu haben, denn er hielt einen regelrechten Vortrag über den Dortmunder Antiquitätenhändler. »Oh, oui, Adnan Ahmadi ist ein Händler für besondere Antiquitäten. Seine Waren stammen aus Mesopotamien, dem Nahen Osten, Ägypten, Zentraleuropa, Eurasien, und und und.« Er holte tief Luft, zog die Stirn kraus, als wolle er seine Worte in ein perfektes Deutsch wandeln. »Jedes seiner Werke ist aufgrund seiner historischen Bedeutung, seiner intrinsischen Schönheit und seines künstlerischen Werts außergewöhnlich. Adnan Ahmadi leitet ein Familienunternehmen in zweiter Generation, das Mitte der 1960er-Jahre von seinem Vater gegründet worden ist. Er vermittelt nur Waren, die dem Käufer sehr am Herzen liegen.« Er stieß die Luft aus, als hätte er einen Dauerlauf gemacht und lächelte. »Wenn Sie wollen, kann ich Ihnen die Adresse seines Antiquitätenladens in Dortmund aufschreiben.«

Inzwischen hatten sie fast den Ausgang erreicht. Maike nickte erfreut. Sie hätte Mathys gerne auf Björn Kumpf angesprochen, wollte sich aber nicht verdächtig machen. Deshalb bedankte sie sich kurz darauf für die spontane Führung und verabschiedete sich. Draußen rief sie sich ein Taxi. Während sie wartete, überlegte sie, ob es sinnvoll war, sich sogleich auf die Heimreise zu begeben. Sie war diesem Kumpf auf die Spur gekommen. Aus den Wortfetzen des Händlers Ahmadi hatte sie geschlussfolgert, dass er sich bald nach Al-Minya aufmachen wollte. Der Gedanke, ihm in Ägypten aufzulauern und seine vermutlich illegalen Geschäfte aufzudecken, ließ Maike nicht los. Auch die Informationen, die sie von Mathys bekommen hatte, stützten ihren Verdacht der Antikenhehlerei. Denn Waren, die aus Mesopotamien, dem Nahen Osten, Ägypten, Zentraleuropa und Eurasien stammten, schrien doch förmlich nach illegaler Ausgrabung.

Andererseits erschien es ihr verrückt und leichtsinnig, sich aufgrund eines vagen Verdachts auf solch eine abenteuerliche Reise zu begeben. Aber was war die Alternative? Offiziell ermitteln durfte sie nicht. Und sobald Marschewski von ihrem Besuch bei Holger Kern erfuhr, würde er sie aufs Übelste zusammenfalten und Teubner und Reinders vermutlich komplett aus dem Fall rauslassen, sodass Maike an den Ermittlungen keinen Anteil mehr hatte. Maike hatte wenig Lust, die Hände in den Schoß zu legen und zu kapitulieren. Zu Hause würde ihr die Decke auf den Kopf fallen. Sie musste dem Täter auf die Spur kommen, der Jochen so brutal niedergeschossen und die Brechts ermordet hatte. Aber würde ein Flug nach Ägypten sie tatsächlich weiterbringen?

Kapitel 13

Mittwoch, 30. März, 03.45 Uhr

Jana Helmes schreckte aus dem Schlaf. Irgendetwas hatte sie geweckt. Einen Moment brauchte sie, um sich zu orientieren, dann erinnerte sie sich, dass sie gegen jede Vernunft eine weitere Nacht im Haus der Brechts geblieben war. Jana schlug ihre Bettdecke zurück, stand mit klopfendem Herzen auf und schob die gekippte Fensterscheibe zu. Sie blickte auf das düstere Grundstück vor dem Haus. War das Geräusch von draußen gekommen? Angst kroch in ihr hoch wie eine gierige Spinne. Sie hätte sich ein Hotelzimmer nehmen sollen, wie die Polizei es gefordert und wie Frank es ihr mehrfach geraten hatte. Warum war sie erneut im Haus geblieben? Was wollte sie sich beweisen? Als die Spurensicherung es verlassen hatte, hatte sie im *Katharinenhof* angerufen, um sich dort ein Zimmer zu nehmen. Doch als die Empfangsdame endlich in der Leitung war, hatte Jana aufgelegt. Warum?

Es war fast, als würde eine unsichtbare Macht sie hier festhalten wollen, obwohl das natürlich Quatsch war. Es war wohl eher ihre Neugier, den Ereignissen, die sich hier abgespielt hatten, auf den Grund zu gehen. Jana wollte wissen, in was die Brechts da verstrickt waren. Und in ihrem tiefsten Innern glaubte sie wohl auch, mit der Aufklärung der beiden Morde dem Geheimnis um den Tod ihrer Mutter und um das Verschwinden ihres Vaters auf die Spur zu kommen. Sie konnte nicht erklären, warum, aber sie hoffte, die Lösung all der Rätsel ihres Lebens läge in diesem Haus. Deshalb war sie geblieben. Entgegen aller Vorschriften und Ratschläge.

Der Mond tauchte die Einfahrt in milchiges Licht. Ihr Blick wanderte zu den Koniferen, die das Grundstück begrenzten. Sie standen aufrecht und ruhig unter dem dunklen Himmel, als würden sie das Haus bewachen. Jana erinnerte sich an stürmische Nächte, die sie in diesem Zimmer verbracht hatte. Da hatten sich die Äste der Bäume im aufkommenden Unwetter gebogen, als hätten sie einen Aerobic-Kurs gemacht. Jana wollte sich vom Fenster wegdrehen, als sie glaubte, in der Nähe ihres Autos eine Gestalt wahrzunehmen. Sofort beschleunigte sich ihr Herzschlag. War da tatsächlich jemand auf dem Grundstück? War sie deshalb wach geworden? Jana musste an Björn Kumpf denken und unwillkürlich lief ihr ein Schauer über den Rücken. Der Mann hatte ihr Angst eingejagt. Ob er mitten in der Nacht zurückgekehrt war? Sie tastete nach ihrem Asthmaspray und sog zweimal kräftig daran. Dann schlich sie zur Kommode, die sie vor die Zimmertür geschoben hatte, öffnete sie einen Spalt und lauschte. War da eine Tür ins Schloss gefallen? Jana wagte nicht, nachzusehen. Sie verbarrikadierte sich wieder und setzte sich aufs Bett.

Was sollte sie machen? Ein Blick auf die Leuchtziffern ihres Smartphones zeigte ihr, dass es 3.48 Uhr war. Sie konnte um diese Zeit unmöglich bei Frank anrufen. Seine Schicht würde um 6.00 Uhr beginnen. Die letzte Stunde Schlaf wollte sie ihm nicht rauben. Vermutlich hatte sie sich die Gestalt und das Geräusch nur eingebildet. Vielleicht hatten die Mitarbeiter der Spurensicherung im Keller ein Fenster aufgelassen, das durch einen Windzug zugefallen war. Die Polizeibeamten hatten das gesamte Haus noch einmal sorgfältig durchsucht. Mehrere Stunden lang. Was aber anscheinend keine neuen Erkenntnisse brachte. Kriminalkommissar Teubner machte jedenfalls einen resignierten Eindruck, als er sie am Nachmittag schließlich persönlich zu dem Überfall befragte. Er stellte seine Fragen dabei so gezielt, dass Jana noch eine Sache einfiel. Der Eindringling hatte ein besonders süßliches Rasierwasser benutzt. Dieser Duft war ihr bei Björn Kumpf allerdings nicht aufgefallen, obwohl er sehr dicht vor ihr gestanden hatte. Jana seufzte. Ihr Herzschlag hatte sich etwas beruhigt. Das Atmen gelang wieder besser. Vermutlich hatten ihre angespannten Nerven ihr etwas vorgegaukelt und würden sie für den Rest der Nacht kein Auge zutun lassen.

Irgendwann musste sie doch in einen unruhigen Schlaf gefallen sein. Sie erwachte am Vormittag und blickte durch die geteilte Gardine in einen sonnigen Tag. Vermutlich lag es am Klimawandel, dass sich das Wetter in diesem Frühjahr mit so milden Temperaturen und viel Sonne präsentierte. Obwohl die Leuchtziffern ihres Smartphones bereits 9.42 Uhr anzeigten, fühlte sie keinerlei Eile. Ihr Gefühl, in der Nacht ungebetenen Besuch gehabt zu haben, nagte an ihr wie eine Ratte an einem Stück Fleisch. Sie hatte Angst und bereute zutiefst, nicht in ein Hotel umgesiedelt zu sein. Dennoch würde sie sich jetzt frischmachen müssen und wenn sie später genügend Mut aufbringen konnte, wollte sie nach eventuellen Spuren eines nächtlichen Eindringlings Ausschau halten.

Als sie eine halbe Stunde später ins Erdgeschoss hinabstieg, stellte sie erleichtert fest, dass die Haustür verschlossen war. Allerdings stand die Kellertür einen Spalt auf, obwohl Jana davon überzeugt war, diese ins Schloss geschoben und abgeschlossen zu haben. Sie drückte die Tür energisch zu, drehte den Schlüssel und zog ihn ab. Dann setzte sie ihren Rundgang fort. Im Wohnzimmer sah sie den Griff der Terrassentür in geöffneter Position stehen. Die Verbindungstür zur Garage war ebenfalls nicht verschlossen. Das konnte kein Zufall mehr sein. Die Geräusche in der Nacht waren also keine Einbildung gewesen. Irgendjemand hatte sich erneut Zutritt zum Haus verschafft. Der Mörder?

Jana zog mit zitternden Fingern ihr Smartphone aus ihrer Jeans, setzte sich im Wohnzimmer in einen Sessel und wählte die Telefonnummer von Frank.

»Guten Morgen, Jana. Ist alles in Ordnung?«

»In der Nacht muss wieder jemand im Haus gewesen sein«, brach es aus ihr heraus, »die Türen sind nicht mehr verschlossen.«

»Wieso bist du nicht ins Hotel gegangen, Jana?« Franks Stimme klang vorwurfsvoll. »Es hätte sonst etwas passieren können! Hast du Hauptkommissar Teubner informiert?«

»Nein«, erwiderte Jana. »Ich möchte mich nicht lächerlich machen. Außerdem weiß er ja nicht, dass ich erneut hier übernachtet habe.«

»Bist du sicher, dass sich nirgendwo jemand versteckt hält?«

»Ziemlich«, bestätigte Jana, obwohl sie den Keller nicht überprüft hatte.

»Gut. Ich kann erst nach meiner Schicht zu dir kommen. Ein Kollege in meiner Dienstgruppe ist ausgefallen und ich fahre mit meinem Partner heute bereits den fünften Einsatz. Wenn du willst, könnte ich dir gleich einen dienstlichen Besuch abstatten. Aber besser wäre es, du würdest deine Sachen packen und ins Hotel gehen. Das machst du doch jetzt?«

Jana schwieg. Trotz der Ereignisse war sie plötzlich nicht mehr sicher. Wenn sie die Flucht ergriff, wie sollte man herausfinden, was hier vor sich ging? Vielleicht war es nicht ihre Aufgabe, sondern die der Polizei, aber las man nicht immer wieder von unaufgeklärten Verbrechen? Ihr fiel der Mord an ihrer Mutter ein. Auch dieser Fall galt als Cold Case. Die Polizei hatte versagt. Wer sagte ihr, dass das in diesem Fall anders sein würde? Sie musste sich der Vergangenheit stellen, und das funktionierte nicht von einem Hotelzimmer aus. »Du wirst mich für verrückt halten, Frank«, murmelte Jana leise. »Aber ich werde hierbleiben. Ich kann nicht anders.«

»Auf gar keinen Fall, Jana! Das ist viel zu gefährlich!«

»Du kannst mich nicht davon abbringen. Ich muss herausfinden, was mit Tante Silvia und Onkel Matthias passiert ist. Vielleicht ...«

»Das ist Sache der Polizei, Jana!«, unterbrach er sie.

»Ich bleibe!« Plötzlich war sie sicher, das Richtige zu tun.

Frank seufzte. »Dann solltest du umgehend einen Schlüsseldienst beauftragen, der die Schlösser austauscht. Damit wirst du dich in der Nacht besser fühlen.« Er klang besorgt.

»Ja, versprochen, ich kümmere mich sofort um einen Schlüsseldienst. Und ich freue mich, wenn du nach Dienstschluss bei mir vorbeischaust«, sagte sie betont munter. Kurz darauf hörte sie eine knackende Stimme im Hintergrund. Er hatte seinen nächsten Einsatzort von der Zentrale erfahren und musste das Gespräch beenden.

Im Internetbrowser ihres Smartphones suchte Jana nach einem örtlichen Schlüsseldienst. Sie hatte in Hamburg einmal das Schloss ihrer Wohnung auswechseln lassen und war nicht gefragt worden, ob sie die Mieterin und befugt sei, das zu veranlassen. Hoffentlich wurde das hier genauso gehandhabt. Zumindest am Telefon interessierte das niemanden, aber die Firmen schienen sich vor Aufträgen nicht retten zu können. Einer versprach aber, noch heute jemanden zu schicken, der sich die Schlösser ansah.

Ein wenig enttäuscht stieg Jana in den ersten Stock. Sie beschloss, weiter Ordnung im Haus zu schaffen, zunächst würde sie das Schlafzimmer aufräumen. Sie hievte die herausgezogenen Matratzen auf die Lattenroste, legte die Bettdecken darauf und hing die herausgerissenen Kleidungsstücke in den Schrank. Dabei fiel ihr Blick auf den Boden des antiken Eichenschranks. Sie sah eine rechteckige Ritze in der Mitte. Ein Holzbrett schien lose eingefügt zu sein. Neugierig holte sie eine Nagelfeile aus ihrer Handtasche und schob diese in den Spalt. Das Brett ließ sich herauslösen. Vorsichtig tastete sie den entstandenen Hohlraum ab und zog nacheinander zwei Ordner heraus. Einer davon war prall gefüllt. Jana kniete sich auf den Boden und legte den dickeren vor sich. In gespannter Erwartung schlug sie den Deckel auf und fand einen Stapel teils handschriftlicher Zertifikate. Ehe sie sich näher einlesen konnte, wurde sie durch ein Geräusch abgelenkt. Die Schlafzimmertür öffnete sich langsam und Björn Kumpf stand im Raum.

Jana sprang auf die Beine, als sei sie bei einem schweren Verbrechen ertappt worden. Sie hatte sich jedoch sofort wieder unter Kontrolle. »Was tun Sie hier?«, schrie sie. »Wie kommen Sie überhaupt herein? Und was fällt Ihnen ein, mich dermaßen zu erschrecken?«

Kumpf zeigte sich unbeeindruckt. »Ich habe geschellt. Als niemand aufgemacht hat, bin ich ums Haus gegangen und habe gesehen, dass die Terrassentür nicht verschlossen ist. Da Ihr Auto noch vorm Haus steht, musste ich davon ausgehen, dass Sie daheim sind. Ich habe mir Sorgen um Sie gemacht.«

»Und da spazieren Sie die Treppe hinauf, ohne sich bemerkbar zu machen? Ihr Rufen hätte ich gehört!« Jana zwang sich, ruhig zu bleiben. Kumpf stand aalglatt vor ihr, die Hände in den Manteltaschen und mit diesem eisigen Ausdruck in den Augen, der ihr einen Schauer über den Rücken jagte.

»Ich habe gerufen. Vermutlich ist es nicht bis zu Ihnen gedrungen, weil Sie in den Papieren geschnüffelt haben, die ich so dringend brauche. Ihr Onkel hat sie für mich aufbewahrt.« Er bückte sich, klappte den Deckel des Ordners zu, stapelte ihn auf den anderen und hob die Akten hoch. »Und jetzt noch das Päckchen. Vielleicht liegt es auch in dem Versteck im Schrank. Wären Sie so freundlich und würden für mich nachsehen?« Seine Stimme triefte vor falscher Höflichkeit.

Jana zeigte sich sprachlos angesichts seiner Dreistigkeit. Woher sollte sie wissen, ob er tatsächlich der rechtmäßige Besitzer der Akten war? Sie wagte nicht, ihn darauf anzusprechen. Sein stechender Blick machte ihr Angst. Dennoch würde sie sich nicht von ihm herumkommandieren lassen. »Wenn Sie glauben, Ihr Paket befindet sich in dem Schrank, schauen Sie doch selber nach!«, sagte sie daher in betont forschem Tonfall.

Einen Moment glaubte sie, der Mann wolle sich auf sie stürzen. Er drückte ihr jedoch lediglich die Ordner in den Arm. Danach beugte er sich in die Hocke und tastete den Hohlraum des alten Eichenschranks ab. Doch die Akten waren offenbar das einzige Geheimnis, das der Schrank hütete, denn er kam mit leeren Händen wieder in den Stand. »Dann werden wir jetzt im Keller nachsehen!«, befahl er und entriss ihr die Akten.

Nun hatte Jana endgültig genug von dem blasierten Verhalten des Mannes. Sie zog ihr Smartphone aus der Tasche und drückte den Kontakt von Frank Strodtbeck. Hoffentlich befand er sich mit seinem Dienstwagen in der Nähe. »Gar nichts werden wir, Herr Kumpf. Ich informiere jetzt die Polizei darüber, dass Sie sich unbefugt in diesem Haus aufhalten. Alles andere lässt sich dann wohl offiziell regeln.«

Kumpf zeigte sich keineswegs eingeschüchtert. Er blickte auf seine goldene Armbanduhr. »Sie brauchen mir nicht zu drohen. Die Aktenordner sind mein Eigentum. Ich rate Ihnen dringend, das Päckchen zu suchen. Morgen hole ich es ab. Das ist Ihre allerletzte Frist, Jana.« Damit drehte er sich um und verließ das Schlafzimmer.

Jana hörte die Wendeltreppe unter seinen Absätzen ächzen. Kurz darauf fiel die Haustür ins Schloss. Ein Motor startete, dann hörte sie durch das geöffnete Fenster den Kies unter den rollenden Rädern knirschen, bevor sich das Motorengeräusch entfernte. Jana blickte auf ihr Smartphone. Frank hatte das Gespräch nicht entgegengenommen. Sofort versuchte sie erneut ihn zu erreichen, um ihm mitzuteilen, dass Björn Kumpf sich Akten angeeignet hatte, in denen sich Zertifikate von antiken Gegenständen befunden hatten. Wieso hatte ihr Onkel diese Papiere für ihn versteckt? Handelte es sich womöglich um gefälschte Provenienzen?

Kapitel 14

Mittwoch, 30. März, 14.52 Uhr

An die Einsamkeit in seinem Büro würde er sich erst gewöhnen müssen. Kriminalhauptkommissar Max Teubner starrte auf den leeren Platz ihm gegenüber. Von Reinders wusste er, dass Maike Graf nach Genf gefahren war, um im Freihandelshafen zu recherchieren. Teubner hatte sich inzwischen selbst über dieses Gebiet informiert. Der 1899 gegründete Freihafen befand sich neben einem Bahnhof für Trockenwaren und galt weder als Sperrgebiet noch als besonders geschützter Ort mit massiven Wachposten. In unscheinbaren Lagerhäusern wurden sehr wertvolle Kunstwerke gehortet und nicht einmal der Leiter des Freihafens war in der Lage, genaue Zahlen zu nennen. Nach einer Prüfung aus dem Jahr 2012 nahm man an, dass allein 1.200.000 Gemälde dort untergebracht waren, sogar über 1.000 von Picasso. Zudem lagerten dort überaus kostbare Antiquitäten und Skulpturen, zum einen als Wertanlage, zum anderen, um sie vor Ort steuerfrei handeln zu können. Denn beim Handel im Freihafen mussten keine Steuern bezahlt werden. Auch wurden den Kunden – Schweizer Diskretion verpflichtet – keine unangenehmen Fragen gestellt.

Allerdings rief die Freihafen-Politik immer wieder und besonders nach skandalösen Enthüllungen über regelwidrig erworbene und dort eingelagerte Kunstgegenstände auch Kritiker auf den Plan. So wurden im Jahr 1993 über 200 antike Ausgrabungsstücke aus Ägypten gefunden, die illegal eingeführt worden waren. 1994 entdeckte man durch Zufall Antiquitäten, die aus dem Getty Museum in New York gestohlen worden waren. 2010 tauchte ein verschollener römischer Sarkophag auf und

2016 mussten zwei etruskische Särge nach Italien zurückgegeben werden. Seitdem waren die Bestimmungen im Freihafen etwas verschärft worden. Die Besitzer mussten nun ihren Namen sowie die Herkunft und den Wert der gelagerten Waren angeben.

Teubner seufzte und lehnte sich zurück. Wie genau diese Bestimmungen eingehalten oder überprüft wurden, konnte Maike vielleicht herausfinden. Fakt war, dass der Genfer Freihafen nach wie vor als sehr attraktiv zum Bunkern von wertvollen Antiken galt. Die Lagerräume wurden exzellent gesichert und die Kunden fanden offensichtlich immer wieder Wege, anonym zu bleiben.

Indem Maike klammheimlich dieser Spur nachging, brachte sie sich hier auch aus der Schusslinie. Denn lange ließe sich nicht mehr verschweigen, dass die Kollegin sich am Tag seiner Ermordung in Kerns Wohnung aufgehalten hatte. Marschewski würde ausrasten.

Ehe Teubner weiter darüber nachdenken konnte, flog seine Bürotür auf und Reinders fiel ächzend ihm gegenüber auf den Bürostuhl. »Wir haben die Harley!«, sagte er ohne Begrüßung, und zog gleichzeitig einen Streifen Kaugummi aus seiner Jacke. Er wickelte ihn aus dem Silberpapier und schob ihn in den Mund. Dann erklärte er, Spaziergänger hätten sie mit einem Helm am Lenker nur gut einen Kilometer von Kerns Wohnort entfernt entdeckt. Sie hätten das Ordnungsamt informiert, weil sie auf dem Feldweg umgefallen sei und diesen blockiere.

»Gut«, brummte Teubner. »Jetzt müssen wir auf die Ergebnisse der KT warten. Sonst noch was?«

Reinders nickte. »Allerdings. Eine Nachbarin von Kern hat gesehen, dass die Harley am Montag gegen 18 Uhr, also nach seinem Tod, Richtung Hellweg unterwegs war. Hoffentlich finden sich Fingerabdrücke am Motorrad, die uns zu seinem Mörder bringen. Dann werden wir hoffentlich erfahren, warum er mit der Harley vom Tatort geflohen und in der Nacht damit zum Haus der Brechts gefahren ist.«

»Mörder?«, fragte Teubner.

Reinders nickte und wedelte mit einem Hefter in seiner Hand. »Der Bericht der Rechtsmedizin. Holger Kern hatte bei seinem Tod einen Alkoholpegel von 1,8 Promille im Blut. Deshalb hat er auch im Kampf mit Maike so leicht das Gleichgewicht verloren. Beim Aufprall auf den Boden ist er mit dem Kopf gegen den Türrahmen geknallt. Danach war er bewusstlos. Von dem Sturz hätte er jedoch allenfalls eine Gehirnerschütterung zurückbehalten.«

»Das heißt, Maike ist raus?«, folgerte Teubner erleichtert. »Jetzt mach 's nicht so spannend. Woran ist Kern gestorben?«

Reinders schlug die Beine übereinander, blätterte im Bericht der Rechtsmedizin und blickte auf. »Todesursache durch Ersticken steht hier. Vermutlich hat der Täter ihm ein Kissen oder Ähnliches aufs Gesicht gedrückt. Es wurden Textilfasern in den Atemwegen gefunden. Die Kollegen der Spurensicherung sind bereits erneut in seiner Wohnung, um für einen Faser-Abgleich nach der mutmaßlichen Tatwaffe zu suchen. Maike ist jedenfalls definitiv unschuldig an seinem Tod.«

»Eine Sorge weniger.«

»Die Rechtsmedizin hat keine Kampf- oder Abwehrspuren gefunden«, fuhr Reinders fort.

»Vielleicht hatte Kern gar keine Kraft, sich zu wehren?«

»Oder er hat mit keinem Angriff gerechnet, weil er den Mörder kannte?«

»... weil er den Mörder kannte ...« Teubner lauschte dem Satz nach. Er presste den Kopf gegen seine im Nacken gefalteten Hände. »Dann wusste sein Mörder, dass er der Gehilfe von den Brechts war. Wenn es derselbe ist, der auch die Brechts getötet hat, dann könnte er sich von Kern wichtige Hinweise erhofft haben, wo die Brechts das aufbewahrt haben, was er in ihrem Haus nicht finden konnte.«

»Und wenn er die von Kern bekommen hat, war der danach dann für den Mörder zu gefährlich«, führte Reinders den Gedanken fort. »Und mit dem neuen Wissen ist er mit Kerns Harley in der Nacht erneut zu Jana Helmes gefahren.«

»Könnte so gewesen sein«, sinnierte Teubner und rieb sich nachdenklich das Kinn. »Warum hat sein Mörder überhaupt Kerns Harley genommen? An gewöhnlichen Diebstahl kann ich nicht so recht glauben. Hat er den Motorradschlüssel in der Wohnung gesehen? Daraufhin könnte ihm die Idee gekommen sein, mit Helm unerkannt aus dem Haus zu kommen.«

»Hm«, meinte Reinders. »Vielleicht wollte er aber auch nur möglichst schnell die Antiken finden, nachdem Kern geplaudert hat. Wer weiß schon, auf welchem Weg der Mörder zu der Wohnung gekommen ist. Er wird ja nicht das Risiko eingegangen sein, seinen Pkw vor der Tür abzustellen. Die Harley stand aber sozusagen startklar bereit. «

Teubner nickte. »Und er hat die Maschine auch benutzt, um in der Nacht zum Haus der Brechts zu fahren, weil er Angst hatte, mit seinem eigenen Auto dort gesehen zu werden. So viel Verkehr ist da ja schließlich nicht. Ich wette, er hat das Motorrad dort entsorgt, wo er seinen Wagen abgestellt hatte, ist einfach umgestiegen. Hat die KT dort Spuren gesichert?«

»Ja, die Auswertung läuft. Aber du weißt ja, wie lange das dauert.«

»Dann müssen wir versuchen ihm anders beizukommen. Mit wem hat Holger Kern zuletzt telefoniert?«

Reinders kaute bereits das nächste Kaugummi. »Sein letztes Telefonat hat er mit Björn Kumpf geführt. Mit dem hast du doch gleich ein Gespräch. Vielleicht bringt der Mann etwas Licht in das Dunkel dieses Falls.«

Teubner rollte seinen Bürostuhl an den Schreibtisch und nahm die Auswertung der Telefongespräche, die Kern getätigt hatte, an sich. Tatsächlich hatte er nur etwa eine Stunde, bevor er in seiner Küche gestürzt war, mit dem Mülheimer Händler telefoniert. »Ich möchte wissen, in welcher Funkzelle sich das Handy Kumpfs befunden hat, als er Kern angerufen hat. Wir brauchen einen richterlichen Beschluss für den Telefonanbieter.«

»Wird erledigt«, versprach Reinders und stand auf.

»Ist die Spurensicherung im Haus der Brechts nach dem nächtlichen Einbruch zu weiteren Erkenntnissen gelangt?«

Reinders kam zurück und setzte sich noch einmal. »Hätte ich fast vergessen. Die Sache klingt ein wenig merkwürdig. Denn an keiner der Türen wurden Fingerabdrücke oder Einbruchsspuren entdeckt. Vielleicht hat der Einbrecher Handschuhe getragen. Jana Helmes glaubte, die Geräusche seien aus dem Keller gekommen, da war jedoch alles unverändert. Entweder der Einbrecher hat akribisch darauf geachtet, keine Spuren zu hinterlassen, oder die Helmes hat sich das alles eingebildet.«

»Hm, ein wenig merkwürdig ist die junge Frau schon. Aber ob sie solchen Verfolgungswahn entwickelt ...« Teubner zweifelte daran. »Andererseits ... vielleicht doch. Denn es ist schon merkwürdig, dass diesmal nicht alles durchwühlt hinterlassen worden ist. Es gibt wirklich noch viele offene Fragen, denen die Dortmunder nachgehen müssen.«

Als es an der Bürotür klopfte, verließ Reinders das Büro und gab den Weg einem Mann frei, der mit forschem Gang eintrat. Mit Björn Kumpf wehte ein Duft von herbem Rasierwasser herein. Teubner reichte ihm die Hand und bat ihn, sich zu setzen.

»Kommen wir gleich zur Sache. Wie standen Sie zu den Antiquitätenhändlern Silvia und Matthias Brecht?«

Kumpfs Worte klangen wohl überlegt und fast auswendig gelernt. »Wir haben denselben Beruf ausgeübt, Herr Kriminalhauptkommissar. Wenn auch auf etwas andere Weise. Ich halte das ganze Jahr auf dem gesamten Globus nach ausgewählten Sammlerstücken Ausschau, die ich erwerbe und an die örtlichen Händler – wie den Brechts – verkaufe. Nebenbei betreibe ich einen eigenen Laden in Mülheim, der allerdings vorwiegend von meinem Personal geführt wird.«

»Sie sind also als eine Art Zwischenhändler unterwegs«, meinte Teubner. »Wissen Sie von anderen Händlern, mit denen die Brechts zusammengearbeitet haben? Wann war Ihr letzter Besuch dort?«

Kumpf zog einen in Leder gebundenen Terminkalender aus seinem Mantel. »Ich war der einzige Händler, mit dem die Brechts Geschäfte gemacht haben, soviel ich weiß. Außerdem ist Matthias Brecht schon mal zu Antikmessen gefahren und hat ausgewählte Stücke gekauft«, murmelte er beim Blättern, ehe er endlich den Eintrag fand. »Zuletzt hatte ich mit den Brechts vor einem Monat einen Termin. Da die ihren Ausverkauf gestartet hatten, ist es jedoch zu keinem Abschluss gekommen. Ich habe noch versucht sie zu überzeugen, dass einige ausgelesene Stücke den Räumungsverkauf ankurbeln könnten. Aber Matthias Brecht wollte nicht mehr investieren, was ich ihm nicht übel genommen habe.«

Teubner sah den Mülheimer Antiquitätenhändler einen Moment schweigend an, dann griff er nach einem Ordner, in dem sich die Berichte des Mordfalls stapelten. Bald fand er, wonach er suchte. »Hier ist eine Aussage von Holger Kern, dem Angestellten des Ehepaars. Er behauptet, Sie noch am Tag vor den

Morden im Laden in Königsborn gesehen zu haben. Das bestätigt auch ein Eintrag im Terminkalender des Ermordeten.« Wenn er geglaubt hatte, Kumpf in Verlegenheit bringen zu können, wurde er jetzt eines Besseren belehrt.

»Natürlich, Herr Kommissar. Ich habe von meinem letzten offiziellen Geschäftstermin gesprochen. Am Tag vor dem endgültigen Ladenschluss wollte ich den beiden aber einen spontanen Besuch abstatten, da ich in der Gegend war. Ich habe Mittwochmorgen angerufen und bin am Donnerstagnachmittag dort gewesen. Ich hätte den Brechts gern die Waren abgenommen, die im Ausverkauf nicht veräußert werden würden.« Er klappte seinen Terminkalender zu und verstaute ihn in seinem Mantel, den er danach zurechtzupfte, als fürchte er, dieser könne unansehnliche Falten schlagen.

Teubner verabscheute die aalglatte Art des Geschäftsmannes. Er zeigte keinerlei Regung, kein Entsetzen wegen der schrecklichen Morde. »Sind Sie zu einer Einigung gekommen?«

Kumpf schlug die Beine übereinander und verschränkte die Arme vor der Brust. »Matthias Brecht war mein Angebot zu niedrig.«

»Von welcher Summe sprechen wir? Wie ist die Relation zum eigentlichen Wert?«, fragte Teubner, da er abschätzen wollte, ob sich aus dem Konflikt ein Mordmotiv ableiten könnte.

Kumpf lächelte süffisant. »Der Betrag lag natürlich weit unter dem, den die Brechts beim Verkauf an Privatkunden erzielt hätten. Aber so funktioniert der Handel. Viele der Waren hätte ich mir für lange Zeit aufs Lager legen müssen.«

Teubner nickte. »Ich halte also fest: Sie haben die Brechts ein letztes Mal am Tag vor ihrer Ermordung gesehen?«

»So ist es, Herr Kommissar.«

»Ein Zeuge hat ausgesagt, Ihren schwarzen VW Caddy am Tatabend in der Nähe des Ladens gesehen zu haben. Sind Sie am

Freitag noch einmal zu den Brechts gegangen, um etwas Druck auszuüben? Und dann eskalierte die Verhandlung?«

Trotz der unüberhörbaren Anschuldigung blieb Kumpf die Ruhe selbst. »Ja, mein Auto hat dort in der Nähe gestanden. Dafür gibt es eine ganz einfache Erklärung. Wenn ich in Unna und Umgebung zu tun habe, übernachte ich manchmal für einige Tage im Hotel an der Kamener Straße. Und bevor Sie fragen, warum ich die 100 Kilometer nach Mülheim nicht nach Hause fahre, sage ich Ihnen, weil es für mich entspannender ist. Zu Hause wartet niemand auf mich. Ich gehe dann in aller Ruhe schön essen, kaum 200 Meter vom Hotel entfernt gibt es ein Restaurant, in dem man vorzüglich speisen kann. Kennen Sie das *Andalou*? Kann ich nur empfehlen. Trinke gern einen guten Wein dazu, da kann ich dann natürlich nicht mehr Auto fahren.«

»Und wieso haben Sie nicht direkt am Hotel geparkt?«, wollte Teubner wissen.

»Da habe ich keinen Parkplatz gefunden, in der Nähe vom Königsborner Markt hatte ich dagegen bislang immer Glück.«

»Wann haben Sie am letzten Freitag eingecheckt?«

»Gegen 18.30 Uhr. Das können Sie gerne überprüfen.«

»Das Hotelpersonal wird kaum bestätigen, dass Sie den ganzen Abend im Haus geblieben sind.« Teubner lehnte sich zurück. Das Alibi des Händlers klang dürftig.

»Bin ich auch nicht. Ich habe am Freitag gegen 19 Uhr im *Andalou* gesessen. Allein. Nach arbeitsreichen Tagen genieße ich abends die Ruhe. Vielleicht kann sich die Bedienung an mich erinnern, ich gebe stets ein großzügiges Trinkgeld. Nach dem Abendessen habe ich mir am Tresen einen Cocktail gegönnt, das war etwa um 20.30 Uhr. Der Kellner hat mich bestimmt noch in Erinnerung.«

»Lassen Sie mich raten«, erwiderte Teubner sarkastisch. »Auch er ist in den Genuss eines feudalen Trinkgeldes gekommen. Wir werden auch das überprüfen. Eine andere Frage: Haben Sie am Freitagmorgen Zeitung gelesen und sind dabei auf den Bericht mit Fotos ungewöhnlicher Antiquitäten aus Brechts Geschäft aufmerksam geworden? War dort Ware abgelichtet, die nicht von Ihnen stammte? Was glauben Sie? Hat sich das Ehepaar der Antikenhehlerei schuldig gemacht? Könnte ihnen das womöglich zum Verhängnis geworden sein?«

Der Mülheimer Händler ließ sich diesmal besonders viel Zeit mit der Antwort. »Ich muss zugeben, ich bin etwas überfordert mit Ihrer Frage. Gab es einen Zeitungsbericht über die Geschäftsaufgabe? Davon ist mir nichts bekannt. Ich habe sowohl Silvia als auch Matthias Brecht für überaus rechtschaffene Menschen gehalten. Ich kann mir kaum vorstellen, dass die beiden den illegalen Handel mit Antiken befürwortet hätten.«

Teubner wechselte das Thema. »Noch einmal zu Holger Kern. Wie gut kannten Sie ihn?«

Kumpf überlegte einen Moment, ehe er antwortete. »Tja, der Mann ist mir einige Male im Laden begegnet. Er hat beim Ausladen geholfen, wenn ich schwere oder sperrige Antiquitäten angeliefert habe. Er war immer freundlich und zuverlässig und hatte ein seriöses Auftreten. Ansonsten kann ich nicht viel zu ihm sagen.«

»Sie kennen also weder Holger Kerns Privatadresse noch besitzen Sie seine Handynummer?«

Kumpf wechselte die Beinstellung und schlug nun das linke Bein über sein rechtes. »Ich habe keine Ahnung, wo der Mann wohnt. Seine Rufnummer ist allerdings in meinem Telefon gespeichert. Die Brechts fanden es unkomplizierter, wenn ich bei sperrigen Warenanlieferungen mit ihm einen Termin ausgemacht habe, da er ja zum Helfen vor Ort sein musste.«

Teubner fluchte innerlich. Kumpf schien auf jede Frage vorbereitet zu sein und war bei Gott nicht naiv genug, etwas zu leugnen, was ihm später als Lüge angelastet werden könnte. »Aus welchem Grund haben Sie am Montag mit ihm telefoniert? Sie wussten doch bereits vom Tod der Brechts.«

Kumpf beugte sich nun vor und stützte seine Unterarme auf den Oberschenkeln ab. »Sie müssen mich für einen skrupellosen Geschäftsmann halten, aber ich bin nach wie vor am Restbestand des Ladens interessiert. Herr Kern sollte mich über den aktuellen Entwicklungsstand informieren. Er hat mir gesagt, die Nichte der Brechts würde vermutlich das Erbe antreten.«

Teubner gab den Versuch auf, seine Aversion gegen den Mann zu verbergen, und feuerte seine nächste Frage ab. »Und da haben Sie Jana Helmes gleich im Privathaus der Brechts aufgesucht. Woher wussten Sie, dass sie sich dort aufhält? Zufall? Gebietet es nicht der Anstand, die junge Frau bis zur Beerdigung ihrer Verwandten in Ruhe zu lassen? Oder sind so scharf auf den Restbestand des Ladens, dass Sie Jana Helmes sogar nachts ungebetenen Besuch abstatten?«

Kumpf entwich ein spontanes Lachen. »Nun machen Sie mal einen Punkt. Ich kannte die Brechts schon, als Jana noch bei ihnen lebte. Da habe ich es für meine Pflicht gehalten, ihr meine Anteilnahme zum Ausdruck zu bringen, tagsüber natürlich. Daher bin ich spontan und in der Hoffnung, sie dort anzutreffen, zum Privathaus der Brechts gefahren und habe ihr mein Beileid ausgesprochen. Was ihr Erbe angeht, läuft mir die Zeit nicht davon.« Er stand auf und zupfte seinen Mantel zurecht. »Ich werde Ihnen bei der Suche nach dem Mörder jedenfalls nicht helfen können, fürchte ich. Ich habe mit den Brechts liebenswerte Kunden und Kollegen verloren. Jetzt müssen Sie mich allerdings entschuldigen, es warten noch Termine auf mich.« Er hob zum Gruß die Hand.

Teubner nickte und erwiderte den eisigen Blick seines Gesprächspartners. »Fühlen Sie sich nicht zu sicher. Wir werden diesen Fall klären. Und wenn Sie da irgendwie mit drinhängen, werden wir das beweisen. Das verspreche ich Ihnen!«

Kapitel 15

Donnerstag, 31. März, 06.55 Uhr

Die Entscheidung, ihre Recherchen fortzuführen, hatte Maike getroffen, nachdem sie am Tag zuvor noch einmal mit Chiara telefoniert hatte. Da Jochens Zustand immer noch als äußerst bedenklich galt, wagte man nicht, ihn aus dem Koma zu holen. Es hatte Komplikationen gegeben, Chiara hatte von lokalen, rezidivierenden Infektionen im Verletzungsbereich gesprochen. Da Jochen nun als Langzeit-Beatmungspatient galt, war er tracheotomiert worden, hatte also eine Luftröhrenkanüle bekommen, die operativ angelegt worden war. Das war nicht außergewöhnlich, dieser Eingriff wurde immer nach fünf bis sieben Tagen Beatmung nötig. Doch die Operation war nicht reibungslos verlaufen und man befürchtete in der Folge weitere Probleme. Eine Genesung sei aber durchaus, auch nach längerer Rekonvaleszenz möglich.

Maike hatte nach diesem Anruf keine ruhige Minute mehr gefunden. Ihr erster Impuls war gewesen, sich sofort auf den Heimweg zu machen. Aber was hätte das genutzt? Sie konnte ihrem Freund nicht helfen, durfte ihn nicht einmal besuchen. Also hatte sie beschlossen, die Reise nach Ägypten zu wagen.

Den warmen Wollmantel, das Kostüm, die Handtasche und die Pumps, die Maike im Zollfreihafen geschäftsmäßiger aussehen lassen sollten, ließ sie in ihrer Reisetasche zurück, die sie in einem Schließfach am Genfer Flughafen deponierte, alles andere hatte sie in einen Reiserucksack gepackt, den sie wie auch leichte Kleidung in Genf besorgt hatte. Es hatte sich als schwierig erwiesen, kurzfristig einen günstigen Flug nach Kairo zu buchen, der nicht mit einem langen Zwischenstopp verbunden war. Dazu kam, dass wegen des Mangels an Flughafenpersonal einige Flüge gestrichen wurden. Sie hatte also einen Tag in Genf verbringen müssen, den sie zur Vervollständigung ihrer Reiseausstattung und zur Recherche genutzt hatte. Sie war auch deshalb ruhig geblieben, da Björn Kumpf nach dem belauschten Gespräch nicht früher in Al-Minya eintreffen sollte.

Der Flieger der Lufthansa startete pünktlich um 6.55 Uhr. Um kurz nach 10 Uhr landete die Maschine in Frankfurt. Hier galt es, eine Wartezeit von zwei Stunden zu überbrücken, in denen sie ihre Recherchen über die Totenstadt bei Al-Minya noch einmal durchgehen wollte. Den Laptop hatte sie im Hotel in Genf vollständig aufgeladen, ein weiterer Akku lag in ihrem Reiserucksack bereit. Sie betrat ein Café, wählte einen Platz in einer Ecke, wo nicht so viel Trubel herrschte und bestellte einen Cappuccino. Danach versuchte sie die Flugdurchsagen und das hektische Gedränge der Flugpassagiere auszuschalten und vertiefte sich in ihre Aufzeichnungen.

Maikes Ziel war die Petosoris-Nekropole in Tuna el-Gebel, etwa 300 Kilometer südlich von Kairo, nahe der Großstadt Mallawi im Gouvernement Al-Minya. Die Totenstadt mit einem der größten erhaltenen Friedhöfe der Antike erstreckte sich über eine Fläche von etwa 100 Hektar in der ägyptischen Westwüste und war bislang nur zu einem kleinen Teil erschlossen. Wie Architektur und bisherige Funde belegten, wurde sie circa ab dem Jahr 300 vor Christus über 600 Jahre lang genutzt.

Maike rieb sich unwillkürlich mit dem Handrücken über die Stirn. Kaum vorstellbar, wie gigantisch dieses Areal sein musste. Sie las weiter, dass es seit 1902 schon immer wieder Grabungen an verschiedenen Stellen der Totenstadt gegeben hatte, sowohl in den Gräbern, zu denen interessanterweise auch welche für Tiere gehörten, als auch in den oberirdischen Bauwerken, zu denen auch mehrere Tempel gehörten. Maike klickte sich durch die am Vortag abgespeicherten Berichte. Irgendwo hatte sie doch von dieser neuen Grabung gelesen. Sie vertiefte sich in die Texte und las eine Weile.

Endlich fand sie, wonach sie gesucht hatte. Neue Grabungen im südlichen Teil der Nekropole, die seit 2018 durchgeführt wurden, hatten viele bedeutende Fundstücke zutage gebracht, die Ägyptens Antikenminister persönlich in eigens dafür aufgestellten Glasvitrinen einem Presse-Heer präsentiert hatte. Vermutlich wollte man mit dieser Öffentlichkeitsarbeit den Tourismus in der Gegend ankurbeln. Über 1000 Statuen, Alabastergefäße, Keramik und Schmuck, 40 Kalksteinsarkophage und eine Goldmaske waren bisher geborgen.

Maike spürte ein innerliches Kribbeln. Sie musste diese neue Grabung aufsuchen! Vermutlich wollte Björn Kumpf genau dort seine illegalen Geschäfte tätigen. Nachdem die mediale Aufmerksamkeit nachgelassen hatte, würden die Grabräuber ein leichteres Spiel haben. Seufzend blickte sie auf und klappte den Laptop zu, als ihr Flug nach Kairo aufgerufen wurde.

Im Flugzeug musste Maike ausschließlich an Jochen denken. Das letzte Mal, als sie geflogen war, hatte er neben ihr gesessen und fast die ganze Zeit ihre Hand gehalten. Sie vermisste ihn so sehr! Seine dunkle, angenehme Stimme, den Duft nach seinem herben Rasierwasser, seine Umarmung, seine Nähe. Mehr als einmal stellte sie ihren Entschluss infrage. Was, wenn Jochen doch in Kürze aus dem Koma geholt wurde? Da wollte sie doch bei ihm sein! Sie schüttelte resigniert den Kopf. Man hätte ihm sicherlich keine Luftröhrenkanüle gesetzt, wenn die Hoffnung bestand, ihn in den nächsten Tagen aufzuwecken. Und Maike hatte sich ja auf diese Reise begeben, um dem Täter auf die Spur zu kommen, der ihn ins Koma geschossen hatte.

Sie war erleichtert, als der Flieger pünktlich um 15.40 Uhr in Kairo landete. Nachdem sie ihren Reiserucksack vom Gepäckband gefischt hatte, steuerte sie einen Informationsschalter an und bemühte sich, der Dame dahinter auf Englisch zu erklären, dass sie mit einem Björn Kumpf verabredet sei, ihn aber nicht finden könne. Maike wusste nicht einmal, von welchem Flughafen er abgeflogen war. Von Mülheim und Dortmund aus wohl eher nicht, sie tippte auf Düsseldorf. »Ich weiß leider nicht, ob mein Freund bereits in Kairo gelandet ist. Sie könnten nicht die Flugverbindungen aus Deutschland checken, damit ich erfahre, mit welcher Maschine er hier eintreffen wird?«

Die junge Frau sah sie mitfühlend an. »Entschuldigen Sie, aber das darf ich nicht. Fällt unter Datenschutz. Herr Kumpf wird ja ein Mobiltelefon haben. Schreiben Sie ihm eine Nachricht, dann wird er sich melden.«

Maike schob ihr unauffällig einen Fünfzigeuroschein zu. »Sie würden mir sehr helfen«, säuselte sie.

Tatsächlich tippte die Dame daraufhin auf die Tastatur ihres Computers und starrte konzentriert auf den Bildschirm. »Es tut mir leid. Aber weder gestern, noch heute oder morgen steht jemand mit dem Namen Kumpf auf einer der Passagierlisten.«

»Hm«, murmelte Maike unsicher und fühlte eine Hitzewelle in sich aufsteigen. »Da muss irgendetwas schiefgelaufen sein. Ich werde Ihren Rat befolgen und ihm eine Textnachricht schicken.« Sie bedankte sich höflich und bemühte sich, einen klaren Gedanken zu fassen. Hatte sie sich im Zollfreilager Genf verhört? Sie hatte der Unterhaltung von Mathys und Ahmadi nur bruchstückhaft folgen können, womöglich hatte sie die falschen Schlüsse gezogen! Sie versuchte sich den genauen Ablauf des Gesprächs ins Gedächtnis zu rufen. Dabei war sie sicher, dass davon gesprochen worden war, dass Kumpf am heutigen Donnerstag nach Al-Minya aufbrechen würde. Vielleicht machte er sich mit einem Privatflieger auf den Weg? Oder er hatte einen anderen Zielflughafen gewählt? Es gab tausend Erklärungen. Verdammt, wie sollte sie den Mann finden? Sie hatte mit ihrem Flug nach Ägypten völlig planlos und überstürzt gehandelt, musste sich von dem Schock dieser Erkenntnis erst einmal erholen. Nachdem sie die Möglichkeiten durchdacht hatte, die ihr nun blieben, entschied sie, jetzt nicht aufzugeben.

Eine halbe Stunde später hatte sie sich einen Hyundai Accent gemietet. Nicht das neueste Modell, doch immerhin mit Navi ausgestattet. Sie verstaute ihr Gepäck und gab die Zieladresse ins Navigationssystem ein. Die Fahrt nach Mallawi, das circa 350 Kilometer südlich vom Flughafen Kairo lag, sollte ungefähr viereinhalb Stunden dauern. Da sie keine Zeit verlieren wollte, startete Maike den Motor und fuhr los.

Das Straßennetz Ägyptens erwies sich als sehr unterschiedlich, die Qualität lag auf einer Bandbreite von sensationell bis katastrophal. Nahe den Touristenmetropolen war der Zustand der Straßen perfekt, ansonsten zeigte sich die Fahrbahn aufgerissen oder mit tiefen Schlaglöchern versehen. Das größere Problem stellte für Maike der Verkehr an sich dar. Rückspiegel, sofern vorhanden, wurden bei den Einheimischen wohl kaum eines Blickes gewürdigt, ebenso galt der Blinker offensichtlich als unnützes Zubehör. Rote Ampeln veranlassten niemanden dazu, das Tempo zu drosseln, dagegen konnte die Annahme, bei Grün blindlings losfahren zu dürfen, fatale Folgen haben. Kurven wurden gerne geschnitten.

Maike empfand den Verkehr als absolutes Chaos. Als sie endlich die Autobahn erreichte, musste sie feststellen, dass es überhaupt keine Rolle spielte, welche der beiden Spuren sie befuhr.

überholt wurde, wo Platz war, teils mit Hupkonzert. Obwohl die Dunkelheit sich mittlerweile über Ägypten legte, fuhren nur wenige Autos mit Licht, manche nutzten wenigstens das Standlicht. Waren viele Fahrzeuge nicht mit funktionierenden Scheinwerfern ausgerüstet oder schaltete man sie nicht ein?

Maike ergab sich bald den neuen Gepflogenheiten und nahm das Autofahren als Abenteuer, bis sie nach fünf Stunden endlich die Gegend von Mallawi erreichte. Die Stadt mit etwa 190.000 Einwohnern wirkte hektisch. Die Hauptstraße führte an Kirchen und Palästen vorbei, viele Häuser waren im Art-Déco-Stil errichtet, mehrmals verwiesen Schilder auf das archäologische Museum. Nach einigem Suchen fand Maike den Bahnhof, vor dem Taxis warteten. Sie stellte den Hyundai in der Nähe ab, trat auf einen der Taxifahrer zu und erkundigte sich auf Englisch nach der neu eingerichteten Ausgrabungsstätte in der Totenstadt bei Tuna el-Gebel.

Der ältere Fahrer sah sie einen Moment stumm an und Maike befürchtete bereits, er habe sie nicht verstanden. Dann legte sich die gebräunte Stirn des Mannes in zahlreiche Falten und sein grauer Spitzbart wippte, als er langsam in gebrochenem Englisch zu sprechen begann. »Ausgrabung groß und wichtig für Land. Aber jetzt du dort nicht hinkönnen. Gefährlich. Ist dunkel, keine Scheinwerfer. Arbeiter längst fort. Ich dich bringen morgen hin.« Seine braunen Augen blickten ernst.

Maike wollte zunächst protestieren. Es zog sie zur Ausgrabungsstelle. Allerdings machten sich auch ihr leerer Magen und eine bleierne Müdigkeit von den Strapazen des Tages bemerkbar. Also nickte sie und fragte nach einer Übernachtungsmöglichkeit.

Der Senior grinste. »Haben Zimmer. 500 Ägyptische Pfund, Nacht. Bett weich. Alles gewaschen. Essen du können bei mir. Sein sehr gut.«

Maike zögerte. Der Mann machte zwar einen ehrlichen Eindruck auf sie, aber ihre berufliche Skepsis behielt die Oberhand. Auch besaß sie keine einheimische Währung. Sie musste erst eine Wechselstube oder Bank aufsuchen. Eine Kreditkarte würde der Mann kaum akzeptieren. Außerdem hatte sie nicht die geringste Ahnung, ob der Preis gerechtfertigt war. Sie zückte ihr Smartphone und tippte den Betrag in den Währungsrechner. Knapp 25 Euro schienen ihr ein faires Angebot zu sein. Inzwischen war es fast 22 Uhr und Maike war hundemüde. Obwohl sich vieles in ihr dagegen sträubte, nahm sie den Vorschlag des Mannes an. Irgendwie machte der Ägypter einen vertrauenerweckenden Eindruck. Sie hoffte inständig, dass ihr Gefühl sie nicht täuschte.

Kapitel 16

Freitag, 01. April, 10.30 Uhr

Die Laune von Kriminalhauptkommissar Max Teubner sank gegen den Nullpunkt. Bei den drei Mordfällen gab es bislang keine konkrete Spur. Die Ermittlungskommission hatte alle möglichen Kontakte überprüft. Es schien sich lediglich herauszukristallisieren, dass der illegale Handel mit Antiken eine Rolle spielen könnte. Ob der Mörder aus diesem Milieu kam? Dieser Spur würde man intensiv folgen, zumal es momentan keine anderen Ermittlungsansätze gab. Es sei denn, Dortmund hielt sie nicht auf dem Laufenden. Maikes private Recherchen verliefen ebenfalls in diese Richtung. Teubner hatte mehrmals mit ihr telefoniert. So wie es aussah, gab es eine Verbindung zwischen Björn Kumpf und einer Hehlerbande, deren Spur von Genf nach Ägypten führte.

Teubner hatte geschluckt, als Maike ihm gesagt hatte, dass sie nach Tuna el-Gebel aufbrechen wolle, um dort Recherchen im Ausgrabungsmilieu anzustellen. Er konnte ihr Verhalten nicht gutheißen, auch wenn er verstand, dass sie sich an jeden Strohhalm klammerte, um den Anschlag auf ihren Freund aufzuklären. Sollte sie jedoch tatsächlich einem Ring von illegalen Antikenhändlern auf die Spur kommen, befand sie sich in höchster Gefahr. Besonders als Frau allein in einem fremden Land, wo sie keinerlei Befugnisse besaß. Teubner hatte sich den Mund fusselig geredet, um sie von ihrem Vorhaben abzubringen. Aber sie hatte ihren Dickkopf durchgesetzt.

»Maike ist bei einem einheimischen Ehepaar in Mallawi untergekommen«, teilte er seine Gedanken jetzt mit Reinders, der stumm neben ihm auf dem Beifahrersitz saß. »Das ist doch völlig bescheuert, was die da macht.«

»Versetz dich doch mal in ihre Lage, Max«, erwiderte Reinders. »Ihr Freund liegt im Koma. Zu Hause fällt ihr die Decke auf den Kopf. Ich würde auch alles versuchen um die Leute hinter Gitter zu bringen, die dafür verantwortlich sind. Wir können hier nicht viel machen. Marschewski gibt uns nur Handlangeraufgaben. Vielleicht findet Maike etwas heraus, das für den Fall relevant ist. Sie ist eine gute Polizistin und wird schon nichts machen, was sie in Gefahr bringt.«

»Hm«, brummte Teubner wenig überzeugt und hupte genervt, als ein roter Audi auf der linken Fahrspur der B 1 knapp vor ihm einscherte, um noch vor ihm die Autobahn nach Hamm zu erreichen.

»Bleib ruhig, Max!«, mahnte Reinders. »Wir sind nicht die Verkehrspolizei!«

»Ich bin die Ruhe selbst!«, fauchte Teubner und zwang sich, nicht abermals zu hupen. Jetzt wechselte ein Lkw vor ihm auf die linke Fahrspur, der nur einen Tick schneller war, als der Truck aus Polen, den er zu überholen gedachte. Der Laster vor ihm zog gleichauf mit seinem Kumpel auf der rechten Fahrbahn. Der polnische Fahrer schien Spaß an einem Elefantenrennen zu entwickeln, denn er beschleunigte seine Fahrt.

Teubner atmete tief und trommelte mit den Fingern nervös aufs Lenkrad. Seine Gedanken wanderten von Maike zu Björn Kumpf, dessen aalglatte Art, ihn am Mittwoch fast zur Weißglut gebracht hatte. Was hatte der Mann mit dem Zollfreilager Genf zu tun? Hortete er dort illegale Antiken, um sie steuerfrei zu horrenden Preisen weiterzuverkaufen? Vielleicht über dubiose Online-Foren oder unter der Hand an interessierte Millionäre? Nur mit seriösen Mitteln verdiente der Typ sein Geld jedenfalls nicht, so viel stand für Teubner fest. Allein die zahlreichen Flüge weltweit, die er laut seiner Angestellten tätigte, mussten ein Vermögen kosten, das ließ sich durch den Verkauf seiner legalen Antiquitäten doch unmöglich finanzieren. Wohl aber durch den Handel mit illegalen Antiken, die er vermutlich bei seinen Auslandsflügen orderte. Da weder die Mitarbeiter des Hotels in Königsborn noch die Bedienungen im türkischen Restaurant Anadolu sich trotz des angeblich großzügigen Trinkgeldes an seine Anwesenheit erinnern konnten, besaß er zudem kein Alibi für den Mord am Ehepaar Brecht. Dazu sollte Kumpf heute befragt werden. Seine sehr höfliche und durchaus auskunftsfreudige Angestellte mit dem Namen Sara Koch hatte Teubner telefonisch mitgeteilt, ihr Chef habe heute um 11 Uhr einen Termin. Nicht in Ägypten, wie Maike vermutet hatte, sondern bei Antiquitäten Ipek in Hamm. Und dort würden sie ihn gleich abfangen.

»Jetzt hat dich der Blitzer erwischt! Wieso beschleunigst du denn direkt vor dem Gerät? Brauchst du ein aktuelles Foto?« Reinders konnte sich ein Grinsen nicht verkneifen.

Teubner schluckte eine bissige Bemerkung herunter. Wenige Minuten später erreichten sie die Ostenallee. »Hier muss es irgendwo sein!«

»In der Nähe liegt das Maximare«, meinte Reinders, »da bin ich oft mit Luisa, wenn mein Töchterchen das Wochenende bei mir verbringen darf. Die Riesenwasserrutschen sind klasse. Könnte ich eigentlich über Ostern mal wieder mit ihr hin.«

»Mit oder ohne Beatrice?«, fragte Teubner, der schon mitbekommen hatte, dass die Tochter von Reinders dessen neue Freundin nicht riechen konnte.

»Das wird ein reiner Vater-Tochter-Ausflug, da kannst du drauf wetten! Da vorne rechts, Max. Da ist Antiquitäten Ipek.« Er deutete aus dem Seitenfenster.

Teubner parkte seitlich des Ladens auf einem der beiden Kundenparkplätze und stellte erleichtert fest, dass der schwarze

VW Caddy von Björn Kumpf noch nirgends zu sehen war. Auch keine Mercedes-M-Klasse, die er privat fuhr. Bevor sie aussteigen konnten, vibrierte das Handy von Reinders.

Er nahm den Anruf entgegen, lauschte einen Moment und schob das Telefon wieder in seine Jackentasche. »Wir hätten uns den Weg nach Hamm vermutlich sparen können. Die Liste mit den Verbindungsdaten von Kumpfs Mobiltelefon bestätigt, dass es in Mülheim eingeloggt war, als er mit Kern telefoniert hat. Und zwar in der Funkzelle, wo sich sein Laden befindet. Er müsste schon gut durch den Verkehr im Ruhrpott gekommen sein, wenn er eine Stunde später den Mord an Kern begangen haben soll.« Reinders nahm ein Kaugummi aus seiner Tasche, wickelte es aus dem Papier und schob es in den Mund.

»Hm«, brummte Teubner, »wenn er sofort losgefahren ist, ist es machbar. Immerhin hat er für den Mord an Silvia und Matthias Brecht auch kein Alibi. Wir warten auf ihn.« Er stieg aus, ohne auf eine Antwort zu warten. Der Verkehr an der stark frequentierten Hauptstraße rauschte an ihnen vorbei. Teubners Blick fiel auf den Kurpark gegenüber, dessen Bäume in den Kronen schon ein zartes Grün anzeigten. Er wandte sich zum Schaufenster, in dem Tee- und Kaffeekannen aus Silber auf hochglanzpolierten Silbertabletts, kostbare Vasen, Service und Figuren aus Porzellan und edle Bronzeleuchter ausgestellt waren. Antiquitäten Ipek machte einen noblen und gehobenen Eindruck.

Reinders gesellte sich zu ihm und schlug den Kragen seiner Jacke hoch. »Jetzt fängt es auch noch an zu schneien. Typisch Aprilwetter. Lass uns reingehen. Ich frier mir sonst den Arsch ab. Außerdem kann uns die Ipek schon mal ihren Eindruck von Kumpf vermitteln.« Er ging vor, drückte die Eingangstür auf. Ein Glöckchen bimmelte. Dann betraten sie einen im Bauernstil eingerichteten Laden.

Eine Dame in hellblauem Kostüm mit etwas dunklerer Bluse, über der eine weiße Perlenkette baumelte, kam ihnen mit forschen Schritten auf hochhackigen, farblich exakt abgestimmten Pumps entgegen. Ihr Alter ließ sich schwer schätzen, durch die hochgesteckten blonden Haare wirkte sie etwas reifer, war aber bestimmt nicht über 45. Sie setzte ein freundliches Lächeln auf und begrüßte die Kommissare. »Was kann ich für Sie tun?«

»Wiebke Ipek?«, begann Reinders und zeigte seinen Dienstausweis. »Wir würden hier gern auf einen Händler von Ihnen warten. Sein Name ist Björn Kumpf. Sie haben um 11.00 Uhr einen Termin mit ihm. Es wäre nett, wenn Sie uns die Gelegenheit gäben, ihm einige Fragen zu stellen, sobald er erscheint«, erklärte er. Dann drehte er den Kopf zur Seite und ließ das Kaugummi im Silberpapier in der Jackentasche verschwinden.

Das Lächeln verschwand aus dem Gesicht der Antiquitätenhändlerin. Intuitiv, als suche sie dringend eine Beschäftigung, griff sie nach einem Staublappen und begann, eine Buddha-Statue abzureiben. »Da haben Sie sich umsonst herbemüht. Es gibt keinen Termin mit Björn Kumpf. Den wird es auch nicht mehr geben.«

Teubner beobachtete eine leichte Röte, die sich durch das sorgfältig aufgetragene Make-up der Dame drängte. Sie schien nur mit Mühe ihren Ärger auf den Händler unter Kontrolle zu halten. »Eine Angestellte Kumpfs hat uns den Hinweis gegeben, ihr Chef wäre hier anzutreffen.«

Wiebke Ipeks Kopf fuhr hoch. Mit Wucht knallte sie den Buddha zurück ins Regal. Ihre grünen Augen funkelten kampflustig, als sie Teubner ansah. »Dann ist die Dame nicht auf dem Laufenden über die Aktivitäten ihres Chefs. Herr Kumpf hat hier Hausverbot! Ich habe das Geschäft von einem älteren Ehepaar übernommen, bei dem ich zuvor angestellt war. Seit fünfzehn

Jahren bin ich alleinige Inhaberin. Und in all dieser Zeit hat mir nie jemand so übel mitgespielt. Zum Glück haben Ihre Kollegen mir geglaubt, dass ich von der Herkunft des Dolchs nichts wusste, sonst hätte ich den Laden gleich schließen können. Dieser Hochstapler! Der soll mir bloß nie wieder unter die Augen treten.«

Teubner schwieg einen Moment und versuchte zu ergründen, wovon die Dame eigentlich sprach. Es gelang ihm nicht. »Würden Sie uns den Vorfall schildern, Frau Ipek?«

Wiebke Ipek seufzte, führte sie in eine Ecke des Ladens, wo eine rustikale Sitzgruppe mit Eichenstühlen und rundem Tisch stand, und bat sie, sich zu setzen. Dann goss sie aus einer silbernen Thermoskanne Kaffee in drei edle Tassen mit Goldrand und forderte sie auf, sich mit Milch und Zucker zu bedienen. »Björn Kumpf ist ja selbst Antiquitätenhändler. Zumindest offiziell. In seinem Geschäft in Mülheim werden sie vermutlich keine illegalen Antiken finden. Allerdings arbeitet er auch als – wie soll ich sagen – Zwischenhändler? Er braucht ja einen Grund, um seine Geschäfte in Gang zu halten und besucht andere Läden deutschlandweit, um dort Antiquitäten weiterzuverkaufen. Aber das ist nur ein Vorwand. Insgeheim bringt er dabei illegal eingeführte Antiken an den Mann. Wenn man als seriöser Händler einmal darauf hereingefallen ist, hat er einen in der Hand.« Sie schüttelte ärgerlich den Kopf. »Meine Vorgänger hatte er auch betreut. Da sie mich nicht vorgewarnt hatten, habe ich mir seine Antiquitäten angesehen, ihm aber selten etwas abgekauft. Dabei habe ich natürlich immer auf die Provenienz geachtet. Ich wollte mich auf keinen Fall strafbar machen, indem ich illegal eingeführte Antiken weiterveräußere. Meist ist die Grenze bei solch alten Gegenständen zwischen legal und illegal leider recht schwammig.«

»Das müssen Sie mir näher erklären«, forderte Teubner.

»Antike Objekte dürfen grundsätzlich nur gehandelt werden, wenn ein Herkunftsnachweis vorliegt, der aussagt, woher das Stück stammt und wann es in den Handel gekommen ist. Man benötigt also eine Provenienz. Wie kann ich Ihnen das am einfachsten erklären? Sie beschreibt den Verlauf der verschiedenen Aufenthalte seit dem Fund. Die Provenienzforschung ist ein äußerst spannendes und tiefgreifendes Thema, es ist sehr aufwendig, diese Dokumente zu erstellen. Sie können sich denken, dass es bei Antiken aufgrund ihres Alters umso schwieriger ist, den lückenlosen Weg zu rekonstruieren. Und vor allem kann man kaum jede der vielen angegebenen Stationen nachprüfen, zumal sie sich oft im Ausland befinden. Dafür braucht es sehr umfangreiche Recherchen und vor allem Zugriff auf die relevanten Informationen. Wie kann ich denn prüfen, ob eine Sammlung sagen wir in London jemals existiert hat? Oder welche Stücke sie jemals umfasst hat?«

»Wollen Sie damit sagen, dass in den Provenienzen von Björn Kumpf falsche oder nicht existente Stationen aufgeführt sind?«, fragte Reinders.

Wiebke Ipek seufzte und hob die Schultern. »Genau das. Oder sagen wir es deutlich: Die Provenienzen sind gefälscht. Manchmal fliegt das durch Zufall auf, weil jemand weiß, dass es eine bestimmte Sammlung nie gegeben hat oder diese Sammlung niemals Stücke aus einer bestimmten Zeit oder Region enthalten hat. Vor etwa einem Jahr ist er mit einem persischen Randleistendolch in meinen Laden gekommen. Eine sogenannte Luristan-Bronze mit langer, schlanker Klinge, vorne spitz zulaufend, angeblich aus der frühen Eisenzeit des Nahen Ostens, also 1100 bis 900 vor Christus.« Die Antiquitätenhändlerin rührte ihren Kaffee, dann trank sie ein Schlückchen und erklärte weiter, dass das Außergewöhnliche an diesem Stück der gute Zustand gewesen sei. Außerdem sei die Klinge schmal geformt gewesen. Das könne auf ein wiederholtes Schärfen hindeuten, was wiederum hieße, dass der Dolch tatsächlich benutzt worden war.

»Und? Haben Sie ihm das Teil abgekauft?«, fragte Reinders.

Wiebke Ipek nickte versonnen. »Ich war sofort hellauf begeistert und verlangte nach der Provenienz. Es gab eine, die Waffe sei in einem deutschen Auktionshaus erworben worden und Kumpf legte mir auch alle erforderlichen Unterlagen vor. Also kaufte ich ihm das Stück ab.« Sie zwirbelte mit dem rechten Zeigefinger an ihrer Perlenkette.

»Was ist so besonders an einem solchen Dolch? Warum waren Sie so begeistert?«, fragte Teubner.

Die Ipek lächelte nachsichtig. »Die Provinz Luristan liegt an der persischen Westgrenze und ist bekannt für ihre Bronzearbeiten. Dazu gehörten damals natürlich die Waffen der Krieger, die auch ihren Gräbern beigegeben wurden. Sie waren schlicht gestaltet, wiesen in der Regel keine aufwendigen Verzierungen auf. Der Dolch, den Kumpf mir brachte, war gut erhalten und etwa 32 Zentimeter lang. Ich konnte ja nicht ahnen, dass er illegal eingeführt worden war und die Provenienz gefälscht.«

Teubner rutschte näher an den Tisch. Mit ernstem Blick sah er Wiebke Ipek an. »Björn Kumpf hat sich Ihnen gegenüber also der Antikenhehlerei schuldig gemacht?«

Die Antiquitätenhändlerin nickte. »So ist es. Auch wenn es ihm später gelang, sich herausreden. Reden kann er, das ist unbestritten.«

»Sie kauften ihm diesen Dolch ab. Aber wie haben Sie festgestellt, dass er Sie betrogen hatte?«, fragte Teubner.

Das Glöckchen an der Tür bimmelte, Wiebke Ipek entschuldigte sich, stand auf und begrüßte einen älteren Herrn, mit dem sie aus der Sichtweite der Polizisten verschwand. Ihre Absätze klackerten über die dunklen Holzpaneele.

Teubner blickte zu Reinders. »Schon komisch, dass die Angestellte von Kumpf nicht weiß, wo sich ihr Chef aufhält. Ob der Laden in Mülheim nur so eine Art Scheinfirma ist? Was meinst du?«

Reinders griff nach einem Keks und nickte. »Sieht so aus, Max. Vielleicht bekommen wir die Genehmigung, seine Handydaten erneut abzurufen. Dann wüssten wir, wo er jetzt ist.«

Erneut bimmelte das Glöckchen, der ältere Herr verließ den Laden. Kurz darauf setzte sich Wiebke Ipek wieder zu ihnen. Sie lehnte sich zurück, spielte weiter an ihrer Kette. Der süßliche Geruch ihres Parfums wehte zu Teubner herüber. »Wo war ich stehengeblieben?«, begann sie. »Ach ja, der Dolch. Ich habe ihn einem Stammkunden gezeigt, der eine Vorliebe für antike Waffen hatte. Er war sofort begeistert und hat den vierstelligen Kaufpreis mit Karte bezahlt. Allerdings ist er einige Tage später wutentbrannt zurückgekommen und hat mir hier vor anderen Kunden ein Höllentheater gemacht. Er habe die Provenienz überprüfen lassen. Dabei sei festgestellt worden, dass ein Privatsammler, der den Dolch an das Auktionshaus verkauft hatte, für die Waffe eine gefälschte Herkunftsurkunde benutzt hatte. Mein ehemaliger Stammkunde – er hat meinen Laden danach nie wieder betreten – war bereits zur Polizei gegangen. Ihre Kollegen vom Fachbereich Organisierte Kriminalität haben schließlich herausgefunden, welchen Weg der Dolch genommen hat.«

»Da bin ich gespannt«, meinte Reinders und nahm sich zwei weitere Plätzchen.

Die Antiquitätenhändlerin goss Kaffee nach, tat wiederum einige Tropfen Milch hinein und rührte kurz um. Endlich erzählte sie, dass der ermittelnde Kommissar vom Landeskriminalamt, der sie mehrfach aufgesucht habe, sehr nett zu ihr gewesen sei. Er habe sie nach Abschluss der Ermittlungen sogar über die Ergebnisse informiert. Es sei aufgedeckt worden, dass eine Gruppe von Grabräubern den Dolch aus einer Grabstätte im Iran geborgen hatte. »Die bekommen jeden Monat einen festen Betrag von einem Zwischenhändler, an den sie alles abgeben müssen, was sie ausgegraben haben. Es ist nicht auszuschließen, dass Kumpf selbst dazu vor Ort ist und die illegalen Waren über die Grenze bringen lässt. Bestechung sei dabei keine Seltenheit, hat Ihr Kollege gesagt. So verdienen sich viele Leute eine goldene Nase, wenn sie nicht nachfragen, wo genau die Schätze herkommen.«

Wiebke Ipek zwirbelte so heftig an ihrer Kette, dass Teubner befürchtete, die Aufziehschnur würde jeden Moment reißen. Er sah sich die einzelnen Perlen bereits aufsammeln. »Wie ist der Dolch aber nach Deutschland gekommen? Konnte man die komplette Route rekonstruieren?«

Die Antiquitätenhändlerin nickte. »Im Allgemeinen läuft das wohl so ab: Die Antiken nehmen mit gefälschten Papieren zunächst den Weg zu einem international tätigen Zwischenhändler. Von ihm werden die Gegenstände über bekannte Schmugglerrouten durch Bulgarien, Serbien, Kroatien, Slowenien und Österreich nach Deutschland gebracht. Er ist der letzte illegale Händler und gleichzeitig der erste Händler der legalen Kette. Er wäscht die Waren mit den falschen Dokumenten, indem er sie in eine bestehende Sammlung verkauft. Oft werden sie dann an ein Auktionshaus gegeben. Wie der Dolch aus Luristan, der übrigens von Kumpf selbst ersteigert worden ist. Alles gemauschelt, sage ich Ihnen, aber man konnte ihm keine Straftat nachweisen.«

Reinders hatte sich gerade einen Kaugummi in den Mund geschoben. Jetzt fragte er: »Björn Kumpf hat also einen Dolch ersteigert, den er möglicherweise selbst aus einem Grabraub billigst erworben und außer Land schmuggeln ließ? Und den Kaufpreis bezahlt Kumpf an das Auktionshaus, weil der Abschluss ihm als Beleg für den legalen Erwerb dient, richtig?«

»Das schmälert natürlich seinen Gewinn, aber wenn man bedenkt, wie billig er an die Ware kommt«, ereiferte sich Wiebke Ipek und erklärte, dass die Antiken in ihrem Wert während dieses Prozesses um ein Hundert- bis Tausendfaches steigen könnten. »Ich habe dem Kumpf den Dolch für einen deutlich höheren Betrag abgekauft, als er für den Ankauf im Auktionshaus bezahlt hat, wie sich durch die Recherchen des LKA herausgestellt hat. Wenn Sie überlegen, was mein Sammler letztlich dafür auszugeben bereit war, und bedenken, dass am Ursprung ein Grabräuber stand, der vielleicht 20 oder 30 Euro kassiert hat, sofern man den Festbetrag, den er pauschal für alle Stücke erhält, auf einzelne umrechnen kann ... Sie sehen, das Geschäft lohnt sich, vor allem, wenn man mit vielen Antiken handelt.«

Teubner trank nachdenklich seine Kaffeetasse leer. Er hatte sich von seiner Fahrt nach Hamm Erkenntnisse über Kumpf erhofft, die ihn mit den Morden in Verbindung brachten. Wenn diese in dem betrügerischen Handel mit Antiken lag, stellte sich die Frage, ob die Brechts im Gegensatz zu Wiebke Ipek gewusst hatten, wie er sich die Antiken beschaffte. Bestimmt hatte er ihnen doch ebenfalls seine Hehlerware angeboten. Gehörten sie gar mit zu diesem dubiosen System? Mussten sie deshalb sterben? »Sie haben uns sehr weitergeholfen, Frau Ipek«, bedankte Teubner sich. »Wie kommt es, dass Sie sich so gut an die Einzelheiten erinnern und über vieles bis ins Detail informiert sind?«

Die Antiquitätenhändlerin seufzte. »Ich habe eine regelrechte Manie für die Antikenhehlerei entwickelt. Mittlerweile besitze ich etliche Fachbücher darüber. Es handelt sich um ein spannendes und gleichzeitig trauriges Thema. So schade, dass die Menschen oft aus Gier den Erhalt so reicher Kulturen zerstören, indem sie Grabräuber durch den Ankauf von Antiken immer aufs Neue motivieren, das, was zu der Geschichte ihres Landes gehört, an verbrecherische Händler aus dem Ausland regelrecht zu verscherbeln.«

Teubner nickte verständnisvoll. »Wissen Sie noch den Namen unseres Kollegen vom LKA? Ich würde mich gern mit ihm unterhalten.« In erster Linie interessierte er sich dafür, warum man Björn Kumpf nicht für den illegalen Handel mit Antiken verantwortlich machen konnte.

Wiebke Ipek stand auf und lächelte. »Aber ja. Einen Moment. Ich kopiere Ihnen die Visitenkarte des Mannes. Sie liegt in meinem Büro.« Sie ging mit wippenden Schritten davon und wirkte regelrecht befreit. Vermutlich würde es der Dame ein Vergnügen sein, wenn man mit ihrer Hilfe Björn Kumpf endlich das Handwerk legen konnte.

Kapitel 17

Freitag, 01. April, 12.15 Uhr

Tatsächlich hatte der Schlüsseldienst den Auftrag nach Besichtigung vor Ort angenommen, ohne nachzufragen, ob sie denn überhaupt berechtigt sei, die Schlösser austauschen zu lassen. Der Einbau der Sicherheitsschlösser würde jedoch Zeit kosten und die hatte die Firma nicht sofort. Auch waren coronabedingt Mitarbeiter ausgefallen, sodass man ihr erst für den folgenden Montag einen Termin anbieten konnte. Frank hatte Jana daraufhin gedrängt, endlich ins Hotel zu ziehen, zumal ihr Aufenthalt im Haus nicht so ganz legal war. Aber Jana blieb. Sie wusste selbst nicht, woher sie den Mut nahm. In einem Hotel wäre sie sich verloren und überflüssig vorgekommen. Da hätte sie genauso gut zurück nach Hamburg fahren können. Im Haus gab es immer noch sehr viel zu tun. Und das wollte sie anpacken, auch wenn sie sich bewusst war, dass sie ihre eiserne Disziplin ausgerechnet der fraglichen Erziehung der Brechts zu verdanken hatte, brachte sie es nicht fertig, über ihren Schatten zu springen. Kommissar Teubner und seine Kollegen mussten von ihrem Entschluss nicht unbedingt erfahren. Auch wenn Frank sich damit in einer Zwickmühle befand.

So hatte Jana ihre Phobie gegen den Keller heute überwunden und den ganzen Vormittag mit Aufräumen verbracht. Sie hatte jede Menge Sperrmüll aus alten Regalen in die Garage geschleppt, um Platz zu schaffen. Nun stand noch eine ramponierte Kommode mit drei Schubladen im Weg. Etwa einen Meter breit, vierzig Zentimeter tief und achtzig hoch. Jana versuchte das Möbelstück anzuheben, es wog bestimmt über zwanzig Kilo. Vom Ehrgeiz gepackt zog sie das sperrige Stück bis an die Treppe. Ein kreischendes Geräusch schallte durch den Keller. Dann zog sie die Kommode Stufe für Stufe nach oben, immer wieder blieben die unteren Füße hängen, sodass Jana an der Kommode ruckeln musste, um sie freizubekommen. Ihr lief bald der Schweiß an den Schläfen herab. Endlich erreichte sie das Podest des Flurs. Bei dem Versuch, die Kommode in die Waagerechte zu kippen und rückwärts komplett hochzuziehen, blieben die hinteren Füße erneut an der Treppenkante hängen. Als sie sich befreiten, weil Jana mit aller Kraft an der Kommode zerrte, taumelte sie rückwärts. Das Möbelstück kippte in Zeitlupe, dabei rutschte eine Schublade heraus.

»Bin ich blöd!«, murrte die junge Frau, als sie erkannte, dass es leichter gewesen wäre, die Laden einzeln nach oben zu tragen. Jetzt nahm sie auch die beiden anderen heraus. Sie wartete, bis sie wieder zu Atem gekommen war, bevor sie die Kommode in die Garage brachte. Als Jana dort die erste Schublade einsetzen wollte, stockte diese. Fluchend tastete sie nach einem Widerstand unter der Top-Platte und fühlte etwas Rechteckiges, das mit Klebeband befestigt war. Neugierig löste Jana es heraus. Es handelte sich um eine DIN-A4-Kladde mit liniertem Papier. Darauf stand in Großbuchstaben »Wareneingang«.

Jana blätterte und stellte schnell fest, dass es sich um Listen mit Antiken handelte, alles genau beschrieben in Art, Größe und Alter. Meist war nur das Herkunftsland angegeben, nicht der Händler. Während Jana einige Seiten umschlug, bemerkte sie ein gewisses Muster. In der Regel tauchten pro Jahr die Namen von vier Ländern auf, denen jeweils zwei, drei oder mehr Gegenstände zugeordnet waren. Am hinteren Deckel befand sich innen ein Fach aus Papier, darin steckten zahlreiche Flugtickets. Jana zog sie heraus, eine Ahnung keimte in ihr auf. Sie suchte willkürlich ein Ticket nach Kairo heraus, es stammte aus dem

Jahr 2010, und schaute in den Listen nach den Einträgen dieses Jahres. Tatsächlich fand sie unter »2010/Ägypten« die Artikel Isis-Statuette, Henkelvase, Kette und Speer.

Das war unglaublich! Sie würde das genauer überprüfen müssen, aber wenn ihr Verdacht sich bestätigte, dann hatten Onkel Matthias und Tante Silvia während ihrer Urlaube Antiken aus dem Ausland geschmuggelt. Jana klappte die Kladde zu und legte sie fassungslos beiseite. Waren die beiden elendige Heuchler gewesen? Hatten sie selbst tief im betrügerischen Antikenhandel gesteckt und dennoch mit dem Finger auf Jana gezeigt, als man in ihrem Koffer die Figuren gefunden hatte? Jana schüttelte den Kopf. Das war doch nicht möglich! Sie schluckte. Sie konnte das nicht glauben. Sie würde sich damit intensiv beschäftigen müssen, wenn sie erst einmal Zugang zu den Unterlagen aus dem versiegelten Büro hätte.

Also machte sie erst einmal weiter mit den Kartons und Kisten aus dem Laden. Vielleicht tauchten darin ja illegale Antiken auf. Aus einer Holzkiste, wie man sie früher vom Obst- und Gemüsehandel kannte, packte sie in Papier geschlagene Silberartikel wie Leuchter, Schatullen, Prunkschalen, Bestecke und Kannen in die freigewordenen Schwerlastregale. Der nächste Karton enthielt Asiatika vom Buddha über Chinavasen bis zum Satsuma-Teegeschirr. Weiter ging es mit Bronze-Skulpturen und Masken. Das erste Regal war bald vollgestellt. Jana arbeitete eifrig, fand aber nach ihrem Ermessen keine Gegenstände, die auf illegalen Handel deuteten. Als sie den letzten Umzugskarton öffneite, sah sie, dass er mit Porzellan gefüllt war. Sie entnahm ihm eine Schlangenhalsvase aus Meißen und legte sie eingewickelt in Seidenpapier vorsichtig in ein Regal. Es folgten andere leicht zerbrechliche Porzellanteile, bis auch dieser Karton endlich leer war.

Als Jana ihn zusammenlegen wollte, stellte sie fest, dass sich noch etwas darin befinden musste, denn er ließ sich nur schwer heben. Sie durchwühlte bis ganz unten all das zerknüllte Zeitungspapier, in welches das Porzellan eingebettet gewesen war, und stieß auf dem Grund der Kiste auf eine verschiebbare Pappe, unter der sich eine kleine Holzkiste befand. Hatte sie das Päckchen gefunden, auf das Björn Kumpf so scharf war? Sie legte es zur Seite und schaffte zunächst die Pappen die Kellertreppe hinauf. Um den Stapel nicht durchs ganze Haus schleppen zu müssen, ging sie damit zur Garage, nachdem sie die Fußmatte zwischen Tür und Zarge geschoben hatte. Ein böiger Wind wehte ihr die langen Haare ins Gesicht. Die Pappen stellte sie neben den abgedeckten Oldtimer. Als sie beim Herausgehen das Tor wieder herablassen wollte, rutschte es ihr aus der Hand und knallte zu. Sie zuckte zusammen und lief zurück ins Haus und hinunter in den Keller.

Die Kiste, von der sie annehmen musste, dass sie für Kumpf war, machte sie neugierig. Der Mann hatte sich so aufdringlich verhalten, dass Jana das Kästchen einfach öffnen musste. Es war lediglich mit zwei Haken verschlossen, die man zur Seite schieben konnte. Neugierig hob sie den Deckel. Sie schob das schützende Füllstroh beiseite und blickte auf ein Paar fast gleichartiger Uschebtis. Unwillkürlich hielt sie die Luft an. Also doch antike Hehlerware! Aus dem alten Ägypten! Diese kleinen Mumienfiguren legte man dem Verstorbenen mit ins Grab. Sie hatten die Aufgabe, für ihren Besitzer die Arbeit im Totenreich zu verrichten.

Jana nahm eine der Fayencen heraus, die in ihren Augen überaus gut erhalten und mit etwa 25 Zentimeter Höhe relativ groß waren. Eine lehnte an einem Pfeiler, trug eine dreiteilige Perücke und den Götterbart. Jana legte beide Uschebtis nebeneinander auf den Boden, schob die Holzwolle beiseite und entnahm der Kiste eine Provenienz. Sie kniete sich auf die Kellerfliesen und las. Demnach handelte es sich um zwei Grabbeigaben eines Hohepriesters namens Hathoremakhet, der wohl in der Zeit der 27. bis 30. Dynastie gelebt haben musste, also zwischen 554 und 332 vor Christus. Die Höhe wurde mit 25,6 Zentimetern beschrieben, die Herkunft aus der ehemaligen Sammlung eines A. Francis.

Ferner schmückten die Figuren eine mehrzeilige Inschrift. Jana blickte ergriffen auf. Für das alte Ägypten hatte sie sich in ihrer Jugend sehr interessiert. Sämtliche Bücher aus dem Bestand ihres Onkels hatte sie gelesen. Daher wusste sie, dass es sich gewiss um eine Beschwörungsformel aus dem Totenbuch Hymnen an die Götter Re und Osiris handelte. Es gab um die 200 Sprüche, mit dessen Hilfe der Verstorbene Gefahren überwinden und vor dem Totengericht des Osiris die richtigen Worte sprechen konnte. Meist waren den Gräbern sehr viele Uschebtis beigelegt.

Diese beiden Figuren schienen jedoch allein aufgrund ihrer Größe eine Seltenheit zu sein. Sie mussten einen unvorstellbar hohen Wert haben. Hatten Tante Silvia und Onkel Matthias sie tatsächlich ins Land geschmuggelt? Genauso, wie die Dinge, die in dieser Kladde standen? Hatten sie die Uschebtis für Kumpf *besorgt*? Warum hatten sie sie ihm nicht längst gegeben? Vielleicht war es doch nicht sein Päckchen?

Jana zog ihr Smartphone aus der Jeans und fotografierte die Uschebtis von allen Seiten, ebenfalls die Provenienz. Bestimmt war es Kriminalhauptkommissar Teubner möglich, überprüfen zu lassen, ob die Figuren tatsächlich aus der Sammlung eines A. Francis kamen oder ob es sich um Hehlerware handelte, die aus einer Raubgrabung stammte. Vorsichtig schob sie die Urkunde zurück unter die Holzwolle, legte die Statuetten darauf, etwas Wolle darüber und wollte den Deckel schließen. Irgendetwas klemmte jedoch, die Häkchen passten nicht in die Ösen. Sie beschloss, die Kiste zunächst mit in ihr Zimmer zu nehmen, um später zu entscheiden, was damit geschehen sollte.

Jana stieg die Kellertreppe hinauf und erstarrte. Im Flur stand eine Gestalt, düster beschienen nur vom Kellerlicht. Ihr erster Impuls war, zurück in den Keller zu laufen, aber da unten gab es keinen Platz, wo sie sich verstecken könnte. Langsam kletterte sie die letzten beiden Stufen hinauf, und betätigte mit ihrer Rechten sogleich den Lichtschalter im Flur. Der grelle Schein ließ den Mann ihr gegenüber blinzeln. Er musste also schon eine ganze Weile gewartet haben oder durch das düstere Haus gestreunt sein.

»Wie kommen Sie hier herein? Was tun Sie hier? Können Sie nicht klingeln und warten, bis Ihnen jemand die Tür öffnet, Herr Kumpf?« Janas Stimme klang resolut, sie ärgerte sich über den aufdringlichen Kerl, das ließ sie für den Moment ihre Ängste vergessen.

Kumpf trat einen Schritt vor. Er trug denselben dunklen Mantel wie bei seinem letzten Besuch. »Da lag eine Fußmatte im Türspalt. Da ich Sie draußen nirgends gesehen habe, bin ich durchs Erdgeschoss gegangen, um Sie zu suchen. Ich sehe, Sie haben endlich mein Päckchen gefunden.« Er streckte seine Hände danach aus.

Jana trat automatisch einen Schritt zurück und drückte die Kiste an sich. Kumpf musste bereits seit einiger Zeit im Haus sein, denn es war eine Weile her, dass sie die Pappen in die Garage gebracht hatte. Zudem hätte er sie dort sehen müssen, denn das Tor hatte weit offen gestanden. Er hatte also die ganze Zeit hier herumgeschnüffelt.

»Jetzt geben Sie mir das Paket, Jana. Es gehört mir, die Brechts haben es für mich besorgt.« Sein Tonfall klang genervt.

Sie presste ihre Lippen aufeinander. Ihre Luftröhre zog sich zu, wie immer, wenn sie unter Stress stand. In wenigen Minuten würde sie kaum mehr einen normalen Atemzug tun können und nach ihrem Asthmaspray lechzen. Zudem erkannte sie, dass Kumpf ihr nur einen kräftigen Stoß verpassen müsste, um sie die Kellertreppe hinunterzustoßen. »Onkel Matthias hätte Ihnen das Kistchen längst selbst geben können«, krächzte sie.

»Stimmt. Wollte er auch. Da ich aber für einige Tage im Hotel in Königsborn gewohnt habe und das Paket dort nicht immer im Auge behalten konnte, dachte ich, bei Ihrem Onkel sei es bis zu meiner Abreise besser aufgehoben. Ich konnte ja nicht wissen, dass die Brechts überfallen werden.« Er trat noch einen Schritt auf sie zu.

»Wieso hat Onkel Matthias die Kiste dann in einem Umzugskarton versteckt, wenn er sie Ihnen geben wollte?«, hauchte Jana schwach. Ein letztes Aufbäumen, ihr war klar, dass sie gegen Kumpf nicht ankommen konnte.

»Ich habe nicht ewig Zeit!«, fauchte er, ohne auf die Frage einzugehen.

Zögernd ging Jana auf ihn zu und hielt ihm das Holzkistchen mit den geschmuggelten Figuren entgegen. Sie brachte keinen weiteren Ton heraus.

Kumpf riss das Paket an sich. Dann zog er die Augenbrauen hoch. »Ach? Da war jemand neugierig? Ich empfehle Ihnen dringend, den Inhalt zu vergessen. Diese Dinge gehen Sie absolut nichts an.« Er trat einen Schritt auf sie zu, seine Augen blitzten bedrohlich.

Jana atmete schwer. Sie bekam kaum noch Luft, ihr Asthmaspray lag oben in ihrem Zimmer.

»Kein Wort zu niemandem!«, mahnte Kumpf. Eilig riss er die Tür auf und ging mit großen Schritten auf seinen schwarzen Lieferwagen zu.

Kapitel 18

Freitag, 01. April, 12.24 Uhr (Ortszeit Tuna el-Gebel)

Die erste traumlose Nacht seit dem Schuss auf Jochen war für Maike sehr erholsam gewesen. Und dies trotz der Bedenken, einem wildfremden Mann in Ägypten in seine Wohnung gefolgt zu sein. Der Taxifahrer hieß in Kurzform Abbas Dawuhd, sein kompletter Name sei viel zu lang und zu kompliziert, als dass ihn eine Deutsche verstehen könne. Auch wenn sie Journalistin sei, hatte er gelacht. Denn so hatte Maike sich bei ihm vorgestellt. Dawuhds Alter ließ sich nur schwer schätzen. Wegen der hohen Geheimratsecken, der grau melierten Haare, dem schmalen Schnur- und wippenden Spitzbart wirkte er wie weit über 60.

Er hatte Maike in ein großes Haus am Rand der City von Mallawi geführt. Es barg wie auch die Nachbarhäuser in der Straße im Erdgeschoss einen Laden. Alle waren wie eine Kette aneinandergereiht: Friseur, Drogerie, Gemüseladen und Fast-Food-Restaurant, deren Schaufenster jedoch teilweise von Rolltoren verborgen wurden, da einige Geschäfte leer standen oder bereits geschlossen waren. Die beiden Obergeschosse prägte ein baufälliger neoklassizistischer Stil. Sämtliche Fenster waren mit Blendläden und Balkonen versehen und ihre obere Kante mit Stuckornamenten verziert. Die Fassaden der Häuser sahen schmutzig aus, mit Rissen im Putz und bröckelndem Beton an den Säulenornamenten. Die leuchtenden Reklameschilder über den Läden wirkten wie ein Stilbruch, zumal die Elektroverkabelung auf der Hausfassade verlegt war und an ein riesiges Spinnennetz erinnerte.

Als Maike am Abend zuvor das Haus betreten hatte, musste sie sich über eine knarrende Holztreppe in einem düsteren Treppenhaus hochtasten. Die Lampen im Flur seien schon ewig defekt, sagte Abbas Dawuhd entschuldigend. Maike hätte zu dem Zeitpunkt am liebsten die Flucht ergriffen, da der Verdacht in ihr aufkeimte, der ältere Mann könne auf eine sexuelle Gegenleistung für den von ihm angebotenen Schlafplatz hoffen. Da Maike aber bestimmt zehn Zentimeter größer war als der eher schmächtige Mann und sich als Polizistin gut verteidigen konnte, glaubte sie der Situation gewachsen zu sein. Die Befürchtung erwies sich ohnehin als grundlos, denn als der Taxifahrer seine Wohnung betrat, wurde er herzlich von seiner Ehefrau Bahiti begrüßt. Von diesem Zeitpunkt an hatte Maike die ägyptische Gastfreundschaft kennengelernt. Mit einem Essen, das an das Fünf-Sterne-Menü eines Nobelrestaurants erinnerte, und dem Vorzug im frisch bezogenen Bett des Sohnes zu übernachten, der als Arzt in Kairo arbeitete, dort Familie hatte und nur ab und zu Gast im Haus war.

Als Maike jetzt erwachte, zeigte die Digitalanzeige ihres Smartphones eine Ortszeit von 12.24 Uhr. Offensichtlich hatte sie einen enormen Nachholbedarf an Schlaf. Mit einem Ruck richtete sie sich auf und schwang die Beine auf den Boden. Sie verfluchte sich dafür, die Weckfunktion ihres Handys nicht eingeschaltet zu haben, und schlüpfte sofort in Jeans und T-Shirt, bevor sie den Flur der Wohnung betrat, und rief ihren Gastgeber. Kurz darauf kam ihr Bahiti entgegen. Sie trug einen langen Rock und eine hochgeschlossene Bluse, zuckte ratlos die Schultern und sagte nur: »No english!« Dann reichte sie ihr ein Papier und winkte sie lockend ins Wohnzimmer, wo sie »Breakfast« herausbrachte, bevor sie auf einen reich gedeckten Tisch wies und rasch in der Küche verschwand.

Maike setzte sich, füllte ein Glas Wasser und blickte auf den Zettel. »Müssen Taxi fahren. Sein 2 p.m. zurück. Dann zeigen Grabung. Hoffentlich gut. Du ausruhen und essen. Abbas.«

Eine halbe Stunde später fühlte Maike sich satt und startklar für die Mission Ausgrabung. Sie nutzte nach Absprache mit Bahiti das Bad, kurz darauf kam Abbas Dawuhd nach Hause.

»Du folgen Taxi? Oder fahren mit mir?«

Da Maike unabhängig sein wollte, reichte es ihr, wenn Dawuhd ihr den Weg zeigte. Sie plante eine längere Beobachtung ein, solange konnte sie den Taxifahrer nicht warten lassen. Als sie nach ihrem Reiserucksack griff, las sie im Gesichtsausdruck ihres Gastgebers maßlose Enttäuschung.

»Du nicht bleiben heute Nacht? Nicht gut? Nicht zufrieden?«

Maike hob abwehrend die Hände. »Nein, nein ... alles bestens! Es kann sein, dass ich mich schon am Abend auf den Heimweg mache.«

»Ah!«, sagte Abbas und zeigte seine strahlend weißen Zähne. »Du schreiben Handynummer von mir auf. Dann anrufen, wenn doch hier schlafen wollen. Das okay?«

Maike nickte lächelnd, speicherte die Rufnummer des Taxifahrers in ihr Handy ein und schulterte danach den Reiserucksack. Wenige Minuten später saß sie in ihrem Hyundai und folgte dem Taxi des Ägypters. Sie fuhren entlang einer Hauptstraße, die durch große Zuckerrohr- und Getreidefelder führte. Maike drehte während der Fahrt immer wieder an den Knöpfen des Radios herum, aber sie fand nur arabische Sender. Auch die Klimaanlage des Hyundai war eine Enttäuschung, sie schien nicht zu funktionieren, denn die Temperatur im Wagen stieg bei der anhaltenden Mittagshitze auf gefühlte 50 Grad Celsius. Schweißtropfen standen auf ihrer Stirn, das T-Shirt fühlte sich im Rücken klamm an. Sie ließ beide vorderen Fenster herunter, folgte dem Taxi in eine scharfe Rechtskurve, die sie erneut an Äckern vorbeiführte. Links der Fahrbahn blitzte immer wieder ein Nil-Arm in der Landschaft auf. Im Sonnenlicht spiegelten sich die Wogen des Flusses wie diamantene Spitzenhäubchen.

Nachdem sie einige kleine Dörfer durchquert hatten, passierten sie eine Brücke und erreichten auf der Hauptstraße die Ortschaft Tuna el-Gebel. Abbas Dawuhd fuhr einen Bogen und lenkte das Taxi dort in eine Nebenstraße. Am rechten Fahrbahnrand begann sich die Westwüste zu entfalten. Schließlich erreichten sie die Totenstadt von Tuna el-Gebel.

Oberirdische Grabbauten wurden sichtbar, die aus Muschelkalkstein oder ungebranntem Nilschlammziegeln erbaut waren. Im weitläufigen Wüstensand zeichneten sich Mauerkronen noch nicht ausgegrabener Bauten ab. Maike folgte dem Taxi von Abbas zu einem Gebiet, das mit gelbem Plastikband abgesperrt war, auf dem das englische Wort »CAUTION« mehrfach zur Vorsicht mahnte. Sie stoppte den Hyundai am Straßenrand hinter dem Taxi, weit abseits der gekennzeichneten Einfahrt. Der Ägypter stieg aus und kam mit großen Schritten auf sie zu.

»Dort neue Grabung«, sagte er und wies auf die Stelle zwischen dem Flatterband. »Du aufpassen. Security sein bewaffnet.« Er klopfte ihr auf die Schulter. »Ich Geld verdienen müssen. Mein Platz am Bahnhof in Mallawi.« Er grinste.

Plötzlich fiel Maike ein, dass sie versäumt hatte, ägyptische Pfund zu tauschen, um den Taxifahrer bezahlen zu können. Hier gab es weit und breit keine Wechselstube. Sie zückte ihr Portemonnaie und zog einen Hunderteuroschein heraus. Das sollte reichen für Übernachtung, Essen und die Taxifahrt hierher. »Ich habe leider nur Euro, Abbas. Ich hoffe, das geht in Ordnung.«

Der Ägypter strahlte über das ganze Gesicht und nickte so heftig, dass sein Spitzbart wild auf und ab wippte. »Aber ja. Zu viel. Du zurück heute Nacht, schlafen bei Abbas und Preis okay.«

Maike hob die Schultern und lächelte. »Wenn ich einen Schlafplatz benötige, komme ich gerne.« Sie ließ eine weitere stürmische Umarmung über sich ergehen, bevor sie dem Ägypter nachsah, der in sein Taxi stieg, den Wagen wendete und davonbrauste. Auf der trockenen Straße wurde sie von einer Staubwolke eingehüllt. Maike wandte sich ab, griff nach einer Flasche Wasser und nahm mehrere kräftige Schlucke. Danach ging sie in Richtung des gelben Plastikbands und erklomm kurz davor einen Sandhügel. Falls sie dahinter eine sensationelle Grabungsstätte mit zig Archäologen, Forschern und einer gewaltigen Zeltstadt erwartet hatte, wurde sie enttäuscht.

»Was ist das denn?«, murmelte sie kaum hörbar und blickte auf drei Eingänge, die unweit des Hügels, auf dem sie stand, in den Boden führten. An zwei Seiten des größten waren Pfähle in den Sand gerammt, an denen ebenfalls Absperrband flatterte, das wohl zur Vorsicht am Schacht mahnen sollte. Aus allen Gruben lugte eine Leiter. Etwas abseits hatte man eine Art Sonnensegel gespannt, unter dem ein Klappstuhl aufgestellt war. Auf dem saß ein schwergewichtiger Uniformierter mit Barett auf dem Kopf, ein Maschinengewehr hing über seiner Schulter. Der Security-Mitarbeiter schien seine Aufgabe jedoch nicht sonderlich ernst zu nehmen, denn er hielt die Augen geschlossen, sein dicker Bauch hob und senkte sich gleichmäßig, als sei er fest eingeschlafen.

Hinter dem Sonnensegel sah Maike zwei geparkte Pick-ups mit leerer Ladefläche, was darauf hindeutete, dass sich der Uniformierte nicht allein an der Grabungsstelle befand. Maike zückte ihr Handy, ging in die Hocke und fotografierte das Umfeld. Ein flaues Gefühl beschlich sie. Sollte das die ominöse Ausgrabung mit sensationellen Funden sein, über die man so großspurig im Internet berichtet hatte? War sie wirklich richtig oder hatte

Dawuhd sie an eine falsche Grabungsstelle geführt? Sie konnte sich nicht vorstellen, dass es hier unterirdische Schätze gab, für die es sich lohnen könnte, in Deutschland zwei Menschen zu ermorden. Wo waren die Vitrinen mit ihren antiken Statuen, die als spektakuläre Fundstücke durch die Presse gegangen waren? Vermutlich wieder abgebaut und weggeschafft. Sie hatten ihren Dienst als Lockmittel getan, als sie eigens für die Pressekonferenz vom Antikenminister Ägyptens hier aufgebaut worden waren.

Maike schirmte ihre Augen vom Sonnenlicht ab, um die einzelnen Schächte näher zu ergründen, was ihr jedoch nicht gelang. Man sah lediglich gähnende schwarze Löcher. Plötzlich ließ ein lautes Knacken und Rauschen den Mann mit dem Maschinengewehr wach werden. Maike legte sich sofort flach auf den Bauch, um nicht von ihm entdeckt zu werden. Der Dicke krallte sich das Funkgerät, das an seinem Gürtel befestigt war, die Geräusche verstummten und er lauschte. Dann sprang er auf und brüllte auf Arabisch eine Antwort in das Gerät. Fast gleichzeitig erzitterte die Leiter, die aus dem größeren Loch lugte. Der Bewaffnete stellte sich daneben und blickte nach unten.

Kurz darauf spie der Schacht fünf Männer aus, die nicht so aussahen, wie Maike sich Archäologen vorstellte. Alle trugen Jeans und feste Schuhe sowie ein langärmeliges Hemd oder T-Shirt und hatten pechschwarze Haare. Keiner von ihnen glich einem Europäer, somit war Björn Kumpf bei der Ausgrabung nicht anwesend. Ob es sich um Einheimische handelte, die sich hier ein bisschen dazuverdienten? Sie schleppten weder Werkzeug noch irgendwelche antiken Gegenstände aus der Grube, unterhielten sich einen Moment mit dem Wachmann, bevor sie zu einem Pick-up gingen und abfuhren.

Der Security-Mitarbeiter blickte auf seine Uhr. Er ließ kaum fünf Minuten verstreichen, da zückte er ein Mobiltelefon und telefonierte. Maike seufzte enttäuscht, lief die Böschung zur Straße hinunter und erreichte kurz darauf ihr Auto. Inzwischen hatte die Dämmerung eingesetzt. Was sollte sie jetzt machen? War hier das Abenteuer Ägypten bereits beendet? War sie zu spät dran gewesen, weil sie am Morgen verschlafen hatte? Andererseits hatte Abbas gestern gesagt, die Ausgrabung sei abends gefährlich. Warum? Er musste seinen Grund gehabt haben. Maike beschloss zu warten und starrte die staubige Straße entlang, die in der Ferne langsam von der Dämmerung verschlungen wurde. Weder Leitplanken noch reflektierende Begrenzungspfosten oder Laternen säumten die Fahrbahn. Dennoch ragten in unmittelbarer Nähe und gleichmäßigen Abständen Strommasten aus dem Boden, was wie blanker Hohn wirkte.

Maike hatte ihren Wasservorrat verbraucht. Ihr Smartphone zeigte eine Zeit von 18.15 Uhr an. Seit die Männer das Areal verlassen hatten und der Wachmann seinen Anruf abgesetzt hatte, war über eine Stunde vergangen. Inzwischen legte sich bereits die Dämmerung wie ein leichtes Tuch über die Wüste. Sollte sie ihren Beobachtungsposten aufgeben? Hatte sie sich verrannt? Bis 19 Uhr wollte sie noch warten, dann würde sie Abbas kontaktieren, um ihn auf ihren erneuten Besuch vorzubereiten.

Eine halbe Stunde später tauchte aus der Gegenrichtung ein Lastwagen auf. Die Scheinwerfer waren ausgeschaltet oder nicht funktionstüchtig. Der Lkw rumpelte in die kleine Einfahrt Richtung der Grabungslöcher und verschwand aus Maikes Sichtfeld. Ohne zu zögern, verließ sie das Auto. Sie drückte die Autotür leise zu und ließ den Hyundai geöffnet zurück. Die Gefahr, dass jemand ihren Reiserucksack samt Laptop entwenden könnte, hielt sie für gering. In gebeugter Haltung schlich sie die Anhöhe zur Grabung hinauf und robbte sich auf denselben Beobachtungsposten, den sie zuvor genutzt hatte.

Strahler wurden an der Grube aufgestellt, die den größten Schacht in grelles Licht tauchten. Kurz darauf dröhnte der Dieselmotor des Lastwagens durch die Nacht, während der Fahrer das Fahrzeug rückwärts an das Loch heranfuhr. Erst jetzt bemerkte Maike einen Kran auf der Ladefläche. Sein Knickarm schwenkte über das Grabungsloch, dann senkte sich die Seilwinde samt Karabinerhaken in die Tiefe. Vier Männer kletterten in den Schacht hinein. Alles Einheimische, also war Kumpf immer noch nicht anwesend.

Ein fünfter Mann stellte bei einem der kleineren Löcher ebenfalls einen Strahler auf. Plötzlich stand ein etwa 10-jähriges Kind neben ihm. Der Mann wickelte ihm einen Gurt um den Körper, dann wollte er ihn an einem Seil die Leiter hinablassen. Aber der Junge weinte und zappelte. Das Licht der LED-Lampe, die an seinem Kopf befestigt war, irrte durch die angebrochene Nacht wie ein orientierungsloser Leuchtkäfer. Der Ägypter schlug ihn mit der flachen Hand ins Gesicht und brüllte. Schluchzend kletterte das Kind in den Schacht. Maike konnte die Angst des Jungen körperlich spüren und hätte sich am liebsten auf den Kerl gestürzt. Sie zückte jedoch nur ihr Handy und schoss mehrere Fotos. Dank der Strahler würden sie auch ohne Blitzlicht brauchbar sein.

Gespannt wartete Maike, welchen Schatz der Kran an die Erdoberfläche befördern würde. Die Winde ratterte, das Stahlseil zitterte. Endlich quälte sich der Knickarm des Lastkrans in die Höhe und Maike erblickte einen reich verzierten Steinsarkophag. Unwillkürlich hielt sie die Luft an. Das Warten schien sich gelohnt zu haben. Vielleicht war diese Aktion der Auftrag von

Björn Kumpf. Ob er noch persönlich erscheinen würde? Vielleicht hatte er ja auch einen Stellvertreter beauftragt. Oder reichte allein sein Auftrag, wenn man ihn hier kannte? Maike schoss weitere Fotos. Um den Sarg besser aufs Bild zu bekommen, drückte sie sich in den Stand hoch und trat einen Schritt vor. Dabei versank ihr Fuß jedoch so tief im Sand, dass sie das Gleichgewicht verlor und den Hang ein Stück hinuntertaumelte. Der Security-Mann wurde auf sie aufmerksam. Ohne zu zögern legte er sein Maschinengewehr an und schoss.

Laute Schreie ertönten auf Arabisch. Die Leiter schepperte, da das Getöse der Schüsse wohl auch bis in die Tiefe der Nekropole gedrungen war. Maike drehte sich um und rannte. Immer wieder versank sie im Wüstensand. In der Dunkelheit hatte sie völlig die Orientierung verloren. »Verdammt, wo steht mein Auto?«, keuchte sie.

Erneut ratterte das Maschinengewehr. Maike schmiss sich flach in den Saharasand. Sie robbte voran und krallte dabei ihre Hand um ihr Smartphone, das ihr wie ein rettender Anker vorkam.

Kapitel 19

Freitag, 01. April, 19.20 Uhr

Teubner saß an seinem Schreibtisch und grübelte. Momentan lief kaum etwas zu seiner Zufriedenheit. Marschewski leitete die Ermittlungen von Dortmund aus und hielt die Unnaer Kollegen weiter auf Abstand. Für Reinders und Teubner blieb die Laufarbeit bei Bedarf. Heute hatte Marschewski Teubner den Besuch eines Vortrags im Säulenkeller der Lindenbrauerei aufgetragen. Dort würde ein renommierter Experte über Antikenhehlerei referieren. Für Teubner war das aber auch ein Zeichen, dass die Kollegen in Dortmund diese Spur ernst nahmen, wenn auch vielleicht nicht ernst genug, um selbst zu solch einem Vortrag zu gehen. Er war sehr gespannt darauf. Besonders aufschlussreich zu erfahren wäre, ob der Fachmann es für wahrscheinlich hielt, dass alteingesessene Antiquitätenhändler hier vor Ort in den illegalen Handel mit Antiken verstrickt sein könnten. Das Bimmeln des Telefons riss ihn aus den Gedanken. Strodtbeck rief an.

»Dieser Mülheimer Antiquitätenhändler ist heute Nachmittag abermals in das Haus der Brechts eingedrungen«, begann er atemlos.

»Was ist passiert?«, fragte Teubner und klopfte mit seinem Kuli auf die Schreibtischplatte. Irgendwie liefen bei Björn Kumpf alle Fäden des Falls zusammen.

»Jana hat den Keller aufgeräumt und dabei zwei antike Figuren gefunden, die Matthias Brecht wohl für Kumpf besorgt hat. Jana glaubt, ihr Onkel hat sie bei einem Urlaub ins Land geschmuggelt. Ist aber nur eine Vermutung. Ich konnte nicht lange mit ihr sprechen. Als sie mit dem Fund die Kellerstufen hochgestiegen ist, habe jedenfalls Björn Kumpf plötzlich in ihrem Flur gestanden und ihr das Päckchen förmlich aus den Händen gerissen. Er habe ihr sogar gedroht! Jana ist völlig fertig.«

»Sie wohnt immer noch im Haus der Brechts? Sie sollte sich doch ein Hotelzimmer nehmen!«, mahnte Teubner verärgert.

»Ja, ja. Sie lässt sich in der Hinsicht einfach nicht umstimmen. Aber das soll jetzt mal nicht unser Thema sein, Max. Dieser Kerl geht in dem Haus ein und aus, wie er lustig ist. Wir müssen etwas gegen ihn unternehmen!«

»Wir haben bislang nichts Greifbares gegen ihn in der Hand«, meinte Teubner.

»Ja, verdammt«, bestätigte Strodtbeck, »wir können ihm die Figuren wohl auch nicht so ohne Weiteres abnehmen. Aber zum Glück hat Jana sie vorher fotografiert und die Expertise ebenfalls.«

»Na, wenigstens etwas«, murrte Teubner. In ihm keimte die vage Hoffnung auf, dem windigen Mülheimer Händler endlich eine Straftat nachweisen zu können. »Schick mir die Fotos aufs Handy. Ich habe gleich die Gelegenheit, sie einem Experten zu zeigen.«

»Klar, mach ich sofort«, erwiderte Strodtbeck und beendete das Gespräch.

Teubners Blick wanderte zur Bahnhofsuhr an der Wand, die er selten so laut hatte ticken hören. Er würde sich auf den Weg machen müssen, wenn er nicht zu spät zu dem Vortrag erscheinen wollte. Er fuhr seinen Computer herunter und stand auf, als erneut das Telefon klingelte. Eine ihm unbekannte Nummer.

»Ulf Krieger vom LKA Düsseldorf. Sie haben um Rückruf gebeten«, erklang eine tiefe Stimme.

Richtig, der Polizist, dessen Namen er von Wiebke Ipek bekommen hatte. »Erinnern Sie sich noch an den Antiquitätenhändler Björn Kumpf?«, fragte Teubner gespannt, setzte sich noch einmal und erklärte kurz den Zusammenhang.

»Björn Kumpf, oh ja, den sehe ich noch genau vor mir«, erwiderte Krieger, »ein unangenehmer und aalglatter Geselle. Wir haben intensiv gegen ihn ermittelt und jedem in unserer Sonderkommission war klar, dass er Dreck am Stecken hat, aber leider konnten wir ihm damals die Antikenhehlerei trotz zahlreicher Indizien nicht zweifelsfrei nachweisen. Kumpf hatte den Dolch öffentlich in einem Aktionshaus ersteigert und behauptet, die beigefügte Provenienz nicht als Fälschung erkannt zu haben. Wir konnten ihm nicht beweisen, dass er den Dolch selbst ins Land schaffen ließ. Also galt *in dubio pro reo* – im Zweifel für den Angeklagten.«

»Hm«, meinte Teubner enttäuscht. »Verstehe. Also keine Straftat. Es greift die Unschuldsvermutung, wonach ein Beschuldigter bis zum rechtskräftigen Beweis seiner Schuld als unschuldig zu gelten hat. Und das wusste der gewiefte Herr Kumpf natürlich. Fällt Ihnen sonst irgendwas ein, was uns gegen ihn weiterbringen könnte?«

»Björn Kumpf ist mit allen Wassern gewaschen und war schon damals kein unbescholtenes Blatt«, erwiderte Krieger ernst, »er war bereits vor unseren Ermittlungen zwei Mal an dubiosen Antikenverkäufen beteiligt. Eine unrechtmäßige Handlung hat sich aber auch da nicht beweisen lassen.«

»Was allerdings die Wahrscheinlichkeit erhöht, dass er auch mit den Brechts in betrügerische Geschäfte verwickelt war«, resümierte Teubner und bat Krieger, ihm die Akten von damals zu übermitteln. »Vielleicht können wir ihn dieses Mal festnageln und über ihn auch die Mordfälle aufklären, sowie den Schützen ermitteln, der den Kollegen Hübner ins Koma befördert hat.« Er bedankte sich und beendete das Telefonat. Danach schnappte er sich seine Jacke und verließ eilig sein Büro.

Er hetzte aus der Dienststelle. Der Vortrag von Kneipp hatte längst begonnen. Die Fußgängerampel am Verkehrsring zeigte auf Rot und er wartete ungeduldig. Endlich konnte er die dreispurige Straße überqueren, lief kurz darauf am alten Gebäudeteil des Klinikums Unna Mitte vorbei und hinauf zum ZIP. Das Zentrum für Information und Bildung beinhaltete neben einer Bibliothek, auch zahlreiche Seminarräume und das Lichtkunstzentrum. Teubner betrat das Gebäude durch die Drehtür und entdeckte knapp dahinter schon ein Plakat, das auf den Vortrag von Doktor Martin Kneipp hinwies. Über eine Treppe, die zum unterirdischen Teil des Komplexes führte, gelangte er in den Säulenkeller. Ein sakral wirkendes Kreuzdeckengewölbe, getragen von weißen Säulen, dazwischen standen Stühle für die Zuhörer. Teubner wählte einen Platz in den hinteren Reihen. Sofort zog die Rede des Experten ihn in seinen Bann. Er musste an die 65 Jahre alt sein und war mit Euphorie bei der Sache. In seinem Rücken leuchtete auf einer Leinwand eine ägyptische Mumienfigur, die über einen Beamer von seinem Laptop projiziert wurde.

»... rangiert der Markt für geplündertes Kulturgut weltweit an dritter Stelle der illegalen Erwerbsquellen«, schallte seine Stimme laut durch den Saal. »Andere Schätzungen besagen, dass der illegale Antikenhandel nur noch vom Drogenhandel übertroffen wird, und der Waffenhandel inzwischen auf Platz drei dieser Rangliste zu finden ist.«

»Ist es möglich«, rief ein älterer Herr mit Seidenanzug und schwarzer Krawatte dazwischen, »dass sich in meiner Antikensammlung auch Gegenstände befinden, die den IS finanziert haben?«

Kneipp zog seine auffällig hohe Stirn in Falten. Seine Brille rutschte auf die Nasenspitze, wodurch die unteren Ränder der Gläser fast seinen breiten Schnurrbart berührten. Er hob die

Arme, sodass sein kleinkariertes Jackett aufklappte. Mit der Geste schien er sagen zu wollen: »Haben Sie mir gar nicht zugehört?« Schließlich ballte er die Hände zu Fäusten und legte sie auf seinem Pult ab.

»Es gibt eindeutige Erkenntnisse drüber, dass sich Terrororganisationen unter anderem mit der Vermarktung von geplündertem Kulturgut finanzieren. Das habe ich bereits in meinem Vortrag erwähnt. Von Händlerseite wird das natürlich bestritten. Entscheidend ist, dass ein weltweiter Markt existiert, den Terroristen wie die Mitglieder des Islamischen Staates und andere Kriminelle bedienen. Das Internet erleichtert diesen Handel. Und leider wird es immer Käufer wie Sie geben, die den Händlern keine unangenehmen Fragen stellen und denen es egal ist, dass sie Kulturzerstörung unterstützen und möglicherweise Terroranschläge mitfinanzieren. Wenn Sie mich fragen, ob sich in Ihrer Sammlung Antiken befinden könnten, die den IS finanziert haben, kann ich das hier weder mit Ja noch mit Nein beantworten. Ich kenne Ihre Sammlung nicht. Sollten die Gegenstände in Ihrem Besitz aus den arabischen Staaten Vorderasiens stammen und Sie diese in naher Vergangenheit ohne zweifelsfreie Provenienz – und das betone ich ausdrücklich – erworben haben, dann ist es durchaus möglich.«

Der Fragesteller verschränkte pikiert die Arme vor der Brust. Er wirkte auf Teubner wie ein zurechtgewiesener Schüler, der sich keiner Schuld bewusst war. »Für die meisten meiner Antiken gibt es Provenienzen.«

»Ah? Die meisten, sagen Sie?« Kneipps Stimme nahm einen höhnischen Klang an. »Eigentlich müssen *Sie* den Eigentumsnachweis für eine bewegliche Sache vorlegen können. Wenn das in einer Kette von Eigentumsverhältnissen nicht immer lückenlos möglich ist, greift leider die Eigentumsvermutung nach Paragraf 1006 BGB. Womit sich der Staat beim Schutz von Kulturgütern leider selbst im Weg steht.«

Doktor Martin Kneipp fuhr mit seinem Vortrag fort. Teubner fand seine Ausführungen durchaus interessant, das meiste davon hatte er bei seiner Recherche im Internet aber bereits selbst herausgefunden. Etwa eine halbe Stunde später beendete der Fachmann seine Rede. Die anschließende Fragerunde begann eine stark geschminkte Frau mit hochgestecktem Haar.

»Was halten Sie von der These, dass durch den illegalen Verkauf von Antiken an Sammler diese Schätze für die Nachwelt immerhin erhalten bleiben und die Sorgen von Archäologen und Kriminalisten völlig übertrieben seien?«

Kneipp richtete seine Unterlagen und blickte die Dame wie ein verzweifelter Dozent an. »Kulturgüter stehen mit Recht unter Schutz, da sie Beweise unserer Geschichte sind. Das Zerstören von Kulturdenkmälern ist vergleichbar mit dem Vernichten alter Bücher, aus denen man Seiten reißt. Es gibt nicht umsonst die staatliche Archäologie, die beauftragt ist, die Kulturschätze eines Landes zu schützen oder aber auszugraben, um sie später in Museen einer breiten Öffentlichkeit zugänglich zu machen. Wem nützt eine erworbene Skulptur in einer Privatsammlung, außer dem Besitzer, der sich im Verborgenen daran erfreut? Ganz davon abgesehen, dass bei Raubgrabungen die notwendige Sorgfalt fehlt und meist die Umgebung zerstört wird, in die der Fund eingebettet war und die seine Bedeutung zum Teil erst erklärt. Stücke, die zusammengehörten, werden auseinandergerissen ... Man könnte endlos fortfahren mit den Verbrechen, die von den illegalen Grabräubern am Kulturgut ihres Landes begangen werden.«

Teubner fand Gefallen an der Art, wie Kneipp die Nachfragen seiner Zuhörer beantwortete, und hörte interessiert zu. Auch er hielt für den Archäologen einige Fragen parat, die er ihm nach der Veranstaltung aber gerne unter vier Augen stellen wollte. Jetzt lauschte er einem Mann mit Lederjacke.

»Stimmt es, dass Deutschland ein zentraler Markt für die Antikenhehlerei geworden ist? Sozusagen eine Drehscheibe der internationalen Raubkunst?«

Martin Kneipp seufzte deutlich hörbar ins Mikrofon. »Das kann ich leider nicht dementieren. Es wird durchaus unbehelligt mit Antiken ungeklärter Herkunft gehandelt, trotz EU-Verordnungen, die den Handel zum Beispiel mit irakischem und syrischem Kulturgut unter Strafe stellen. Da wird eben umdeklariert und die Sachen kommen angeblich aus der Türkei, wo die Bestimmungen nicht so drastisch sind.«

»Wie kann es so einfach sein, in einem bürokratischen Deutschland mit Schmuggelware zu handeln?«, hakte der Mann nach.

Doktor Martin Kneipp nahm seine Brille ab und rieb sich die Augen. Danach pickte er ein Tüchlein aus einem Etui und putzte die Gläser seiner Brille, bevor er sie wieder auf die Nase setzte. Teubner hatte den Verdacht, dass er sich seine Antwort genau zurechtlegte. »Die größte Problematik ist das fehlende öffentliche Bewusstsein für die Frivolität dieser Taten. Antikenhehlerei gilt als Kavaliersdelikt. Händler sehen sich als Wohltäter der Kultur. Die Polizei reduziert den Sachverhalt auf ein Eigentumsdelikt. Wenn der Eigentümer der Antiken, sagen wir das Herkunftsland, seine Rechte nicht einfordert, weil niemand beweisen kann, wo genau der Gegenstand ausgegraben wurde, dann lässt man den Dingen ihren Lauf, trotz der illegalen Herkunft.«

Der Mann mit der Lederjacke gab sich mit der Antwort nicht zufrieden. »Was ist mit dem Kulturgüterschutzgesetz? Demnach soll eine Einfuhr nur mit legalen Dokumenten möglich sein. Ist das nicht die Lösung des Problems Antikenhehlerei?«

Der Kriminalarchäologe seufzte erneut und stütze sich mit den Unterarmen auf dem Pult ab. »Diese eine Frage werde ich noch beantworten, danach sind Sie herzlich eingeladen, mein Buch *Schmutziges Gold* zu erwerben, das in vielerlei Hinsicht Aufschluss über den illegalen Antikenhandel gibt. Zum Kulturgüterschutzgesetz: Damit hat die Bundesregierung uns leider keinen großen Gefallen getan. Demnach sollen Kulturgüter geschützt werden, die nach dem 26. April 2007 rechtswidrig aus einem anderen Staat nach Deutschland geschafft wurden. Also alles, was bis zu diesem Zeitpunkt schon im Lande war, gilt als rechtmäßig eingeführt. Es ist somit gewaschen und braucht laut Gesetz nicht an die geschädigten Herkunftsländer zurückgegeben werden. Hunderttausende Raubgrabungsfunde, darunter auch Blutantiken, sind auf diese Weise legalisiert worden. Damit wird eine bisherige Rechtsprechung widerlegt: Der Bundesgerichtshof hat bereits 1972 festgestellt, dass es gegen die guten Sitten verstößt, wenn der Wunsch anderer Völker oder Staaten missachtet wird, im Besitz ihrer Kulturschätze zu bleiben oder sie zurückzuerlangen. Aufgrund dieser Sittenwidrigkeit konnte der Verkäufer seinem Kunden bisher kein Eigentumsrecht an illegal eingeführtem Kulturgut verschaffen. Mit dem neuen Gesetz wird dies nun rückwirkend zu legaler Handelsware und die Herkunftsländer quasi enteignet. Solange Deutschland den Handel mit Raubgrabungsfunden grundsätzlich duldet, wird sich am betrügerischen Antikenhandel nichts ändern. Der Händler muss nur ein Dokument erstellen, dass die Einfuhr der Ware bereits vor dem Stichtag datiert. Oder aber er fälscht die Provenienz, was auch selten genug auffällt.«

Der Mann mit der Lederjacke bedankte sich für die ausführliche Antwort. Das Publikum applaudierte. Doktor Kneipp klickte auf seinem Laptop, der neben dem Pult aufgebaut war, die nächste Datei an und das Buchcover von *Schmutziges Gold* erschien auf der Leinwand. Kneipp trat an einen Tisch, vor dem sich ungefähr dreißig Zuschauer aufreihten, um sein Buch bei einer Buchhändlerin zu erwerben und es sich anschließend von dem Fachmann signieren zu lassen.

Teubner fasste sich in Geduld und beobachtete die Wartenden, eine Klientel, die sich in einem Alter zwischen schätzungsweise 40 und 70 Jahren bewegte. Endlich stand nur noch der Herr mit der Lederjacke am Signiertisch. Die Buchhändlerin wollte bereits ihre Sachen packen, als Kneipp sie bat, einen Augenblick zu warten. Er stellte sich mit einem Exemplar seines Buches in der Hand neben ihr auf, und nun wurde ersichtlich, dass es sich bei dem Mann um einen Journalisten handeln musste, denn er zückte seine Kamera und schoss zahlreiche Fotos von den beiden.

»Noch einige Fragen, Herr Doktor Kneipp. Damit sich unsere Leser ein besseres Bild von Ihrer Person machen können«, bat der Reporter und zog einen Notizblock aus seiner Jackentasche. »Was liegt Ihnen bei Ihrer Arbeit besonders am Herzen?«

Kneipp kam um den Büchertisch herum und stellte sich vor den Journalisten. Er reichte seinem Gegenüber gerade bis zur Schulter, maß höchstens 1,65 Meter. Seine Haltung deutete aber auf ein gesundes Selbstbewusstsein hin, und seine Stimme schallte laut durch den nun fast leeren Saal, als er antwortete: »Ich engagiere mich seit Jahrzehnten gegen den weltweiten illegalen Kunsthandel, die Antikenhehlerei, Raubgräberei und den Ankauf von gestohlenen Objekten aus Plünderungen, ungesetzmäßigen Grabungen und Raubzügen. Ich habe den Kulturausschuss des Bundestages in Fragen des Kulturgüterschutzes beraten, also zum Beispiel bei der Ratifizierung des UNESCO-Kulturgutschutzabkommens von 1970. Seit vielen Jahren führe ich kriminalarchäologische Untersuchungen für öffentliche Gremien wie die Polizei, den Zoll und die Staatsanwaltschaften durch.«

Der Journalist kritzelte die Antwort stichwortartig in sein Büchlein. Dann blickte er auf. »Vielleicht noch ein Satz zur Rückführung?«

Kneipp nickte. »Bei meiner Arbeit im Kampf gegen die Antikenhehlerei war ich mehrfach erfolgreich, indem ich die Rückgabe illegal ausgegrabener oder aus Museen entwendeter Gegenstände durchsetzen konnte. Besonders stolz bin ich auf die Rückführung einer 4.500 Jahre alten sumerischen Streitaxt, die aus einem Museum im Irak gestohlen worden war und die ich im Katalog eines Münchner Auktionshauses entdeckt habe. Ich konnte die Axt später persönlich an den Botschafter des Iraks zurückgeben. Und das ist nur eines von vielen Beispielen, in denen ich erfolgreich gearbeitet habe.«

Der Journalist bedankte sich und verschwand mit großen Schritten aus dem kleinen Saal. Inzwischen zeigte Teubners Armbanduhr 21.25 Uhr an. Der Kriminalarchäologe nahm ihn offenbar erst jetzt wahr, denn er schaute ihn mit gekrauster Stirn an. Teubner hielt ihm seinen Dienstausweis entgegen und versprach, sich kurzzufassen. Die meisten seiner Fragen seien bereits beantwortet.

Doktor Martin Kneipp lächelte ihn wohlwollend an. »Für die Vertreter der Polizei habe ich immer ein offenes Ohr. Wie kann ich Ihnen helfen, Kriminalhauptkommissar Teubner?«

»Ich bearbeite einen Fall, bei dem die Besitzer eines Antiquitätenladens ermordet wurden«, begann er. »Der Täter hat auch einen Kollegen niedergeschossen, der zur Hilfe geeilt war und nun im Koma liegt. Nun deutet vieles darauf hin, dass der Mörder im Umfeld der Antikenhehlerei zu suchen ist. Wie auch die Opfer selbst. Doch wir können es nicht beweisen. Aus den Geschäftsunterlagen ergibt sich kein Anhaltspunkt, da taucht natürlich keine illegale Ware auf.« Er zog sein Smartphone aus der Hosentasche und zeigte Doktor Martin Kneipp die Fotos, die Strodtbeck ihm übermittelt hatte. »Die Nichte des ermordeten Ehepaares hat diese Figuren im Nachlass gefunden. Uns interessiert, ob es sich dabei um unrechtmäßig erworbene Antiken handeln könnte. Und würde ein Hehler dafür töten?«

Der Archäologe legte Teubner eine Hand an den Oberarm. »Kommen Sie, setzen wir uns einen Moment. Ich stehe seit Stunden. Zwei Stühle wird man uns lassen.« Er lächelte den Mitarbeitern des ZIB zu, die bereits aufräumten und Stuhlstapel unter lautem Getöse an die Wand zogen. Dann nahm er auf einem der Holzstühle Platz und begutachtete die Fotos.

»Ich sehe ein Paar gut erhaltene Uschebtis. Wenn sie ziemlich groß sind, was ich vermute, aber aus den Fotos ohne Größenvergleich darauf leider nicht schließen kann, sind sie selten. Ah, da ist ja die Provenienz. 25,6 cm! Das ist wirklich sehr beachtlich! Sammlung A. Francis ... nie gehört.« Er blickte auf und gab Teubner sein Smartphone zurück, danach holte er aus der Innentasche seines kleinkarierten Jacketts eine Visitenkarte. »Um Ihnen eine genauere Auskunft geben zu können, muss ich mir die Bilder auf meinem Computer und mit Lupe ansehen. Schicken Sie die Fotos doch bitte an meine E-Mail-Adresse. Die Uschebtis könnten durchaus echt sein. Konkret kann ich das allerdings nur feststellen, wenn ich die Originale sehe. Wäre das machbar? Zu der Provenienz: Es fehlt der Fundort. Antiken mit legaler Herkunft haben immer einen Fundort. Dieser wird bei unrechtmäßigem Handel jedoch meist verschleiert, gefälscht oder ganz verschwiegen. Das dürfte ein klares Zeichen dafür sein, dass es sich hier um Antikenhehlerei handelt. Und um ihre zweite Frage zu beantworten: Ich halte es für durchaus möglich, dass die Hehler auch

Tötungsdelikte begehen. Es geht ja um viel Geld. Da ist ein Menschenleben kaum etwas wert.«

Solch eine eindeutige Erklärung hatte Teubner nicht erwartet. Damit müsste er über die Staatsanwaltschaft eine richterliche Verfügung zum vorläufigen Konfiszieren der Figuren beantragen können. Und somit sollte Björn Kumpf erst einmal an seinem Haken baumeln. »Wenn Sie mir diese Aussage schriftlich zukommen lassen könnten, würde mir das sehr helfen«, bat er.

Kneipp lächelte wohlwollend und stand auf. Er ging zum Pult, trennte seinen Laptop vom Beamer und klappte ihn zusammen. Während er etwas fahrig seine Unterlagen einpackte, sagte er: »Das erledige ich gerne für Sie. Und sollten Ihnen die Figuren bis Montag Nachmittag zur Verfügung stehen, dann schaue ich sie mir gerne an, bis dahin bin ich noch in der Stadt. Sie dürfen mich auch kontaktieren, wenn ich anderweitig helfen kann. Meine Handynummer steht auf der Visitenkarte.«

Teubner bedankte sich. Auf den Vorschlag würde er gewiss zurückkommen. Er nickte dem Personal des ZIB freundlich zu, ehe er den Säulenkeller mit eiligen Schritten verließ.

Kapitel 20

Freitag, 01. April, 21.15 Uhr (Ortszeit Tuna el-Gebel)

Niemals hätte Maike gedacht, dass sie auf ihrer Reise nach Ägypten unter Beschuss geraten könnte. Als sie die Straße erreichte, ratterte in ihrem Rücken erneut das Maschinengewehr. Maike rannte, als sei ein Gepard hinter ihr her. Endlich erkannte sie in der Ferne den dunklen Schatten ihres Mietwagens. Sie mobilisierte ihre letzten Kraftreserven und sprintete auf den Hyundai zu, riss die Tür auf, hechtete auf den Sitz und verriegelte von innen.

Außer Atem starrte sie in die Dunkelheit. Es schien ihr niemand gefolgt zu sein. Ihren ersten Impuls, die Grabungsstelle so schnell wie möglich zu verlassen und die Wohnung von Abbas Dawuhd aufzusuchen, hakte sie bereits ab. Sie war nicht nach Ägypten geflogen, um mit leeren Händen heimzukehren. Eine Mittäterschaft von Björn Kumpf an Raubgrabungen ließ sich noch nicht beweisen, auch kein Zusammenhang mit dem Tod an Ehepaar Brecht. Also würde sie bleiben und abwarten.

Knapp eine Stunde später fuhr der beladene Lkw auf die Straße, diesmal mit leuchtendem Standlicht. Maike startete den Motor. Langsam folgte sie dem Laster mit genügend Abstand und ausgeschalteten Scheinwerfern. Die Fahrbahn ließ sich nur erahnen, mehr als einmal rutschte sie mit den Rädern vom Asphalt in den Sand. Ihr einziger Orientierungspunkt waren die Rücklichter des Lasters. Inzwischen war die Temperatur von tagsüber 34 Grad auf angenehme 22 Grad gefallen. Konzentriert stierte Maike weiterhin auf die roten Leuchten vor ihr. Der Ton ihres Smartphones lenkte sie ab. Claudia rief an. Das musste warten. Als sie nach dem kurzen Seitenblick wieder nach vorn schaute, war der

Lkw verschwunden. Instinktiv donnerte sie ihren Fuß auf die Bremse.

»Das gibt 's doch nicht«, fluchte Maike laut und schlug mit der Faust aufs Lenkrad. Ein Lkw konnte sich ja nicht in Luft auflösen. Langsam gab sie Gas und rumpelte im Schritttempo über die von Schlaglöchern und Rissen durchzogene Straße. Dabei schweifte ihr Blick von links nach rechts und erfasste weder Gebäude noch Vegetation. Nach etwa 100 Metern kam zu ihrer Linken eine kleine Einmündung in Sicht. Maike bog vorsichtig um die Kurve und parkte kurz darauf am Straßenrand. Etwa 200 Meter vor ihr zeichnete sich in der Dunkelheit die Silhouette eines größeren Bauwerkes ab. Sie atmete tief durch, tastete nach ihrem Handy und verließ den Wagen. Dann schlich sie in gebeugter Haltung die Straße entlang und erreichte bald eine Lagerhalle, davor stand der Laster von der Grabungsstätte. Sie war auf der richtigen Spur.

Eine Mauer, die das Gelände abgrenzte, bot ihr einen sicheren Schutz. Vorsichtig äugte sie darüber. In der Dunkelheit war nicht viel zu erkennen. Maike wartete. Plötzlich erstrahlte der Vorplatz in grellem Licht, das zwei große Scheinwerfer spendeten. Der Motor des Lasters wurde angelassen und spie durch den Auspuff eine Abgaswolke aus, danach hievte der Lastkran den aus der Grabungsstelle geborgenen Sarkophag langsam von der Ladefläche auf eine Rampe. Maike machte mit ihrem Smartphone mehrere Fotos.

Das Geschrei eines der Arbeiter übertönte das Getöse des Krans. Er wedelte wild mit den Armen, schien damit sagen zu wollen, dass der Steinsarg an einer anderen Stelle der Rampe heruntergelassen werden sollte. Der Sarg schwankte, die Stahlwinde quietschte. Einige Ägypter rannten darauf zu, um ihn ins Gleichgewicht zu bringen. Schließlich fuhr der Lastwagenfahrer den Knickarm des Krans weiter aus und ließ den Sarkophag in der Nähe eines Rolltors auf dem Boden ab. Sofort lösten die Männer die Seilwinde. Einer von ihnen kam mit einer großen Kreissäge aus der Halle und begann, den Steinsarg zu zersägen. Das kreischende Geräusch des Sägeblattes ging Maike durch Mark und Bein und verursachte ihr eine Gänsehaut. Sie sah eine riesige Staubwolke, die Sarg und Arbeiter einhüllte, schoss weitere Fotos und bemerkte gleichzeitig die Vibration ihres Smartphones. Ein Blick aufs Display zeigte ihr, dass Abbas Dawuhd anrief. Es war bereits 22.30 Uhr. Sie drehte sich um, drückte sich mit dem Rücken gegen die Mauerwand in die Hocke und nahm das Gespräch entgegen.

»Machen Sorgen«, sagte Abbas. »Grabung am Abend Gefahr. Alles dunkel. Sollen kommen großer Wind bald. Dann fliegen Sand. Nichts mehr sehen. Du schlafen bei uns in Mallawi. Okay? Oder sein schon in Kairo?« Er schnaufte ein wenig, als sei er außer Atem.

Maike lächelte. Obwohl sie den Taxifahrer gestern erst kennengelernt hatte, stellte sie sich ihn lebhaft vor, wie er gerade von der Arbeit kam. Müde und ausgelaugt machte er sich dennoch Sorgen, als er von seiner Frau erfuhr, dass Maike sich nicht gemeldet hatte. »Es ist alles in Ordnung«, versuchte sie ihn zu beruhigen. »Ich bin in Tuna el-Gebel und würde gerne bei euch übernachten. Es könnte aber noch eine Weile dauern.«

»Kein Problem«, versicherte Dawuhd mit seinem gebrochenen Englisch. »Ich warten. Auch bis Mitternacht. Nicht schlimm. Und bitte vorsichtig. Männer arbeiten nachts an Grab, nicht gut. Gefährlich. Und denken, bald kommen Sturm.« Er schwieg, als erwarte er eine Bestätigung.

»Ich passe auf mich auf«, versprach Maike und dämpfte die Stimme, als das Kreischen der Säge im Hintergrund verstummte. »Bis später«, flüsterte sie nur und beendete das Gespräch.

Langsam drehte sie sich wieder um und spähte über die Mauer. Man hatte den Sarkophag in drei Teile gesägt. Jetzt waren die Männer dabei, die Einzelteile mithilfe des Krans in Holzkisten zu verfrachten, die mit Stroh ausgestopft wurden. Danach vernagelte man diese und befestigte ein Papier an jeder Kiste, Frachtunterlagen in einer Plastikhülle wahrscheinlich. Dann hievte der Lastkran das Frachtgut zurück auf den Lastwagen. Maike hielt alles mit Fotos fest und bedauerte dabei, keine professionelle Kamera bei sich zu haben.

Als die Arbeiter in der Halle verschwanden, sah sie ihre Chance gekommen. Sie schob ihr Smartphone in die Gesäßtasche und huschte um die Mauer. Bis zum Lkw musste sie etwa 80 Meter überbrücken. Sollte jemand den Platz vor der Lagerhalle im Auge behalten, würde man sie sofort entdecken. Dennoch sprintete Maike los. Anscheinend ungesehen erreichte sie den Laster. Die Heckklappe war noch heruntergelassen. Sie sprang auf die Ladefläche und machte Fotos von den Kisten und Frachtpapieren. Außer den drei Holzkisten befand sich nichts mehr auf dem Lastwagen. Vermutlich hatte man die anderen Fundstücke schon in die Halle geschafft. Sie dachte an den Jungen, den man in das kleinere Loch hinabgelassen hatte. Ehe Maike es wagen konnte, einen Blick ins Innere der Lagerhalle zu werfen, hörte sie laute Stimmen. Rasch sprang sie vom Laster, ging zunächst in Höhe der Räder in die Hocke und beobachtete die Rampe.

Zwei Arbeiter kamen durch das Rolltor und diskutierten heftig. Einer der beiden steuerte zielstrebig auf die Fahrerseite des Führerhauses zu. Der zweite Mann begleitete ihn wild gestikulierend. Maike verstand nur zwei kurze Worte: Björn Kumpf. Sie kam dem Mülheimer Antiquitätenhändler also doch auf die Spur! Dem Klang der Stimmen nach ging es um eine heftige Meinungsverschiedenheit. Ob es Probleme gab? Ob Kumpf aus irgendeinem Grund verhindert war und das bestellte Gut nicht in Empfang nehmen konnte? Die Männer waren durch ihre Diskussion so abgelenkt, dass Maike die Gelegenheit nutzte, um den Rückzug anzutreten. Der Motor des Lkw wurde angelassen, als sie gerade die Mauer erreicht hatte. Sie duckte sich dahinter. Nicht auszudenken, wenn man sie jetzt entdecken würde. Aber der Lastwagenfahrer lenkte sein Fahrzeug in gemäßigtem Tempo an ihr vorbei.

Maike beobachtete die Rücklichter des Lasters. Die Ladefläche wankte bedrohlich, vermutlich gehörte der Lkw zu einer Generation aus den 70er-Jahren. An der Einmündung zur Hauptstraße blieb er plötzlich stehen. Am regen Verkehr konnte es kaum liegen. Unwillkürlich hielt Maike den Atem an, als sie sah, dass der Fahrer ausstieg und auf ihren Hyundai zuging. »Scheiße«, fluchte sie leise. Was sollte sie jetzt machen? Natürlich fiel ein Pkw sofort auf, der mitten in der Wüste am Straßenrand abgestellt war.

Der Lkw-Fahrer zog sein Smartphone aus der Hosentasche. Da er im Scheinwerferlicht des Lasters stand, konnte Maike ihn gut beobachten. Er schaltete die Taschenlampe des Handys ein und leuchtete ins Wageninnere.

»Ich hätte abschließen sollen«, murmelte Maike und wartete darauf, dass der Mann am Türgriff zog. Ihr Reiserucksack samt Laptop und Papieren lag im Kofferraum. Sie hielt die Luft an.

Der Fahrer ging einmal um den Mietwagen herum, blieb dahinter stehen und tippte in sein Handy. Sein Anruf wurde sofort entgegengenommen, denn er nickte mehrfach und schien das Kennzeichen durchzugeben. Schließlich beendete er das Gespräch, machte ein Foto von dem Hyundai und kletterte wieder in sein Führerhaus, bevor er abfuhr. Das Motorengeräusch des Dieselfahrzeugs wurde leiser, die Rücklichter verschwanden bald aus ihrem Blickfeld.

Sofort lief Maike auf ihren Mietwagen zu. Jetzt nur noch weg von hier. Sie sprang hinters Steuer und startete den Motor. Die Räder des Hyundai drehten durch, als sie Vollgas gab. »Bleib ruhig!«, mahnte sie sich. »Nur keine Aufmerksamkeit erregen.« Sie wendete das Fahrzeug und fuhr in gemäßigtem Tempo zur Straße. Bald darauf kam die Nekropole in Sicht. In der Dunkelheit sah man von den freigelegten Grabbauten nur dunkle Schatten. Maike lenkte den Hyundai an den Straßenrand und gab die Adresse von Abbas Dawuhd ins Navi. Bevor sie weiterfuhr, warf sie einen Blick auf die von ihr gemachten Fotos. Die Frachtpapiere waren zum Glück nicht in arabischen Schriftzeichen verfasst. Nach längerem Sichten des Schriftstückes fand sie heraus, dass der Sarkophag in die USA verfrachtet werden sollte. Wann genau die Kisten ihre Reise antreten würden oder mit welchem Flug, erkannte sie aus den Kürzeln nicht. Der Zielflughafen war jedenfalls New York.

»Ob Kumpf Kontakte dahin hat?«, fragte sie sich. Maike seufzte. Sie konnte dem Sarg nicht in die USA folgen. Zunächst wollte sie Claudia zurückrufen. Sie griff nach ihrem Smartphone und wählte die Nummer der Freundin. Bereits nach dem zweiten Rufton war diese in der Leitung.

»Endlich meldest du dich! Ich habe mir schon Sorgen gemacht. Wie ist es in der Schweiz gelaufen?« Ihre Stimme klang ehrlich interessiert.

Maike berichtete knapp, was nach dem Gespräch mit Milo Mathys passiert war. »Und jetzt würde ich zu gerne wissen, wohin genau die Reise des Sarkophags geht und wer der Empfänger der Lieferung ist«, schloss sie.

»Sag mal, bist du eigentlich wahnsinnig? Du kannst dich doch nicht allein gegen Grabräuber stemmen! Die haben auf dich geschossen? Wende dich an die örtliche Polizei, aber hör auf mit dem Quatsch. So wie sich das anhört, brauchst du jemanden, der dich in deinem Tatendrang etwas bremst.« Sie klang aufgewühlt, mit einem deutlich besorgten Unterton.

»Ja, ich werde nachher meine Gastgeber hier fragen, wo ich die zuständige Polizei finde«, sagte Maike, startete den Motor und folgte der Anweisung des Navis, das sie zunächst geradeaus leitete. »Könntest du mir helfen, Claudia?«

»Ich unterstütze dich ungern bei deinem völlig verrückten Vorhaben.«

»Bitte, Claudia, ich mache hier sowieso weiter, nur dauert es dann vielleicht länger.«

»Okay, was ist es?«

»Ich schicke dir gleich einige Fotos von Frachtpapieren. Vielleicht kannst du sie entschlüsseln. Ich sehe nur, dass die Fracht nach New York gehen soll. Mich interessiert der genaue Zielort, um mögliche Zusammenhänge zu erschließen. Zum Beispiel, falls der geraubte Sarg bei einem Händler landet, der in Kontakt mit einem unserer Verdächtigen steht.«

»Klar mach ich. Kein Problem«, erklärte Claudia jetzt. »Und wenn ich es über die Papiere nicht herausfinde, dann in den USA.«

»In den USA?« Maike verstand die Welt nicht mehr, erst wollte Claudia ihr gar nicht helfen und dann wollte sie nach Amerika reisen?

»Ich habe da gute Freunde, die ich sowieso in diesem Sommer besuchen wollte. Das Ticket könnte ich umbuchen. Maja und Tom werden sich freuen, wenn ich früher komme.«

Damit hatte Maike nicht gerechnet. Sie wusste nicht, was sie sagen sollte. »Ja«, begann sie zögernd. »Also das wird nicht unbedingt nötig sein.«

»Lass mich nur machen. Ich bin sehr gespannt auf die Fotos.«

Maike bedankte sich und beendete das Gespräch, bevor sie das Telefon auf den Beifahrersitz legte. Laut Navi würde sie in fünfzehn Minuten in Mallawi sein. Sie freute sich darauf, den Ägypter Abbas Dawuhd und seine Frau Bahiti wiederzutreffen, obwohl sie ein wenig das schlechte Gewissen plagte, die beiden zu so später Stunde zu stören.

Kapitel 21

Samstag, 02. April, 08.15 Uhr

Jana wurde nur langsam wach und blickte durch das Fenster in einen sonnigen Morgen. Nach dem Fund der versteckten Kladde hatte sie am vergangenen Abend nach weiteren Beweisen gesucht, die Onkel Matthias und Tante Silvia mit dem verbrecherischen Antikenhandel in Verbindung bringen konnten. Da das Büro versiegelt war, und die Polizei die meisten Papiere mitgenommen hatte, war sie nur auf eine uralte Akte mit Unterlagen zu dem Bauunternehmen gestoßen, das ihre Mutter gemeinsam mit Tante Silvia von ihren Eltern geerbt hatte. Jana wusste so wenig von ihrer Familie und hatte sich im Wohnzimmer der Brechts bis spät in die Nacht in die darin enthaltenen Dokumente vertieft. Irgendwann war sie mit der Akte müde in ihr Zimmer gestiegen und erschöpft eingeschlafen.

Nun zog Jana den Ordner auf ihr Bett und blätterte erneut darin. Plötzlich fiel ihr mehrmals der Name Armin Zauner in die Augen, der einst Geschäftspartner ihrer Mutter gewesen sein sollte. Wieso hatten Onkel Matthias und Tante Silvia den Mann nie erwähnt? Jana spürte ein Kribbeln in ihrem Bauch, sie musste mit ihm reden! Sie wollte eine neutrale Version der damaligen Geschehnisse hören, selbst wenn sie sich da in etwas verrannte. Laut der Unterlagen hatte Zauner die Baufirma übernommen. Ob diese noch existierte? Jana zog ihr Smartphone vom Nachttisch und gab seinen Namen in die Suchmaschine des Internets ein. Kein Treffer unter Baugewerbe. Bei den Privatnamen gab es immerhin einen A. Zauner, wohnhaft in der Eichenstraße. Sollte sie dort anrufen? Sie entschied sich dagegen und beschloss, später persönlich zu der angegebenen Adresse zu fahren.

Jana parkte ihren Wagen in einer Parkbucht direkt vor dem mehrgeschossigen Wohnhaus, in dem sie auf Zauner zu treffen hoffte. Es lag in Unnas Süden in einem Komplex von zahlreichen gleich gebauten Mehrfamilienhäusern. Durch die hohen Baumkronen, die dank des warmen Märzes schon die ersten Blätter trugen, blitzten Sonnenstrahlen auf die Straße. Dennoch war das Thermometer bislang nicht über ein Grad geklettert, als Jana gegen 11.45 Uhr auf den Hauseingang zuging und die Klingelanlage studierte. Der Name Zauner fand sich an zweiter Stelle von unten. Sie betätigte die Klingel und wartete. Kurz darauf surrte der Türdrücker und sie betrat das Treppenhaus. Wenige Stufen über ihr öffnete sich links eine Wohnungstür, und ein schlanker Mann, etwa in ihrem Alter, trat in den Flur.

»Was wollen Sie?«, fragte er mürrisch mit rotem Kopf und Schweißperlen auf der Stirn. Zur Jeanshose trug er Gesundheitslatschen und ein graues Sweatshirt mit Schweißflecken in den Achseln, die Ärmel hatte er nach oben geschoben.

»Entschuldigen Sie die Störung«, begann Jana. »Ich bin auf der Suche nach einem Armin Zauner, er müsste so um die 70 Jahre alt sein, mindestens. Da unter dieser Adresse der einzige Eintrag im Telefonbuch von Unna stand, habe ich spontan mein Glück versucht und bin hierhergefahren. Vermutlich liege ich falsch. Sie können es nicht sein.«

Der junge Mann seufzte und schaute sie mürrisch an. »Warum sagen Sie nicht einfach, was Sie von meinem Vater wollen?«

Jana ignorierte seine schroffe Art, stieg die wenigen Treppenstufen zu ihm hinauf und reichte ihm die Hand. »Mein Name ist Jana Helmes. Ich bin die Tochter von Dirk Bredow und Kerstin Helmes. Ich glaube, Ihr Vater hat früher mit meinen Eltern in der Firma gearbeitet. So wie ich es alten Unterlagen entnommen habe, war er sogar Geschäftspartner. Ich würde gerne mit ihm über die Dinge reden, die sich vor gut drei Jahrzehnten zugetragen haben und mir heute noch Rätsel aufgeben.«

Zauner rieb sich sinnend das Kinn. Schließlich nickte er zögernd. »Mein Vater war tatsächlich einst Bauunternehmer. Ich weiß zwar nicht, ob das eine gute Idee ist, ihn mit der Vergangenheit zu konfrontieren. Es ist viel passiert seit damals.« Er trat in die Wohnung und hielt ihr die Tür auf. »Passen Sie bitte auf, der Boden ist noch feucht. Ich komme jeden Samstag, um Ordnung zu machen und zu putzen. Mein Vater schafft das nicht mehr.«

Jana folgte ihm durch einen beleuchteten Flur. Ein Teppich lehnte aufgerollt an der Wand. Mitten auf dem abgetretenen Laminatboden stand ein Eimer mit Wasser, daneben ein Schrubber mit Wischlappen. Zauner öffnete am Ende des Gangs eine weiß lackierte Holztür, an der die Farbe abblätterte. Er ging auf einen älteren Mann zu, der mit dem Rücken zu ihnen in einem Sessel saß und auf den Fernseher starrte, wo die Nachrichten liefen.

»Ich stell die Flimmerkiste ab, Papa«, begann er und betätigte die Fernbedienung. »Du hast Besuch. Die Tochter von Dirk Bredow. Sagt dir der Name etwas?«

Der Senior drehte sich mit einem Ruck um. Sein Gesicht wirkte aufgedunsen. Herabhängende Wangen, eine faltige Stirn, die sich bis hoch auf den Glatzkopf zog, ein herabgezogener Mund und traurig blickende Augen, die sogar durch die randlose Brille das Leid von Jahrzehnten widerspiegelten. So wie er dasaß, schätzte Jana ihn auf etwa 75. Langsam wandte er sich wieder von ihr ab und legte seine geballten Fäuste auf den Couchtisch. »Ihr habt am selben Tag Geburtstag«, murmelte er kaum hörbar. »Wir haben immer gedacht, ihr würdet einmal heiraten. 28. Januar, richtig?«

Jana sah den Junior fragend an, der hob aber nur ratlos die Schultern, gab ihr mit einem Handzeichen zu verstehen, sich auf die Couch zu setzen, und verließ leise den Raum. Vermutlich war er mit seinem Putzpensum noch nicht durch. Jana setzte sich dem Senior schräg gegenüber und sah ihn freundlich an. »Das Geburtsdatum stimmt. Ihr Sohn wurde am selben Tag geboren? Das ist aber ein Zufall.«

Armin Zauner kniff die Augen zu, vielleicht um zu verhindern, dass ihm die Tränen kamen. Mit einem zerknüllten Stofftaschentuch, das er aus der Hosentasche zog, rieb er sich durchs Gesicht, nachdem er seine Brille abgenommen hatte. Dann setzte er sie wieder auf. »Ich habe zusammen mit deiner Mutter Kerstin Architektur studiert. Über sie habe ich deinen Vater kennengelernt. Ein feiner Mann. Als meine Frau am selben Tag Alexander zur Welt gebracht hat, an dem auch du geboren wurdest, haben wir immer gewitzelt, dass ihr beide irgendwann heiraten würdet und die Baufirma übernehmt.«

Jana wusste so wenig von ihren Eltern und ihrem Leben. Ihr lagen tausend Fragen auf den Lippen. Sie versuchte sich auf die wichtigsten zu konzentrieren. »Aus der Firmenchronik weiß ich, dass meine Mutter die Firma einst von meinen Großeltern geerbt hat, zusammen mit meiner Tante, die sich auszahlen lassen hat. Nun habe ich Papiere gefunden, in denen mein Onkel Matthias Sie als Geschäftspartner bezeichnet. Wie genau waren die damaligen Verhältnisse?«

Der ältere Mann lehnte sich zurück und schloss die Augen. »Ich bin Kerstins Kompagnon gewesen. Als sie die Firma geerbt hat und ihre Schwester auszahlen musste, bin ich als gleichberechtigter Geschäftspartner mit eingestiegen. Aber nach deiner Geburt hat deine Mutter kaum noch im Betrieb arbeiten können. Also musste Dirk der Ansprechpartner in allen Belangen sein und avancierte neben mir zum Chef. Meine Frau und Kerstin haben sich mit dem Bürokram abgewechselt, damit wir keine Sekretärin einzustellen brauchten.«

Jana nickte, obwohl Armin Zauner das mit seinen geschlossenen Augen nicht sehen konnte. Als er eine Weile schwieg, ließ sie ihren Blick durch das Wohnzimmer schweifen. Der Eichenschrank an der Wand gegenüber mochte aus den 80er-Jahren sein. Die Scheiben der Vitrinentüren sahen blind aus, als seien sie seit Jahrzehnten nicht geputzt worden. Sofa und Sessel waren mit grünem Cord bezogen, der bereits abgewetzt glänzte. Der Teppichboden wies mehrere Brandlöcher auf. Ein überquellender Aschenbecher auf dem Tisch bestätigte, dass Armin Zauner ein starker Raucher sein musste. Als könne er Gedanken lesen, öffnete er die Augen, zog ein Päckchen Filterzigaretten vom Tisch und steckte sich eine davon an. Dabei zitterten seine Hände so heftig, dass es ihm erst nach mehreren Versuchen gelang.

»Ich bin zu Ihnen gekommen«, brach Jana die Stille, »weil ich mir ein besseres Bild von meinen Eltern machen möchte. Als das schreckliche Unglück geschah, war ich knapp zwei Jahre alt. Ich weiß nur das, was die Brechts mir gesagt haben.«

Zauners Augen blitzten zornig. »Was können diese Betrüger dir schon erzählt haben?« Er drückte seine Zigarette im Ascher aus, dabei fielen einige Stummel auf den Tisch. »Nur Lügen nehme ich an. Dieses Ungeziefer! Seit ich in der Zeitung gelesen habe, dass sie ermordet wurden, geht es mir gesundheitlich viel besser. Die haben den Tod hundertmal verdient.«

Die Tür öffnete sich und Alexander Zauners Kopf erschien im Türrahmen. »Wenn man dich so hört, könnte man glauben, du steckst hinter dem Mord. Bring niemanden auf dumme Gedanken.« Er lächelte Jana entschuldigend an. Dann wandte er sich an seinen Vater. »Ich bin fertig, Papa. Kommst du klar? Ich habe Kaffee gekocht, dein Streuselkuchen steht in der Küche. Vielleicht möchtest du deinem Gast davon anbieten?«

Der Alte nickte. »Kannst du uns was bringen? Schaffst du das noch?«

Sein Sohn verschwand im Flur. Keine Minute danach tauchte er mit einem Tablett auf und stellte es mitten auf den Couchtisch. »Würden Sie meinem Vater diesen Becher«, er zeigte darauf, »halb voll gießen? Er leidet an Parkinson und verschüttet den Kaffee sonst. Ich muss mich jetzt verabschieden, sonst komm ich zu spät zur Schicht. Bis nächste Woche, Paps. Halt die Ohren steif.« Er tätschelte seinem Vater die Schulter, nickte Jana zum Abschied zu und kurz darauf hörte man bereits die Wohnungstür ins Schloss fallen.

Jana stand auf, schenkte zunächst Herrn Zauner, dann sich selbst Kaffee ein. Sie schnitt ihm ein Stück Kuchen ab und legte es auf einen Teller, bevor sie diesen zu seinem Platz schob. Schweigend setzte sie sich wieder und nippte an ihrer Tasse. Sie beobachtete den älteren Mann, der seinen Kaffeepott mit zitternden Händen ergriff, sich darüber beugte und langsam schlürfte. Endlich stellte er den Becher ab und lehnte sich zurück.

»Warum nennen Sie meinen Onkel einen Betrüger?«, fragte Jana. »Bevor mein Vater spurlos verschwunden ist, wollte er den Brechts ein Haus bauen. Hängt es damit zusammen?«

Armin Zauner drückte seine Hände zwischen Beine und Sessellehne, um das andauernde Zittern zu verbergen. »Ich werde dir eine Geschichte von deinen feinen Verwandten erzählen. Vielleicht rückt das deinen Eindruck über diese Leute in ein anderes Licht.«

Er griff mit der Rechten zum Streuselkuchen, hielt die Linke darunter, um die Krümel aufzufangen, dann aß er umständlich. Jana wartete geduldig. Sie verspürte keinen Hunger.

»Dieser schreckliche Tag damals«, begann er endlich und wischte sich mit dem Handrücken über den Mund. »Niemand weiß genau, was passiert ist. Die Polizei kam am anderen Morgen zu mir und fragte nach deinem Vater. Er habe vermutlich deine Mutter ermordet, dich an diesem verlassenen Feldweg zurückgelassen und damit in Kauf genommen, dass auch du die Nacht nicht überlebst.« Zauner tippte sich mit dem Finger an die Stirn. »Dein Onkel Matthias hatte denen von einem Streit erzählt. Kerstin hätte einen Liebhaber. So ein Quatsch! Da hatte sie überhaupt keine Zeit für. Außerdem hat sie deinen Vater geliebt. Ich habe die beiden oft beneidet. Sie waren ein solch glückliches Paar. Dirk hätte für deine Mutter und dich alles getan. Bei meiner Frau und mir ist es nicht so rundgelaufen.«

Er griff erneut zum Kaffee und trank den Rest aus. Als Jana nachschenken wollte, schüttelte er den Kopf. »Später, Mädchen! Lass mich erzählen.«

Armin Zauner versicherte ihr, dass er von Anfang an nicht an das Verschwinden ihres Vaters geglaubt hatte. Für ihn gab es nur die Möglichkeit, dass Dirk Bredow auch einem Verbrechen zum Opfer gefallen sein musste. Immer wieder hatte er die Polizei gebeten, in diese Richtung zu ermitteln, war jedoch auf taube Ohren gestoßen. Obwohl man den ominösen Liebhaber ihrer Mutter nie aufgespürt hatte. Briefe habe er ihr geschrieben, der Brecht habe sie den Polizisten ausgehändigt, aber unter der auf dem Umschlag angegebenen Adresse in den USA habe man den Mann nicht ausfindig machen können. Vermutlich habe man es sogar nicht gründlich genug versucht. »Dann hätte die Polizei sofort erfahren, dass deine Mutter kein Verhältnis gehabt hat. Wer weiß, was der Brecht mit den Briefen gemauschelt hat. Einen Liebhaber hatte Kerstin jedenfalls nicht. Und dein Vater konnte sich nicht verteidigen, weil er plötzlich verschwunden war. Aber niemals, niemals hätte er dich im Stich gelassen.«

»Das ist genau das, was ich glaube«, rief Jana. »Man hätte meinen Vater intensiver suchen sollen. Ich verstehe nicht, warum mein Onkel sich nicht dafür eingesetzt hat.«

Zauner presste seine Lippen zu einem schmalen Strich zusammen. Seine Worte waren nur ein Zischen. »Er wird seine Gründe gehabt haben! Er war ein kaltherziger Egoist und ein Choleriker. Den haben seine Mitmenschen einen Scheiß interessiert!« Er fuhr fort, dass nach dem Tod ihrer Mutter und dem angeblichen Verschwinden ihres Vaters, die Baufirma plötzlich allein in seiner Verantwortung gelegen habe. Seinerzeit habe er lange Gespräche mit ihrem Onkel geführt, Jana sei schließlich die rechtmäßige Erbin des Firmenanteils ihrer Mutter gewesen und Brecht bis zu ihrer Volljährigkeit ihr gesetzlicher Vertreter. Zauner habe also vorgeschlagen, man könne Janas Zukunft sichern, indem er den ihr zustehenden Anteil am Gewinn der Firma nach dessen jährlicher Ermittlung auf ein Sperrkonto überweise, auf das sie mit der Volljährigkeit Zugriff haben würde. Das habe Brecht abgelehnt. Er wollte einen sauberen Schnitt machen, im Interesse seiner Nichte, denn man wisse ja nicht, wie sich die Firma nun entwickeln würde, da seine Schwägerin und sein Schwager sie nicht mehr beeinflussen konnten. Man stelle sich nur vor, sie ginge pleite, dann bliebe dem Kind nichts. Das könne er nicht verantworten.

»Er hat Ihnen nicht zugetraut, die Firma zu leiten?«

»Gut möglich. Irgendwie hat er ja auch Recht behalten. Nur dass er fleißig an dem Ast gesägt hat, auf dem ich saß. Aber da ich nicht wollte, dass er deine Anteile an eine dritte Person veräußert, womit er mir gedroht hat, musste ich sie selbst übernehmen und das Geld auf ein Konto einzahlen, das Brecht dafür eingerichtet hat. Das hat mir in der damaligen Situation finanziell fast das Genick gebrochen.«

Jana sah Tränen in den Augen des Mannes glitzern. Sie fühlte sich plötzlich schuldig, obwohl sie selbst nicht zu seinem Unglück beigetragen hatte. Aber sie hatte den Anteil an der Baufirma geerbt. Das Geld hatten ihr Onkel und ihre Tante, mit dem offiziellen Sorgerecht über Jana, für sie verwaltet, aber auch für ihren Unterhalt genutzt. Sie kam sich so schäbig vor. Wenn sie das doch alles früher erfahren hätte. Niemals wäre sie dann auf den Gedanken gekommen, sich vom Rest ihres Erbes, das die Brechts ihr mit ihrem 18. Geburtstag auszahlen mussten, eine Eigentumswohnung in Hamburg zu kaufen. »Was ist danach passiert?«, fragte sie leise.

Zauner seufzte und nahm seine Brille ab. »Gleich nach der Beerdigung deiner Mutter hat Brecht mich angesprochen, um über den Firmenanteil Kerstins zu verhandeln. Außerdem sollte ich sein Haus fertigbauen.« Er stieß einen resignierten Lacher aus. »Klar, ich musste als Firmeninhaber ja die Verträge erfüllen, die dein Vater abgeschlossen hatte. Ich habe natürlich gedacht, vielleicht könnte man den Neubau mit deinem Firmenanteil verrechnen, den du von deiner Mutter geerbt hast.« Zauner legte die Brille auf den Tisch. Dann zog er eine Zigarette aus dem Päckchen und zündete sie an. Diesmal klappte es sofort. Er inhalierte den Qualm tief und stieß ihn durch die Nase aus.

»Da ließ er sich nicht drauf ein, richtig?«, resümierte Jana.

»Nee«, bestätigte Zauner. »Und ausgetrickst hat er mich auch noch, der Verbrecher. Dirk und dein Onkel hatten in drei Bauabschnitten geplant, die klar definiert waren. Eigentlich ist es üblich, dass man für jeden Bauabschnitt im Voraus bezahlt. Aber Brecht hatte mit deinem Vater vereinbart, dass er erst nach Fertigstellung eines jeden Bauabschnitts zahlen musste. Als ich den

Bau übernommen habe, war der erste Bauabschnitt bereits abgegolten, der zweite praktisch fertiggestellt, aber noch nicht bezahlt. Dein Onkel bat mich um einen kleinen Aufschub, er habe gerade die Chance bekommen, die Bestände eines Antiquitätenhändlers aufzukaufen, der sein Geschäft aus Altersgründen aufgeben musste. Jetzt sei er ein bisschen klamm, aber mit dem Verkauf der Ware würde bald Geld fließen. Ich solle aber weiterbauen, denn in ihrer Wohnung sei zu wenig Platz für dich, sie bräuchten das Haus so schnell wie möglich. Ich habe an deine Eltern gedacht, die nicht gewollt hätten, dass du in räumlich beengten Verhältnissen aufwachsen würdest. Wenn du schon deine Eltern verloren hattest, solltest du wenigstens ein schönes Zuhause bekommen. Und ich habe ihm zu dem Zeitpunkt ja auch noch vertraut.«

Er schüttelte den Kopf über seine eigene Dummheit. »Nicht im Traum wäre ich auf die Idee gekommen, dass dein Onkel gar nicht vorhatte, seinen finanziellen Verpflichtungen nachzukommen. Aber so war es leider. Er hat keinen Cent mehr bezahlt. Ich hingegen bin meiner Verpflichtung nachgekommen und habe deine Firmenanteile übernommen und dafür bezahlt. Das war eine sehr große finanzielle Belastung. Aber danach war ich ja alleiniger Besitzer der Firma, habe ich gedacht, und mit den Gewinnen aus der Firma würde ich die Bankkredite, die ich aufnehmen musste, möglichst schnell abbezahlen. Aber nicht nur dein Onkel blieb mir Geld schuldig, das eigentlich in eine große Rückzahlungsrate fließen sollte, die ich mit der Bank vereinbart hatte. Gleichzeitig meldete der Bauherr eines großen Bürokomplexes mitten beim Bau Konkurs an und ich blieb auf hohen Kosten sitzen. Ich hätte den Rohbau aus der Konkursmasse aufkaufen, ihn auf eigene Kosten fertigbauen und das Bürohaus dann veräußern oder vermieten können, um den Verlust auszugleichen. Aber die Bank hat mir keinen Kredit mehr gewährt. Das alles zusammen, hat mich in den Ruin getrieben.«

»Das tut mir so unfassbar leid«, murmelte Jana.

Zauner machte eine wegwerfende Handbewegung. »Muss es nicht. Du kannst ja nichts dafür. Ich habe damals einen Rechtsanwalt eingeschaltet«, erklärte er und seufzte, als würde er diese Tat im Nachhinein für völlig sinnlos halten. »Es ist gar nicht zum Prozess gekommen. Auch Brecht hatte sich rechtlichen Beistand geholt. Der hat schon im Vorfeld mehrere Sachverständige antanzen lassen, die haben nachgewiesen, dass der Bau vom Plan des Architekten, also deiner Mutter abwich. Zudem seien Rohre falsch verlegt, Böden nicht dick genug gegossen und die Eingangstür zu breit gebaut worden. Diese Details hatte ich mit deinem Onkel leider nur mündlich abgesprochen und auf seinen expliziten Wunsch geändert. Und dann hat er die Frechheit besessen, das gegen mich zu verwenden, obwohl er alles angeordnet hatte. Mein Anwalt hatte leider nicht ausreichend Biss. Jedenfalls hat er mir geraten, mich auf einen Vergleich einzulassen, will heißen, auf meine Ansprüche zu verzichten und im Gegenzug würde man von einer Schadensersatzklage absehen.«

Jana starrte Armin Zauner ungläubig an. Sie hatte ihren Onkel selbstgerecht und ungnädig erlebt, aber was sie jetzt erfuhr, verschlug ihr die Sprache. Automatisch griff sie in ihre Jackentasche und zog ihr Asthmaspray hervor. Sie tat einen tiefen Zug, der ihren Bronchien enorm guttat. »Sie haben sich darauf eingelassen?«

»Was sollte ich machen?«, murmelte Zauner. Seine Zigarette war bis zum Filter heruntergebrannt. Er drückte sie am Rand des Aschers aus und legte den Stummel auf den Tisch. »Ich hatte keine Rechtsschutzversicherung wie dein Onkel. Ich hätte nur noch mehr Kosten für einen Prozess mit unsicherem Ausgang gehabt, so hat mein Anwalt argumentiert. Im Nachhinein habe ich mich gefragt, ob Brecht nicht gemeinsame Sache mit ihm gemacht hat. Jedenfalls habe ich die beiden ein Jahr später mal in trauter Eintracht das Restaurant Camillo im Katharinenhof betreten sehen.«

Jana war fassungslos. Aber das war noch nicht alles. Zauner fuhr fort. »Besonders hinterhältig war auch, dass er dein Wohlergehen weiter als Druckmittel einsetzte. Es gehe ihm finanziell schlecht, hat er mich hinter den Kulissen unseres Rechtsstreits wissen lassen, der Abverkauf der neu erworbenen Ware liefe überhaupt nicht. Ich würde ihn mit meinen Forderungen in den Ruin treiben. Er müsse dann vielleicht sogar in den Knast. Und wer käme dann für dich auf? Was hätte ich denn machen sollen, ich wollte doch, dass es der Tochter meiner Freunde gutging, wenigstens finanziell. Und ich hatte die Hoffnung, wieder über den Berg zu kommen. Aber die lukrativen Aufträge blieben aus, die Schulden wurden erdrückend und ein Jahr später habe ich Konkurs angemeldet. Ich habe den Brechts die Pest an den Hals gewünscht.«

Jana hätte Armin Zauner gern ihr Mitgefühl ausgedrückt, ihr fehlten jedoch die Worte. Eigentlich sollte sie den ehemaligen Geschäftspartner ihrer Eltern fest in den Arm nehmen, aber die autoritäre und kaltherzige Erziehung der Brechts wirkte nach. Jana hatte Schwierigkeiten, ihre Emotionen auszudrücken, und sei es in Form von Gesten. Sie würde sich überlegen, wie sie dem Mann das Leben etwas erleichtern könnte. Schließlich erbte sie nun das Haus, das ihm die Zukunft versaut hatte. »Wie ist es Ihnen danach ergangen?«, fragte sie leise.

Er griff nach seinen Zigaretten, blickte auf ihr Asthmaspray, das sie direkt danebengelegt hatte, und schob die Packung ans andere Ende der Tischplatte. »Ich habe als Lkw-Fahrer gejobbt, war viel unterwegs, habe das Gekeife meiner Frau nicht mehr ausgehalten, die den Umzug von unserem Haus in diese Sozialwohnung nicht verkraftet hat. Daher habe ich leider nicht bemerkt, dass sie immer öfter zur Flasche gegriffen hat. Als Alexander acht Jahre alt war, ist sie mit ihm zu einer Mutter-Kind-Kur gefahren. Dort ist sie eines Tages besoffen vor einen Baum gerast. War sofort tot. Zum Glück war sie allein im Wagen. Ich musste meinen Job als Lkw-Fahrer drangeben, weil ich mich um Alex kümmern wollte. Sozialhilfe kam für mich nicht infrage. Habe uns mit Taxifahren über Wasser gehalten, bis es vor ein paar Jahren nicht mehr ging.« Er hob zur Verdeutlichung seine zitternden Hände in die Höhe.

Jana saß ein fetter Kloß in der Kehle. »Das tut mir alles schrecklich leid. Aber Ihre Geschichte bestätigt, was ich von meinem Onkel denke. Er war ein durchtriebener, skrupelloser Mann, er hat Ihnen und Ihrer Familie die Zukunft versaut genau wie mir. Und er hat vermutlich zig andere Menschen betrogen.« Jana stand auf, goss Zauner noch einen halben Pott Kaffee ein und gab ihm ein zweites Stück Streuselkuchen auf den Teller. Sie selbst bediente sich ebenfalls. Um Armin Zauner in seinem aufgewühlten Zustand nicht allein in seiner Wohnung zurücklassen zu müssen, wechselte sie das Thema und erzählte, wie es ihr in den Jahren nach dem Tod ihrer Eltern ergangen war. Dabei beschönigte sie die Zeit ihrer Kindheit und Jugend bei den Brechts ein wenig, um ihn nicht noch weiter zu belasten. Als eine Drehpendeluhr in Zauners Schrank bereits 17 Uhr schlug, trug sie das schmutzige Geschirr in die Küche und räumte es in die Spülmaschine. Danach verabschiedete sie sich von dem älteren Mann.

»Ich hoffe, du besuchst mich bald mal wieder, Jana. Es war sehr schön, mit dir zu plaudern«, erklärte er und drückte sich aus seinem Sessel hoch. Das Licht der Wohnzimmerlampe spiegelte sich auf seinem kahlen Schädel.

»Das verspreche ich. Ich komme auf jeden Fall, bevor ich zurück nach Hamburg fahre!« Sie umarmte Zauner nun doch spontan, lächelte etwas verschämt, drehte sich um und zog die Wohnungstür hinter sich zu.

Kapitel 22

Samstag, 02. April, kurz nach 12 Uhr (Ortszeit Tuna el-Gebel)

Der Sandsturm, den Abbas Dawuhd prophezeit hatte, hatte sich in der Nacht über Mallawi ausgetobt, während Maike mit ihrem Gastgeber hinter verschlossenen Fenstern noch lange im Wohnzimmer zusammengesessen und ihm von ihren Beobachtungen erzählt hatte. Abbas nickte immer wieder dazu, als sei ihm das illegale Geschehen an der Grabungsstätte bekannt. Tatsächlich hatte er sie ja zuvor mehrfach gewarnt, der Besuch dort sei bei Einbruch der Dunkelheit gefährlich. Jetzt wusste Maike auch warum. »An wen kann ich mich hier bei der örtlichen Polizei wenden, damit man der illegalen Grabung nachgehen kann?« Maike sah im Geiste jetzt noch, wie ihr Gastgeber zusammengezuckt war.

»Nix Polizei«, sagte er sofort. »Gefahr zu groß, dass du geraten an einen korrupten Beamten. Handel mit alter Grabung sein großes Geschäft. Da viele dran beteiligt sein.«

Die Worte von Abbas gingen Maike nicht aus dem Kopf. Vielleicht schlief sie deshalb so schlecht. In ihrem Albtraum wurde Jochen von einem Kugelhagel an der Grabungsstätte getroffen und verstarb. Maike tat danach kein Auge mehr zu und befürchtete das Schlimmste. Gleich um 7 Uhr in der Früh rief sie bei seiner Schwester Chiara an und fragte nach seinem Befinden. Er liege nach wie vor im Koma, sein Zustand sei aber stabil. Halbwegs beruhigt stand Maike auf und ging zu ihren Gastgebern zum Frühstück. Sie hatte erneut mit Abbas Dawuhd über die Grabung gesprochen, und der hatte ihr bestätigt, dass tagsüber staatlich anerkannte Archäologen dort tätig seien.

Maike wollte heute mit einem von ihnen das Gespräch suchen und die ägyptische Polizei zunächst aus dem Spiel lassen. Als sie gegen 12 Uhr die Grabungsstelle erreichte, piepste ihr Smartphone. Claudia schrieb, sie habe nach Erhalt der Fotos und Entschlüsselung der Frachtpapiere ihren Flug nach New York umgebucht und wolle der Spur des Sarkophags folgen. Da Maike den Sturkopf ihrer Freundin noch von früher her kannte, sah sie keine Chance, ihr dieses Vorhaben auszureden.

Sie verließ den Hyundai und kletterte den Sandhügel hinauf. Der bewaffnete Wachmann war nirgends zu sehen. Die Grabungslöcher lagen einsam vor ihr, es saß auch niemand in dem wackeligen Klappstuhl unter dem gespannten Segeltuch. Lediglich der Pick-up, der etwas abseits abgestellt war, deutete darauf hin, dass jemand in der Tiefe bei der Arbeit war. Maike rutschte den Hang hinunter und trat an das größere Loch, aus dem gestern der Sarkophag gehoben worden war. Eine Leiter führte hinunter. Die Wände des Schachts waren professionell betoniert und gut ausgehärtet. Das hatte man sicherlich schon vor Monaten fachgerecht angelegt. Maike erkannte in der Tiefe einen Lichtschein, also mussten sich dort unten Strahler befinden. Sie kniete sich an das Loch und lauschte hinein. Kein Laut drang zu ihr. Spontan griff sie nach einem Seitenholm der Leiter und stellte ihren linken Fuß auf eine der Sprossen, die sie bequem erreichen konnte. Durch leichtes Rütteln testete sie die Standhaftigkeit der Aluminiumleiter. Dann kletterte sie zügig in die Tiefe. Bei jedem ihrer Schritte klapperte es.

Endlich erreichte sie festen Boden unter den Füßen und sah sich um. Mit ihren 1,75 Metern konnte sie kaum aufrecht stehen. Eine Art Vorraum, von dem einige Kriechgänge abgingen, war vollgestellt mit Särgen, Schädeln, Figuren, anscheinend allem, was von Wert schien und was man aus der Totenstadt bergen wollte. Das schrie nach moderner Grabschänderei, egal ob die Artefakte später in Museen oder bei Privatleuten landen sollten. Maike zückte ihr Handy, schoss mehrere Fotos und staunte. Der Raum war von einigen Strahlern gut ausgeleuchtet. Angeblich war dieses Grab vor wenigen Wochen entdeckt worden. Nach dem Aufwand, der hier unterirdisch betrieben wurde, kaum zu glauben. Vermutlich lag der Fund bereits Monate zurück und man war erst jetzt damit an die Öffentlichkeit getreten.

Maike war so in Gedanken versunken, dass sie nicht bemerkte, dass ein Arbeiter aus einem der Gänge gekrochen kam. Ehe sie sich erklären konnte, erschallte ein lauter arabischer Singsang, den sie zwar nicht verstand, der für sie dennoch alarmierend klang. Panik ergriff sie. Was hatte sie sich nur dabei gedacht, in einem fremden Land in ein Grabungsloch zu klettern? Automatisch machte sie kehrt und rannte zur Leiter. Der Ägypter schrie immerfort dieselben Worte. Vermutlich teilte er seinen Kollegen mit, dass sich eine Diebin am Ausgrabungsort befand. Sie kletterte panisch die Sprossen hoch. Plötzlich spürte sie eine kräftige Hand an ihrem Fußgelenk. Die Leiter wackelte bedrohlich. Der Arbeiter zerrte an ihrem Bein und machte ein Vorankommen unmöglich. Resigniert trat sie den Rückzug an.

Inzwischen waren die Kollegen des Mannes, der sie gepackt hielt, auch in dem Vorraum der Nekropole eingetroffen. Alle schrien durcheinander, einer versuchte zu telefonieren, bekam in der Tiefe aber kein Netz. Maike mühte sich, die Ruhe zu bewahren, und hob die Hände in die Höhe. Dann erklärte sie auf Englisch, sie sei als Journalistin für die deutsche Presse unterwegs. Endlich kam einer der fünf Ägypter auf sie zu. Er hob seine Stimme, sodass die anderen verstummten. Maike wurde losgelassen und sollte die Leiter hochklettern. Die Arbeiter folgten ihr. Oben durchsuchte man sie.

Der Wortführer telefonierte etwas abseits. »Ten minutes!«, sagte er nach dem Gespräch zu Maike. »Wait!«

Auf Maike wirkten die Arbeiter wie einfache Dorfbewohner, die hier nur ihr Geld verdienten. Also beschloss sie, abzuwarten. Sie setzte sich unter das Segeltuch in den Sand, schloss die Arme um die Knie und stützte das Kinn darauf ab. In dieser Position beobachtete sie die Ägypter, die sich zu ihr gesellt hatten und die Zeit nutzten, um eine Zigarette zu rauchen und sich zu unterhalten. Nur einer der Arbeiter nutzte den Klappstuhl und tippte auf seiner Armbanduhr herum. Erst jetzt fiel Maike auf, dass es sich um eine Smartwatch handelte. Insgesamt wirkte seine Kleidung hochwertiger. Waren das nicht sogar Yeezy Boost Sneakers, die er trug? Die kosteten um die 400 Euro, soweit Maike wusste.

Ein Motorengeräusch riss sie aus ihren Gedanken. Auch die Arbeiter wurden darauf aufmerksam. Kurze Zeit später trat ein weiterer Ägypter zu ihnen, der sogleich das Gespräch mit einem der Männer suchte. Er nickte seinem Kollegen mehrfach zu, dann baute er sich vor Maike auf. »Mein Name ist Abdul al Haffiz«, stellte er sich in akzentfreiem Englisch vor. »Ich bin der Leiter dieser Ausgrabung. Was haben Sie hier zu suchen? Dieses Gebiet ist eine staatlich geförderte Ausgrabungsstätte. Unbefugten ist der Zutritt verboten!«

Maike stand auf, klopfte sich den Sand von der Hose und reichte dem Ägypter die Hand. »Entschuldigen Sie die Unannehmlichkeiten«, begann sie. »Ich bin deutsche Journalistin und möchte über diese Nekropole eine Reportage schreiben. Da ich niemanden gesehen habe, den ich um Erlaubnis fragen konnte, habe ich mir erlaubt, Fotos von den Fundstücken zu machen. Ich weiß, ich hätte mir eine Genehmigung besorgen müssen, aber mein Auftraggeber ist ungeduldig. Er will die Story groß herausbringen. Das zieht gewiss einige Touristen an.« Sie lächelte.

Haffiz sah sie einen Augenblick nachdenklich an. Dann verzog sich sein Mund zu einem breiten Grinsen. »Sie meinen eine Win-win-Situation? Hm.« Er rieb sich das Kinn. »Zeigen Sie mal die Fotos, die Sie geschossen haben!«

Maike reichte dem Mann ihr Handy und hoffte, er würde nicht fragen, warum sie keine Spezialkamera benutzte.

Die Augen des Grabungsleiters flogen über die Bilder. Seinem Lächeln zufolge schien er zufrieden zu sein mit dem, was er sah. Doch plötzlich fiel die gute Laune aus seinem Gesicht wie ein Gemälde von der Wand, das der rostige Nagel nicht länger tragen wollte. »Was ist das?«, fragte er und hielt ihr das Handy unter die Nase.

Maike blickte auf das Display und sah die Aufnahmen vom vergangenen Abend, die sie gemacht hatte, als der Sarkophag aus der Nekropole geborgen worden war. In knappen Worten erklärte sie dem Grabungsleiter, was sie beobachtet hatte.

»Das ist unmöglich!«, schrie Haffiz, drehte sich um und stürmte auf den Grabungsschacht zu. Mit eiligen Schritten kletterte er in die Tiefe, begleitet vom Klappern der Aluminiumleiter. Die Arbeiter starrten ihm verwundert nach. Einzig der Smartwatch-Besitzer, der immer noch auf dem Klappstuhl saß, nestelte nervös sein Handy aus seiner Jeans. Er tippte einige Zeilen in das Gerät, im selben Moment kam Haffiz bereits wieder aus der Nekropole und schrie auf seine Mitarbeiter ein. Der Snob beendete seine Kurznachricht und ließ sein Telefon in der Hosentasche verschwinden. Der Grabungsleiter sprach erregt auf seine Arbeiter ein, darauf verschwanden drei von ihnen im Schacht. Danach telefonierte er kurz und kam aufgelöst auf Maike zu.

»Eine Ungeheuerlichkeit, die Sie da fotografiert haben. Der Sarkophag ist tatsächlich verschwunden. Meine Mitarbeiter überprüfen nun, ob weitere Dinge fehlen. Ich habe sofort die Polizei informiert. Wissen Sie, wohin der Sarg geschafft worden ist?« Die Augen von Haffiz blickten hoffnungsvoll.

Maike schüttelte langsam den Kopf. Sie dankte Gott, dass sie die Fotos, die an der Lagerhalle entstanden waren, gestern für Claudia in ein anderes Album verschoben hatte. Sonst wüsste der Grabungsleiter jetzt, dass der Sarg nicht weit von hier zersägt worden war. Maike hütete sich, dieses Wissen weiterzugeben. Sie konnte keineswegs sicher sein, dass die helle Aufregung nicht nur gespielt war. Wer sagte ihr, dass der Mann nicht selbst in den Grabraub verwickelt war? Außerdem brannte sie darauf, zu erfahren, wohin der Sarkophag in New York gelangen sollte. Sie hoffte, mit seinem Verbleib den Hehlern auf die Spur zu kommen, die vielleicht sogar mit dem Mord an den Brechts und dem Schuss auf Jochen zu tun hatten.

»Tut mir leid«, sagte sie deshalb. »Man hat mich entdeckt und ich wurde beschossen. Ich bin sofort zu meinem Auto gerannt und kann Ihnen nicht sagen, was danach passiert ist.«

Haffiz nickte verständnisvoll. »Machen Sie sich keine Vorwürfe. Seien Sie froh, dass Sie mit dem Leben davongekommen sind.«

In diesem Moment näherte sich das Geheul einer Polizeisirene. Zwei Uniformierte kamen über den Sandhügel. Der Grabungsleiter lief ihnen entgegen und sprach lautstark auf sie ein. Maike zögerte unschlüssig. Sollte sie warten? Wenn die Beamten sich ihre Fotos ebenfalls anschauen wollten, bestand die Gefahr, dass sie das Album von der Lagerhalle entdeckten. Wer garantierte ihr, dass die örtliche Polizei nicht korrupt war? Sie dachte daran, was Abbas Dawuhd ihr gesagt hatte.

Haffiz kletterte in den Grabungsschacht, die Polizisten und seine Mitarbeiter hinter ihm her. Maike beschloss, sich diskret zurückzuziehen, und lief mit großen Schritten den Sandhügel hinauf. Als sie einen Blick zurückwarf, sah sie beim Pick-up, der unweit der Grabungslöcher abgestellt war, dass der Ägypter mit der Smartwatch seinen Kollegen nicht gefolgt war und erregt telefonierte. Steckte er mit den Grabräubern unter einer Decke? Neugierig schlich Maike wieder ein Stück zurück. Gerade nah genug heran, um zu verstehen, dass er recht gutes Englisch sprach. Er hätte sich also auch mit ihr unterhalten können, hatte dies aber vermieden. Warum? Maike robbte auf dem Bauch weiter.

»Polizei ist hier«, sagte er jetzt. »Wir müssen Pause machen.« Er lauschte einen Moment, nickte mehrfach. »Der Sarkophag ist am Flughafen. Er wird pünktlich in New York landen. Die anderen Relikte befinden sich in der Halle. Viele gute Schätze. Versprochen. Was genau wollen Sie? Wenn es gut läuft, schicken wir die Fuhre Anfang der kommenden Woche raus.«

Maike zückte ihr Handy und fotografierte den Hehler von schräg hinten. »Ja«, sagte er jetzt. »Ja, Herr Kumpf. Die Ware kann am Montag angeschaut werden. Kommen Sie selbst?« Er lauschte, nickte und beendete das Gespräch. Plötzlich wandte er sich um und fischte ein Päckchen Zigaretten aus seiner Jeans, von denen er sich eine ansteckte. Er sah zufrieden aus, als er mit geschlossenen Augen tief inhalierte.

Maike schoss noch einige Fotos und schob sich langsam rückwärts. Als sie sicher sein konnte, nicht mehr gesehen zu werden, stand sie auf und machte sich auf den Weg zu ihrem Mietwagen. Ihr Herz pochte heftig gegen ihre Brust. Der Name Kumpf war erneut gefallen. Er war der Auftraggeber der illegalen Ausgrabung, oder einer davon, und er schien auf dem Weg hierher zu sein. Maike hoffte, ihm bald seine unrechtmäßigen Geschäfte nachweisen zu können.

Kapitel 23

Montag, 04. April, 13.26 Uhr

Kriminalhauptkommissar Teubner seufzte. Gerade hatte ihn Marschewski angerufen und ihm die Resultate der Fallbesprechung mitgeteilt. Sein Vorgänger Jochen Hübner hatte immer großen Wert darauf gelegt, dass auch die ermittelnden Beamten aus Unna bei den Besprechungen anwesend waren. Aber nun lag Hübner im Koma, und sie kamen dem Täter, der dafür verantwortlich war, kaum einen Schritt näher. Man sei in den vergangenen Tagen Hunderten von Hinweisen nachgegangen, hatte Marschewski behauptet, allerdings ließe sich ein konkreter Hauptverdächtiger nicht ausmachen.

»Klasse gemacht«, murmelte Teubner zynisch. »So weit waren wir auch schon.« Von den Uschebtis gab es noch nicht viel Neues, seit er die Fotos an Marschewski weitergeleitet hatte, die Jana Helmes von ihnen gemacht hatte. Man wartete auf die Durchsuchungsgenehmigung für die Privat- und Geschäftsräume von Björn Kumpf. Inzwischen wusste Teubner allerdings, dass die Provenienz für die Figuren gefälscht war. Doktor Martin Kneipp hatte ihn schriftlich darüber informiert, dass eine Sammlung A. Francis nicht bekannt sei. Teubner schüttelte resigniert den Kopf. Kumpf hatte die Figuren bestimmt längst in Sicherheit gebracht, zumal er laut seiner Angestellten in dieser Woche auf Geschäftsreise war. Sofern die denn diesmal richtig informiert war.

Ein Klopfen an seiner Bürotür riss ihn aus den Gedanken. »Ja?«

Polizeioberkommissar Frank Strodtbeck trat ein. »Entschuldige, dass ich dich schon wieder störe«, begann er und setzte sich Teubner gegenüber auf den Bürostuhl, den sonst Maike Graf benutzte. »Ich komme gerade von Jana Helmes.« Er drehte nervös seine Dienstmütze in den Händen.

»Wurde sie erneut von Björn Kumpf belästigt?«

Strodtbeck schüttelte den Kopf. »Nein. Heute Vormittag war endlich eine Spezial-Sicherungsfirma bei ihr. Die haben an allen Türen die Schlösser ausgewechselt. Auch das Garagentor lässt sich wieder abschließen.«

»Um mir das zu sagen, bist du aber nicht in mein Büro gekommen, oder?«

Strodtbeck legte die Dienstmütze auf den Schreibtisch, neben die Tastatur und zog einen Schlüssel aus seiner Jackentasche. »Jana hat heute den Erbschein bekommen. Sie hat bei Gericht nachgehakt und ihn dort persönlich abgeholt. Jetzt ist sie die rechtmäßige und einzige Erbin. Sie wird weiterhin im Haus wohnen bleiben, bis sie ihre Angelegenheiten geregelt hat. Um Einsicht in die Konten zu erhalten, hatte sie heute einen Termin bei der Sparkasse. Du wirst es nicht glauben, aber auf den insgesamt drei Privat- und Geschäftskonten der Brechts ist ein Guthaben von 120.000 Euro.«

Teubner stieß einen überraschten Pfiff aus. »Das ist ein schöner Batzen.«

»Und das ist nicht alles. Es gab noch ein Schließfach. Darin befanden sich Perlen, Colliers, Goldschmuck, Ringe und Broschen. Auf einem Zettel war der Schmuck sorgfältig mit Herkunft und Kaufdatum aufgelistet. Als Jana die Liste überflogen hat, kam sie auf eine Summe von etwa 250.000 Euro.«

»Donnerwetter!«, entfuhr es Teubner. »Das haben die Brechts mit ihrem Antiquitätenhandel in Königsborn nicht erwirtschaftet. Die Geschäftsbücher sprechen ganz andere Zahlen. Aber das zu überprüfen ist zum Glück erst einmal nicht unsere Angelegenheit.«

Strodtbeck nickte und zog eine Kladde aus der Innentasche seiner Jacke. »Die hat Jana letzten Freitag beim Aufräumen des Kellers in einer Kommode gefunden. Sie war unter der Top-Platte einer Kommode geklebt. Demnach hat sich ihr Onkel Matthias mit Antikenhehlerei eine goldene Nase verdient. Die meisten Stücke hat er online ins Ausland verkauft.« Der Polizist schob die Kladde über den Schreibtisch.

Teubner griff danach und blätterte. »Wareneingang«, las er und sah Listen mit verschiedenen Antiken, genau beschrieben in Art, Größe und Alter. Daneben stand das Herkunftsland, aber kein Händler. »Sehe ich das richtig? Haben die Brechts all diese Fundstücke illegal eingeführt und das mit ihrem Urlaub verbunden?«

»Ganz genau«, stimmte Strodtbeck zu. »Am Ende der Kladde befindet sich ein Einsatz, da steckten die Flugtickets drin. Wir haben das bereits verglichen. Zum Beispiel waren sie im Jahr 2010 in Kairo. Da haben sie eine Isis-Statuette, eine Henkelvase, eine Kette und einen Speer illegal eingeführt. Jana ist völlig fassungslos.«

Strodtbeck schob ihm einen Schlüssel mit rechteckigem Anhänger über den Schreibtisch. Neugierig nahm Teubner ihn an sich. »Banque Cantonale de Genève«, las er die Gravur auf dem Silberanhänger, dahinter eine vierstellige Nummer. »War der auch in dem Schließfach in der Sparkasse?«

»So sieht 's aus«, nickte Strodtbeck und stand auf. Er hob noch einmal grüßend die Hand, dann verließ er das Büro.

Teubner blickte auf die Kladde. Die Brechts hatten also tatsächlich illegal mit Antiken gehandelt. War ihnen das zum Verhängnis geworden? Vieles deutete darauf hin. Welche Rolle spielte Björn Kumpf, gegen den bereits wegen des Verdachts auf Antikenhehlerei ermittelt worden war?

Der Antiquitätenhändler aus Mülheim schien viel unterwegs und selten erreichbar zu sein. Nachdem er am letzten Mittwoch seinen Termin zur Befragung in der Dienststelle wahrgenommen hatte, verlor sich seine Spur. Seinen Termin zwei Tage später, also am letzten Freitag, den er angeblich in Hamm bei Antiquitäten Ipek gehabt hatte, war offensichtlich nur eine Ausrede gewesen, um seiner Mitarbeiterin zu erklären, warum er nicht im Geschäft war. Aber warum hatte er sie angelogen? Was hatte Kumpf stattdessen gemacht? Sarah Koch behauptete, ihr Chef sei auch heute geschäftlich unterwegs und für sie also nicht erreichbar. Traf er sich mit seinen Komplizen? Wie dick steckte er drin im Geschäft der Antikenhehlerei? Wollte er sich in Ägypten um Nachschub illegaler Antiken kümmern? Würde Maike ihm dort auf die Spur kommen?

Teubner nahm erneut die Kladde zur Hand und vertiefte sich darin. Im hinteren Teil befand sich eine Aufstellung mit dem Titel »Warenausgang«. Hier waren die Verkäufe dokumentiert, die jeweiligen Antiken, die Initialen des Käufers und das Land in das sie geschickt worden waren. Einzig der Name Adnan Ahmadi tauchte mehrmals ausgeschrieben auf. Er kam ihm bekannt vor. Hatte Maike nicht am Telefon erwähnt, dass er ein großes Lager im Freihafen gemietet hatte? Mit dieser Information konnte er jedoch nicht offiziell arbeiten, denn alles, was Maike an ihn weiterleitete, musste er sehr diskret behandeln, um sie nicht in Schwierigkeiten zu bringen.

Teubner konnte der Auflistung entnehmen, dass Brecht mit Ahmadi seit den 80er-Jahren Geschäfte gemacht hatte. Er tippte den Namen in die Suchmaschine des Internets ein und landete sofort einen Treffer. Ahmadi besaß laut seiner Webseite gemeinsam mit seinem Sohn einen noblen Antiquitätenladen im Herzen von Dortmund. Ob die Ahmadis illegale Objekte unter der Ladentheke verkauften? Oder über den Online-Handel? Arbeiteten Björn Kumpf und die Brechts vielleicht mit ihnen zusammen? Das klang verdammt nach einer Ruhrpott-Connection. Die Dortmunder Kollegen sollten das überprüfen.

Teubner berührte den Schließfachschlüssel der Genfer Bank. Was hatte er zu bedeuten? Er suchte sich die Telefonnummer heraus und griff zum Telefon.

»Banque Cantonale de Genève«, meldete sich eine männliche Stimme.

Teubner stellte sich vor, gab die Nummer vom Schließfach der Brechts an und erkundigte sich nach dem Inhalt.

»Ich bitte vielmals um Entschuldung, Monsieur Teubner. Aber aus Gründen des Datenschutzes und um die Anonymität unserer Kunden zu wahren, geben wir am Telefon grundsätzlich keine Auskünfte!«

Teubner fluchte innerlich, bedankte sich und legte auf. Ob der Inhalt des Bankfachs für die Ermittlungen überhaupt von Bedeutung war? Ein Klopfen an der Bürotür riss ihn aus den Gedanken.

Reinders betrat mit zwei Kaffeebechern das Büro. »Dachte, du könntest eine kleine Stärkung gebrauchen.« Er sah blass aus und wirkte übernächtigt.

»Alles in Ordnung mit dir?«, fragte Teubner besorgt.

Reinders hob zaghaft die Schultern. »Nicht so wichtig. Ist was Privates, da muss ich allein durch.«

»Okaaay«, erwiderte Teubner, indem er das Wort in die Länge zog. So zurückhaltend kannte er den Kollegen nicht. Meist befreite er sich lautstark von seinem Frust, egal, welchen Ursprungs der war. »Wenn ich dir helfen kann, bin ich für dich da. Das weißt du hoffentlich.«

Reinders nickte, blieb jedoch stumm. Er verschränkte die Arme vor der Brust und starrte ins Leere.

»Jetzt erzähl endlich, was Sache ist, Sören! Ich kenn dich doch. Du bist nicht der Typ, der Probleme in sich hineinfrisst.«

Reinders seufzte und ließ sich auf Maikes Stuhl fallen. Er brachte ein gequältes Grinsen zustande. »Beatrice und ich waren am Wochenende zur Hochzeit ihrer Schwester eingeladen. Sie war Trauzeugin und so was von der Feier begeistert. Als wir nachts auf unser Hotelzimmer gegangen sind, hat sie mich gefragt, ob ich mir vorstellen kann, sie zu heiraten.« Er machte eine Pause und starrte auf seine Schuhspitzen. Plötzlich ruckte sein Kopf hoch. »Du kennst mich, Max. Ich habe eine gescheiterte Ehe hinter mir. Das brauche ich nicht noch einmal.«

Teubner konnte sich gut in den Kollegen hineinversetzen. »Und wie hast du reagiert? Bist du der Frage ausgewichen oder hast du ihr einen Korb gegeben?«

Reinders seufzte. »Ich habe ihr klipp und klar gesagt, dass eine Hochzeit für mich nicht infrage kommt. Damit war unser Wochenende gelaufen. Auf der Rückfahrt hat sie kein Wort mit mir gesprochen und sich danach auch nicht mehr bei mir gemeldet. Ich war wohl zu direkt.«

»Vielleicht hättest du ein wenig einfühlsamer vorgehen sollen«, meinte Teubner. »Wieso machst du nicht Feierabend und klärst die Sache? Nimm einen Strauß Rosen mit, entschuldige dich und rede mit ihr. Oder gibt es noch was Interessantes im Fall Brecht?«

Reinders nickte, wickelte sein Kaugummi in Silberpapier und zielte damit auf den Papierkorb. »Der Marschewski hat mir einige Geschäftsordner zugeteilt. Ich bin da auf einen Rechtsstreit mit den Nachbarn gestoßen, die am nächsten dranwohnen. André und Nina Kleebaum. Es ging wohl um ein Objekt, das sie in dem Antiquitätenladen gekauft haben. Genaueres weiß ich noch nicht. Kleebaum hat Brecht jedenfalls verklagt und auch vor Gericht gewonnen. Alles Weitere muss ich überprüfen.«

»Ob dieser Rechtsstreit als Motiv für einen Doppelmord ausreicht, möchte ich bezweifeln«, meinte Teubner. »Wir müssen die Nachbarn aber dazu befragen und jetzt sieh zu, dass du zu deiner Beatrice kommst!«

Reinders nickte und stand auf. »Wird erledigt! Drück mir die Daumen!« Er grinste, schob sich das nächste Kaugummi in den Mund und verließ mit definitiv besserer Laune als zuvor das Büro.

Für Teubner war der Arbeitstag um 14 Uhr noch lange nicht beendet. Die Kladde, die Strodtbeck ihm gebracht hatte, fiel ihm erneut ins Auge und plötzlich kam ihm eine Idee. Er zog die Visitenkarte von Doktor Martin Kneipp aus seiner Schublade und wählte dessen Handynummer. Er sei bis zum Nachmittag in der Stadt, hatte er ihm gesagt. Hoffentlich hatte er Zeit. Nach dem zweiten Rufton nahm der Mann das Gespräch entgegen.

»Hauptkommissar Teubner! Haben Sie die Uschebtis? Wir können uns gerne sofort treffen. Soll ich zu Ihnen kommen? Ein, zwei Stunden bleiben mir, bis ich weiterreise.«

»Danke Ihnen, das würde mir sehr helfen. Nein, die Figuren liegen mir leider noch nicht vor. Aber ich habe eine andere Idee, die ich Ihnen gern vor Ort erklären würde.« Teubner schlug einen Treffpunkt im Antiquitätenladen der Brechts vor. Da sie mit der Untersuchung der Uschebtis nicht weiterkamen, hegte er die Hoffnung, dass Kneipp vielleicht andere illegal eingeführte Antiken entdecken würde.

Als Teubner etwa eine halbe Stunde später in Königsborn eintraf, fand er schräg gegenüber dem Antiquitätenladen sogleich einen Parkplatz. Seit dem frühen Mittag regnete es aus einem grauen Himmel und er lief über die Straße. Er sah den Kriminalarchäologen am Hintereingang warten. Er trug einen Trenchcoat, dessen Knöpfe geöffnet waren. So sah Teubner das warme Innenfutter und dasselbe kleinkarierte Jackett, das er am Freitagabend zu seinem Vortrag im Säulenkeller angezogen hatte.

Teubner ging auf ihn zu, grüßte den Mann herzlich und schloss die Hintertür auf. »Schön, dass Sie es so spontan einrichten konnten. Ich möchte Sie bitten, sich die verbliebene Ware im Laden genau anzusehen. Vielleicht entdecken Sie etwas, das auf Antikenhehlerei hindeutet.«

Sie durchquerten den Flur und betraten den Laden. Teubner schaltete das Licht ein. Die Kollegen der Spurensicherung hatten die Heizkörper ausgeschaltet. Ein Thermostat an der Wand erreichte knapp die Zehn-Grad-Grenze. Teubner öffnete fast widerstrebend den Reißverschluss seiner Steppjacke und zog die Kladde mit dem Verzeichnis der gestohlenen Antiken aus der Innentasche. Er reichte das Notizbuch an den Kriminalarchäologen mit der Bitte, die gelisteten Gegenstände mit dem Warenbestand zu vergleichen.

Kneipp nickte, blätterte aufmerksam und sah sich dabei um. Teubner beobachtete einen Moment, mit welcher Konzentration er zur Sache ging, und ließ ihn gewähren. Seine Augen streiften das unordentliche Chaos, das der Mörder am Tatort hinterlassen hatte. Die Mitarbeiter der Spurensicherung hatten ein Übriges getan, da kam eine Menge Arbeit auf Jana Helmes zu. Schade um die wertvolle Innenausstattung, die vermutlich auf dem Sperrmüll landete.

Teubner schlenderte ins Büro, wo er sich auf den Drehstuhl hinter einem schweren Schreibtisch setzte. Sein Blick fiel auf die aufwendigen Schnitzereien und goldenen Verzierungen des Möbelstückes. Er erinnerte sich daran, dass die Nichte der Brechts die Kladde laut Frank Strodtbeck in einer alten Kommode gefunden hatte. Dort sei sie unter der oberen Platte befestigt gewesen.

Ob die Kollegen der Spurensicherung diesen Schreibtisch auch daraufhin untersucht hatten? Es konnte kaum schaden, das zu überprüfen. Also zog er die oberste der fünf Laden so weit heraus, dass sich die Unterseite abtasten ließ. Nichts. Auch bei der zweiten Fehlanzeige, aber bei der mittleren fühlte er etwas. Er fuhr mit dem Finger über kaltes Metall und zog seine Hand hastig zurück, als er einen heftigen Schmerz spürte. Er hatte sich geschnitten! Teubner fluchte. Im ersten Schubfach hatte er Pflaster gesehen. Er steckte seinen lädierten Zeigefinger in den Mund, um die Blutung zu stillen, zog umständlich mit einer Hand die Klebestreifen des Heftpflasters ab und versorgte die Wunde. Danach kniete er sich vor dem Möbel auf den Boden und blickte unter die geöffnete Schublade.

»Ein Dolch!«, murmelte er und entfernte vorsichtig das Klebeband, mit dem der Griff befestigt worden war. Als er die Waffe in Händen hielt, stand er auf und überprüfte noch die letzten beiden Schubfächer, dort fanden sich jedoch keine weiteren Schätze.

»Herr Hauptkommissar?«, hallte in diesem Moment die Stimme von Doktor Martin Kneipp durch den Laden. Teubner verschloss den Schreibtisch und eilte in die Geschäftsräume. »Hier gibt es durchaus wertvolle Antiquitäten«, begann Kneipp, »aber darunter ist kein Stück, das älter als 200 Jahre wäre. Gestohlene Antiken kann ich nicht entdecken.« Er gab Teubner die Kladde zurück. »Nichts ist identisch mit den Dingen, die darin verzeichnet stehen. Tut mir sehr leid, ich hätte gern geholfen.«

»Wie sieht es denn mit diesem Luristanischen Dolch aus?«, fragte Teubner und hielt Kneipp sein Fundstück in dem Bewusstsein hin, sich mit einem Fachausdruck brüsten zu können.

Doktor Martin Kneipp ergriff die Stichwaffe ehrfurchtsvoll. »Das ist kein Luristanischer Dolch, Herr Teubner, die waren deutlich schlichter gearbeitet. Bei diesem hier dürfte es sich um die Grabbeilage eines Königs handeln. Sehen Sie doch nur die feine goldene Klinge und den reich verzierten Griff. Eine ähnliche Stichwaffe wurde Tutanchamun ins Grab gelegt. Da man vor 4500 Jahren noch keine Möglichkeit hatte, Eisen zu schmelzen, sind Vermutungen im Umlauf, es könne sich um außerirdisches Metall handeln. Angeblich stammt es von einem Meteoriten und war im alten Ägypten wertvoller als Gold. Wenn dieser Dolch ebenfalls aus diesem Material ist und dasselbe Alter hat, was ich für wahrscheinlich halte und sich aus entsprechenden Untersuchungen ergeben wird, ist er ein Vermögen wert.«

Teubner triumphierte innerlich. Darüber vergaß er sogar das schmerzhafte Pochen an seinem Zeigefinger. »Wie sicher sind Sie mit Ihrer Einschätzung? Und von welchem Betrag reden wir?«

»Dürfte ich noch einmal in das Notizbuch schauen?« Kneipp legte das antike Relikt zur Seite, nahm die Kladde von Teubner zur Hand und blätterte. »Tatsächlich«, murmelte er. »Ich habe mich eben über den Eintrag gewundert. Das ist unfassbar.« Er blickte auf. Ungläubig. Schockiert. »Wenn diese Daten stimmen, stammt die Waffe aus Ägypten. Genau genommen ist sie aus dem Museum in Kairo entwendet worden, vor nicht einmal zwei Monaten. Ich erinnere mich, dass ein solcher Fall ausführlich in den Medien behandelt wurde, da der Dieb mit einer Dreistigkeit vorging, an die nur die Dummheit des Aufsichtspersonals heranreicht. Ich bin mir sicher, dass es sich dabei um diesen Dolch gehandelt hat. Falls sich meine Vermutung bestätigt, reden wir von einem Wert, der sich im hohen sechsstelligen Eurobetrag beziffert. Vermutlich würden sich auch Bieter finden, die mehr als eine Million dafür ausgäben.«

Kapitel 24

Montag, 04. April, 17.30 Uhr (Ortszeit Tuna el-Gebel)

Maike war am Sonntag zur Untätigkeit gezwungen gewesen. Zur Grabungsstelle hatte sie sich nicht noch einmal gewagt. Die Gefahr, von der Polizei über ihre Beobachtungen befragt zu werden, erschien ihr zu groß. Sie nutzte den freien Tag, um das Museum von Mallawi zu besuchen. Der sandsteinfarbige Bau glich einem einfachen Tempel und war nach Zerstörung durch schwere Ausschreitungen im Jahr 2013 mühevoll restauriert worden. In der Ausstellung ging es vorrangig um die lokale Geschichte des Ortes, den Alltag der Menschen, deren Familienleben in der Pharaonenzeit dargestellt wurde. Maike sah Statuen, Textilien, antike Dokumente, Sarkophage, Kanopen und Tiermumien. Das gab ihr einen Eindruck davon, wie erhaltenswert die ägyptische Kultur war und was Antikenhehlerei zerstörte. Nach Stunden im Museum kehrte sie abends schwer beeindruckt und sehr nachdenklich zu den Dawuhds zurück.

Den Montag verbrachte sie mit ungeduldigem Warten auf den Abend, wo sie Kumpf an der Lagerhalle zu treffen hoffte. Ein Highlight des Tages war der üppige Lunch, den Bahiti am späten Mittag in der Küche zauberte. Abbas hielt sich den halben Tag frei, so saßen sie gemeinsam bei Tisch. Das *Bamia bil Lahma* schmeckte vorzüglich, es bestand aus Okraschoten mit Tomatensoße und Rindfleisch. Nach dem Essen verabschiedete sich Abbas, um seiner Arbeit als Taxifahrer am Bahnhof von Mallawi nachzugehen.

»Sein vorsichtig, Maike!«, warnte er sie eindringlich. »Ich am liebsten mitkommen, aber müssen Geld verdienen.« Seine Mimik war verdrießlich, obwohl sie ihm mehrfach versprach, nichts Unüberlegtes zu tun. Maike hatte ihm die Bedenken nicht nehmen können.

Endlich brach die Dämmerung über Mallawi ein. Der Himmel färbte sich zu einem atemberaubenden Sonnenuntergang. Bevor Maike aufbrach, wählte sie die Rufnummer von Claudia. Sie war am gestrigen Sonntag sehr früh am New Yorker Flughafen JFK in Queens gelandet und musste sich, wie sie am Telefon erzählt hatte, von Terminal 1, den ihre Lufthansa-Maschine angeflogen hatte, bis zum Terminal 4 durchfragen, wo überwiegend Flugzeuge aus dem arabischen Raum landeten. Plötzlich war die Verbindung abgebrochen. Und bislang hatte Claudia weder auf Maikes Telefonate noch auf ihre SMS reagiert. Und auch jetzt meldete die Freundin sich nicht. Ihr Smartphone war permanent ausgeschaltet. Musste Maike sich Sorgen machen? War Claudia bei einer illegalen Aktion erwischt worden? Vielleicht bei der Suche nach den Transportkisten, die den zersägten Sarkophag enthielten? Maike hob ratlos die Schultern. Von Ägypten aus konnte sie wenig ausrichten. Sie kannte Claudia als eine resolute Frau, die sich gut selbst zu helfen wusste.

Mit einem Blick durch das geöffnete Fenster, vor dem die Sonne nun zwischen den Dächern Mallawis verschwunden war, verließ Maike das Zimmer von Dawuhd junior, zögerte kurz und entschied sich dazu, ihren Laptop und ihr Gepäck hierzulassen. Bahiti musste wohl Einkäufe erledigen, sie war allein in der Wohnung gewesen, ein Vertrauensbeweis, den Maike zu schätzen wusste. Minuten später lenkte sie den Mietwagen durch die City. Bereits eine Viertelstunde nach ihrer Abfahrt erreichte sie das Wüstengebiet und fand bald die abgelegene Lagerhalle. Schon von Weitem sah sie Autos davor parken. Maike stellte ihren Hyundai am Straßenrand ab und ging wie bei ihrem ersten Besuch den Rest der Strecke zu Fuß.

Als sie sich dem Lagerhaus näherte, lag das Gebäude im Dunkel. Die großen Scheinwerfer, die das Abladen des Sarkophags beleuchtet hatten, waren verschwunden. Maike lief zunächst in geduckter Haltung an der Grenzmauer entlang, bis sie die Einfahrt erreichte, dann weiter über den Vorplatz und hoffte, dass niemand sie beobachten würde. Sie erklomm die Rampe vor der Halle, auf der der Steinsarg zersägt worden war. Die letzten Spuren davon hatte vermutlich der Sandsturm fortgeblasen.

Langsam schlich Maike auf die Fabrikhalle zu. Vor einem der Rolltore stand ein Lkw, dessen Aufbau mit einer grellroten Plane bespannt war. Er war rückwärts bis an die Rampe gefahren worden, wohl um beladen zu werden. Maike fotografierte das Fahrzeug von allen Seiten, zögerte einen Moment, dann kletterte sie auf das Podest und spähte vorsichtig durch das geöffnete Rolltor. Die Halle war vollgestellt mit Regalen, in denen sich eingeschweißte Textilbündel, Korbgefäße und verschiedene Keramikarbeiten befanden. Rechts an der Wand stapelten sich leere Paletten und Kisten. Ganz vorne auf dem Boden standen alte Krüge, Figuren und Masken, die vermutlich aus der Grabung stammten. Ob man diese Antiken ebenfalls zum Flughafen nach Kairo bringen wollte?

Maike atmete einmal tief, überzeugte sich, dass niemand den Eingang zur Halle beobachtete, und huschte in den Innenraum, wo sie sich hinter dem Stapel Paletten versteckte. Als sie sich unbeobachtet fühlte, schlich sie in geduckter Haltung voran. Auf einem weiteren Regal sah sie Mumienfiguren, Büsten, Götterfiguren, mal stehend, sitzend oder kniend, verschiedene Vasen mit eingeritzten Ornamenten und Schalen mit verschnörkelten Griffen. Diese Objekte wirkten jedoch nicht antik, sondern neu. Maike nahm eine Osiris-Figur in die Hand und drehte sie. Unter dem Standfuß klebte das Siegel von *Fair Trade Egypt.* Maike zückte ihr Handy und fotografierte.

Plötzlich näherten sich Schritte. Panisch duckte sie sich zwischen die leeren Kisten. Ein dürres Kind mit Sandalen, weißer Schlabberhose und locker fallendem Hemd lief an ihr vorbei, ohne sie zu bemerken. Es trug eine Maske in den Händen und steuerte auf das gegenüberliegende Ende der Halle zu. Maike kam langsam aus ihrem Versteck, klopfte sich Staub und Sand von der Hose und folgte dem Jungen. Er glich dem Kind, das unter lautem Geschrei in das kleinere Loch am Grabungsplatz hinabgelassen worden war. Nun verschwand er hinter einem der Regale. Maike konnte ihn durch einen Spalt beobachten. Er steuerte auf zwei Männer zu und hielt einem von ihnen die Maske entgegen.

»Hier ist wertvollstes Stück, das wir gefunden«, sprach der Ägypter in gutem Englisch. »Mein Sohn hat es geborgen«, fügte er stolz hinzu. »Was sagen Sie?«

Maike hielt die Luft an, als ein dunkelhaariger Mann, der ihr den Rücken zukehrte, die Maske ehrfürchtig entgegennahm. »Tatsächlich ein ausgefallenes Stück. Also gut machen wir den Betrag rund. Ich nehme die Vasen, Büsten, Schalen und Figuren, die vorne in der Halle stehen. Dazu die Maske. Sie schaffen die Sachen wie immer nach Deutschland. Die Route steht?«

Der Ägypter nickte. »Natürlich Mister. Der Fahrer ist bereit.«

»Wo haben Sie die Scheinfracht?«, fragte der Kunde.

»Lagert in den Regalen«, erklärte der Ägypter und deutete hinter sich.

»Verpacken Sie meine Ware ordentlich, damit die Antiken keinen Schaden nehmen!«

»Natürlich, Mister. Alles wie immer. Der Zoll wird nichts finden.« Der Ägypter deutete auf die verpackten Textilien in den Regalen. »Fair-Trade-Produkte werden kaum kontrolliert. Wir haben gute Kissen mit Stickerei, handgenähte Kochhandschuhe, gewebte Decken und geflochtene Bastkörbe gelagert. Alles ausgefallenes Kunsthandwerk von Einheimischen.«

Der Kunde nickte zufrieden und zog einen Umschlag aus der Innentasche seiner Jacke und gab ihn an den Ägypter. Dann zückte er sein Portemonnaie und legte noch einige Scheine drauf. »Sorgen Sie dafür, dass die Ware pünktlich in Deutschland ankommt.«

Damit verdichtete sich Maikes Vermutung, dass es sich bei dem Kunden um Björn Kumpf handelte. Maike hatte den Mann zwar nie zuvor gesehen, aber hatte er sich bei dem belauschten Telefonat an der Grabungsstelle nicht angekündigt?

»Sie sich können auf mich verlassen, Mister.«

Der Mann, der Kumpf sein musste, nickte zufrieden und reichte die Maske zurück. »Und verpacken Sie dieses Stück hier besonders achtsam. Nicht, dass es unterwegs kaputtgeht.« Dann wandte er sich dem Ausgang zu und verließ die Halle. Maike folgte ihm zum Rolltor. Er blieb neben einem weißen Audi stehen, zündete sich eine Zigarette an und telefonierte. »Ja. Es sind einige schöne Stücke dabei. Ich schicke dir Fotos. Ich fahre jetzt noch zwei Grabungen an, dann mache ich mich auf den Heimweg. Melde dich, wenn du in der Sache Brecht weitergekommen bist. Ich zähle auf dich, Björn.« Er warf die angerauchte Zigarette auf den Boden, setzte sich ans Steuer, man hörte einen Motor starten und kurz darauf entfernte sich das Motorengeräusch.

Maike stutzte. Der Name Björn kam nicht allzu häufig vor. Hatte dieser Mann gerade mit Kumpf telefoniert? Was meinte er, mit einem Weiterkommen in der Sache Brecht? Maike zog ihr Smartphone aus der Hosentasche und tippte eine Nachricht an Teubner. Sie bat ihn, ihr ein Foto von Björn Kumpf zu senden. Dann zögerte sie einen Moment und schlich noch einmal zurück in die Halle.

Die Ägypter schienen sich in einem abgeteilten Raum zu befinden, der als eine Art Büro genutzt wurde. Sie sah, dass die Maske weiterhin auf einer der Kisten lag. Vorsichtig ging sie näher heran und schoss mehrere Fotos. Von der Scheinfracht und von den Antiken. Als sie Stimmen hörte, wollte sie ihr Handy hektisch in die Hose schieben, verfehlte die Gesäßtasche jedoch. Das Smartphone fiel zu Boden und schlitterte unter eines der Regale. Maike fluchte und bückte sich danach. Im selben Moment näherte sich ein Wachmann vom Eingang her. Sein lautes Geschrei ließ mehrere Männer in den Gang stürmen.

Maike sah sich hektisch um, den Fluchtweg durchs Rolltor versperrte der Uniformierte, der mit einem Maschinengewehr bewaffnet war. Maike rannte tiefer in die Halle hinein. Sie musste irgendwie zu ihrem Auto kommen. Warum war sie nur so leichtsinnig gewesen und noch einmal zurückgekehrt? Schwere Schritte näherten sich. Wildes Geschrei auf Arabisch. Sie raste um das Regal herum, lief wieder in die entgegengesetzte Richtung, stieß den Jungen, der sich ihr in den Weg stellen wollte, beiseite und erreichte kurz darauf das Rolltor. Den Uniformierten hatte sie abgehängt. Mit einem Satz hechtete sie über die Rampe, sprang vom Podest und rannte weiter. Den Platz vor der Lagerhalle hatte sie fast überquert, als sie Schüsse aus einem Maschinengewehr hörte. Eine Kugel zischte dicht an ihrem Kopf vorbei.

»Scheiße!«, hechelte Maike, kam ins Stolpern und fiel auf die Knie. Erneut ratterte das Gewehr und sie warf sich flach auf den Bauch. Die folgende Stille nutzte sie sofort, um aufzuspringen und weiterzulaufen. Mit etwas Glück konnte sie es zu ihrem Wagen schaffen. Im selben Moment hörte sie das Aufheulen eines Motors. Wenige Sekunden später stoppte ein Pick-up vor ihr. Zwei Männer sprangen heraus und ergriffen sie. Sie zerrten sie zurück zur Lagerhalle, wo sie der Wachmann sogleich mit grimmigem Blick und Maschinengewehr bedrohte. Maike sparte sich die Mühe, sich zu erklären. So wie die Ägypter aussahen, würden sie kein Erbarmen zeigen, und sie konnte von Glück sagen, wenn sie am Leben bliebe.

»Go in here!«, brüllte der Uniformierte und deutete auf eine leere Frachtkiste, deren Boden mit Füllwolle ausgelegt war. Ihre Bewacher stießen sie vor und tasteten sie nach Waffen ab.

Maike stemmte sich am Rand der würfelförmigen Kiste hoch, mit einer Höhe von nicht einmal einem Meter, und kletterte mühsam hinein.

Der Wachmann schrie einem der Arbeiter auf Arabisch etwas zu, worauf dieser den Deckel herbrachte. »Go down!«, brüllte er.

Maike fühlte sich wie eine Soldatin, die von ihrem Kommandanten heruntergemacht wurde. Sie gehorchte und ging in die Hocke, sodass die Ägypter den Holzdeckel auf die Kiste setzen konnten. Kurz darauf hörte sie ein Hämmern und spürte die Vibration der Nägel, die man in den Rand trieb. Automatisch tastete sie nach ihrem Handy und bemerkte gleichzeitig bestürzt, dass es noch unter dem Regal lag.

Kapitel 25

Montag, 04. April, 18.26 Uhr

Das traurige Schicksal von Armin Zauner war Jana das ganze Wochenende nicht mehr aus dem Kopf gegangen. Was für ein egoistischer und rücksichtsloser Mensch ihr Onkel Matthias doch gewesen war. Das war für sie allerdings keine Neuigkeit. Wie oft hatte er sie bei Ungehorsam in den Keller gesperrt? Wie oft hatte er sie gemaßregelt, ihr verboten, sich mit ihren wenigen Freunden zu treffen? Sie war in dem Bewusstsein aufgewachsen, nicht erwünscht zu sein. Als sie vom Tod der Brechts unterrichtet worden war, hatte sich ihre Trauer in Grenzen gehalten. Sie wollte das Haus in Unna schleunigst verkaufen und die Erinnerungen daran vergessen. Seit sie aber nun von Zauner erfahren hatte, dass die Architektin ihre Mutter gewesen war, hatte sie ihre Meinung geändert. Sie sah das Gebäude nun in einem völlig anderen Licht. Ihre Mama hatte die Baupläne entworfen, für Jana lebte sie dadurch ein kleines bisschen weiter.

Im Laufe des Wochenendes war Jana deshalb zu dem Entschluss gekommen, das Haus zu behalten. Sie wollte es ausmisten. Alles, was an Matthias und Silvia Brecht erinnerte, musste weg. Angefangen bei dem klobigen Oldtimer in der Garage. Sie hatte auf einer Online-Plattform eine Anzeige mit Fotos von dem alten Jaguar gesetzt und sich gewundert, wie viele Interessenten sich seither gemeldet hatten. Einer von ihnen war André Kleebaum. Sie kannte ihn von früher, er war einer der wenigen Nachbarn in der karg besiedelten Umgebung und wohnte immerhin noch ungefähr 200 Meter entfernt. Als Jugendliche war Jana ab und zu mit den beiden Hunden des Ehepaars gegangen, um sich etwas zu ihrem sehr spärlichen Taschengeld dazuzuverdienen.

Bis Onkel Matthias davon Wind bekommen und es ihr verboten hatte. Angeblich sei sie zu schmächtig, um zwei so kräftige Hunde auszuführen, da könne ja wer weiß passieren, hatte er getobt. »Das ist absolut verantwortungslos! Du wirst diesen Job sofort drangeben, Jana, hast du verstanden? Erwische ich dich noch einmal dabei, dann kannst du es dir dauerhaft im Keller gemütlich machen.« Jana hatte diese heftige Reaktion nicht verstanden. Vielleicht fühlten sich die Brechts als ihre Sorgeberechtigten besonders verantwortlich und hatten sie deshalb so streng erzogen?

André Kleebaum würde gleich die Fahrtüchtigkeit des Jaguars überprüfen und vermutlich eine Probefahrt machen wollen. Aus dem Grund hatte sie den halben Tag damit verbracht, nach dem Autoschlüssel zu suchen. Bislang war sie nicht fündig geworden. Jetzt kam ihr plötzlich eine Idee. Mit etwas Glück befand der Schlüssel sich in der Garage! Vielleicht steckte er sogar im Zündschloss! Jana warf sich ihren Steppmantel über und hetzte ins Freie.

Nebel hatte sich über die Landschaft gelegt und leichter Regen schlug ihr ins Gesicht. Die Luft fühlte sich unangenehm kalt an und erinnerte eher an den Winter als an Frühling. Jana lief auf das Garagentor zu, das die Sicherheitsfirma repariert hatte, schloss es mit dem neuen Schlüssel auf und schob es hoch. Sie betätigte den Lichtschalter und das grelle Neonlicht beleuchtete die Plane des Oldtimers. Mit einem kräftigen Ruck zog sie diese vom Wagen. Sie entblößte eine hellgraue Jaguar-Limousine mit roten Ledersitzen, die vermutlich seit Jahrzehnten nicht bewegt worden war. Sofort zog sie an der Fahrertür, die leider verschlossen war. »Mist!«, fluchte Jana. Kleebaum würde in einer Stunde hier sein. Sie musste die Batterie aufladen, damit sich das Auto im Freien besser begutachten ließ und er es eventuell fahren konnte.

Wo könnte ihr Onkel den Oldtimerschlüssel aufbewahrt haben? Hoffentlich nicht im Büro, das war immer noch mit dem Polizeisiegel versehen. Jana durchsuchte zunächst die Werkzeugkiste im hinteren Bereich der Garage, wo sie auch den Schlüssel für die Verbindungstür zum Hausflur gefunden hatte. Sie zerrte die Kiste ungeduldig aus dem Regal, kramte zwischen Nägeln, Schrauben, Kabelbinder und Werkzeug. »Ich brauche diesen verdammten Autoschlüssel!«, murmelte sie. Kurz darauf fasste sie einen Entschluss. Sie lief ins Haus, stürmte die Wendeltreppe hinauf zum Büro. Einen Moment zögerte sie, dann ritzte sie das polizeiliche Siegel mit dem Fingernagel auf, öffnete die unverschlossene Tür und tastete nach dem Lichtschalter. Die Luft in dem Raum raubte ihr den Atem. Als ihre Blicke den blutverschmierten Bürostuhl und die vielen Blutspritzer am Boden streiften, überkam sie sogleich eine heftige Übelkeit. Hier war ein Mensch auf brutale Weise gefoltert und ermordet worden.

Sie wandte den Kopf ab und ging auf den Schreibtisch zu. Innerlich verfluchte sie, dass sie versäumt hatte, ihr Asthmaspray zu benutzen. Immer intensiver nahm sie den Geruch nach Blut wahr und spürte die Anwesenheit ihres Onkels, obwohl sie wusste, dass er tot war. Sie atmete flach, während sie die unterste Schublade aufzog und Schreibutensilien, Umschläge, einen alten Kalender und altmodisches Briefpapier hin und her schob. Die mittlere Lade beinhaltete ausschließlich einen Packen Druckerpapier und Ersatzpatronen für den Drucker. Das oberste Schubfach war in kleine Fächer unterteilt. Darin befanden sich Stifte, Büroklammern, Briefklammern, ausländische Münzen … und ein Autoschlüssel mit einem silbernen Jaguar als Anhänger. Jana griff danach, drückte die Schubladen zu und verließ das Büro. Sie atmete befreit auf. Den Zimmerschlüssel, der innen im Schlüsselloch gesteckt hatte, schob sie von außen ein und verschloss die Tür.

Erleichtert lief sie die Wendeltreppe hinunter, durch die Haustür und in die Garage. Das Licht brannte noch. Jetzt konnte sie die Fahrertür des Jaguars öffnen. Sie setzte sich hinters Steuer, steckte den Schlüssel in die Zündung und drehte ihn. Obwohl sie nicht damit gerechnet hatte, sprang der Motor sofort an. Der Oldtimer musste wohl doch immer mal wieder gefahren worden sein. Sie schaltete die Scheinwerfer ein und erschrak. Zwei dunkle Schatten rannten in die Garage. Als sie lautes Bellen hörte, atmete sie erleichtert auf und stellte den Motor aus. Im selben Moment vernahm sie einen grellen Pfiff und die Hunde preschten davon.

Jana trat vor die breite Garage auf den großflächig gepflasterten Platz vorm Haus und erblickte eine Gestalt, die sich mit eiligen Schritten näherte. Sie sah einen Mann mit dunklem Vollbart, der mit grauen Stippen durchzogen war. Erst als er fast vor ihr stand, erkannte sie ihren ehemaligen Nachbarn, den sie mehr als 20 Jahre nicht gesehen hatte. André Kleebaum, wie alt mochte er heute sein? Ende 50? Um seinen Hals hing eine lange Hundeleine aus Leder, die nach unten hin geteilt war. Die beiden Hunde waren verschwunden.

»Guten Abend, Jana. Als wir uns das letzte Mal gesehen haben, waren Sie noch fast ein Kind und nun sind Sie eine hübsche, erwachsene Frau«, begann er und reichte ihr die Hand. Er lächelte und die Lachfalten um seine Augen schoben sich zusammen wie eine Ziehharmonika. Plötzlich wurde sein Gesicht ernst. »Schreckliche Sache, das mit den Brechts. Ich wäre längst vorbeigekommen, aber ich habe ja nicht geahnt, dass Sie hier eingezogen sind. Ich dachte, Sie wohnen im Hotel. Wenn ich mir vorstelle, dass Ihr Onkel in diesem Haus auf brutalste Weise ermordet worden ist ... Können wir irgendwie helfen?«

»Ich komme zurecht, Herr Kleebaum, vielen Dank. Es gibt hier noch so viel für mich zu erledigen, da ist es einfacher, mich den Dingen gleich vor Ort zu stellen«, erwiderte Jana.

Ihr Nachbar schien nicht überzeugt, nickte dennoch zögernd. »Wie geht es Ihnen? Sie sind weggezogen, als sie volljährig geworden sind, richtig?«

Jana erzählte ihm, dass sie nach Hamburg gegangen sei, da sie schon immer eine Vorliebe für den Norden Deutschlands gehabt habe. Ihre genauen Beweggründe nannte sie ihm nicht. »Ich lebe in Altona in einer kleinen Wohnung und arbeite als Verkäuferin in einer Modeboutique.«

»Das hört sich gut an.« Er schob seine rechte Hand in die Jackentasche. »Die Polizei hat die Nachbarn hier befragt«, er deutete in die Richtung, wo er mit seiner Frau wohnte. »Leider konnten wir kaum etwas von den Brechts erzählen. Wir hatten wenig Kontakt.«

Jana nickte. Die Kleebaums waren immer sehr nett zu ihr gewesen. Wie oft hatte sie sich damals gewünscht, Tante Silvia und Onkel Matthias wären nur ein wenig so wie sie. Der Wind zerrte Janas Kapuze vom Kopf und wehte ihr das lange Haar ins Gesicht. Sie bemühte sich, es mit einer Hand zu bändigen. »Sind Sie mit Ihren Hunden gekommen?«, fragte Jana, da das Thema Mord wie ein dunkles Tuch zwischen ihnen hing. »James und Bond gibt es sicherlich längst nicht mehr.« Sie dachte an die gut erzogenen Schäferhunde der Nachbarn, die sie in den angrenzenden Feldern ausgeführt hatte.

»Ja ... und nein«, grinste ihr Nachbar und erklärte, dass er inzwischen Dobermänner besäße. »Die Doppelagenten sind vor etwa zwölf Jahren verstorben. Danach hatten wir eine lange Zeit keine Tiere.« Er nahm die Finger in den Mund und stieß einen lauten Pfiff aus. Sekunden später rasten zwei dunkle Schatten die Einfahrt herauf, ehe sie neben ihrem Herrchen »Sitz« machten. »Darf ich vorstellen: Sherlock und Watson«, sagte Kleebaum und klinkte die Karabinerhaken der Duo-Hundeleine in die Halsbänder.

Jana ging vor den beiden in die Hocke und kraulte sie am Hals. Wie sehr hatte sie sich als Kind auch einen Hund gewünscht. Eine kleinwüchsige Rasse wie einen Cockerspaniel oder einen Cavalier King Charles Spaniel. Das hatten die Brechts natürlich nie erlaubt, und später, als Jana eine eigene Wohnung besaß, mochte sie sich kein Haustier anschaffen, weil sie es während ihrer Arbeitszeit nicht allein lassen wollte. Sie drückte sich in den Stand. »Sie möchten sich den Oldtimer sicherlich genauer ansehen.«

Kleebaum nickte. »Darf ich ihn aus der Garage fahren?«

»Selbstverständlich. Wenn Sie wollen, können Sie auch eine Probefahrt machen.« Jana nahm ihrem Nachbarn die Leine mit den Dobermännern ab. Sherlock und Watson blickten ihr Herrchen an. Als der ihnen einen knappen Befehl gab, ließen sie sich von Jana zur Seite führen. Kleebaum setzte sich hinters Steuer und lenkte den Oldtimer langsam ins Freie, wo er den Wagen in der Nähe des Hauses zum Stehen brachte. Bei laufendem Motor stieg er aus und betrachtete den Jaguar. Jana fröstelte. Der eisige Wind fegte ihr in den Mantel und sie zog den Reißverschluss höher zu, wobei sie die Hundeleine kurz über ihr Handgelenk streifte. Sie warf einen Blick in die Garage. Das Gerümpel aus dem Keller stapelte sich an den Wänden. Ein Windstoß ließ die Autoplane laut rascheln und nach hinten wehen. Jana stutze. Was war das? Sie ging hinein, die Hunde folgten ihr brav.

»Der Wagen ist prima«, sagte Kleebaum, indem er zu ihr kam. »Was ist das denn?«, fragte er überrascht und trat neben sie. »Ein Schacht? Haben Sie davon gewusst?«

Jana schüttelte den Kopf. Sie starrte auf eine Luke, die in den Boden gelassen und mit einem Riegel verschlossen war. Sie hatte die Garage niemals zuvor ohne Auto darin gesehen. Welches Geheimnis verbarg sich unter der Erde?

Kapitel 26

Montag, 04. April, 19.45 Uhr

Teubner saß immer noch in seinem Büro. Nach dem Fund des ägyptischen Dolchs im Laden von Brecht hatte er umgehend den LKA-Kollegen Ulf Krieger um Unterstützung gebeten und ihm hochaufgelöste Fotos von der antiken Waffe übermittelt. Krieger hatte sich daraufhin offensichtlich richtig ins Zeug gelegt. Denn obwohl erst wenige Stunden vergangen waren, hatte Teubner gerade einen Bericht von ihm erhalten. Die Vermutung von Doktor Kneipp bestätigte sich. Es handelte sich tatsächlich um den Dolch, der in einer dreisten Aktion vor etwa zwei Monaten während des täglichen Besucherstroms aus dem Ägyptischen Museum in Kairo gestohlen worden war.

Die Tat hatte in der Presse sehr viel Aufsehen erregt und war in sämtlichen ägyptischen Boulevardblättern breitgetreten worden. Krieger hatte einige Links von Online-Berichten zugefügt. Teubner verstand zwar kein Arabisch, aber mithilfe einer Übersetzungsplattform konnte er die Artikel lesen. Der allgemeine Tenor war absolutes Entsetzen über die frivole Tat. Man hoffte, in dem Neubau des Großen Ägyptischen Museums nahe den Pyramiden in Gizeh, dessen Eröffnung immer wieder verschoben worden war, würde sich solch ein Raub nicht wiederholen. Teubner las weiter, dass der Dieb der Waffe festgenommen und überführt worden war. Ein bedauernswerter, kleinkrimineller Einheimischer, der die Tat begangen hatte, um sich und seine Familie über Wasser zu halten.

Die örtliche Polizei hatte zudem ermittelt, dass der Dieb im Auftrag eines Touristenpaares gehandelt hatte. Er hatte die Scheibe der Vitrine eingeschlagen, sich dabei stark an den Händen verletzt und war mit dem Dolch, den er als Waffe vor sich gehalten hatte, aus dem Museum geflohen. Durch Überwachungskameras war es der Polizei schnell gelungen, den jungen Burschen zu identifizieren und festzunehmen. Teubner schüttelte fassungslos darüber den Kopf, dass er gerade 15 Jahre alt war. Das Diebesgut hatte er bereits an das Touristenpaar übergeben und umgerechnet 500 Euro dafür bekommen, was für ihn und seine Familie ein Vermögen darstellte, dem Wert des Dolches aber bei Weitem nicht gerecht wurde.

Der junge Ägypter hatte nicht aussagen können, welcher Nationalität das Paar gewesen war, das ihn beauftragt hatte. Beide seien laut seiner Beschreibung wohl über 60 Jahre alt gewesen. Man hatte sie nicht ausfindig machen können. Für Teubner stand fest, dass es sich um die Brechts handelte. Aber wieso versteckte Matthias Brecht den wertvollen Dolch in seinem Schreibtisch? Klebte er dort, seit er ihn vor etwa zwei Monaten ins Land geschmuggelt hatte? Hatte er erst mehr Zeit ins Land ziehen lassen wollen, bevor er das Wagnis eingegangen wäre, sich um den Verkauf zu kümmern? Teubner seufzte. Bei einem sechs- bis siebenstelligen Wert musste man auch erst einmal den richtigen Käufer finden.

Er griff zum Telefon. Es war bereits 20 Uhr und eigentlich hatte er längst Feierabend machen wollen. Inzwischen bedauerte er, Reinders nach Hause geschickt zu haben, denn nun saß er mit der ganzen Arbeit, die in seinen Augen keinen Aufschub duldete, allein da. Auf jeden Fall wollte er sich heute noch über den Rechtsstreit Kleebaum gegen Brecht informieren. Zunächst gab er jedoch die Handynummer von Maike Graf ein, um die er sich sorgte, weil sie sich seit ihrer letzten SMS nicht mehr gemeldet hatte. Der Ruf ging durch die Leitung, aber sie nahm das Gespräch nicht entgegen.

»Was treibt die da bloß in Ägypten?«, murmelte er, legte den Hörer auf die Station und stand auf. Seine Gedanken kreisten um Maike, als er in Reinders' Büro ging und nach der Akte Kleebaum suchte. Nachdem sie ihn um ein Foto von Björn Kumpf gebeten hatte, war Teubner diesem Wunsch sofort nachgekommen und hatte sie danach mehrmals anzurufen versucht. Schwebte sie in Gefahr? Was hatte sie über den Mülheimer Antiquitätenhändler herausgefunden, dass sie wissen wollte, wie er aussah? Sollte sie sich bis zum nächsten Morgen nicht gemeldet haben, würde er sich an Interpol wenden und um Unterstützung bitten.

Endlich fand er die Akte Kleebaum gegen Brecht. Bei dem Rechtsstreit war es um einen Fall von betrügerischem Antikenhandel gegangen. Diesem Hinweis hätte Reinders sofort nachgehen müssen. Aber er war völlig von seinem Privatleben in Beschlag genommen. Nachdem Teubner sich telefonisch vergewissert hatte, dass er die Kleebaums jetzt noch stören durfte, machte er sich auf den Weg.

Teubner fuhr auf die B 1 Richtung Werl und passierte bald das Zentralgebäude der Stadtwerke, in dessen Glastürmen sich die tief liegenden dunklen Wolken dieses ungemütlichen Aprilabends spiegelten. Sie wirkten wie aufgemalt. Endlich verließ er die Bundesstraße und erreichte bald das malerische Dorf Mühlhausen.

Das Haus der Kleebaums lag gewiss 200 Meter vom Grundstück der Brechts entfernt am Rande des Dorfes. Weiße Fassade, große erleuchtete Fenster, ein Dach mit Gaube, der Vorgarten akkurat gepflegt, Krokusse, Primeln und Narzissen als Boten des Frühlings blühten in einem Streifen links und rechts der Einfahrt. Teubner stellte seinen Wagen vor der angrenzenden Garage ab, lief durch den Nieselregen auf den überdachten Eingang zu und klingelte. Einen Moment später öffnete ihm eine schlanke Frau

Mitte fünfzig mit langen brünetten Haaren, die ihr in leichten Wellen bis auf die Brust fielen. Sie trug einen hellen Sweater mit dem Label eines Sportherstellers zur blauen Jeans. Ihre braunen Augen blickten ihn freundlich an.

»Kriminalhauptkommissar Teubner?«, fragte sie mit klarer Stimme.

Teubner nickte und zückte seinen Dienstausweis. Er fröstelte, als ihn eine eisige Windböe streifte. »Ich würde Sie und Ihren Mann gerne zu dem Rechtsstreit befragen, den Sie gegen die Brechts geführt haben.«

Nina Kleebaum machte eine einladende Handbewegung. »Kommen Sie doch bitte herein. André ist gerade mit unseren Hunden unterwegs.«

Teubner folgte ihr in einen Wohnbereich mit großer Glasfront, die den Blick auf den rückwärtigen Garten freigab. Er sah im Licht der Solarlampen, die ringsum in gleichmäßigen Abständen im Boden steckten, eine überdachte Terrasse, eine großzügige Rasenfläche und verschiedene Ziersträucher. Durch den Nebel wirkte alles unscharf, als schaute man durch eine zu starke Brille. Im Wohnzimmer prasselte ein Feuer im offenen Kamin, dessen wohlige Wärme Teubner dankbar annahm. Ein prächtiger Schrank und Bücherregale im Jugendstil, ein großer Orientteppich und eine dunkle Chesterfield-Ledergarnitur aus Couch und drei schweren Sesseln ließen das Zimmer wie eine Bibliothek erscheinen. Überall verteilt standen Steinfiguren, Götterskulpturen, Krüge, Bronzeleuchter und Bronzevasen. Zudem fiel eine verschließbare Vitrine an der Wand auf, in der sich uralte Gewehre befanden. »Ihr Mann ist Waffenliebhaber?«, fragte Teubner.

»Ja, er hat ein Faible dafür. Und ehe Sie fragen, André besitzt einen Waffenschein. Diese Gewehre sind allerdings untauglich gemacht worden. Meines Wissens gibt es dafür auch gar keine Munition mehr. André ist Sportschütze. Für die scharfen Waffen steht ein Waffenschrank im Keller. Wollen Sie ihn sehen?«

»Später, danke. Wann erwarten Sie Ihren Mann zurück?«, erkundigte sich Teubner und nahm nach Aufforderung auf der Kante eines der Sessel Platz.

»Sherlock und Watson brauchen abends mindestens eine Stunde Auslauf«, erklärte sie und blickte auf ihre Armbanduhr. »Er müsste aber gleich hier sein. Darf ich Ihnen etwas zu trinken anbieten?«

Teubner verneinte. Er wollte die Befragung nicht unnötig in die Länge ziehen. »Ich denke, wir können uns auch ohne die Gesellschaft Ihres Mannes unterhalten. Wir sind bei der Überprüfung der Nachbarn auf diesen Rechtsstreit gestoßen, den Sie gegen die Brechts geführt haben. Worum genau ging es dabei? Und warum haben Sie das bei meinen Kollegen nicht erwähnt?«

Nina Kleebaum setzte sich auf einen Sessel ihm gegenüber und schlug die Beine übereinander. »Als wir hier an der Tür befragt wurden, saß der Schock darüber, dass man die Brechts brutal ermordet hat, sehr tief«, begann sie zögernd und legte ihre Hände gefaltet auf ihrem Oberschenkel ab. »So ein furchtbares Verbrechen direkt in der Nachbarschaft, unglaublich. Wir haben immerhin mehr als 25 Jahre praktisch nebeneinander gewohnt. Und dann werden die beiden so grausam aus dem Leben gerissen. Dagegen ist solch ein lapidarer Rechtsstreit doch bedeutungslos. Außerdem soll man ja auch nicht schlecht über Tote reden, nicht wahr?«

»Worum ging es bei dem Streit?«, wiederholte Teubner seine Frage.

»Ach«, winkte Nina Kleebaum ab und lehnte sich zurück. »Das war eine ganz blöde Sache. Mein Mann schwärmt seit jeher für außergewöhnliche alte Objekte.« Sie machte eine ausschweifende Handbewegung. »Sehen Sie ja selbst bei diesem Mobiliar hier. Vor gut anderthalb Jahren hatten André und ich einen langen Spaziergang mit den Hunden gemacht. Mal nicht durch die Felder, sondern Richtung Königsborn. Es gibt da einen herrlichen Wanderweg von der Heerener Straße über den Mühlbach, den Kortelbach, am Kreistierheim vorbei bis hin zur Hammer Straße. Da an jenem Tag ausgezeichnetes Wetter gewesen ist, haben André und ich beschlossen, noch etwas weiter zu laufen und am Königsborner Markt eine Kleinigkeit zu essen. Da gibt es eine gute Bäckerei. Na ja, um es kurz zu machen: Der Antiquitätenladen der Brechts befand sich ja auch am Marktplatz. André hat ins Schaufenster geschaut und im Hintergrund des Ladens eine Skulptur gesehen, die er sich näher anschauen wollte. Es handelte sich um eine Benin-Bronze, etwa 60 Zentimeter hoch. Wir sind also reingegangen und André war sofort Feuer und Flamme.«

»Also hat er die Skulptur gekauft?«, folgerte Teubner.

Nina Kleebaum nickte. »Ja, er hat den Brecht gebeten, die Figur mit nach Mühlhausen zu bringen. Er wollte die Rechnung sofort per Kreditkarte bezahlen, aber Brecht forderte Bargeld.«

»Das hat Sie nicht stutzig gemacht?«, fragte Teubner, der ahnte, worauf die Sache hinausgelaufen war.

»Nein«, erwiderte Nina Kleebaum und schüttelte den Kopf. »Da es sich um eine höhere vierstellige Summe gehandelt hat, dachten wir, er traut unserem Bankkonto nicht. Herr Brecht war ein etwas komischer Kauz. Allein, wie er die Jana immer behandelt hat. Aber das ist ein anderes Thema. Wir haben die Figur jedenfalls am nächsten Tag, als er sie uns vorbeigebracht hat, bar bezahlt. Wir konnten ja nicht ahnen, dass sie auf illegalem Weg ins Land gekommen und die Provenienz gefälscht war.« Sie seufzte schwer. »Ehrlich gesagt war ich froh, als wir die Figur wieder abgeben konnten. Mir war ihr Blick immer unheimlich gewesen. So strafend, als würde die Skulptur wissen, dass wir nicht die rechtmäßigen Besitzer sind.« Sie schüttelte sich, als liefe ihr ein Schauer über den Rücken.

»Um was für eine Art von Benin-Bronze hat es sich gehandelt?«, fragte Teubner ehrlich interessiert.

»Es war ein recht großer Krieger aus Nigeria. Das Gesicht angsteinflößend mit großen, schräg gestellten Augen, breiter Nase und wulstigen Lippen. Er trug den typischen breiten Halsschmuck, einen Lendenschurz und war barfuß. Etwa 1100 ähnlicher Skulpturen sollen sich angeblich in Deutschland befinden, die meisten sind in Museen ausgestellt. Aber das kann nicht darüber hinwegtäuschen, dass es sich bei den Bronzen um koloniales Raubgut handelt, das von britischen Truppen Ende des 19. Jahrhunderts erbeutet, nach London geschafft und dort versteigert worden ist. Deutsche Museen gehörten zu den eifrigsten Käufern. Nach langen Diskussionen wird Deutschland die Werke ja nun bald an Nigeria zurückgeben. Allerdings hat man sich geeinigt, dass fast alle weiter in den Museen hier ausgestellt werden dürfen. Wir haben das alles erst erfahren, nachdem wir ganz blauäugig eine solche Antike erworben haben. Jetzt gibt es wieder nur Antiquitäten!«

»Aber wie ist Brecht in den Besitz einer dieser Bronzen gekommen? Er wird sie kaum aus einem Museum entwendet haben.«

Nina Kleebaum hob ratlos die Schultern. »Das wissen wir bis heute nicht. André hat ihm die Bronze mit Provenienz abgekauft. Laut der Papiere hat ein Museum aus Hamburg sie in eine Privatsammlung verkauft.«

»Das wäre aber doch rechtens, oder?«, meinte Teubner.

»Ich kenne mich da ehrlich gesagt nicht gut genug mit aus. Als wir die Figur gekauft hatten, wollte ich mich ein bisschen darüber informieren und habe im Internet recherchiert. Ich bin auf die groß angelegte Antikenhehlerei gestoßen und habe mich gefragt, ob der Nachweis, den wir von Matthias Brecht bekommen hatten, tatsächlich rechtsgültig ist. Daraufhin habe ich einen Bekannten gebeten, das zu prüfen. Er hat herausgefunden, dass die Provenienz gefälscht war, und uns aufgeklärt, dass das nicht sonderlich schwierig ist und in den seltensten Fällen auffällt.«

Teubner dachte an sein Gespräch mit dem Kriminalarchäologen Doktor Martin Kneipp, der Ähnliches dargelegt hatte. »Sie haben die Figur aber zurückgegeben?«

Nina Kleebaum nickte energisch. »Unser Bekannter arbeitet in einem Museum. Er hat sich darum gekümmert, dass die Figur an ein Museum in Nigeria übergeben wurde.«

»Doch damit war die Geschichte nicht zu Ende. Sie wollten Ihr Geld zurück«, brachte Teubner vor, was er in den Unterlagen gelesen hatte, und zog den Reißverschluss seiner Jacke auf, da die Hitze des Kamins ihm inzwischen den Schweiß auf die Stirn trieb.

»Richtig«, bestätigte Nina Kleebaum. »Aber Brecht hat sich geweigert. Er sagte, er wisse nichts von einer gefälschten Provenienz. Wir wollten natürlich nicht auf einem Schaden von mehreren Tausend Euro sitzen bleiben und haben rechtliche Schritte eingeleitet. Immerhin hatten wir die Expertise eines Fachmanns und den Beleg des Museums, das die Benin-Bronze zurückbekommen hat.«

»Aus unseren Unterlagen geht hervor, dass Sie den Prozess gewonnen haben. Womit die Sache für Sie vermutlich erledigt war. Brecht musste Ihnen den Kaufpreis erstatten.« Damit war für Teubner klar, dass es kein Mordmotiv gab. »So war es doch, richtig?«

Nina Kleebaum schwieg und starrte sinnend ins Kaminfeuer.

»Können Sie die Rückgabe des Geldes belegen? Gibt es einen Kontoauszug oder hat er Ihnen Bargeld gegeben?«, fragte Teubner, stand auf und stellte sich etwas weiter weg vom offenen Feuer.

»Herr Brecht hat uns keinen Cent zurückgegeben«, murmelte Nina Kleebaum leise und erhob sich ebenfalls. »Wir haben ihn mehrfach darum gebeten. Als das nichts half, haben wir erneut unseren Anwalt eingeschaltet. Die Brechts hatten inzwischen ihren Ausverkauf gestartet. Sie haben behauptet, sie könnten das Geld nicht aufbringen, da ihr Laden insolvent sei und sie zunächst ihre Gläubiger bedienen müssten.«

Teubner stieß ein überraschtes »Tse!« aus. Das war eine dreiste Lüge der Brechts gewesen, denn ihre Bankkonten waren gut gefüllt. »Wann hat Ihr Anwalt erneut mit Brecht gesprochen? Es gab ja schließlich das Gerichtsurteil zu Ihren Gunsten. Da konnte er Sie doch nicht mit dieser Ausrede abspeisen.«

»Vor etwa einem Monat war das«, meinte Nina Kleebaum. Sie zog die Schultern hoch und verschränkte die Arme vor der Brust, als würde sie trotz der Hitze im Wohnzimmer frösteln. »Zur selben Zeit quollen bei denen fast jeden Tag Urlaubskataloge aus dem Briefkasten. Vermutlich wollten sie nach ihrer Geschäftsaufgabe munter auf Reisen gehen. André hat die Post gesehen, wenn er mit den Hunden an ihrem Haus vorbeikam. Pleite schienen unsere Nachbarn jedenfalls nicht zu sein. Sie wollten einfach nicht für etwas zahlen, das sie aus ihrer Sicht nicht verschuldet hatten.«

Teubner blickte Nina Kleebaum an, deren Gesichtszüge sich verfinstert hatten. Die Brechts hatten sie und ihren Ehemann um mehrere Tausend Euro betrogen. War das Grund genug, sich an ihnen zu rächen? In jedem Fall hatten sie nun doch ein Motiv. Laut der Kollegen gaben Nina und André Kleebaum sich gegenseitig ein Alibi. Zu beiden Tatzeiten seien sie gemeinsam zu Hause gewesen. Aber war das wirklich so? Oder hatte sich einer auf den Weg gemacht, um sich das Geld mit Gewalt zurückzuholen? Was war mit den scharfen Waffen von André Kleebaum? Hatte er zunächst Silvia Brecht in Königsborn erschossen und dann ihren Mann in seinem heimischen Büro so lange gequält, bis er gestorben war? Teubner seufzte. Sie konnten die Kleebaums nicht von ihrer Liste streichen, aber für skrupellose Mörder hielt er sie nicht. Dennoch …

»Dürfte ich mir jetzt den Waffenschrank im Keller ansehen?«

Kapitel 27

Montag, 04. April, 19.55 Uhr (Ortszeit Tuna el-Gebel)

Maike hatte sich in der Frachtkiste ruhig verhalten. Sie wollte vermeiden, die Aufmerksamkeit erneut auf sich zu lenken. Dabei überlegte sie fieberhaft, wie sie aus dieser Situation herauskommen sollte. Ihre einzige Möglichkeit blieb, abzuwarten. Die Geräuschkulisse um sie herum hielt noch eine Weile an. Offensichtlich wurden weitere Holzkisten vernagelt und verladen. Sie hörte Hämmern, Rumpeln und das Surren des Gabelstaplers. Irgendwann trat Stille ein. Auch das Stimmengemurmel war verstummt. Plötzlich einsetzendes Geratter ließ sie zusammenzucken. »Was zum Teufel ist das?«, flüsterte sie. Das Getöse verklang mit einem lauten Rums. Das Rolltor! Man hatte die Fabrikhalle verschlossen. Das bedeutete, man überließ sie hier ihrem Schicksal. War das nun ein gutes oder schlechtes Zeichen?

Von draußen schallte Motorengeräusch herein. Dem Klang nach handelte es sich um den Dieselmotor eines Lastkraftwagens. Ein zweiter Motor heulte auf. Die Mannschaft der Antikenhehler schien das Areal zu verlassen. Ob man ihr den Wachmann zur Aufsicht zurückgelassen hatte? Oder vertraute man auf die robuste Holzkiste? Vielleicht war es den Arbeitern auch egal, sollte ihr die Flucht gelingen. Aber die Chance, herauszubekommen, wohin der Lkw fuhr und was mit dem Diebesgut geschehen würde, die hatte sie nun verpasst. Wie sollte sie nun herausfinden, wer der Auftraggeber der groß organisierten Hehlerei war und wie Björn Kumpf in diese Sache verwickelt war?

Maike drückte ihren Rücken im Sitzen an die Wand der Kiste, zog ihre Beine an den Körper und stieß sie dann mit Wucht von sich an die gegenüberliegende Seite. Die Folge war lediglich eine leichte Vibration. Kein Knirschen, kein Knarzen, kein splitterndes Holz. Sie fluchte, rieb sich die schmerzenden Knie und lauschte einen Moment, aber es blieb still. Wie sollte sie sich aus diesem verdammten Gefängnis befreien? Mit aller Kraft hämmerte sie mit den Fäusten gegen den Deckel über ihr. Winzige Holzsplitter rissen ihre Haut auf, die Nägel bewegten sich jedoch nicht einen Millimeter. Fluchend rieb sie sich die Hände. Sie musste die Kiste kippen, sodass der Boden zur Seite wurde und sie ihn mit großer Kraft mit den Füßen abtreten konnte. Die Luft in ihrem Gefängnis würde bald knapp werden. Panik kroch in ihr hoch. »Bleib ruhig!«, mahnte sie sich laut und atmete tief ein, ließ sich mit einem Ruck nach hinten fallen. Die Frachtkiste kippte ein wenig, dann stieß sie gegen Widerstand und polterte zurück.

»Mist!«, fluchte Maike und rieb sich den Hinterkopf, den sie sich an einer der Seitenwände gestoßen hatte. Sie machte in der Kiste eine Vierteldrehung und verlagerte erneut ihr Gewicht ruckartig nach hinten. Einmal, zweimal, dreimal, dann fiel die Kiste um. Nun hatte sie hoffentlich genug Kraft, um den Boden mit den Füßen abzutreten. Sie war mittlerweile nassgeschwitzt und in Panik. Überall waberte Füllstroh um ihren Körper. Sie ignorierte es und trat mit voller Wucht zu. Wieder und wieder schossen ihre Schuhsohlen gegen den robusten Holzboden. Schweißperlen liefen ihr in die Augen. Sie schloss die Lider und machte weiter. Ihre Beine schmerzten, in ihre Handflächen hatten sich etliche Holzsplitter gebohrt. Endlich hörte sie ein leichtes Knarzen. Sie machte eine kleine Pause und atmete tief durch. Dann donnerte sie ihre Füße wieder gegen das untere Brett, bis es sich schließlich samt Nägeln von der Frachtkiste löste. Erschöpft schob Maike sich mit den Füßen voran aus ihrem Gefängnis und blieb mit dem Kopf noch in der Kiste in voller Länge auf dem Hallenboden liegen und mühte sich, zu Atem zu kommen. Der Befreiungsversuch hatte unendlich viel Kraft gekostet. Sie sehnte sich nach Wasser und nach einer kalten Dusche. Beides würde sie hier nicht finden.

Als ihr Herzschlag sich nach einer Weile beruhigte und sie endlich wieder normal atmen konnte, hatten sich ihre Augen an das Dämmerlicht in der Fabrikhalle gewöhnt. Sie hob ein wenig den Kopf und entdeckte an der Frontseite über den Rolltoren Oberlichter, die den fahlen Mondschein einließen. Mühsam drückte sie sich in den Stand, zupfte die Splitter aus ihren Händen, klopfte sich das Füllstroh von der Kleidung, rieb sich die geschundenen Glieder und taumelte in die Richtung, in der sie das Regal vermutete, unter das ihr Smartphone geschlittert war. Sie bückte sich, tastete einen Moment, ehe sie es endlich spürte, und hob es hoch. Ein kleiner Tipp auf das Display zeigte ihr, dass es in der Halle kein Netz gab. Sie ging einige Schritte nach links und rechts, der Status im Display änderte sich jedoch nicht.

»Wäre auch zu schön gewesen«, murmelte sie enttäuscht und leuchtete mit der Taschenlampenfunktion ihr Umfeld ab. »Jetzt nur raus hier!« Sie eilte auf die Rolltore zu. An der linken Wand war ein kleiner Kasten befestigt, in dem ein Schlüssel steckte. Je ein Pfeil zeigte nach oben und nach unten. Ohne zu zögern, drehte Maike ihn hoch und augenblicklich ratterte das Tor. Sie wartete, bis es etwa in Hüfthöhe hochgefahren war, dann drehte sie den Schlüssel in die entgegengesetzte Position und bückte sich blitzschnell durch die Öffnung in die Freiheit. Während das Rolltor hinter ihr mit Getöse herunterfuhr, sprang Maike bereits von der Rampe und atmete die frische Nachtluft gierig ein. Sie sah in den sternenklaren Himmel und fühlte sich wie ein Wachhund, der sich von der Kette befreien konnte.

»Immer noch kein Empfang«, fluchte sie mit Blick auf ihr Handy. »Vielleicht hinter der Halle«, hoffte sie und lief auf das Display starrend um das Gebäude herum. Das Knirschen ihrer Schuhe im Sand verursachte das einzige Geräusch hier am Rande der Wüste. Die Verbindungsanzeige des Smartphones änderte sich nicht. Allerdings sah sie im Rücken der Fabrik einen abgestellten alten Pick-up. Auf dem Beifahrersitz lag eine Straßenkarte, in der man eine rot markierte Route erkennen konnte. Maikes Neugier war geweckt. Unwillkürlich zog sie am Griff der Fahrertür, die verschlossen war. Sie ging um das Fahrzeug herum und testete auch die Beifahrertür, die tatsächlich nachgab. Im Zeitalter der Zentralverriegelung wäre das nicht mehr möglich gewesen, aber bei diesem älteren Modell musste man noch jede Tür für sich verschließen.

Der Innenraum stank nach Schweiß und Nikotin. Im Licht ihrer Handylampe sah sie Aschereste, Brotkrümel und Sand auf dem Fahrzeugboden. Ohne weiter darauf zu achten, breitete sie die Straßenkarte auf dem Beifahrersitz aus und verfolgte den Verlauf der mit rotem Stift eingezeichneten Route. Sie führte von Tuna el-Gebel Richtung Norden bis Alexandria. Von dort ging es westlich weiter durch Libyen zu dem nördlichsten Punkt von Tunesien. Da verlief der markierte Strich durchs Mittelmeer nach Norditalien, weiter in die Schweiz und schließlich bis nach Deutschland.

»Ich werde verrückt!«, murmelte Maike. »Das muss die Hehler-Route sein!« Mit einem Schlag waren die Strapazen der letzten Stunden vergessen. Wenn sie sich in Kürze auf den Weg machen könnte, müsste es ihr gelingen, den Lkw einzuholen und ihn bis zu seinem Ziel zu verfolgen. Sie hatte den Lastwagen fotografiert, kannte also das Kennzeichen. Und Lkws mit einer roten Plane waren wohl eher selten. Maike machte mit dem

Smartphone nun einige Fotos von der Landkarte, einmal im Ganzen und mehre Detailaufnahmen, dann legte sie die Karte zusammen und warf sie zurück auf den Sitz. Sie schlug die Autotür zu und lief zur Straße, ihrem Leihwagen entgegen. Als sie den Hyundai erreichte, sah sie, dass sämtliche Reifen zerstochen waren. »Diese verdammten Mistkerle!«, fluchte sie und blickte erneut auf ihr Handy. Im selben Moment empfing sie mehrere SMS und las von verpassten Anrufen.

Teubner machte sich Sorgen, weil sie nicht auf das von ihm geschickte Foto von Björn Kumpf reagiert hatte. Maike sah sich das Bild an und konnte nun sicher sein, ihn nicht in der Lagerhalle gesehen zu haben. Wen also hatte sie dort beobachtet? Das würde sie später herauszufinden versuchen. Abbas Dawuhd hatte ebenfalls mehrmals angerufen und ihr einige SMS geschickt, auch von Claudia war eine Kurznachricht angekommen. *Habe Frachtkisten am Flughafen in New York entdeckt, allerdings gibt es Schwierigkeiten. Sarg noch nicht abgeholt. Habe mich als Kunstsammlerin ausgegeben und erfahren, dass Fracht frühestens Mittwoch abholbereit ist. Genieße nun das Großstadtleben in New York mit Maja und Tom.*

Maike lächelte und wählte Dawuhds Nummer. Sekunden später hatte sie ihn in der Leitung und erklärte ihr Dilemma. Sie bat ihn, sich um einen Ersatzwagen zu kümmern und ihr ihre Sachen zu bringen. Der Taxifahrer wollte sich sogleich auf den Weg machen.

Nach kaum zwanzig Minuten hielt sein Taxi hinter dem Hyundai. Er sprang aus dem Wagen, eilte auf Maike zu und umarmte sie stürmisch. »Haben große Sorgen gemacht. Gefährliche Leute hier arbeiten.« Mehrfach klopfte er ihr auf den Rücken, als könne er nicht glauben, dass sie leibhaftig vor ihm stand. Dann reichte er ihr eine Wasserflasche aus seinem Wagen.

Maike griff gierig zu und trank sie halb leer. Sofort fühlte sie sich besser. »Hast du ein Auto organisiert, damit ich den Lkw verfolgen kann? Die mögliche Route habe ich fotografiert.« Sie deutete auf ihr Handy. »Oder gibt es in der Nähe eine Autovermietung?«

»Nix Vermietung«, unterbrach Abbas. »Ich dich fahren. Dein Gepäck sein in Taxi. Also steigen ein und sagen, wohin geht Reise? Nach Norden? Um Abholung von Leihwagen ich mich kümmern später.« Dawuhd kletterte bereits hinters Steuer.

Maike war einem Moment sprachlos, setzte sich jedoch schnell auf den Beifahrersitz. »Hast du dir das gut überlegt? Keine Ahnung, wie weit wir fahren müssen. Die Hehler haben einen Vorsprung von etwa anderthalb Stunden.«

Dawuhd grinste sie an. »Jetzt, wo sein spannend, ich nicht lassen dich allein.« Seine braunen Augen blickten entschlossen, das Weiße stach in der Dunkelheit ungewöhnlich deutlich hervor. Seine Hände umklammerten ungeduldig das Lenkrad. Er gab Gas und lenkte das Taxi auf die Straße. Als sie knapp dreißig Minuten später die Autobahn Richtung Kairo befuhren, dachte Maike, dass es äußerst unwahrscheinlich war, den Lastwagen innerhalb der nächsten Stunden einzuholen. Einen Moment durfte sie ruhig die Augen schließen, kurz darauf schlief sie erschöpft ein.

Kapitel 28

Montag, 04. April, 21.15 Uhr

Jana hatte sofort erkannt, dass der Riegel des Schachtdeckels mit einem Vorhängeschloss gesichert war. Kleebaum hatte sie ins Haus begleitet und im Wohnzimmer gewartet, während Jana noch einmal ins Büro gegangen war. Tatsächlich fand sie einen Schlüssel im selben Kästchen, in dem der Autoschlüssel gelegen hatte. Bei einer starken Tasse Kaffee war sie danach mit ihrem Nachbarn ins Gespräch gekommen, hatte erfahren, wie übel Onkel Matthias auch ihm mitgespielt hatte. Jana war entsetzt über die Skrupellosigkeit, mit der die Brechts Geschäfte gemacht hatten. Sie nahm sich vor, als Wiedergutmachung den verlorenen Wert der Benin-Bronze auf den Jaguar anzurechnen, sollte Kleebaum ihn kaufen wollen. Sherlock und Watson dösten inzwischen auf dem Teppich neben der Couch. Nun wollte Jana endlich erkunden, was es mit dem Schacht auf sich hatte. Sie verließ gemeinsam mit Kleebaum das Haus, während sie die Hunde dort zurückließen.

Der Schlüssel passte tatsächlich in das Vorhängeschloss. Jana nahm es ab und begutachtete den Riegel. Er sah weder verrostet aus, noch so, als sei er länger nicht bewegt worden. Onkel Matthias musste ihn also regelmäßig genutzt haben. Aber wofür? Resolut öffnete sie den Schieber und hievte den schweren Eisendeckel in die Höhe. Eine Kette verhinderte, dass er auf den Boden knallte. Ein dunkles Loch gähnte ihr abgestandene Luft entgegen. Jana entdeckte eine Leiter und seitlich davon einen Lichtschalter, den sie betätigte. Eine Leuchtstoffröhre, ähnlich wie die in der Garage, flackerte in der Tiefe, ehe sie ihr kaltmilchiges Licht verströmte. Sie warf einen Blick auf Kleebaum.

»Soll ich zuerst hinuntergehen?«, bot er an.

»Nein, das schaffe ich schon!«, erwiderte sie und trat mit dem Fuß auf die erste Sprosse. Die Leiter war fest in der Wand verankert. Sie bückte sich, um sich an einem seitlich im Schacht angebrachten Griff festzuhalten, und kletterte in die Tiefe. Kleebaum folgte ihr.

Die unterirdische Kammer war etwa 16 Quadratmeter groß und an die zwei Meter fünfzig hoch. An den Wänden standen Glasvitrinen, in denen sich erlesene Antiken befanden. Nicht zu vergleichen mit den Stücken, die die Brechts in ihrem Laden in Königsborn verkauft hatten. Vasen, Schalen, Büsten und Statuetten reihten sich an Terrakottafiguren. Die verschiedensten Arten von Waffen wie Speere, Wurfmesser, Dolche, Säbel, Pfeil und Bogen. In einer der Vitrinen lagen Schmuckstücke ausgebreitet: Colliers, Diademe, Ringe, Armbänder, überwiegend in Gold mit wertvoll aussehenden Edelsteinen versetzt. Keiner der Gegenstände erschien übermäßig groß. Höchstwahrscheinlich hatte ein großer Teil davon in den Reisekoffern der Brechts den Weg in diesen Bunker gefunden.

»Ich denke, all diese Stücke wurden illegal ins Land eingeführt«, murmelte Jana und dachte an die Kladde, die sie für ein Wareneingangsbuch gehalten und an Kommissar Teubner weitergeleitet hatte. Vermutlich waren viele dieser Gegenstände darin verzeichnet.

»Sieh einer an!«, schallte es plötzlich von oben zu ihnen in die Tiefe. »Hier hat der Brecht also seine geheimen Schätze gehortet.«

Janas Kopf flog erschrocken in ihren Nacken, ihr Blick irrte zur Schachtöffnung. Am Rande des Lochs entdeckte sie die gebeugte Gestalt von Björn Kumpf. In seiner Hand hielt er eine Waffe, die auf sie zielte. Trotz der Kälte in dem Bunker brach

Jana der Schweiß aus. Ihre Atemwege zogen sich zusammen und sie lechzte nach ihrem Asthmaspray, das sich unter dem Mantel in ihrer rechten Hosentasche befand. Viel zu kompliziert es auf die Schnelle herauszuziehen. Dennoch versuchte sie ihrer Stimme einen resoluten Klang zu geben. »Danach haben Sie die ganze Zeit gesucht? Woher wussten sie davon?«

Kumpf lachte ätzend. »Die Schätze mussten sich irgendwo im oder am Haus befinden. Ich habe den Artikel über den Rauswurf der Brechts gelesen. Und als ich auf den dazugehörigen Fotos die Antiken entdeckt habe, war das endlich der Beweis dafür, dass Matthias Brecht in die eigene Tasche gewirtschaftet hat. Wie leichtsinnig von ihm, die Osiris-Figuren in seinem Laden auszustellen. Und wie dumm, sie von einem Journalisten fotografieren zu lassen. Wir sind schon länger davon ausgegangen, dass die Brechts uns betrügen. Sie haben nicht mehr zuverlässig geliefert. Schön, dass Sie mich nun zu ihrer Schatzkammer geführt haben.«

Tausende Gedanken wirbelten durch Janas Kopf. Onkel Matthias hatte für Kumpf gearbeitet? Warum? Und wer steckte noch dahinter? Immerhin sprach Kumpf von *wir*. Mit welchen Leuten hatte ihr Onkel sich da angelegt? Am Ende hatte er für seine Gier mit dem Leben bezahlen müssen. Ob Kumpf ihn eigenhändig gefoltert und getötet hatte? Zutrauen würde ihm Jana diese brutale Vorgehensweise sofort. Immerhin zielte er nun mit seiner Waffe auf sie und würde wohl nicht zögern, abzudrücken.

»Sie klettern jetzt langsam da heraus! Und keine Spielchen, sonst können Sie den Brechts im Jenseits Gesellschaft leisten.« Seine stahlblauen Augen blickten emotionslos. Er hockte an der Schachtluke. Lauernd, abwartend wie ein Tiger, der seine Beute fixiert, bevor er zum tödlichen Angriff übergeht.

Jana fragte sich, was er mit ihr vorhatte. André Kleebaum hatte sich in eine Ecke der Kammer gedrückt, hoffte wohl, von

Kumpf nicht bemerkt zu werden, um später das Überraschungsmoment zu nutzen. Kleine Schweißperlen traten auf Janas Stirn. Ihre Luftröhre zog sich zusammen. Sie bräuchte ihr Asthmaspray. »Meine Medizin«, keuchte sie und hustete, während sie langsam die Sprossen der Leiter emporstieg. Sie atmete flach, bemerkte den ersten Schmerz in den Bronchien.

»Ich habe doch gesagt, keine Spielchen, Mädchen!«, brummte Kumpfs dunkle Stimme.

Sie brauchte Hilfe, schnelle Hilfe. Jana spürte ihr Smartphone in der Gesäßtasche. Sie müsste erst den Steppmantel hochschieben, um es aus der Tasche ziehen zu können. Hatte Kleebaum ein Handy bei sich? Bemühte er sich gerade um Hilfe? Gab es da unten überhaupt Empfang? Vielleicht konnte sie Kumpf selbst überrumpeln. »Was haben Sie mit mir vor?«, fragte sie, bevor ein weiterer Hustenanfall sie überkam. Ihr Kopf ragte bereits über die Schachtluke, sie nahm den herben Duft seines Rasierwassers wahr.

»Wir machen eine kleine Spazierfahrt!«, erklärte er und drückte sich in den Stand. Für einen Moment zielte der Lauf der Waffe nicht auf Jana.

Sie nutzte die Gelegenheit und sprang aus dem Schacht. Sofort versetzte sie Kumpf mit beiden Händen einen kräftigen Stoß, sodass er auf sein Gesäß fiel. Jana rannte aus der Garage. Sie musste es ins Haus schaffen. Dort warteten Sherlock und Watson. Mit jedem Schritt stach es in ihren Bronchien. Höchsten zwanzig Meter bis zur Haustür, für Jana jedoch wie der Endspurt nach einem Marathonlauf. In ihrem Rücken hörte sie einen lauten Knall und zuckte zusammen.

Hatte Kumpf auf sie geschossen?

Nein, der Schall zeugte von der Eisenklappe des Schachts, die er mit Wucht zugeworfen hatte und so auch verhinderte, dass

Kleebaum ihr zur Hilfe eilen konnte. Zwei Meter bis zur Haustür. Fahrig zog Jana ihr Schlüsselbund aus der Manteltasche. Mit den Schlüsseln, die die Sicherungsfirma ihr gegeben hatte, war sie noch nicht vertraut, sie hatte sie nicht markiert, zudem baumelten für jedes der neuen Türschlösser drei Schlüssel am Bund. Welcher gehörte zur Eingangstür? Jana beugte sich vor. Ihre Finger zitterten. Vielleicht hatte sie Glück und beim ersten Versuch klappte es.

Sie bekam nicht einmal den Bart ins Schloss, da hörte sie bereits Schritte auf den Pflastersteinen näherkommen. Die Hunde begannen zu bellen, kratzten von innen gegen die Tür, schienen Janas Angst zu spüren. Sie schaffte es nicht rechtzeitig.

»Keine Spielchen habe ich gesagt!«, brüllte Kumpf.

Jana ignorierte seine Warnung. Als ihr der Hausschlüssel aus den zitternden Händen fiel, lief sie so schnell los, wie es ihr unter Atemnot möglich war. Ein kurzes Stück über die Einfahrt, dann schlug sie sich durch die Koniferen auf die Felder. Der schlammige Acker saugte ihre Schuhe ein, die sich nur schmatzend vom Untergrund trennten. Ihr Atem ging rasselnd. Jana griff unter ihren Mantel, um an ihr Smartphone zu gelangen. Sie zog es aus der Hosentasche, das helle Display blendete sie, dennoch drückte sie sofort auf die Wahlwiederholung. Franks Nummer. Im nächsten Moment spürte sie eine Hand auf ihrer Schulter, die sich wie die Pranke des Tigers, der eben noch neben der Schachtluke gelauert hatte, in ihr Fleisch bohrte. Er riss sie so heftig zurück, dass sie das Gleichgewicht verlor und auf den Boden stürzte. Ob Frank den Anruf entgegengenommen hatte, hörte sie nicht mehr. Kumpf entriss ihr das Handy, beendete das Telefonat und schleuderte das Gerät mitten auf den Acker. Dann zerrte er sie wortlos auf die Füße und drückte ihr den Lauf seiner Waffe an die Schläfe.

»Keinen Mucks, Jana. Sonst sind Sie tot. Egal wie mein Auftrag lautet.« Er stieß sie vor sich her, schob sie durch die Wand der Koniferen, deren Äste ihr schmerzhaft ins Gesicht schlugen.

»Meine Medizin«, hechelte Jana erneut, als er sie kurz darauf über die Einfahrt schleppte. Sie erreichten die Garage. Der Schachtdeckel war verschlossen und mit dem Riegel gesichert. Jana hörte aus dem Haus die Hunde bellen. Kumpfs Pranke krallte sich immer noch in ihre Schulter. Er zerrte sie zum Werkzeugkasten. Zielstrebig griff er nach einem Kabelbinder und verschnürte ihr damit die Hände auf dem Rücken. Aus dem Schacht schallte plötzlich die Stimme André Kleebaums.

»Jana? Geht es Ihnen gut? Verdammt, was läuft hier?« Dann schlug er mehrfach gegen den Schachtdeckel und verursachte einen Höllenlärm.

»Idiot«, murmelte Kumpf, drückte Jana resolut zu Boden und wollte auch ihre Füße mit Kabelbinder verschnüren. Da ein Streifen dazu nicht lang genug war, fischte er eine Rolle Klebeband aus der Werkzeugkiste, wickelte es um ihre Fußgelenke und klebte ihr abschließend ein Stück davon über den Mund.

»Verhalten Sie sich still!«, drohte er und wandte sich der Schachtluke zu. Mit einem Ruck zog er den Riegel beiseite und riss die Luke in die Höhe. Kleebaums Kopf, der sofort in der Öffnung auftauchte, erhielt einen derben Kinnhaken, sodass er mit voller Wucht gegen die Schachtluke knallte. Lautes Poltern folgte, als ihr Nachbar die Leiter hinunterfiel. Jana erkannte bestürzt, dass er keinen Ton mehr von sich gab. Hatte Kumpf ihn getötet? War sie die Nächste, die sterben musste? Verzweifelt schloss sie die Augen.

Kapitel 29

Dienstag, 05. April, 01.25 Uhr

Das Klingeln des Telefons riss ihn mitten aus dem Tiefschlaf. Wie immer lag sein Handy auf der niedrigen Nachtkonsole direkt neben seinem Boxspringbett, das er sich im Anflug einer Laune im letzten Sommer zugelegt hatte. Da er in diesem Bett höher lag als in seinem alten, überragte es den Nachttisch um zwanzig Zentimeter. Bei jedem nächtlichen Anruf, der ihn zum Einsatz rief, stieß er mit seiner Hand gegen den Schirm seiner Nachttischlampe, die schon mehr als einmal umgefallen war. So auch jetzt. Max Teubner fluchte, tastete mit den Fingern nach dem vibrierenden Smartphone und blinzelte dabei in die Leuchtziffern seines Radioweckers, der ihm eine Zeit von 1.10 Uhr anzeigte. »Ja?«, murmelte er schlaftrunken, nachdem der Bildschirm auf sein fahriges Wischen reagiert hatte.

»Endlich erreiche ich dich«, tönte Frank Strodtbeck erregt durch die Leitung. »Komm sofort zum Haus der Brechts. Jana wurde entführt. Die Kriminalhauptstelle ist bereits informiert. Die Einzelheiten erkläre ich dir hier.« Schon hatte er aufgelegt, bevor Teubner ihm etwas sagen konnte, das seine Angst beschwichtigte.

Teubner sprang mit einem Satz aus dem Bett. Minuten später saß er hinterm Steuer seines VW Sciroccos und lenkte ihn von Fröndenberg-Langschede, wo er mit seinem Sohn Raffael im Landhaus bei seiner Tante wohnte, über die Wilhelmshöhe zur B 1 und dann Richtung Unna-Mühlhausen. Um diese Zeit lag die tagsüber stark befahrene Straße wie ausgestorben da.

Als er nach Mühlhausen abgebogen war, sah er kurz darauf von Weitem die Einsatzfahrzeuge von Polizei und Feuerwehr.

Rettungs- und Krankentransportwagen komplettierten das Aufgebot der blinkenden Blaulichter. Teubner parkte am Fahrbahnrand und eilte auf das Gebäude zu, vor dem Frank Strodtbeck gerade einen heftigen Wortwechsel mit einem der Sanitäter ausfocht.

»Wir werden den Patienten hier notversorgen und dann ins Krankenhaus bringen, wo er professionelle Versorgung bekommt. Sie sehen doch, dass er ohne Bewusstsein ist. Er kann Ihnen keine Fragen beantworten.« Der Sanitäter, ein schmächtiger Typ mit dunklen Haaren und randloser Brille, musste schon eine Weile mit Strodtbeck diskutieren. Seine Stimme keifte, als entspringe sie der Kehle eines Terriers.

»Sie sagten eben selbst, Herr Kleebaum habe vermutlich durch den Sturz sein Bewusstsein verloren und in solchen Fällen würden die Patienten meist kurze Zeit später aufwachen«, ereiferte sich Strodtbeck. »Ich brauche seine Aussage! Davon hängt ein Leben ab.«

»Hören Sie mir eigentlich nicht zu?«, murrte der Sanitäter und blickte genervt zum Arzt, der weiterhin mit der Notversorgung beschäftigt war. »Ich sagte, es könnte genauso gut möglich sein, dass er erst morgen oder gar nicht erwacht! In diesem Zustand nützt Ihnen der Mann gar nichts.«

Ehe Strodtbeck eine neue Protestsalve abschießen konnte, fasste Teubner ihn am Oberarm und zog ihn beiseite. »Nun beruhige dich, Frank! Lass den Mann seine Arbeit machen und erklär mir, was hier los ist.«

Strodtbeck atmete tief durch und drehte dem Sanitäter, der sich wieder zum Rettungswagen wandte, den Rücken zu. »In der Dienststelle war heute der Teufel los. Einbrüche, Vandalismus, Handgreiflichkeiten zwischen Eheleuten. Wir waren permanent unterwegs. Da die Nachtschicht krankheitsbedingt unterbesetzt war, habe ich einige Stunden drangehängt. Sonst wäre ich längst bei Jana gewesen und …«

»Nun mal eines nach dem anderen!«, unterbrach Teubner. »Jana hat dich also nicht benachrichtigt?«

Strodtbeck schüttelte zerknirscht den Kopf und verbarg seine Hände tief in den Jackentaschen. Vermutlich wollte er vermeiden, dass man sie zittern sah. Er musste völlig mit den Nerven fertig sein. »Nein. Ich habe Jana schon zig Mal angerufen, aber sie geht nicht ran. Nina Kleebaum hat den Notruf gewählt. Sie war zu Hause vor dem Fernseher eingeschlafen und hat beim Aufwachen festgestellt, dass ihr Mann André immer noch nicht mit den Hunden zurückgekehrt war. Sie ist sofort los und hat ihn gesucht. Da er sich bei seiner Runde auch einen inserierten Jaguar von den Brechts ansehen wollte, ist sie zunächst dorthin gegangen. Da war es schon kurz nach Mitternacht«, fuhr Strodtbeck hektisch fort. »Genau in dem Moment ist ein dunkler Transporter vom Grundstück gerast und auf die Hauptstraße gebogen. Nina Kleebaum musste zur Seite springen. Sie ist den Rest des Weges bis zum Wohnhaus gerannt. Schon von Weitem hat sie die Hunde bellen hören. Auf ihr Klingeln und Klopfen haben nur die Dobermänner reagiert. Daraufhin hat sie den Notruf gewählt, der …«, Strodtbeck zückte ein Notizbuch und blätterte kurz, »… um 0.10 Uhr bei uns eingegangen ist.«

»Du warst also als einer der Ersten hier am Tatort?«, fragte Teubner.

Strodtbeck nickte. »Zehn Minuten haben wir hierher gebraucht. Da wir die Situation als Gefahr in Verzug eingeschätzt haben, bin ich sofort zur rückwärtigen Terrassentür gelaufen und habe sie eingeschlagen. Sherlock und Watson, die Dobermänner der Kleebaums, sind an mir vorbeigeprescht und auf die Garage zugestürmt, deren Tor weit geöffnet war. Als sie ihre

Nasen an die Luke gehalten und laut gebellt haben, sind der Kollege und ich da runtergeklettert. Sieh selbst.«

Teubner folgte Strodtbeck gespannt.

»Da hat André Kleebaum gelegen«, erläuterte Strodtbeck und deutete in den unterirdischen Raum, »in gekrümmter Haltung am Boden und er hat sehr flach geatmet. Wir haben den Notarzt informiert und ihn in die stabile Seitenlage gebracht. Der Feuerwehr ist es nur mithilfe eines Krans gelungen, die Trage heraufzuschaffen.«

Teubner trat an den Schacht. Ihm kam unwillkürlich in den Sinn, dass er den Mann, der dort hinuntergestürzt war, noch vor wenigen Stunden verdächtigt hatte. Als er sich allerdings seinen Waffenschrank angesehen hatte, war ihm klargeworden, dass seine Waffen allein schon vom Kaliber her nicht für die Morde infrage kamen. »Wieso ist diese geheime Kammer der KT bei der Hausdurchsuchung nicht aufgefallen?«, murmelte er mehr zu sich selbst. »Was ist das für ein Hohlraum da unten?«

»Die Luke war nicht zu sehen. Da stand ein alter Jaguar verdeckt mit einer Plane drauf.« Strodtbeck rieb sich mit dem Handrücken über die Stirn und deutete dann quer hinüber Richtung Haus, vor dem ein hellgrauer Oldtimer stand. »In dem Raum da unten stehen Vitrinen, deren Glas zerschlagen ist. Der Inhalt wurde vermutlich mit dem dunklen Transporter weggeschafft, den Nina Kleebaum gesehen hat. Außerdem befürchte ich, dass Jana sich ebenfalls in dem Auto befunden hat. Es gibt weder im Haus noch in der näheren Umgebung eine Spur von ihr, aber ihr blauer Ford Fiesta steht vor dem Grundstück am Straßenrand.« Er zog sein Smartphone aus der Tasche und wählte eine Nummer. »Siehst du? Sie geht nicht ran.«

»Hat die Kleebaum das Kennzeichen des flüchtenden Wagens erkannt? Wo ist sie überhaupt?«, fragte Teubner.

Ehe Strodtbeck zu einer Antwort ansetzen konnte, hörten beide eine helle Frauenstimme. »Gott sei Dank, André! Ich habe die Hunde nach Hause gebracht. Geht es dir gut? Was ist passiert?« Nina Kleebaum musste zurückgekehrt sein und ihren Mann bei Bewusstsein vorgefunden haben.

Strodtbeck drehte sich sogleich von Teubner ab und eilte auf den Notarztwagen zu. Ehe er auf den Wagen klettern konnte, packte er ihn am Arm. »Das überlasse lieber mir, Frank!«

»Aber Jana ...«, wollte der Uniformierte einwenden.

»Ich werde Herrn Kleebaum befragen«, beharrte Teubner, »sobald der Arzt mir das Okay gibt.« Er bemühte sich, den Kollegen vom Rettungswagen wegzuziehen, dieser stemmte sich jedoch mit Gewalt gegen den Griff und wollte sich losreißen. Teubner musste all seine Kraft aufbringen, um ihn zurückzuhalten.

»Herr Kleebaum?«, schrie Strodtbeck. »Was ist mit Jana?« Er zog sich mit Teubner im Schlepptau bis an den Rettungswagen, hinter dem auch Nina Kleebaum stand. Der Notarzt drehte sich entsetzt um, der Sanitäter baute sich sogleich auf, um den Weg zu versperren.

»Ich weiß es nicht!«, murmelte Kleebaum kraftlos. »Bevor dieser ... Mann kam, wie nannte Jana ihn? Verdammt, mein Hirn!« Er griff sich mit der Hand an die Stirn, als habe er starke Schmerzen.

»Das reicht!«, sagte der Sanitäter scharf. »Wir fahren jetzt ins Krankenhaus! Machen Sie den Weg frei, damit wir die Türen schließen können!« Die randlose Brille war ihm auf die Nasenspitze gerutscht und verlieh ihm das Aussehen eines Nerds.

»Wo bringen Sie meinen Mann hin?«, fragte Nina Kleebaum sogleich.

»Herr Kleebaum! Bitte! Hieß der Mann Kumpf?«, gab Strodtbeck nicht auf.

»Kann sein«, rief der Patient und seine Stimme klang verzweifelt. »Ich erinnere mich nicht. Er hat mich die Leiter hinuntergestoßen. Jana konnte zunächst fliehen. Er ist ihr gefolgt. Mehr weiß ich wirklich nicht.«

Strodtbeck nickte enttäuscht. »Danke trotzdem. Haben Sie gesehen, was in den Glasvitrinen der Kammer aufbewahrt worden ist? Hatte der Täter noch jemanden bei sich?«

Kleebaum mühte sich, den Kopf etwas höher zu heben, was ihm kläglich misslang, kraftlos fiel er zurück. »Komplize? Glaube nicht. Da unten waren alte Vasen, Schmuck, Statuen, Masken. Ein Vermögen, vermute ich.«

Teubner bedankte sich und zog Strodtbeck zur Seite. Dann wandte er sich an Jana Kleebaum, die nun ebenfalls vom Rettungswagen wegtrat. »Nur eine Frage. Konnten Sie das Kennzeichen des Transporters erkennen, der vom Grundstück gefahren ist?«

Nina Kleebaum ignorierte die Frage und wandte sich noch einmal an den Sanitäter, der gerade die Türen des Rettungswagens zuschieben wollte. »Wo bringen Sie meinen Mann hin?«, wiederholte sie.

»Christliches Klinikum Mitte«, kam die knappe Antwort, bevor er die Türen verschloss.

Nina Kleebaum seufzte und sah dem Rettungswagen zu, der mühsam zwischen all den Fahrzeugen wendete. Dann wandte sie sich an Teubner. »Ich glaube, es war ein Mülheimer Nummernschild, aber sicher bin ich nicht.«

»Fahndung nach Björn Kumpf?«, fragte Strodtbeck sofort.

Teubner hob die Schultern. »Ich kläre das mit Marschewski. Wieso ist der eigentlich nicht hier?«

»Keine Ahnung.« Strodtbeck blickte voller Sorge und tippte die Wahlwiederholung auf seinem Smartphone.

»Also gut, dann gib die Fahndung raus.«

Strodtbeck nickte und wandte sich ab. Im selben Moment trat ein Kollege der Spurensicherung durch das Gebüsch, welches das Grundstück zu den angrenzenden Feldern abgrenzte. Mit dem weißen Anzug, dessen zugeschnürte Kapuze nur einen kleinen Ausschnitt seines Gesichts freiließ, wirkte er in der Dunkelheit wie ein Alien, der gerade sein Raumschiff verlassen hatte. In seinen behandschuhten Händen hielt er einen Beweissicherungsbeutel, in dem sich ein Smartphone befand. »Ich bin frischen Fußspuren gefolgt, die durch das Gebüsch aufs Feld führen. Da habe ich in einiger Entfernung das Display dieses Telefons leuchten sehen und als ich näherkam, blickte mich das Foto von Strodtbeck an.«

Frank Strodtbeck schnellte herum.

»Das Smartphone ist nicht passwortgeschützt«, fuhr der Kriminaltechniker fort, »und gehört Jana Helmes. Der letzte Anruf, den sie tätigen wollte, ist vor ein paar Stunden ebenfalls an Strodtbeck gegangen.«

Das Gesicht von Frank Strodtbeck wurde weiß wie Kalk. Er musste sich Vorwürfe machen, dass er den Anruf nicht entgegengenommen hatte. Warum nur hatte Jana Helmes nicht den Notruf gewählt?

Kapitel 30

Dienstag, 05. April, 03.55 Uhr (Ortszeit Nähe Alexandria)

»Wir haben ihn!«, schrie Abbas Dawuhd, vollführte gleichzeitig ein rasantes Fahrmanöver und lenkte das Taxi mit quietschenden Reifen und ausschlagendem Heck auf einen Parkplatz. »Dahinten!«, brüllte er, als könne Maike schwerhörig geworden sein. »Erster Lkw mit roter Plane, ich sehen seit Mallawi.« Er fuhr nah an dem Laster vorbei und bat, sie solle das Kennzeichen überprüfen.

Maike fotografierte die Nummernschilder im Vorbeifahren, da sie sich die arabischen Schnörkel in so kurzer Zeit nicht einprägen konnte, um sie zu vergleichen. Als Abbas etwas später das Taxi in einiger Entfernung zum Lastwagen abstellte, reichte sie ihm ihr Handy. »Würdest du die beiden Fotos kontrollieren? Ich erkenne keinen Unterschied.«

Dawuhd sah sich die Bilder aufmerksam an. »Sein gleicher Lkw«, sagte er sofort. Der zweifelnde Blick von Maike nötigte ihn zu einer Erklärung: »Ganz einfach: Roter Balken oben bedeuten Lkw. Darin stehen links EGYPT für Ägypten, daneben die arabischen Zeichen. Unten du sehen schwarze Zahlen und Buchstaben auf weiß für Halter. Vier Ziffern und drei Lettern heißen restliches Ägypten, nicht Kairo oder Gizeh. Auf beiden Fotos alles passen, also gleicher Laster. Ich sagen doch, wir finden vor Libyen. Und haben gefunden ihn kurz vor Alexandria.« Dawuhds Zähne blitzten in der Dunkelheit, als er sie anstrahlte. »Jetzt du aufpassen, wann Fahrer losfahren, dann mich wecken. Ich so lange Pause.«

Maike schüttelte langsam den Kopf. Während der ihr endlos erscheinenden Autofahrt, die inklusive kurzer Rast an einer

Tankstelle sechseinhalb Stunden gedauert hatte, war ihr eine Idee gekommen, die sich in ihrem Hirn verankert hatte. »Ich habe deine Zeit viel zu lang in Anspruch genommen, Abbas. Dafür kann ich dir nicht genug danken. Ich werde versuchen mich auf die Ladefläche des Lasters zu schleichen. Falls mir das gelingt, darfst du die Heimreise antreten.«

»Nein! Zu gefährlich!«, wandte der Taxifahrer augenblicklich ein.

»Es ist zu auffällig, wenn dem Lkw auf dem Rest der Route stets ein Taxi folgt. Übers Mittelmeer geht es außerdem mit der Fähre. Der Fahrer würde uns bemerken. Bei meiner Idee ist der einzige Schwachpunkt, dass man mich beim Entern des Lasters entdeckt.«

»Ich lenken Fahrer ab«, versprach Dawuhd. »Trotzdem nix gutes Gefühl.« Seine Stirn krauste sich, seine dichten Augenbrauen verschmolzen zu einer welligen Einheit.

»Wird schon gutgehen«, munterte Maike ihn auf und berührte kurz seine Hand, die noch auf dem Lenkrad lag, bevor sie die Wagentür öffnete und das Taxi verließ. »Ich werde mal die Lage checken. Bin gleich wieder da«, erklärte sie und ging langsam auf den roten Laster zu. Sie verhielt sich so, als würde sie sich nach langer Autofahrt die Füße vertreten. Um den Lkw herum schien alles ruhig zu sein. Neben Dawuhds Taxi befand sich sonst nur ein weiteres Fahrzeug auf dem Parkplatz, ein größerer Truck. Das Rauschen der Autos auf der Straße dominierte die Geräuschkulisse. Maike schlenderte auf der Beifahrerseite Richtung Fahrerkabine, die weit über ihrem Kopf lag. Sie beschloss, einen Blick ins Innere der Kabine zu werfen. Sollte der Fahrer sie bemerken, würde sie eine belanglose Frage stellen. Vorausgesetzt der Mann erkannte sie vom Geschehen in der Fabrikhalle nicht wieder. Maike setzte einen Fuß auf den Tritt und zog sich langsam am Türgriff hoch. Dann spähte sie vorsichtig ins Wageninnere. Fahrer- und Beifahrersitz waren leer. Allerdings befand sich dahinter eine schmale Liege. Darauf sah man unter einer Decke die Konturen eines Menschen.

»Bingo!«, dachte sie und sprang leise auf den Boden. Nachdem sie die rückwärtige Befestigung der roten Plane geprüft und festgestellt hatte, dass diese nur mit Schnallen gesichert war, ging sie zufrieden zu Dawuhds Taxi zurück. »Der Fahrer schläft!«, erklärte sie. »Du kannst mir helfen, indem du die Lederschnallen hinter mir verschließt, sobald ich auf der Ladefläche bin. Wenn ich das selbst mache, dauert es zu lange.«

Dawuhds Gesichtsausdruck verdeutlichte, dass er nicht begeistert war. Dennoch stieg er aus und griff nach ihrem Rucksack. Schweigend gingen sie auf den Laster zu. Maike begann sogleich, einige der Riemen zu lösen. Bald ließ sich die rote Plane weit genug beiseiteschieben, um durch die Öffnung auf die Ladefläche klettern zu können.

»Jeden Tag du dich melden. Du versprechen?«, raunte der Ägypter leise und drückte ihre Hand sehr fest, wie um zu betonen, wie wichtig ihm das war.

»Ehrenwort«, flüsterte Maike. »Und vielen Dank für deine Hilfe. Sobald ich am Ziel bin, werde ich dir die Kosten für deine Zeit und den Sprit überweisen.« Sie umarmte den Taxifahrer, bevor sie in die ineinander gekreuzten Finger Dawuhds trat und sich mit seiner Hilfe lautlos auf den Lastwagen schob. »Komm gut nach Hause«, wisperte sie, ehe Abbas ihr ihren Rucksack reichte, sich danach plötzlich umdrehte und davonrannte. »Hey!«, rief Maike leise. Er hatte vergessen, die Plane zu verschließen. Im selben Moment öffnete er schon den Kofferraum seines Taxis und hievte eine Tüte sowie einen Sechserpack Trinkwasser heraus, was er dann zu ihr schleppte.

»Ich an Tankstelle Vorräte besorgen. Du sie brauchen«, sagte der Taxifahrer leise und reichte ihr das Wasser und die mit Lebensmitteln gefüllte Papiertasche. »Viel Glück!«, fügte er hinzu, bevor er die Plane von außen verschloss.

Maike vernahm kein weiteres Wort ihres treuen Freundes. Bald glaubte sie, sich entfernende Schritte zu hören. Kurz darauf sprang der Motor des Taxis an, ehe sich das Geräusch entfernte. Zunächst nutzte Maike die Taschenlampenfunktion ihres Smartphones, um sich auf der Ladefläche zu orientieren. Die Frachtkisten aus der Lagerhalle standen nicht besonders ordentlich. Das zeugte von der Hektik, unter der die Arbeiter die Ladung verpackt hatten. Maike suchte sich einen Platz im hinteren Teil des Lasters, wo man sie nicht sofort bemerken würde. Sie zwängte sich an den Holzkisten vorbei, die auf Paletten standen. Kurz vor der Trennwand zum Führerhaus tat sich ein Spalt von ungefähr 60 Zentimetern auf. Als sie auf den Boden blickte, sah sie warum. Hier lagen unzählige Decken ineinandergeschoben, die sonst zum Schützen des Transportgutes dienten. Besser konnte es für sie nicht laufen. Sie zog die Wolldecken etwas zurecht, dann holte sie Rucksack und Vorräte in ihr Versteck und ließ sich auf dem weichen Polster nieder. Sie streckte ihre Füße von sich und fühlte sich wie eine Abenteurerin auf einer Fahrt ins Ungewisse.

Der Lkw fuhr bereits eine Dreiviertelstunde später los. Der Spalt hinter den Frachtkisten auf den ineinandergeschobenen Decken entpuppte sich als bequemer Platz, dennoch fand Maike keine Ruhe. Vielleicht lag es daran, dass sie bei Abbas im Taxi eine Weile geschlafen hatte, oder die stickige Luft, die sich unter der Plastikplane staute, hinderte sie daran, zur Ruhe zu kommen. Sie wälzte sich von einer Seite auf die andere, dabei kreisten ihre Gedanken um Jochen, aber auch um ihre Reise nach Ägypten, und sie fragte sich, ob ihr Weg irgendwann zu einem Ziel führen würde. Nicht nur geografisch, sondern auch, indem die Täter überführt wurden. Maikes Handy vibrierte. Teubner rief in aller Herrgottsfrühe an. Rasch nahm sie das Gespräch entgegen und dämpfte die Stimme etwas, obwohl der Lkw-Aufbau vom Führerhaus durch einen Spalt getrennt war. »Hallo Max! Bist du aus dem Bett gefallen? Was ist los?«

»Endlich erreiche ich dich! Maike! Wieso meldest du dich nicht? Ich habe mir riesige Sorgen gemacht und war kurz davor, Interpol einzuschalten. Da bittest du mich um ein Foto von Björn Kumpf und dann ist Funkstille. Alles in Ordnung bei dir?« Teubner klang müde, besorgt und auch ärgerlich.

»Tut mir leid, Max. Aber ich habe mich in einer delikaten Lage befunden, als du angerufen hast.« Sie berichtete ihm von ihrem Gefängnis in der Kiste, von ihrer Flucht, von Abbas und dass sie sich nun auf der Ladefläche eines Lkw befand.

»Bist du verrückt?«, schimpfte Teubner. »Was ist, wenn man dich erwischt? Der Lkw muss durch den Zoll! Ist dir das klar?« Er seufzte entsetzt. »Ich werde mich mal erkundigen, bei welchen Stellen man um Auslieferung oder Strafminderung betteln sollte, falls sie dich in Ketten legen und in ein dunkles Loch sperren. Vielleicht kann ich wenigstens erreichen, dass sie dir neben Wasser und Brot ab und zu einen Hirsebrei servieren.«

»Sehr witzig, Max. Ich passe schon auf mich auf. Wieso bist du eigentlich so früh auf den Beinen?«

Teubner erzählte ihr von seinem Einsatz im Hause der Brechts, der mutmaßlichen Entführung von Jana Helmes und vom rücksichtslosen Vorgehen des Täters gegenüber André Kleebaum. »Wir vermuten, dass Björn Kumpf dahintersteckt. Wieso sollte ich dir eigentlich ein Foto von ihm schicken? Bist du in Ägypten auf ihn gestoßen? Dann müsste jemand anderes den Überfall auf die Helmes und ihren Nachbarn verübt haben.«

Maike versuchte die neuen Informationen zu verarbeiten, was bei dem Gerumpel auf den teils desolaten Straßen nicht so einfach war, und schüttelte den Kopf. »Nein«, sagte sie langsam, »Björn Kumpf war es eben nicht, den ich in Tuna el-Gebel beim illegalen Handel beobachtet habe. Es muss also mehrere Täter geben. Vielleicht hat sich im Ruhrgebiet eine Bande organisiert, die mit antiken Objekten ein Riesengeschäft macht. Da ist ein Menschenleben nicht viel wert. Jetzt fehlen nur die Beweise, dass die Gruppe auch hinter den Morden an den Brechts und deren Gehilfen steckt, und ich möchte wissen, wer auf Jochen geschossen hat.«

»Du meinst eine regelrechte Ruhrpott-Connection? Daran habe ich auch schon gedacht. Wir finden es heraus. Wie geht es Hübner? Hast du Neuigkeiten? Wir bekommen kaum Informationen. Dieser Marschewski ist nicht besonders kooperativ.«

»Bislang unverändert. Seine Verletzungen heilen nur langsam. Ich will aber gleich noch mal seine Schwester anrufen, ist jetzt ein bisschen zu früh.«

»Das wird schon, Maike. Der Hübner ist ein Kämpfer, der lässt sich nicht so leicht unterkriegen. Wirst sehen, wenn du zurück bist, zieht er dir aus dem Krankenbett heraus die Ohren lang, weil du so unvorsichtig warst. Ich muss mich jetzt spurten. Noch duschen, umziehen und frühstücken. Um acht bin ich wieder zum Dienst eingeteilt. Ist echt eine Katastrophe momentan mit dem hohen Krankenstand.«

»Alles klar, Max. Halt die Ohren steif und mich auf dem Laufenden!«

»Mach ich. Und du bist vorsichtig! Und bleib erreichbar!«

Maike versprach es und beendete das Telefonat. Dann lehnte sie sich zurück und schloss die Augen. Teubners Aufmunterungsversuche mochten gut gemeint sein, aber sie selbst machte sich irrsinnige Sorgen. Ob sie um diese Zeit schon bei Chiara anrufen durfte? Sie entschied sich dazu, ihr eine WhatsApp-Nachricht zu schicken. Die Antwort kam prompt. Sein Zustand sei stabil, aber unverändert, schrieb Chiara knapp. Maike ließ ihren Kopf enttäuscht auf die Decke in ihrem Rücken fallen. Würde ihr Freund je wieder aufwachen? Wäre es mit ihm je so wie vor der Schussverletzung, die ihn ins Koma befördert hatte? Wie sollte sie damit umgehen, falls er eine ernsthafte Behinderung zurückbehielt? Einen Hirnfehler, motorische Störungen, vielleicht konnten sie nie mehr miteinander lachen. Tränen traten in ihre Augen und sie verdrängte die traurigen Gedanken. Das gleichmäßige Motorengeräusch und Ruckeln des Lasters beruhigten sie. Kurz darauf fiel sie in einen traumlosen Schlaf.

Kapitel 31

Dienstag, 05. April, 13.00 Uhr (Nordafrika, Ortszeit)

Ein Geräusch weckte sie so abrupt, dass sie zusammenzuckte. Zunächst bemerkte sie, dass der Lkw nicht mehr fuhr. Maike war in den vergangenen Stunden immer wieder in leichten Schlaf gefallen. Zwischendurch hatte der Lkw einmal eine längere Pause gemacht. Auch jetzt stand der Motor wieder still. Sie hörte Stimmen. Männer unterhielten sich auf Arabisch, dabei nestelte jemand an den Verschlussschlaufen der Lkw-Plane herum. Sofort war Maike hellwach. Mit hastigen Bewegungen zog sie ihr Hab und Gut zu sich und verbarg es verteilt unter den zahlreichen Decken. Kurz bevor die Plane zur Seite geschoben wurde, bedeckte sie ihre Beine mit mehreren Wolldecken und warf sich weitere über den Oberkörper. Sie atmete flach und lauschte.

Im nächsten Moment hörte sie bereits die Scharniere der Ladeklappe quietschen, die heruntergelassen wurde. Dann vibrierte der Boden des Lkw, als jemand auf die Ladefläche sprang. Waren das die Schritte zweier Personen, die sich nun mit ihr in dem Fahrzeug befanden? Eine Kontrolle? Hatten sie die erste Grenze erreicht? Würden sie gleich Ägypten verlassen und es ging weiter nach Libyen?

Maike hob die Decken etwas an und sah vier Beine zwischen den Kisten. Sie vergrößerte das Guckloch vorsichtig, um die Männer besser sehen zu können. Einer der beiden trug Uniform, war anscheinend Grenzbeamter. Der andere, also der Fahrer des Lkw, steckte in einer roten Haremshose, die seine füllige Figur ein wenig kaschierte. Mit weißem Hemd und Lederweste wirkte er wie ein arabischer Marktverkäufer, es fehlte nur der Turban auf dem Kopf. Auffällig war der buschige dunkle Bart, der dem Glatzkopf fast bis auf die Brust fiel. Jetzt öffnete er eine der Frachtkisten. Der Zollbeamte entnahm eine Mumienfigur aus Kunststein und begutachtete sie von allen Seiten. Nach einer Weile legte er sie zurück. Der Fahrer überreichte ihm Papiere, die der Grenzer aufmerksam studierte. Einige Male zog er seine Stirn kraus und schüttelte den Kopf.

Maikes Herz schlug heftig gegen ihre Brust. Der Beamte schien seinen Job ernst zu nehmen, er ging auf der Ladefläche weiter in ihre Richtung und klopfte auf eine andere Kiste, die der Fahrer ebenfalls öffnen musste. Maike zog das Guckloch fast zu und wagte kaum zu atmen. Hatte sie in der Eile all ihre Sachen und die Vorräte ordentlich verdeckt? Was, falls dem Lkw-Fahrer auffiel, dass die Decken nach der Abfahrt verändert worden waren? Wie mochte er reagieren? Hoffentlich stand er so unter Druck aufzufliegen, dass er die Veränderungen im Heck des Lasters nicht bemerkte.

Endlich hatte er den Deckel der zweiten Kiste geöffnet. Der Grenzbeamte warf einen Blick hinein, schob etwas vom Füllstroh beiseite und nickte. Während er die Papiere erneut kontrollierte, durfte der Lastwagenfahrer die Frachtkisten wieder schließen. Das Hämmern, als er die Nägel einschlug, schallte laut über die Ladefläche. Maike hätte sich gern die Ohren zugehalten, wagte aber nicht, sich zu bewegen. Endlich sprangen die beiden Männer vom Lkw. Die Ladeklappe wurde hochgeschoben und verriegelt, die Plane zugezogen. Sofort warf Maike die Wolldecken von ihrem Oberkörper und pumpte gierig Sauerstoff in ihre Lungen. Die letzten Sicherungsschlaufen wurden von außen verschlossen, sodass sie sich nun auch der Decken an ihren Beinen entledigte. Dann griff sie nach einer der Wasserflaschen und trank sie halb leer.

Als der Lastwagen sich kurz darauf in Bewegung setzte, atmete sie auf und spürte gleichzeitig einen unangenehmen Druck auf ihrer Blase. Bei einer vorherigen Rast hatte sie sich von der Ladefläche schleichen können, um sich zu erleichtern, das war jetzt leider nicht möglich gewesen. Da der Lkw nun wieder Fahrt aufnahm, würde sie sich den Drang auf die Toilette zu gehen, noch eine Weile verkneifen müssen. Ein Blick auf ihr Smartphone zeigte eine schwache Akkuleistung. Claudia hatte sich noch nicht gemeldet. Maike wählte ihre Nummer, landete jedoch auf der Mailbox. Sie bat um Rückruf, sobald es ihr möglich war, denn sie wartete gespannt auf neue Erkenntnisse über den Sarkophag. Wer ihn wohl vom Flughafen abholen würde? Als Nächstes rief Maike Abbas Dawuhd an. Der Ägypter war bereits beim zweiten Klingelton in der Leitung.

»Ah, Maike! Gehen gut? Wo du sein? Haben genügend Vorräte? Sein wieder zu Hause. Nix arbeiten heute. Leihwagen sein abgeschleppt. Firma viel Geld wollen für zerstochene Reifen. Ich sagen, nix zahlen. Du von deutsche Presse und wollen recherchieren in Ägypten für große Zeitung. Sein okay jetzt. Du nix müssen bezahlen.«

Ehe Maike erklären konnte, dass sie den Hyundai gut versichert hatte und sie vermutlich sowieso nicht für den Schaden hätte aufkommen müssen, fuhr Abbas bereits mit seinem Redeschwall fort. Er erzählte von Bahiti, die vorzüglich gekocht habe, und von seinem Sohn, der morgen für einige Tage zu Besuch komme. Dann ermahnte er sie, vorsichtig zu sein und sich bei ihm zu melden, damit er sich nicht allzu große Sorgen machen brauche. Bevor Maike ihn beruhigen konnte, streikte der Akku des Smartphones und das Gespräch brach ab. Seufzend kramte sie das Ladekabel aus dem Rucksack und schloss das Gerät an die Powerbank an.

Der Lkw rumpelte über die Fahrbahn und Maikes Drang, sich irgendwo zu erleichtern, verstärkte sich. Wann würde der Fahrer die nächste Pause machen? Sie zog eine Packung mit Sandwiches, die Abbas besorgt hatte, aus dem Rucksack und trank nur wenig Saft dazu. Dabei ließ sie sich Zeit. Danach schaute sie sich die Fotos von der Landkarte an und konzentrierte sich auf die Route, die einer der Hehler eingezeichnet hatte. Hinter der Grenze von Ägypten zu Libyen ging die Fahrt bis Tobruk am Mittelmeer entlang, dann ein Stück landeinwärts, bevor die Strecke eine Zeit lang wieder parallel zum Meer verlief. Bis zu ihrem vorläufigen Reiseziel Tunis lagen jedenfalls noch etliche Kilometer vor ihnen, dazu kam, dass der Fahrer ja auch Pausen einlegen musste. Maike zog ihren Laptop zu sich und schrieb ihre bisherigen Erkenntnisse so auf, wie sie es vom Büro her für einen Bericht getan hätte. Die konzentrierte Arbeit tat ihr gut und die Zeit verging wie im Flug.

Als der Lkw die nächste Rast einlegte, stand ihre Blase kurz vor dem Platzen. Maike wartete eine Weile, bevor sie sich von der Ladefläche schlich. In einer nah gelegenen Buschreihe konnte sie sich endlich erleichtern. Danach vertrat sie sich in der Dunkelheit ein wenig die Beine. Eine milde Meeresbrise umwehte sie. Gierig zog sie die frische Luft in ihre Lungen. Sie hoffte, dass der Fahrer nun einige Stunden schlafen würde, und kletterte zurück auf den Laster, schloss wieder umständlich von innen die Schlaufen der Plane und machte es sich auf ihrem Deckenstapel gemütlich. Aus den Vorräten von Abbas Dawuhd wählte sie eine Dose, die so etwas Ähnliches wie Ravioli beinhaltete. Selbst an Besteck hatte Abbas gedacht. Mit gefülltem Magen lehnte sie sich zufrieden zurück, verschränkte die Arme hinter dem Kopf und starrte unter das rote Dach des Lkw. Kurz darauf schlief sie ein.

Die Fähre von Tunis nach Genua legte am Donnerstag um 16 Uhr ab. Maike blieb bis zum späten Abend in ihrem Versteck, bevor sie zum Heck des Lkw schlich, einige der Lederriemen öffnete und durch den Spalt spähte. Das Parkdeck war gut gefüllt. Sie löste vorsichtig weitere Riemen und kletterte über die hochgeklappte Ladeklappe. Im selben Moment leuchteten zahlreiche Lampen auf. Sie zuckte zusammen und duckte sich. Aber nichts geschah. Also schloss sie die Lederschlaufen, um sich auf der Fähre umzusehen. Maike sah mehrere Reihen mit Fahrzeugen, die von den Fahrern verlassen auf den eingezeichneten Plätzen parkten. Auch der Lastwagenfahrer, bei dem sie als blinder Passagier mitreiste, war zumindest aus dem Abstand nicht zu sehen. Entweder lag er im Führerhaus auf seinem Schlafplatz oder er streifte an Deck über das Schiff, um sich die Beine zu vertreten.

Maike lief an den Reihen der Pkw und Laster vorbei und hielt nach einem Ausgang Ausschau. Ihre Schritte hallten laut vom Schiffsboden zurück. Am Ende der Autoreihen entdeckte sie neben dem Aufgang eine Tür, die zu den Toiletten führte. Die suchte sie zuerst auf. Danach stieg sie die stählernen Stufen hinauf und genoss den Seewind, der ihr durch die langen Haare strich. Als sie die Reling erreichte, umfasste sie die Brüstung mit beiden Händen und sog die frische Meeresluft tief in ihre Lungen. Die Zeit im Lkw war ihr endlos erschienen. Jetzt blickte sie erleichtert in einen sternenklaren Nachthimmel. Ihr Blick schweifte hinab in das fast schwarze gekräuselte Wasser des Mittelmeers, in dem sich das beleuchtete Fährschiff spiegelte.

Ob sich unter Deck etwas Ordentliches zu essen organisieren ließe? Ihr Smartphone zeigte eine Zeit von 22.15 Uhr an. Mit Glück bekam sie noch eine warme Mahlzeit. Maike schlenderte an der Reling entlang. Irgendwo musste der Zugang zum Restaurant sein, entweder auf dieser Ebene oder am Oberdeck. Als sie zum Heck des Schiffes kam, hörte sie leise Stimmen. Automatisch blieb sie stehen und stierte in die Dunkelheit. Nicht weit von ihr standen zwei Männer und sprachen miteinander. Dabei waren sie dermaßen in ihre Unterhaltung vertieft, dass sie keine Notiz von ihr nahmen. Maike erkannte die füllige Figur des Lkw-Fahrers, der einem vornehm gekleideten Südländer gegenüberstand, und wurde neugierig. Vorsichtig schlich sie näher, sodass sie die Stimmen jetzt deutlich hörte. Leider sprachen sie Arabisch. Maike duckte sich hinter eine Sitzbank und beobachtete die Szene. Die beiden wurden von einer Lampe beschienen, so konnte Maike erkennen, dass es sich bei dem Gesprächspartner des Lkw-Fahrers um den Mann handelte, der ihr bereits bei der Lagerhalle in Tuna el-Gebel aufgefallen war und den sie für Björn Kumpf gehalten hatte. Sie zog ihr Handy aus der Hose und schoss mehrere Fotos.

Plötzlich bekam der vornehme Pinkel einen Anruf. Wie die meisten Menschen erhob er seine Stimme, als er das Gespräch entgegennahm. Maike konnte jedes Wort verstehen, da er nun Deutsch sprach. »Hast du etwas erreicht? Wird sie sich darauf einlassen?« Er lauschte einen Moment, zog die Stirn kraus und lehnte sich mit dem Rücken an die Reling. »Verdammt, Björn!«, zischte er, stieß sich von der Brüstung ab und ging einige Schritte auf und ab. Sein geöffnetes Jackett flatterte im Wind. »Dieses sture Weib! Setz ihr weiter zu. Ansonsten wird es eine andere Lösung geben. Die Fähre dockt morgen Nachmittag in Genua an. Ich werde die Strecke bis ins Ruhrgebiet in etwa zwölf Stunden bewältigen, wenn ich gut durchkomme. Sollte Jana nicht nachgeben, kümmerst du dich später um sie. Zunächst werde ich aber selbst mit ihr reden. Alles Weitere zeigt sich dann. In der Totenstadt Tuna el-Gebel findet sich bestimmt ein Sarg, in den sie hineinpasst.« Er lachte fies, musste sich dabei so sicher fühlen, nicht belauscht zu werden, dass er einen offensichtlichen Mordauftrag in die Nacht hinausposaunte. Allerdings konnte er kaum damit rechnen, dass jemand in der Nähe war, der die deutsche Sprache verstand.

Maike vergaß im Angesicht dieser Skrupellosigkeit fast das Atmen. Also befand Jana Helmes sich tatsächlich in den Fängen von Björn Kumpf. Warum? Welche Rolle spielte sie? Worauf sollte sie sich einlassen? Und warum wollte man sie töten, wenn sie nicht parierte?

»Hör zu!«, fuhr der Anzugträger nun fort. »Mach ihr klar, dass das ihre einzige und letzte Chance ist. Melde dich, sobald du etwas erreichst! Ich verlasse mich auf dich, Björn! Ansonsten bleibt es dabei. Der Laster ist Samstag Abend nach Geschäftsschluss in Dortmund. Sei pünktlich.« Er beendete das Gespräch und schob sein Smartphone in die Innentasche seiner Anzugjacke. Erst jetzt schien ihm bewusst zu sein, dass der Lkw-Fahrer noch in seiner Nähe stand. Er klopfte ihm kurz freundschaftlich auf die Schulter, als wollte er sich für die Unterbrechung entschuldigen. Dann stockte er, als käme ihm gerade eine Idee. Für einen Moment redete er eindringlich auf den Fahrer ein und zog dabei eine Rolle Geldscheine aus seiner Hosentasche.

Maike fotografierte. Wer war der Mann, der kaum zwanzig Meter entfernt den Lkw-Fahrer nun schon zum zweiten Mal für dubiose Dienste entlohnte? Da er bereits an der Fabrikhalle gezahlt hatte, nahm Maike an, dass die Geldrolle für die Beseitigung von Jana Helmes – oder ihrer Leiche – gedacht war. Der füllige Ägypter musste mit der Summe offenbar zufrieden sein. Er ließ das Geld in seiner roten Haremshose verschwinden, lächelte dabei und reichte seinem Gegenüber die Hand. Im nächsten Moment verabschiedeten sich die beiden und der Fahrer kam auf sie zu.

Für einen Rückzug war es zu spät. Maike fluchte innerlich. So lautlos wie möglich schob sie sich unter die Sitzbank der Fähre, die zwischen weiteren Bänken quer zur Reling stand. Da die Sitzgelegenheit aus einem Guss war, konnte sie von hinten nicht gesehen werden. Blieb zu hoffen, dass der Fahrer sich nicht umdrehte, sobald er an ihr vorbeigegangen war. Er ging jedoch nicht vorbei, sondern verharrte direkt neben ihr. Ein leises Klicken war zu hören. Etwas später kam ihr ein süßlicher Geruch in die Nase. Im selben Moment setzte der Ägypter seinen Weg langsam fort. Er hielt einen Einweg-Verdampfer in seinen Händen, dessen Rauch er genüsslich inhalierte.

Maike atmete auf und schob sich vorsichtig unter der Sitzbank hervor. Dabei spähte sie zu der Stelle, wo zuvor die beiden Männer ihr Geschäft abgewickelt hatten. Der feine Pinkel war verschwunden. So drückte Maike sich in den Stand und klopfte sich den Staub von der Hose. Ihr Magen knurrte. Sie würde sich jetzt zunächst eine warme Mahlzeit organisieren.

Kapitel 32

Freitag, 08. April, 07.50 Uhr

Die Schlechtwetterfront der letzten Tage zog allmählich ab. Heute zeigte sich der April mit dem typisch wechselhaften Wetter. Kurze Schauer, dann Sonnenschein, Temperaturen um die zehn Grad. Der mäßige Wind wehte den Geruch des Frühlings durch die Straßen, während Teubner den Dienstwagen auf den Parkplatz des Dortmunder Polizeipräsidiums abstellte. Er blinzelte in die Sonnenstrahlen, die sich hundertfach in den Fenstern des Gebäudes spiegelten, als er ausstieg und neben Reinders auf den Haupteingang zuging.

»Ist ja kaum zu glauben, dass Marschewski-Arschloch uns zur Besprechung herbestellt hat«, murrte Reinders. »Uns, die einfältigen *Dorfpolizisten*, die von Mordermittlung keinen Schimmer haben. Bin gespannt, was der gleich für uns parat hält.«

»Vielleicht wollte er uns früh aus dem Bett schmeißen. Um 8 Uhr Dienstbesprechung«, grollte Teubner und schüttelte den Kopf, während er die wenigen Stufen zum Eingang hochlief und durch die Drehglastür das Gebäude betrat. »Oder er plant, uns vor dem Kollegium vorzuführen. Schließlich hat er die Fahndung nach Björn Kumpf umgehend wieder gestoppt, als er davon erfahren hat, dass ich sie veranlasst habe.«

Als sich die elektrischen Türen des Fahrstuhls öffneten, betrat Reinders zuerst die Kabine. »Kleebaum ist inzwischen ja sicher, dass der Mann, der ihn in den Schacht gestoßen hat, Kumpf geheißen hat. Mal sehen, was Marschewski-Arschloch dazu sagt, wenn ich ihm das erzähle.«

»Ich würde dir abraten, das zu erwähnen, Sören«, mahnte Teubner und betätigte den Knopf für die zweite Etage, wo die

Besprechung in den Räumen des KK11 stattfand. »Kleebaum liegt immer noch im Krankenhaus. Er hat eine schwere Gehirnerschütterung, was Marschewski dir sofort entgegenhalten wird. Er wird toben, weil du auf eigene Faust gehandelt hast, und er wird dir raten, dich als *Dorfpolizist* lieber mit Verkehrsdelikten zu beschäftigen.«

Reinders seufzte. »Vermutlich hast du Recht. Wir können sowieso von Glück sagen, dass Kleebaum den Sturz so glimpflich überstanden hat. Beinbruch, Gehirnerschütterung und ein paar geprellte Rippen. Der muss einen Schutzengel gehabt haben.«

Als der Fahrstuhl hielt, ging Teubner mit großen Schritten auf den Besprechungsraum zu. Er kannte die örtlichen Gegebenheiten von früheren Ermittlungen, als Jochen Hübner noch als Leiter der Abteilung fungiert hatte. Immer besonnen und gerecht, das völlige Gegenteil von Mark-Oliver Marschewski. Teubner setzte sich neben Reinders in eine der hinteren Stuhlreihen. Insgesamt zählte er etwa 20 Beamte. Auch hier schien die Personaldecke wegen der Pandemie dünner geworden zu sein.

Marschewski saß vor Kopf an einem Tisch und richtete einige Papiere. Sein kurzes rotlockiges Haar schien ungekämmt, der Bart hätte gestutzt werden können. Eine Lesebrille hing auf seiner Nasenspitze und drohte abzustürzen. Er trug ein graues Oberhemd, darüber einen dunklen Strickpullunder. Jetzt blickte er auf. Seine grünen Augen stachen in die Reihe der Ermittler wie Laserstrahlen. »Fassen wir zusammen«, begann er ohne Begrüßung. »Nach Auswertung der bisherigen Ermittlungsergebnisse zeichnet sich ab, dass der Mordfall Brecht nicht unbedingt mit dem illegalen Antikenhandel in Zusammenhang stehen muss.«

Teubner blickte zunächst verwundert zu Reinders, der ebenso ratlos aussah. Ehe er einen Einwand vorbringen konnte, fuhr Marschewski fort.

»Wir fokussieren uns deshalb auf die Vergangenheit von Jana Helmes. Ihr Vater, Dirk Bredow, soll vor drei Jahrzehnten ihre Mutter ermordet haben. Der Fall konnte nie geklärt werden. Dank dem Kollegen Teubner haben wir diesen Cold Case aufgerollt. Von Bredow fehlt nach wie vor jede Spur, vermutlich ist er damals im Ausland untergetaucht. Heute könnte er sich aber wieder in Deutschland aufhalten. Wir müssen herausfinden, ob …«

»Das sind doch reine Spekulationen«, unterbrach Reinders aufgebracht. Er krampfte seine Finger in den Stoff seiner Jeans, als könnte er sich so zurückhalten, nach vorn zu stürmen und Marschewski am Kragen zu packen. »Aber einige FAKTEN sprechen dafür, dass die Brechts illegalen Handel mit Antiken betrieben haben.«

»Die Brechts stehen hier nicht auf der Anklagebank!«, zischte Marschewski, wobei sein Gesicht dunkelrot anlief. »Was sie zu Lebzeiten getrieben haben, ist erst einmal nicht relevant. Es gibt keine Hinweise darauf, dass eventuelle unrechtmäßige Handlungen mit dem Mord an ihnen zu tun haben.«

»Das sehen wir aber anders«, mischte sich nun auch Teubner ein. »Wir können beweisen, dass Björn Kumpf, der in Geschäftsbeziehungen zu den Brechts stand, in den illegalen Antikenhandel verwickelt ist. Die Brechts haben über ihre Schmuggelei sogar Buch geführt. Die Kladde liegt Ihnen doch vor!«

Marschewski donnerte seine Faust auf den Tisch. »Dieses Notizbuch können Sie ans LKA oder BKA weiterleiten. Da steht nichts drin, was einen Mord an dem Ehepaar begründet.« Er hob die Kladde von Matthias Brecht hoch, die sich zusammen mit dem Schließfachschlüssel der Schweizer Bank in einem Beweissicherungsbeutel befand, und wedelte damit in der Luft herum.

Reinders sprang auf und lief mit großen Schritten nach vorn. Er nahm Marschewski den Beutel aus der Hand, blieb mit fast genauso rotem Kopf wie sein Gegenüber vor ihm stehen und beugte sich hinab. »Leite ich gerne an eine KOMPETENTE Abteilung weiter!«, zischte er. »Wie bringen Sie den Mord an Holger Kern eigentlich mit der Familiengeschichte von Jana Helmes in Verbindung? Soweit ich weiß, hat der seit etwa zehn Jahren für die Brechts gearbeitet. Also lange Zeit nach dem Tötungsdelikt an der Mutter von Jana Helmes.«

Marschewski schob langsam seinen Stuhl zurück und stand auf. Er beugte seinen Kopf zu Reinders, bis beide nur wenige Zentimeter voneinander getrennt waren. »Holger Kern hat seine Ausbildung als Maurer im Bauunternehmen von Kerstin Helmes gemacht. Und zwar genau zu der Zeit, als sie ermordet worden ist. Vermutlich haben ihn die Brechts aus diesem Grunde auch als Gehilfen eingestellt, obwohl er ein Ex-Knacki ist. Sie kannten sich von früher. Reicht Ihnen das als Erklärung?«

Reinders' Kinnlade klappte herunter. Er drehte sich wortlos um und nahm wieder Platz, wobei er den Beweissicherungsbeutel auf seinem Schoß ablegte. Dabei murmelte er: »Arrogantes Arschloch!«

»Was haben Sie gesagt?«, fragte Marschewski, während er sich setzte.

Teubner legte beschwichtigend eine Hand auf Reinders' Arm. »Mein Kollege ist lediglich der Meinung, dass man die Verbindung der Brechts zum illegalen Antikenhandel nicht außer Acht lassen sollte. Björn Kumpf könnte diesen Transporter gefahren haben, den Nina Kleebaum beobachtet hat. Immerhin hat man in Mülheim einen gestohlenen Sprinter sichergestellt, der auf ihre Beschreibung passt.«

Marschewski seufzte. »Bislang steht nicht fest, dass es sich dabei um den Lieferwagen handelt, der zum Abtransport der Antiken und zur mutmaßlichen Entführung von Jana Helmes benutzt worden ist. Die Kollegen haben lediglich einen gestohlenen Transporter mit Mülheimer Kennzeichen im selben Vorort von Mülheim entdeckt, wo Kumpf sein Antiquitätengeschäft betreibt. Dieser dunkelblaue Sprinter befindet sich noch in der KTU beim LKA Düsseldorf.«

»Kumpf ist ja auch zuvor schon mehrfach bei Jana Helmes aufgetaucht und hat sie bedroht«, gab Teubner nicht nach. »Dabei ist er nicht zum Ziel gekommen. Er könnte sie entführt haben!«

»Warum denn noch? Er hat doch angeblich endlich den geheimen Raum mit den Antiken gefunden, das versuchen Sie uns doch dauernd weiszumachen«, meinte Marschewski gefährlich leise. »Aber Sie wissen genauso gut wie ich, dass wir ihm zum jetzigen Zeitpunkt weder eine Entführung noch den Diebstahl nachweisen können! Außerdem haben die Mülheimer Kollegen inzwischen auf meine Bitte hin mit einem Beschluss sowohl die Privaträume als auch die Geschäftsräume von Björn Kumpf durchsucht. Es wurden einige verdächtige Objekte in seinem Privathaus sichergestellt, aber man fand keinerlei Spur von Jana Helmes. Auch nicht von diesen Uschebtis. Ob die privaten Kunstobjekte aus dem geheimen Raum der Brechts stammen, möchte ich ebenfalls bezweifeln. Sie werden von der Kriminaltechnik untersucht. Wenn Brechts Fingerabdrücke daran gefunden werden oder die von Kumpf in dem Transporter, sehen wir weiter.«

Teubner schluckte eine Erwiderung herunter. Mark-Oliver Marschewski hatte sich seine Meinung gebildet. Zudem konnte man ihm nicht einmal den Vorwurf machen, einseitig zu ermitteln, denn er war den Hinweisen in Richtung Antikenhehlerei nachgegangen und hatte die Durchsuchung von Kumpfs Haus und Laden erwirkt.

Marschewski seufzte tief. »Laut Sarah Koch ist ihr Chef am Wochenende von seiner Reise zurück. Falls wir bis dahin keine neuen Erkenntnisse haben, können Sie ihn gern vorladen und auf Ihrer Dienststelle befragen.«

»Wie gnädig«, murmelte Reinders leise. Dann erhob er die Stimme und wandte sich an den Ermittlungsleiter. »Was ist mit dem Antiquitätenladen Ahmadi in Dortmund? Der Name taucht mehrfach in dieser Kladde auf«, er deutete auf den Beweissicherungsbeutel, »die Brechts standen in Geschäftskontakt mit dem Besitzer. Dieser Laden steckt garantiert auch im illegalen Antikenhandel drin. Vielleicht wird Jana Helmes dort festgehalten.«

Nachdem Marschewski sich gerade etwas beruhigt hatte, pulsierten erneut seine Schläfen. »Was noch?«, bellte er. »Sollen wir sämtliche Antiquitätenläden im ganzen Ruhrpott auseinandernehmen, oder was? Außerdem sind die Ahmadis Libanesen. Ich sage nur Diskriminierung durch die Polizei. Um da einen Durchsuchungsbeschluss zu bekommen, braucht es hieb- und stichfeste Fakten! Haben wir die? Nein! Und nun will ich von illegalem Antikenhandel nichts mehr hören. Wir haben drei Morde und einen Anschlag auf unseren Kollegen aufzuklären.«

Teubner seufzte innerlich und hoffte inständig, dass Reinders nun Ruhe gab. So kamen sie nicht weiter. Marschewski glaubte an keine Ruhrpott-Connection und würde sich kein Bein ausreißen, um gegen die Ahmadis vorzugehen. Sie galten in Dortmund als Koryphäen auf ihrem Gebiet, als angesehene Bürger, die Kunst und Kultur in der Stadt mit großzügigen Spenden unterstützten. Solchen Förderern pisste man nicht an den Karren. Während Marschewski nun Aufgaben verteilte, vibrierte Teubners Handy. Er zog es aus der Gesäßtasche. Maike rief an. Er drückte den Anruf weg und schrieb ihr eine Kurznachricht, dass er so bald wie möglich zurückrufen werde. Endlich schloss Marschewski die Besprechung. Teubner und Reinders stürmten als Erste auf den Flur. Sie ersparten sich das Warten auf den Fahrstuhl, liefen durchs Treppenhaus ins Parterre und von dort zu ihrem Dienstwagen.

»Was für ein arroganter Pisser«, platzte Reinders heraus und schlug die Beifahrertür zu. Den Beweissicherungsbeutel legte er auf seinen Schoß, danach schnallte er sich an.

Teubner wählte auf dem Display seines Smartphones Maikes Kontakt. Er stellte auf Lautsprecherfunktion. »Hey, Maike«, grüßte er. »Wie geht 's der blinden Passagierin? Bist du noch nicht aufgeflogen?«

Ein knappes Lachen erfüllte das Innere des Wagens. »Alles bestens. Momentan befindet sich der Laster auf der Fähre. Bis wir in Genua vor Anker gehen, dauert es. Von dort verläuft die Fahrt weiter durch die Schweiz bis nach Deutschland.« Sie erzählte von einer Karte, mit einer eingezeichneten Hehler-Route, die sie abfotografiert hatte. »Und in Dortmund könnte ich eure Hilfe gebrauchen! Ich habe einiges herausgefunden.«

»Erzähl!«, forderten Teubner und Reinders wie aus einem Mund.

»Ich habe durch Zufall ein Gespräch hier auf der Fähre belauscht. Ein südländischer Typ, so Ende dreißig, den ich bereits in der Nähe der Totenstadt bei Tuna el-Gebel beobachtet habe, hat mit Björn Kumpf telefoniert. Der hat offensichtlich Jana Helmes in seine Gewalt gebracht. Wo er sich mit ihr aufhält, weiß ich leider nicht.«

Teubner konnte Reinders nur mit Mühe davon abhalten, aus dem Auto und zurück zu Marschewski zu stürmen. »Warte!«, mahnte er, »das macht keinen Sinn, Sören.« An Maike gewandt fuhr er fort: »Hast du sonst noch etwas belauschen können?«

»Nicht viel«, erwiderte sie. »Am Samstagabend findet eine Übergabe in der Dortmunder Innenstadt statt. Womöglich hat man Jana dorthin geschafft, denn dieser Araber will persönlich mit ihr reden. Warum, weiß ich nicht. Das Treffen soll nach Geschäftsschluss stattfinden. Vielleicht könnt ihr die Dortmunder Kollegen informieren? Die sind ja dran an dem Fall Brecht.«

Teubner blickte zu Reinders und schüttelte gleichzeitig den Kopf. Er war sicher, dass Marschewski sich nicht umstimmen ließ. Zumal er von Maikes Ausflug nach Ägypten keine Ahnung hatte. Er würde ausrasten, wenn er davon erfuhr. Die Folgen wären Maikes Suspendierung und ein langwieriges Disziplinarverfahren. »Wir kümmern uns. Es könnte sein, dass der Antiquitätenladen Ahmadi aus Dortmund mit in den illegalen Antikenhandel verwickelt ist und zu solch einer Ruhrpott-Connection gehört. Vielleicht gehört der Mann, den du beobachtet hast, auch dazu.«

»Ahmadi, sagst du?«, meinte Maike erregt. »Auf den Namen bin ich doch schon im Zollfreihafen gestoßen. Ein Adnan Ahmadi hat dort eine wahre Schatzkammer, wie mir ein Mitarbeiter des Freihafens erzählt hat. Ich versuche weitere Details herauszubekommen und melde mich. Seid einfach ständig erreichbar, ja?«

Ehe Teubner nachhaken konnte, war die Verbindung unterbrochen. Er lehnte sich wortlos zurück und ließ die Informationen sacken. Die Schlinge um Björn Kumpf zog sich immer enger zu. Für Teubner war nun klar, dass er Jana Helmes in seiner Gewalt hatte. Die große Frage war, warum? Handelte er im Auftrag dieses Arabers? Wieso wollte der unbedingt mit ihr sprechen? Oder aber war Jana Helmes vielleicht doch nicht so unschuldig, wie sie sich die ganze Zeit über gegeben hatte, und war für die Hehler zu einer gefährlichen Konkurrenz geworden, seitdem sie das Erbe der Brechts angetreten hatte? Immerhin war sie schon einmal wegen illegalen Antikenhandels verurteilt worden. Teubner verwarf den Gedanken sofort wieder. Die Angst, die sie gegenüber Kumpf empfunden hatte, war echt gewesen, da war er sicher. Aber wo wurde sie festgehalten? Tatsächlich in Dortmund? Was wollte man mit ihrer Gefangenschaft erreichen? Teubner seufzte. »Ich frage mich, wie Björn Kumpf, die Ahmadis und die Brechts zueinander gestanden haben. Okay, es ging um Antikenhehlerei, aber welche Rolle spielt Jana Helmes für sie? Sie hat die letzten zwanzig Jahre in Hamburg verbracht. Was erhoffen die sich von ihrer Gefangennahme?«

»Vielleicht hat Kumpf André Kleebaum bei seinem Überfall für tot gehalten. Und Jana hat er als lästige Zeugin zunächst mitgenommen«, rätselte Reinders.

Teubner schüttelte den Kopf. »Dann hätten sie sie inzwischen entsorgt. Die handeln völlig skrupellos, Sören. Warum sollten sie solch ein Risiko eingehen und Jana am Leben lassen? Nein, da muss etwas anderes dahinterstecken. Dieser Araber will mit ihr reden. Vielleicht kennt Jana ein Geheimnis. Vielleicht eines, das ihr selbst nicht bewusst ist. Wir müssen sie so schnell wie möglich finden.«

Reinders machte die Wagentür auf und stieg energisch aus dem Auto. »Wir reden noch einmal mit Marschewski! Der muss die Fahndung nach Björn Kumpf rausgeben. Komm!«

Teubner blieb sitzen. Er hatte keine Ahnung, wie er sich richtig verhalten sollte, aber er war überzeugt, dass sie, um Jana Helmes zu finden, die Verfolgung von Kumpf und Ahmadi selbst in die Hand nehmen mussten und dabei so wenig Aufsehen wie möglich erregen durften.

Kapitel 33

Freitag, 08. April, 09.15 Uhr

Maike Graf hatte nach dem Telefonat mit Teubner versucht herauszufinden, ob es sich bei dem Araber, der sich mit dem Lkw-Fahrer unterhalten hatte, eventuell um einen Mitarbeiter der Ahmadis handeln könnte. Leider war ihr Netz mitten auf dem Mittelmeer so miserabel gewesen, dass sie die Suche aufgegeben hatte. Sie wollte sich auf den Weg zum Frühstücksraum machen, als sie sah, dass Claudia sich mit einer Textnachricht meldete.

»Sarkophag wurde abgeholt und zu einer Kunstwerkstatt gebracht. Habe erfahren, dass er – sobald er zusammengefügt wurde – an New Yorker Kunstgalerie geliefert wird. Lieferant ist ein *Online-Handel A&B Ahmadi*. Bleibe dran und mache Fotos. LG, Claudia.«

Maikes Herzschlag beschleunigte. Wieder der Name Ahmadi. Sie hatte die Stimme des Großkunden vom Zollfreihafen Genf noch im Ohr. Bewies das nicht endgültig, dass die Hehlerware im Lastwagen an den Laden in Dortmund geliefert werden würde? Vermutlich tätigten die Ahmadis illegale Online-Geschäfte weltweit. Von Deutschland aus, wohin der Lkw seit drei Tagen unterwegs war.

Die Ankunft der Fähre in Genua war für 15 Uhr vorgesehen. Von dort bis nach Dortmund benötigte man laut Handy-Navi gut elf Stunden. Da sie für den Lkw im Durchschnitt etwa 80 Stundenkilometer veranschlagte und der Fahrer sich zumindest in Deutschland an die strengen Lenk- und Ruhezeiten halten musste, würden eine weitere Übernachtung und zusätzliche Pausen nötig sein. Demnach konnte die Ankunft in Dortmund am morgigen Samstag nicht vor 20 Uhr sein. Nach Ladenschluss hieß vermutlich in der Dunkelheit, wenn kaum noch Leute und lästige Beobachter unterwegs waren. Maike bedauerte, dass sie ihren Kollegen keine genauere Ankunftszeit hatte nennen können. Für die Hehlerbande spielte es wohl keine Rolle, für die würden ein, zwei Stunden mehr oder weniger nichts ausmachen. Sofern die Reise weiterhin so unkompliziert verlief, dürfte sich das Geschäft als relativ risikoarm und äußerst lukrativ erweisen. Das sollte sich aber zum Ende hin nicht bewahrheiten, dafür mussten ihre Kollegen und sie sorgen.

Maike seufzte und schob die Decken von sich. Die Luft auf der Ladefläche des Lkw roch abgestanden und verbraucht. Automatisch griff sie nach ihrer letzten Wasserflasche und trank den kläglichen Rest aus. Sie musste sich um Nachschub kümmern. Zudem knurrte ihr Magen. Ein Blick auf ihr Smartphone zeigte, dass es Zeit war, sich auf den Weg ins Restaurant machen. Die Sicherungsschlaufen der Plane ließ sie geöffnet, da sie sich dringend erleichtern musste, und lief zunächst auf die Toilettentür zu.

Zehn Minuten später erreichte sie das Restaurant des Schiffes. Es war gut besucht. Maike schaute sich nach einem freien Platz um. Plötzlich stutzte sie. An einem Fenster, hinter dem man die graublauen Wogen des Mittelmeers in der Fahrrinne tanzen sah, saß der arabische Anzugträger allein an einem Vierertisch. Diese Chance würde sie nutzen. Augenblicklich schob sie sich durchs Gedränge. Der Südländer hatte sein Frühstück offenbar beendet. Das geleerte Geschirr vor ihm deutete darauf hin. Jetzt tippte er auf seinem Smartphone und hatte sein Umfeld ausgeblendet. Er bemerkte sie nicht einmal, als sie neben ihm stehen blieb.

Maike beugte ihren Oberkörper etwas, räusperte sich und fragte auf Englisch: »Entschuldigen Sie, ist an Ihrem Tisch noch ein Platz frei?«

Der Kopf des Mannes fuhr hoch. Er strich sich mit gespreizten Fingern durch die nach hinten frisierte Kurzhaarfrisur, lächelte unverbindlich und deutete auf die gegenüberliegende freie Sitzbank. »Bitte, kein Problem! Ich bin fertig mit dem Frühstück.«

Maike setzte sich dem Anzugträger gegenüber ans Fenster und stellte sich mit dem erfundenen Namen Warnke, den sie schon bei Sarah Koch benutzt hatte, als deutsche Journalistin auf Recherchereise für ein Reisemagazin vor, in der Hoffnung, auf diese Weise auch den Namen des Mannes zu erfahren.

Der lächelte jedoch nur unverbindlich und erwiderte nun auf Deutsch: »Freut mich.«

»Oh, ein Landsmann«, tat Maike erfreut und versuchte sofort, das Gespräch in Gang zu halten. »Ich habe eine Rundreise durch Ägypten, Libyen und Tunesien gemacht. Luxor ist fantastisch. Die Pyramiden, die Sphinx, das Tal der Könige, die wunderbaren Tempel. Dann in Libyen die großen Ruinenstätten Leptis Magna. Gut gefallen hat mir auch das Amphitheater von El Djem in Tunesien. Es blieb leider nicht genug Zeit, all die Kulturschätze zu fotografieren.« Maike beglückwünschte sich dafür, dass sie während der langen Fahrt die Besonderheiten des jeweiligen Landes studiert hatte.

»Da haben Sie Recht!«, entgegnete der Mann. »Nordafrika besitzt eminente Sehenswürdigkeiten. Wirklich faszinierend.« Er lächelte knapp und warf einen Blick auf sein Smartphone.

»Was hat Sie nach Afrika verschlagen?«, wagte Maike die Flucht nach vorn. »Sie wirken nicht wie ein gewöhnlicher Tourist.«

Ihr Gegenüber grinste. »Sie haben eine gute Beobachtungsgabe.« Er lehnte sich zurück und schob sein Telefon in die Innentasche seines Jacketts.

Maike bemerkte, dass er über Nacht die Kleidung gewechselt hatte. Das Seidenfutter seiner Anzugjacke wirkte in einem hellen Altrosa sehr vornehm zum Anthrazit des Anzugsstoffes. Dazu trug er ein blütenweißes Oberhemd, eine graue Seidenweste und eine altrosafarbige Krawatte. »Sie sind geschäftlich unterwegs?«, hakte sie nach.

Der Araber schlug die Beine übereinander und verschränkte die Arme vor der Brust. »Ich bin im Antiquitäten- und Kunsthandel tätig und habe deshalb öfter mal in Afrika zu tun.«

Maike rutschte an die Kante der Bank und legte die Unterarme auf der Tischplatte ab. »Das ist hochinteressant! Wo betreiben Sie Ihr Geschäft? Handeln Sie mit alten Figuren und Waffen? Dann würde ich Ihren Laden gerne einmal besuchen, wenn es sich ergibt. Im Internet wird ja mittlerweile viel angeboten, aber es ist schöner, sich die Ware im Original anzusehen, sie in Händen zu halten und sich sicher zu sein, dass sie nicht illegaler Herkunft ist.«

Jetzt ging ein breites Lächeln über das Gesicht des Arabers. »Bei uns bekommen Sie zu jedem Stück, das Sie kaufen, eine ordentliche Provenienz. Mein Vater und ich betreiben einen alteingesessenen Antiquitätenladen in dritter Generation im Herzen des Ruhrgebiets und wenn wir eine Antike im Angebot haben, was durchaus vorkommt, dann halten wir uns streng an die gesetzlichen Vorgaben. Wir haben schließlich einen guten Ruf zu verlieren. Schauen Sie gerne einmal vorbei, sollten Sie in der Nähe sein.« Er griff in die Seitentasche seines Jacketts und zog eine Visitenkarte heraus, die er ihr reichte. Im selben Moment vibrierte sein Handy. Er zog es hervor und nahm den Anruf entgegen. Er sprach einige Worte auf Arabisch, wandte sich schließlich mit einem entschuldigenden Lächeln an Maike und erhob sich. »Ein wichtiges Geschäftsgespräch, das keinen Aufschub duldet. Ich würde mich freuen, Sie eines Tages in meinem Laden begrüßen zu dürfen, Frau Warnke. Haben Sie eine gute Heimreise. Auf Wiedersehen!« Damit drehte er sich um und drängte durch die immer noch voll besetzten Tischreihen dem Ausgang entgegen.

Maike sah dem Mann nach, bis er das Restaurant verlassen hatte. Dann warf sie einen Blick auf die Visitenkarte. *Antiquitätenhandel A&B Ahmadi* stand dort in schnörkeliger Schrift auf edlem Seidenkarton, An- und Verkauf von erlesenen Kunstgegenständen und Antiquitäten. Maike stieß die Luft durch die Zähne aus. »Also tatsächlich die Ahmadis«, murmelte sie. Vater und Sohn steckten tief drin im verbrecherischen Antikenhandel. Und der Junior hatte nun offensichtlich durch Björn Kumpf Jana Helmes in seine Gewalt gebracht. Warum? Sie musste es herausfinden. Sofort. Sie stand auf, ohne einen Bissen zu sich genommen zu haben, und eilte aus dem Restaurant.

Ahmadi ging gerade den Seitengang an Deck entlang und danach die Stahltreppen hinab zu den Parkdecks. Maike folgte ihm. Dummerweise sah er genau in dem Moment zur Tür, als sie gerade hindurchtrat. Ahmadi lehnte neben dem Lkw-Fahrer an der Ladeklappe. Als er sie kommen sah, blickte er sie besorgt an.

»Frau Warnke! Schon fertig mit dem Frühstück? Oder benötigen Sie etwas aus Ihrem Wagen? Sie sollten nachsehen, ob damit alles in Ordnung ist. Hier scheint sich jemand unbefugt aufgehalten zu haben. Mein Mitarbeiter hat die Ladeplane nicht ordnungsgemäß verschlossen vorgefunden. Jetzt müssen wir die Ladung prüfen, ob etwas entwendet worden ist.«

Maike brach der Schweiß aus. Verdammt, warum war sie nur so nachlässig gewesen? Wieso hatte sie vorhin nicht die Schlaufen geschlossen? Nun brannte der Wald, und falls sie Pech hatte, würde man ihr Gepäck entdecken. »Ich, äh ... das ist ja furchtbar!«, stammelte sie. »Wenn ich irgendwie helfen kann?«

Ahmadi winkte ab. »Nein, das erledigt mein Mitarbeiter. Ich sehe nun nach meinem Privatwagen. Das sollten Sie auch tun. Parken Sie in der Nähe?«

Maike schüttelte langsam den Kopf. »Weiter hinten«, log sie, froh darüber, ihre Fassung wiedergefunden zu haben. »Ich merke mir immer die Reihe und gehe diese dann ab. Sonst finde ich mein Auto nie.« Sie brachte ein Lachen zustande. »Eigentlich wollte ich nur die Powerbank für mein Smartphone holen. Ich erwarte einen wichtigen Anruf und der Akku ist fast leer.« Sie hob ratlos die Schultern.

»Hoffentlich müssen Sie nicht feststellen, dass Sie bestohlen worden sind.«

Maike nickte und ging langsam am Lkw vorbei. Als sie kurz darauf die elektronische Türverriegelung eines Autos schnacken hörte, wagte sie es, sich umzusehen. Ahmadis Kopf verschwand in einem weißen Audi Quattro, der nahe beim Lkw parkte. Sie beschleunigte ihre Schritte und hielt im Vorbeigehen nach einem geeigneten Versteck Ausschau. Fast am Ende der langen Reihe parkender Autos sah sie einen dunkelblauen Golf GTI älteren Baujahrs mit herabgelassener Fensterscheibe. Aus dem Inneren schlug ihr ein unangenehmer Geruch entgegen. Da war wohl mal etwas ausgelaufen und der Fahrer hatte in dem Bewusstsein, dass sein Auto hier nicht gestohlen werden konnte, und nachdem er alle Wertgegenstände entfernt hatte, die Chance genutzt, ein wenig zu lüften. Verschlossen hatte er es dennoch. Macht der Gewohnheit? Sie griff durch das geöffnete Fenster und zog den Knopf der Verriegelung hoch, sodass die Tür sich öffnen ließ, und setzte sich ans Steuer. Dann tat sie so, als krame sie im Handschuhfach und suchte auch die Mittelkonsole ab. Von ihrer Position aus ließ sich gut beobachten, dass Ahmadi bereits zurück zum Lkw ging. Er schob die Plane beiseite und schien dem

Fahrer etwas zuzurufen. Schließlich kletterte er selbst leichtfüßig auf die Ladefläche und entschwand ihrem Sichtfeld.

Maike verließ den GTI und schlug die Autotür laut zu. Sie ging auf den Ausgang des Parkdecks zu, öffnete die Tür und ließ sie geräuschvoll zufallen, ohne das Deck zu verlassen. Ahmadi sollte nun annehmen, dass sie zurück in den Frühstücksraum gegangen war. Leise schlich sie zurück und duckte sich in der Nähe des Lkw hinter einen schwarzen SUV. Sie starrte auf die rote Plane. Kurz darauf tauchte Ahmadi auf und sprang von der Ladefläche. Er klopfte sich den Staub von seinem edlen Zwirn, als auch schon der Fahrer hinterherkam. Anscheinend hatten die beiden Maikes Gepäck nicht gefunden. Gut, dass sie sich wenigstens die Zeit genommen hatte, die vielen Decken darüber zu verteilen, bevor sie den Lkw verlassen hatte. Ahmadi deutete auf die Schlaufen und sprach auf den Fahrer ein. Der nickte und verschloss diese sofort, gleichzeitig zog Ahmadi sein Smartphone aus seinem Jackett.

»Björn, was gibt 's?«, fragte er und lauschte einen Moment. »Wieso will die Polizei noch einmal mit dir sprechen? Die haben deinen Laden durchsucht? ... Mit einem Durchsuchungsbeschluss? Deine Putzfrau hat die Bullen in dein Haus gelassen und sie haben illegale Antiken konfisziert? ... Verdammt! Du musst vorsichtiger sein! Vielleicht sollten wir die Übergabe verschieben.«

Maike hätte zu gerne gewusst, was Kumpf dem Araber antwortete. Wo er sich wohl befand?

»Nein!«, rief Ahmadi nun energisch. »Die Sache ist viel zu heiß geworden. Jana bleibt da, wo sie ist. Für die deutsche Polizei bist du dank der Aussage deiner Angestellten noch in Ägypten. Es bleibt dabei, du bist morgen Abend nach Ladenschluss in Dortmund. Geh in der Zwischenzeit den Bullen aus dem Weg. Die können wir überhaupt nicht gebrauchen.«

Maike konnte sich ein Grinsen in ihrem Versteck nicht verkneifen. Wie gut, dass Ahmadi nicht ahnte, wie nah ihm die deutsche Polizei auf den Fersen war. Sie wartete geduldig, bis er und der Fahrer das Parkdeck verlassen hatten. Dann ging sie zurück ins Restaurant, wo sie ihre Unnaer Kollegen über die Neuigkeiten informieren wollte.

Kapitel 34

Samstag, 09. April, 19 Uhr

Teubner und Reinders hatten lange überlegt, ob sie Ermittlungsleiter Mark-Oliver Marschewski auf den neuesten Stand ihrer Informationen bringen sollten. Sie hatten sich dagegen entschieden. Ein großes Polizeiaufgebot in der Dortmunder Innenstadt würde die Hehlerbande nur abschrecken. Teubner hatte also lediglich Frank Strodtbeck eingeweiht, dessen Loyalität er sicher sein konnte. Er würde sich für das Wohl seiner Jana vermutlich sogar mit Schalke-Trikot auf die Südtribüne des Signal-Iduna-Parks von Borussia Dortmund stellen. Da Marschewski ihnen nicht verboten hatte, weiterhin in Richtung Antikenhehlerei zu ermitteln, hatten Teubner und Reinders bei dem Unnaer Dienststellenleiter lediglich Mitteilung gemacht, dass sie einer Spur im Mordfall Brecht in Dortmund nachgehen würden.

Maike hatte die Ankunftszeit des Lkw beim Geschäft der Ahmadis inzwischen präzisiert. Da der Fahrer sich an die strikten deutschen Lenk- und Ruhezeiten hielt, würde er nicht vor 20 Uhr in Dortmund sein. Er und Reinders wollten gegen 19 Uhr in der Balkenstraße Stellung beziehen. Strodtbeck hatte sich kurz nach seinem Dienstschluss auf dem Weg gemacht und beobachtete den Antiquitätenladen bereits seit 16 Uhr. Denn laut Maike war Bilal Ahmadi mit einem weißen Audi Quattro Plug-in-Hybrid unterwegs und vermutlich viel früher am Ziel als der Lkw. Strodtbeck würde ihn im Auge behalten.

Teubner und Reinders trafen pünktlich in der Balkenstraße ein. Rechts der Fahrbahn waren am Rande Eisenbögen als Parksperren in den Bürgersteig eingelassen, sodass Teubner den Dienstwagen bis zum Ende der Straße lenkte und am Friedensplatz wendete, um auf der anderen Straßenseite zu parken. Kaum hatte er gegenüber einem großen Teppichgeschäft angehalten, meldete sich Strodtbeck auf dem Handy von Reinders, der sofort die Lautsprecherfunktion betätigte.

»Hallo, Leute. Ich habe euch gerade ankommen sehen, stehe mit meinem Auto dicht am Friedensplatz und habe einen guten Blick zum Laden der Ahmadis. Bislang hat sich nichts getan. Kein weißer Audi in Sicht und auch kein schwarzer Lieferwagen und keine Mercedes-M-Klasse. Die Ladentür wurde gegen 18 Uhr von innen von einem älteren Mann mit Glatze verschlossen, vermutlich der Senior. Kurz darauf ging das Licht aus und nur die Spots im Schaufenster blieben an. Verlassen hat den Laden niemand. Es gibt zwar einen Hinterausgang, das habe ich gecheckt, der führt aber auf einen Hof und den kann man nur über die Durchfahrt neben dem Haus erreichen.«

»Vermutlich wartet Ahmadi senior auf seinen Sohn und auf die Ankunft des Lkw«, mutmaßte Teubner, der mitgehört hatte und stieg aus. »Ich sehe mich mal um«, sagte er zu Reinders und drückte die Autotür zu. Er schlenderte langsam die Balkenstraße entlang, bis hin zum Friedensplatz, über den auch um diese Zeit noch zahlreiche Passanten pilgerten. Dabei ignorierte er Strodtbeck, der ihm aus einem zivilen Dienstwagen, einem grauen Opel Astra, zunickte. Teubner warf einen flüchtigen Blick zum Rathaus und hinüber auf das alte Stadthaus, das im Stil der Neorenaissance aus rotem Sandstein erbaut war und in dessen Ziergiebel der Adler als Dortmunder Stadtwappen über den Platz wachte. In der Mitte des Friedensplatzes ließ sich gerade eine Gruppe junger Menschen mit ernsten Gesichtern und blaugelben Fähnchen vor der Friedenssäule fotografieren, auf der in verschiedenen Sprachen der Friede auf Erden angemahnt wurde. Teubner seufzte und dachte an die zerbombte Ukraine, die sich so tapfer gegen die russische Invasion wehrte, während sich die NATO-Länder in seinen Augen viel zu passiv verhielten.

Er ließ seinen Blick weiter über den Friedensplatz schweifen. Manchmal parkten am Rande widerrechtlich Autos, heute leider nicht, auch kein Audi Quattro, sondern nur zahlreiche Fahrräder, was vermutlich an den explodierenden Spritpreisen lag. Teubner kehrte um und beäugte von der gegenüberliegenden Straßenseite den *Antiquitätenhandel A&B Ahmadi*, wie es in verschnörkelter Schrift auf der Schaufensterscheibe stand. Von außen machte der Laden einen exklusiven Eindruck. Teubner klopfte mit der flachen Hand im Vorbeigehen auf die Motorhaube von Strodtbecks Wagen, bevor er zu seinem eigenen zurückging. »Dann warten wir mal auf Maike«, sagte er zu Reinders, während er sich hinters Steuer setzte. Er stellte sowohl Außenspiegel als auch Rückspiegel so ein, dass er den Laden im Blick behalten konnte, ohne sich umzudrehen.

»Und auf die Beteiligten der Übergabe«, erwiderte Reinders, zog einen Kaugummi aus seiner Jackentasche und schob ihn sich in den Mund. »Björn Kumpf ist uns ja bekannt, von Ahmadi junior hat Maike uns ein Foto geschickt, den Lkw mit der roten Plane werden wir auch nicht übersehen.«

Anderthalb Stunden später deutete Teubner nach vorn. »Da ist der Laster.« Er fuhr an ihnen vorbei und hielt gegenüber dem Laden Ahmadi in einer breiten Einfahrt, die anscheinend zu einem Verwaltungsgebäude gehörte. Sofort wählte er Maikes Nummer. »Hey, blinder Passagier! Warte, bis die Luft rein ist. Ich gebe dir Bescheid.«

»Schön, euch in der Nähe zu wissen«, wisperte sie erleichtert.

Teubner drehte sich um und sah, dass der Fahrer im Wagen blieb. Er musste das Seitenfenster heruntergelassen haben, denn eine dicke Rauchwolke, wie sie ein elektrischer Verdampfer erzeugte, trieb aus dem Führerhaus und waberte um eine Straßenlaterne. »Ich check mal die Lage, Maike. Warte so lange.« Er verließ den Wagen und ging langsam in Richtung Lkw. Als er zum Führerhaus blickte, hatte der Fahrer den Kopf zurückgelehnt und summte mit geschlossenen Augen irgendeinen arabischen Song aus dem Radio mit. Vermutlich wollte er noch eine kleine Pause einlegen, bevor er seine Ware auslieferte. »Du kannst rauskommen, Maike! Ich bleibe in der Nähe und greife ein, wenn es brenzlig wird«, flüsterte er ins Telefon.

Die rückwärtige rote Plane des Lasters wackelte, eine Hand schob sich nach draußen und öffnete die unteren Sicherungsschlaufen. Kurz darauf erschien der Kopf von Maike, die sich vorsichtig nach allen Seiten umsah, bevor sie ihren Rucksack auf den Boden gleiten ließ. Leichtfüßig kletterte sie von der Ladefläche und verschloss die Riemen wieder. Als sie Teubner sah, ging ein Strahlen über ihr Gesicht. »Hey, Max!«

Teubner schnappte sich ihr Gepäck. »Komm erst mal«, sagte er nur, um kein großes Aufsehen zu erregen, und zog sie bis zum Dienstwagen. Er warf den Rucksack auf den Rücksitz und setzte sich wieder hinters Steuer. »Du glaubst gar nicht, wie froh ich bin, dich wiederzusehen«, brach es endlich aus ihm heraus.

»Dito«, seufzte Maike, »ich dachte schon, die Fahrt nimmt überhaupt kein Ende mehr.« Sie zwängte sich auf die Rückbank und musste vor Erleichterung, diesen Höllenritt endlich hinter sich zu haben, einmal kräftig durchschnaufen, dann war sie sofort wieder im Einsatz. »Ist Björn Kumpf bereits eingetroffen? Oder Bilal Ahmadi?«

Teubner freute sich, die Kollegin wohlbehalten wiederzusehen. Ihr Gesicht wirkte schmaler, ihr schulterlanges Haar hing strähnig auf den Schultern, sie machte einen abgespannten und übernächtigten Eindruck, was nach über einer Woche Abenteuer Ägypten und der Sorge um Jochen Hübner nicht verwunderlich war. Mehr als einmal während ihrer Ägyptenreise hatte Teubner Maikes Eigensinn verflucht und Angst um sie gehabt. Doch Vorhaltungen würden sie nicht weiterbringen. »Weder Kumpf noch sonst jemand ist bislang aufgetaucht. Geht es dir gut?«

Maike nickte. »Alles bestens. Der Lkw ist die letzten Kilometer der Strecke gerast, als sei er auf einer Ralley.«

»Schön, dich wieder im Team zu haben«, meinte nun auch Reinders. Er hatte sich ebenfalls zu ihr umgedreht und grinste sie breit an. »Man könnte fast sagen, ich habe dich vermisst.«

Maike lächelte ihn strahlend an und legte kurz ihre Hand auf seine Schulter, bevor sie zum Fall zurückkehrte. »Bestimmt trifft Kumpf gleich hier ein. Habt ihr im Mordfall Brecht eine Spur, die ihn oder die Ahmadis als Täter entlarven?« Ihr Blick war voller Hoffnung.

»Leider nein!«, bedauerte Teubner. »Aber wir sind uns sicher, dass die Antikenhehlerei der Grund für die Morde war. Die Brechts hingen da tief mit drin. Denk nur an den unterirdischen Raum unter der Garage, von dem ich dir am Telefon erzählt habe. Laut Aussage des Nachbarn war der vollgestopft mit antiken Kunstobjekten. Die hat Brecht vermutlich an seinen Komplizen vorbeigeschmuggelt. Wäre in jedem Fall ein erstklassiges Motiv für einen Mord.«

Plötzlich deutete Reinders zur Heckscheibe. »Der Fahrer öffnet die Plane.«

Ein Mann mit auffallend roter Haremshose, weißem Hemd und bestickter Weste verschwand auf der Ladefläche. Wieso meldete er sich nicht bei Ahmadi im Laden? Oder hatte er sich telefonisch angekündigt?

»Ich nehme an, der Fahrer entfernt nun sämtliche Deckel von den Frachtkisten und wühlt die illegal eingeführten Antiken zwischen der Fair Trade Ware hervor.« Maike lehnte sich zurück, ohne sich zum Lkw umzudrehen. »Ich habe während meiner Reise über diese Waren recherchiert«, erklärte sie. »*Fair Trade Egypt* ist eine gemeinnützige Organisation mit Sitz in Kairo. Durch den Einbruch des Tourismus seit dem *Arabischen Frühling* im Jahr 2011 sind dem Land Ägypten hohe Einnahmequellen weggebrochen. *Fair Trade Egypt* fördert benachteiligte Kunsthandwerkerinnen – tatsächlich zu 90 Prozent Frauen. Ich nehme an, Kumpf und Ahmadi machen sich die Gemeinnützigkeit dieser Organisation zunutze, indem sie deren Artikel in großem Stil aufkaufen und nach Deutschland liefern. Vielleicht an eine Handelskette. So erzielen sie mit der Scheinfracht auch noch einen kleinen Gewinn, und gleichzeitig ist der Transport der illegalen Antiken gesichert, mit denen sie sich eine goldene Nase verdienen.«

Reinders schüttelte entrüstet den Kopf. »Das schlägt dem Fass den Boden aus«, schimpfte er. »Die Ganoven wissen vermutlich genau, dass die in Handarbeit hergestellten Artikel mit dem Fair Trade-Label vom Zoll kaum beachtet werden.«

»Genauso ist es«, Maike deutete zwischen Teubner und Reinders nach vorn. »Fährt Björn Kumpf einen schwarzen Lieferwagen?«

»Ja. Der Caddy ist sein Geschäftswagen, mit dem er wohl glaubt, weniger aufzufallen, als mit seiner fetten Mercedes-M-Klasse«, bestätigte Teubner und drehte sich zur Windschutzscheibe, »jetzt wird es spannend.« Er behielt die Situation im Rückspiegel im Auge, während seine Kollegen sich umdrehten. Der Caddy hielt neben dem Lkw mitten auf der Straße. Anstelle der Scheinwerfer blinkten nun die Warnblinklichter in die sich herabsenkende Dunkelheit. Björn Kumpf stieg aus, schob die rote Lkw-Plane ein wenig zur Seite und kletterte auf die Ladefläche.

»Seht mal«, erkannte Reinders, »das muss der alte Ahmadi sein, der da über die Straße schlurft.«

Teubner sah einen Anzugträger mit Glatzkopf, den er auf Ende 60 schätzte. Der Mann ging langsam auf das Heck des Lastwagens zu, schob die Plane beiseite und beobachtete Kumpf und den Fahrer, die irgendetwas umpackten. Dabei nickte er mehrfach und trat schließlich einen Schritt zur Seite. Kumpf sprang von der Ladefläche und klopfte sich den Staub von seinem dunklen Wollmantel, bevor er Adnan Ahmadi herzlich umarmte. »Scheinen ja gut befreundet zu sein, die beiden«, murmelte er.

»Corona lass grüßen«, witzelte Reinders. »Ach guck! Jetzt springt auch der Aladin vom Lkw.«

»Deine Sprüche habe ich vermisst«, meinte Maike und stupste Reinders freundschaftlich in den Nacken.

Teubner beobachtete durch den Außenspiegel, wie Björn Kumpf die Heckklappe des Lieferwagens weit öffnete. Der Lkw-Fahrer zog eine der Frachtkisten an den Rand, hob sie dann hoch und schleppte sie hinüber auf die Ladefläche von Kumpfs Auto »Da ist bestimmt die umgepackte Hehlerware drin. Sieht so aus, als würde Kumpf sie mitnehmen. Vielleicht ist er für den Weiterverkauf zuständig. Das passt zu der Geschichte, die uns Wiebke Ipek in Hamm erzählt hat.« Er klärte Maike über das Gespräch mit der Antiquitätenhändlerin auf.

»Die scheinen jedenfalls gut organisiert zu sein«, meinte Maike. »Bestimmt verkaufen sie auch vieles online.«

»Ruhrpott-Connection«, nickte Teubner und spürte gleichzeitig die Vibration seines Smartphones. »Hey, Frank! Was gibt 's?«

»Ist Jana im Heck des Caddys?« Seine Stimme klang ungeduldig.

»Nein, die Innenbeleuchtung im Laderaum ist angesprungen, er war leer, als Kumpf hier angekommen ist. Auf dem Beifahrersitz hat auch niemand gesessen, das konnte ich sehen.« Er hörte Strodtbeck wütend schnaufen. »Halt dich zurück, Kollege«, mahnte er. »Wir müssen abwarten.« Er beendete das Gespräch und sah, das der Lkw-Fahrer einen Gegenstand an Ahmadi übergab, der in ein Tuch gewickelt war, sich danach den Verdampfer in den Mund steckte und eine Rauchwolke in den Abend blies.

»Das könnte die goldene Maske sein, die der Junge aus dem Grabungsloch geholt hat«, vermutete Maike und erzählte über die Umstände von dem abenteuerlichen Fund.

»Die lassen kleine Jungs in die Erde hinab?«, entrüstete sich Reinders. »Unglaublich! Und damit riskieren sie, dass ihre Kinder lebendig begraben werden, wenn die uralten Grabkammern zusammenbrechen?« Er schüttelte fassungslos den Kopf. »Für solche Verbrecher kann keine Strafe hoch genug sein.«

»Da gebe ich dir Recht«, stimmte Teubner zu. »Sieht übrigens nicht so aus, als würde Björn Kumpf noch auf Ahmadis Sohn warten wollen«, sagte er zu Maike, während Kumpf die Heckklappe des Lieferwagens zudrückte.

»Wieso sollte er? Die werden Jana Helmes kaum in diesem noblen Geschäft versteckt haben«, überlegte Maike.

»Frank will sich wohl selbst überzeugen«, meinte Reinders und deutete nach hinten auf die Straße.

Teubner drehte sich um, damit er besser sehen konnte. Tatsächlich stürmte Strodtbeck auf Ahmadi zu, der seinen Laden durch die Vordertür betreten hatte und nun die Glastür wieder verschloss. »Dieser Idiot«, schimpfte Teubner. Im selben Moment donnerte Strodtbeck bereits seine Fäuste gegen die Eingangstür des Antiquitätenladens.

Kapitel 35

Samstag, 09. April, 21.45 Uhr

Jana hatte jegliches Zeitgefühl verloren. Die Kälte in ihrem Gefängnis kroch ihr in die Knochen und sie fröstelte, obwohl sie sich auf einem alten Sofa in eine dicke Wolldecke eingerollt hatte. Ihre anfängliche Panik hatte sie unter Kontrolle gebracht. Der Raum war fensterlos und das Licht wurde ausgeschaltet, sobald sie allein zurückblieb. Sie nahm an, dass es sich um einen Kellerraum handelte. Die Chaiselongue, auf der sie lag, ein alter Teppich und ein Campingtisch waren das einzige Mobiliar. Jana erwachte nur mühsam. Sie glaubte, nach jeder Betäubungsdosis, die Kumpf ihr verabreicht hatte, schleppender zu Bewusstsein zu kommen. Ob er die Dosis erhöht hatte? Was gab er ihr für ein Mittel? Und warum hielt er sie hier fest? Sie fühlte sich schläfrig und benommen. Schwerfällig richtete sie den Oberkörper auf. Ihr Kreislauf drohte abzusacken und sie verspürte schrecklichen Durst. Wie lange sie nun wieder geschlafen hatte? Bei seinem letzten Besuch hatte Kumpf ihr erklärt, es sei mitten in der Nacht. Und jetzt? Wie viele Tage, Stunden, Minuten harrte sie in ihrem Gefängnis aus?

Jana seufzte, schwenkte die Füße auf den Boden und versuchte einen klaren Gedanken zu fassen. Was hatte man mit ihr vor? Sie wusste zu viel. Kumpf hatte ihren Nachbarn in den Bunker geschubst, er hatte den geheimen Raum ausgeraubt und nichts unternommen, André Kleebaum zu retten. Später hatte Kumpf Jana in einen Transporter gezerrt, es war nicht der Caddy, mit dem er sonst bei ihr aufgetaucht war, und ihr etwas zu trinken eingeflößt, wonach sie bewusstlos geworden war.

Kumpf musste seine Tat von langer Hand geplant haben. Vermutlich war er mit dem Ziel zu ihrem Haus gefahren, sie zu entführen, denn er konnte ja nicht wissen, dass sie gerade im Begriff war, den geheimen Raum ihres Onkels zu finden. Jedenfalls war Jana im Heck des Transporters eingeschlafen und erst hier aufgewacht. Mehrmals war Kumpf gekommen, hatte ihr die Augen verbunden, die Fesseln abgenommen und sie auf die Toilette gelassen. Danach hatte sie in Styropor verpacktes Essen bekommen und er hatte ihr wieder die Hände zusammengebunden. Das ging seit mehreren Tagen so. Wie intensiv suchte man seither nach ihr? Würde es Frank oder Kommissar Teubner gelingen, die richtige Spur zu verfolgen? Ein Geräusch an der Tür riss sie aus ihren Gedanken. Ein Schlüssel drehte sich, dann fiel dämmriges Licht in ihr Gefängnis. Bevor Kumpf eintrat, betätigte er im Flur einen Lichtschalter, kurz darauf flackerte eine Neonlampe auf und Jana hielt sich geblendet die gefesselten Hände vor die Augen.

»Hallo, Jana«, hörte sie eine männliche Stimme, die jedoch nicht zu Björn Kumpf gehörte.

Sie traute ihren Ohren nicht. Sie würde diese Stimme unter Tausenden erkennen. Sie nahm die Hände vom Gesicht, blinzelte, gewöhnte sich nur sehr langsam an das Licht. »Adil? Bist du das? Was tust du hier?« Ehe er antworten konnte, begriff sie schlagartig, dass er mit Kumpf gemeinsame Sache machte. Natürlich. Er hatte ihr ja damals die antiken Figuren in den Koffer gepackt. Also steckte er in der Antikenhehlerei tief mit drin. Hatte er etwa dafür gesorgt, dass sie in diesem Raum gefangen gehalten wurde?

»Mein Name ist nicht Adil. Ich heiße Bilal Ahmadi. Aber das tut nichts zur Sache«, begann er und stellte sich vor sie.

Allmählich gewöhnte Jana sich an das Licht. Ein schlanker südländischer Typ mit zurückgekämmter Frisur, konturiertem Bart und edlem Seidenanzug stand vor ihr. Er blickte sie aus dunkelbraunen Augen an, als trage er nicht die Schuld an ihrer

Gefangenschaft. Jana verschlug es die Sprache. Sie starrte ihn an, erkannte in ihm tatsächlich den reiferen Adil, der eigentlich also Bilal hieß.

»Es tut mir leid, was damals passiert ist, Jana«, fuhr er fort. »Ich war noch jung und sollte mich meinem Vater beweisen. Das mit den Figuren in deinem Gepäck, das war nicht meine Idee. Mein Vater hat mich auf die Probe gestellt. Dein Onkel wusste Bescheid. Tut mir leid, dass man dich erwischt hat.« Er senkte den Blick, steckte die Hände in seine Hosentaschen wie ein kleines Kind, das ungehorsam gewesen war.

Jana starrte den Mann schweigend an. Tausende Gedanken tobten in ihr, geballt mit Vorwürfen, die sie ihm zu gerne an den Kopf geschmettert hätte. Sie versuchte ruhig zu bleiben. Immerhin wusste sie nun, warum die Polizei damals keinen Adil unter den Flugreisenden gefunden hatte. Er hieß Bilal. Und er behauptete, ihr Onkel habe über die Aktion Bescheid gewusst. Das traute sie ihm sogar zu.

»Du hast mich damals fast ins Gefängnis gebracht«, murmelte sie und schaute ihn herausfordernd an. »Was willst du heute von mir?«

Er hob langsam den Kopf. Seine braunen Augen, denen sie damals verfallen war, blickten auf sie hinab. »Du hast dich sofort an mich erinnert«, sagte er leise, kam auf sie zu und ging vor der Chaiselongue, auf der sie saß, in die Hocke. »Das bedeutet, du hast mich nach all den Jahren nicht vergessen. Ich fürchte, du hast mich nicht in bester Erinnerung. Nie hätte ich gedacht, dass du erwischt werden könntest.« Er griff nach ihrer Hand, strich sanft über ihre Finger. »Du trägst keinen Ring? Bist du nicht in festen Händen?« Ohne auf ihre Antwort zu warten, fuhr er fort. »Ich habe dir damals einen sehr wertvollen Ring geschenkt. Erinnerst du dich? Was ist aus ihm geworden?«

Jana starrte ihn stumm an und zog ihre Hand zurück. Was spielte er für ein Spiel? Er war wohl kaum gekommen, um den Ring zurückzufordern. Ja, er hatte ihr gesagt, er sei nicht ganz wertlos und sie solle gut auf ihn achtgeben. Später war ihr klar geworden, dass sie das Schmuckstück nur durch den Zoll hätte schmuggeln sollen. Und das hatte im Gegensatz zu den Figuren in ihrem Koffer ja auch geklappt.

»Du bist sicherlich nicht hier, weil du den Ring zurückhaben willst, oder? Denn der liegt seit Jahren unbeachtet in meiner Wohnung in Hamburg in einer Schublade«, sagte sie. »Also, was willst du von mir?«

Bilal Ahmadi warf einen raschen Blick auf seine Armbanduhr, dann seufzte er, drückte sich in den Stand und setzte sich neben sie auf die alte Chaiselongue. »Wir beide, wir fahren noch einmal zusammen los. Weißt du noch, wie schön wir es in der Türkei hatten? Bitte, komm mit, ohne großes Aufsehen. Ich will nicht, dass dir etwas passiert. Aber ich entscheide nicht allein.«

Jana blickte ihn von der Seite an. Sein Gesäusel täuschte sie nicht. Hinter seiner freundlichen Fassade verbarg sich ein knallharter Geschäftsmann, vielleicht sogar ein skrupelloser Mörder. Und eines war ihr auch klar: Je weiter sie sich aus dem Ruhrgebiet, wo sie sich hoffentlich noch befand, entfernen würde, desto unwahrscheinlicher wurde es, dass Frank oder Kommissar Teubner sie finden konnten. Sie musste also auf Zeit spielen. So lange wie möglich. »Bevor ich mich auf irgendetwas einlasse, brauche ich Erklärungen«, begann sie. »Das ist doch nicht zu viel verlangt, wenn ich mitspielen soll. Ich muss wissen, was passiert ist. Von Anfang an. Wie stand mein Onkel zu euch? Was war das für eine Geschäftsbeziehung?«

»Das ist eine lange Geschichte, Jana, und sie tut nichts zur Sache«, erwiderte er leicht genervt.

»Ich habe Zeit! Kann hier sowieso grad nicht weg.« Sie hob zur Erklärung ihre gefesselten Hände. »Also, Bilal! Erzähl mir, was mein Onkel mit euch zu tun hatte. Jetzt, da sie tot sind, kannst du es mir doch sagen.« Sie gab ihrer Stimme einen schmeichelnden Tonfall. »Und wenn du nett zu mir bist, fällt es mir sicher weniger schwer, nett zu dir zu sein.«

Bilal Ahmadi seufzte, blickte erneut auf seine Uhr und nickte dann widerstrebend. »Ich war noch ein Kind, als dein Onkel zum ersten Mal in unseren Laden gekommen ist. Er hatte meinem Vater vorab am Telefon gesagt, dass er etwas verkaufen wollte. Bereits am nächsten Tag brachte Brecht eine Holzkiste voller Goldmünzen in unseren Laden.«

»Wie bitte?«, fragte Jana überrascht und blickte Bilal von der Seite an, während er stur geradeaus auf die Kellertür stierte. »Woher will er die gehabt haben?«

»Er hat sie gefunden. An Einzelheiten erinnere ich mich nicht, wie gesagt, ich war noch ein Kind«, erklärte Bilal Ahmadi. »Jedenfalls klebte an dieser Schatzkiste offensichtlich Blut, mehr weiß ich nicht. Dein Onkel wollte sie möglichst schnell loswerden. Mein Vater hat ihn zunächst zum Essen eingeladen, um Näheres über den Goldschatz herauszufinden. Danach hat mein Vater einen guten Preis dafür gezahlt.«

»Wenn mein Onkel anständig bezahlt worden ist, hätte er sich von dem Geld ein schönes Leben machen können. Wieso ist er in den illegalen Antikenhandel mit eingestiegen?«

Bilal stand auf und stellte sich vor sie. Dabei blickte er sie fast mitleidig an. »Er war dumm genug, vor meinem Vater beim ersten Geschäftsessen nach mehreren Gläsern Wein damit zu prahlen, wie er an das Gold gekommen ist. Vermutlich wollte er zeigen, was für ein harter Hund er doch ist. Von da an hatte mein Vater ihn jedenfalls in der Hand.«

Jana dämmerte es. »Diese Antiken, die er geschmuggelt hat. Das hat er für euch gemacht? Machen müssen? Ihr habt ihn erpresst?«

Bilal zuckte nur die Schultern. »Erpressung ist ein hässliches Wort und trifft nicht den Kern des Geschäfts. Brecht hat schnell Blut geleckt und akzeptiert, wer das Sagen hat. Die Zusammenarbeit zwischen ihm und meinem Vater hat seit jener Zeit gut funktioniert. Dein Onkel hat bei seinen Auslandsreisen Antiken nach Deutschland geschmuggelt. Er ist ordentlich dafür bezahlt worden. Einige Objekte durfte er behalten und selbst verkaufen. Manche Schmuggelware hat ihm auch Björn Kumpf zum Weiterverkauf für seinen Laden angeboten.« Bilal drehte sich um, trat zur Tür und blickte nach links und rechts in den angrenzenden Flur. Anscheinend wartete er auf jemanden.

»Diese Geschäftsbeziehung lief also über viele Jahre. Wie ging es weiter? Was hat es mit den Schätzen in diesem geheimen Raum meines Onkels auf sich, der sich unter seiner Garage befindet?« Jana sah kleine Schweißperlen auf Bilals Stirn glänzen. Er strahlte eine nervöse Unruhe aus.

»Für dieses Geplänkel fehlt mir die Zeit, Jana«, erklärte er genervt und blickte zum x-ten Mal auf die Uhr. »Bin gleich zurück!« Er verließ den Raum, schloss von außen ab, ließ jedoch das Licht an. Jana hörte, dass er eine Treppe hinauflief, kurz darauf kam er wieder und baute sich erneut vor ihr auf. »Wir haben nicht viel Zeit. Ganz kurz also: Mein Vater und ich hatten deinen Onkel im Verdacht, unsere Geschäftsbeziehung nicht mehr so ernst zu nehmen.«

»Und da habt ihr ihm Björn Kumpf als Spitzel auf den Hals geschickt?«

Bilal nickte nachdenklich. »Dein Onkel wollte angeblich mit dem Schmuggeln aufhören, weil er den Laden schließen musste.

Das haben wir ihm nicht geglaubt. Das meiste der illegalen Waren wird unter der Hand und online verkauft, das hätte er auch von zu Hause aus erledigen können. Also hat Björn Kumpf den Brechts auf den Zahn gefühlt. Wir brauchten einen Beweis dafür, dass er uns hintergeht.«

»Und wie ging es weiter?«, fragte Jana. Sie rieb ihre gefesselten Handgelenke an den Oberschenkeln, da ihre Finger immer wieder zu kribbeln begannen. Das Klebeband schnürte ihr das Blut ab.

Bilal schob seine Hände in die Taschen seiner edlen Anzughose. »Björn Kumpf hat zunächst keinen Beweis dafür gefunden, dass Brecht und hintergeht. Aber dann, ganz zum Schluss, hat er auf den Fotos in dem Artikel über die Brechts Antiken gesehen, die er nicht kannte. Dabei hatten wir für die Brechts doch immer die Fundstücke ausgesucht, die sie für uns schmuggeln sollten. Wir haben ihnen die Spesen, die Flugreisen und so weiter, bezahlt und einen ordentlichen Bonus obendrauf. In dieses System hatten die Brechts sich ideal integriert. Aber diese Figuren kannten wir nicht.«

Jana begann es zu dämmern. »Also war klar, die beiden arbeiten auf eigene Rechnung und wollten mit Aufgabe ihres Ladens auch eure *Geschäftsbeziehung* beenden.«

Bilal zog etwas ratlos die Schultern hoch. »Die Brechts haben uns vorher schon hintergangen. Und das nicht erst seit gestern. Als Björn Kumpf in der Zeitung diesen Artikel gesehen hat, war ihm sofort klar, dass wir jetzt endlich den Beweis für ihren Betrug haben. Er hat die Fotos mit seinem Handy abfotografiert und an mich weitergeleitet. So was können wir uns nicht bieten lassen, Jana. Diese Bilder zeigten seltene Osiris-Figuren, die Brecht hinter unserem Rücken geschmuggelt haben musste. Das dulden wir nicht.«

Jana wurde bewusst, dass je mehr sie über die illegalen Praktiken Bilals und seiner Komplizen erfuhr, desto weniger war ihr Leben wert. Aber das hatte sie wohl längst verspielt. Die Antikenhehlerei galt als dreckiges Geschäft mit horrenden Gewinnspannen, dagegen war das Leben einer kleinen Boutique-Verkäuferin keinen Cent wert. Ihre einzige Chance war, Zeit zu schinden und zu hoffen. »Deshalb mussten sie sterben? Wer hat …«

»Das muss dich nicht interessieren.«Bilals Gesicht verdunkelte sich. Er schien mit seiner Geduld am Ende zu sein. »Wir werden jetzt gehen, Jana!« Seine Stimme war jetzt schroff, der Schmusekurs endgültig vorbei. Er zog sie fest am Arm in den Stand.

Jana starrte Bilal an. Sie konnte kaum glauben, dass sie für diesen beherrschten, kaltblütigen und skrupellosen Mann einmal so etwas wie Liebe empfunden hatte. »Warum willst du mir nicht sagen, wer sie getötet hat?«, versuchte sie es erneut, was hatte sie schon zu verlieren? »War es Björn Kumpf? Er ist nach dem Mord mehrmals im Haus der Brechts aufgetaucht.«

Bilal seufzte genervt. »Gleich am ersten Abend, als du dort übernachtet hast, bin *ich* im Keller gewesen, um die geheimen Schätze zu suchen. Brecht hatte bei der Folter zugegeben, dass er ganze Vitrinen voll wertvoller Antiken versteckt hat.«

»Also warst du es? Du hast die Brechts umgebracht?« Angst stieg in ihr hoch, ihre Luftröhre zog sich langsam zu, das Atmen fiel ihr schwer.

Bilals Augen funkelten wütend. »Warum kannst du nicht einfach Ruhe geben?«, zischte er, zog sein Handy aus der Innenjacke seines Jacketts und warf einen Blick auf den Bildschirm. Seine Augen blickten genervt. Die Nachricht, auf die er zu warten schien, war wohl noch nicht angekommen. »Du willst wissen, was passiert ist? Du gibst nicht eher Ruhe, richtig?« Er schob das Smartphone zurück.

Jana nickte langsam und setzte sich wieder. Hoffentlich würde man sie noch rechtzeitig finden. Da Bilal einen so nervösen Eindruck machte, schien nicht alles nach Plan zu laufen. Sie musste so viel Zeit wie möglich herausschinden. »Was ist passiert, nachdem du die Fotos gesehen hast, die Kumpf dir geschickt hat?«, fragte sie und legte ihre gefesselten Hände auf ihrem Schoß ab.

Bilals Smartphone piepte. Sichtlich erleichtert zog er es erneut aus der Jacke und las eine Kurznachricht. Er antwortete mit blitzschnellem Fingertippen und setzte sich noch einmal neben Jana. »Es war der letzte Tag des Räumungsverkaufs, als ich den Laden der Brechts betreten habe. Deine Tante kam auf mich zu und starrte mich verwundert an. Sie hat dreist behauptet, nichts von den Osiris-Figuren zu wissen. Dann hat sie gesagt, dass sie lange genug nach unserer Pfeife getanzt habe und dass ich mich verpissen soll.«

Ein Schauer lief über Janas Rücken. Sie versuchte das aufkommende Zittern zu unterdrücken. »Da hast du sie erschossen.« Spätestens jetzt war klar, dass Bilals sie niemals am Leben lassen würde. Aber irgendetwas hinderte ihn daran, kurzen Prozess mit ihr zu machen. Was erwartete er noch von ihr?

Bilal nickte langsam. »Wer einen Ahmadi so hinterrücks hintergeht, und dazu von oben herab behandelt, der hat den Tod verdient.« Seine Stimme klang gefährlich ruhig.

»Und mein Onkel? Warum hast du ihn so gequält?«

»Der Idiot!« Bilal stand auf und lief unruhig vor Jana auf und ab. »Zunächst hat er versucht mich in die Irre zu führen. Vom Laden sind wir durch das halbe Ruhrgebiet gekurvt. Nachdem ich ihm auf einem Feldweg ordentlich die Visage poliert habe, hat er endlich zugegeben, dass ein bisschen was bei ihm zu Hause gelagert ist. Ein bisschen was! « Er tippte nervös mit den Fußspitzen auf den Boden. »Als wir gegen Mitternacht dort angekommen sind, hätte er mir das Bisschen-Was nur zeigen müssen. Ich hätte ihm danach eine Lektion erteilt, mehr nicht. Aber da hatte er es sich wieder anders überlegt und hat geschwiegen, der Spinner. Ich habe ihn in seinem Büro an den Stuhl gefesselt und ihm die Finger gebrochen. Er hat mich verhöhnt und gesagt, dass es viele sehr schöne Stücke sind, eben ganze Vitrinen voll, ich sie aber niemals finden würde. Danach habe ich ihm in die Knie geschossen. Als er weiterhin nicht reden wollte, habe ich verdammt noch mal die Geduld verloren und auf sein Herz gezielt.«

Eine Gänsehaut zog sich über Janas Körper. Obwohl sie ihren Onkel nie gemocht hatte, tat er ihr nun leid. Sie wusste, dass er seine Frau sehr geliebt hatte. Ohne sie hatte er vermutlich keinen Sinn darin gesehen, weiterzuleben. Jana hatte einen brutalen Doppelmörder vor sich. »Du hast die beiden ermordet, hast die Vitrinen dennoch nicht gefunden.«

»Richtig!«, fluchte Bilal erzürnt. »Ich habe das ganze verdammte Haus auf den Kopf gestellt. Wer kann denn auch ahnen, dass der sich einen Raum unter der Garage bauen lässt. Ich habe mir also lediglich einige wertvolle Gegenstände aus dem Wohnzimmer genommen und bin mit dem Auto deines Onkels abgehauen, in dem wir ja auch hergekommen waren. Doch dann habe ich nicht gewusst, wohin damit. Ich bekam Bedenken, das mich jemand sieht, wenn ich ihn entsorge. Deshalb haben mein Vater und ich den Wagen in der Nacht einfach zurückgebracht.«

Um mehr Zeit zu gewinnen, zählte sie auf, was sie vermisst hatte: »Du hast den Bronzehelm gestohlen. Viertes Jahrhundert vor Christus. Außerdem einen Wikingerhelm und eine Muttergöttin aus Marmor, schätzungsweise 5000 Jahre alt. Eine präkolumbische Totenmaske aus Peru, mit einem Wert von schätzungsweise über 50.000 Euro fehlt ebenfalls.«

Einen Moment blickte Bilal sie überrascht an. »Wie gut du dich auskennst. Es war nur ein schwacher Trost, wir mussten die Vitrinen finden. Unsere letzte Hoffnung war dieser Gehilfe. Björn Kumpf hat mit Holger Kern telefoniert, das hat zu nichts geführt. Also habe ich den Kerl persönlich aufgesucht, um ihn mir vorzuknöpfen. Die Wohnungstür stand offen. Kern lag schnarchend in der Küche auf dem Fußboden. Er war nur schwer wach zu kriegen. Es hat eine Weile gedauert, ehe er kapiert hat, was ich von ihm will. Aber dann hat er versucht, den Spieß umzudrehen. Er wollte mich erpressen. Er hatte den Schuss auf deine Tante gehört und gesehen, dass ich den Laden mit deinem Onkel verlassen habe. Er wollte 100.000 Euro, diese Ratte. Ansonsten wollte er sich an die Polizei wenden.«

»Das war sein Todesurteil«, erkannte Jana und fragte sich verzweifelt, ob Frank oder Kommissar Teubner schon irgendeine Ahnung hatten, wo sie sich aufhalten könnte. Nach allem, was Bilal gerade verraten hat, war ihr eigener Tod besiegelt. Er konnte sie nicht mehr laufen lassen.

»Um Kern ist es nicht schade«, meinte Bilal Ahmadi lapidar und machte eine abwertende Handbewegung. »Abschaum nenne ich so jemanden. Ich habe ihm ein Kissen aufs Gesicht gedrückt. Da hat er mir in einer Atempause endlich gesagt, dass die Antiken in Brechts Keller in einem geheimen Raum versteckt waren. Da Kern mir sonst nichts mehr zu sagen hatte … Na ja, er hat eine Weile unter dem Kissen gezuckt, dann war Ruhe. Danach habe ich seinen Helm aufgesetzt, sein Motorrad genommen und bin damit zum Hause der Brechts gefahren. Ich musste diesen Raum finden. Leider stand in der Einfahrt dein Auto. Ich bin noch mal los und mitten in der Nacht zurückgekommen. Aber ich habe diesen verdammten Raum nicht gefunden.« Er stand schwungvoll auf und stellte sich vor Jana. »Das hat sich dank deiner Mithilfe geändert, Jana. Und jetzt wird es Zeit zu gehen. Also komm.« Er umfasste brutal ihren Arm und stieß sie zur Tür.

»Was hast du mit mir vor, Bilal?«, krächzte Jana verzweifelt und versuchte sich aus seinem Griff zu befreien. Dabei taumelte sie zur Seite, stolperte und riss Bilal mit sich zu Boden. Er war sofort wieder auf den Beinen und blickte wütend auf sie hinab.

»Du kannst dich nützlich machen und eine Kleinigkeit für mich erledigen.« Er zog einen Schlüssel aus seiner Hosentasche und ließ ihn vor ihrem Gesicht hin und her baumeln.

Jana erkannte den Schließfachschlüssel der Genfer Bank. Es musste zwei Schlüssel gegeben haben, einen, den ihr Onkel in seinem Büro aufbewahrt hatte, und einen, der zur Sicherheit in dem Bankfach der Sparkasse deponiert war. Deshalb sollte sie noch nicht sterben. Bilal wollte mit ihrer Hilfe an den Inhalt des Schließfachs gelangen. Hatte er den Schlüssel beim Durchwühlen des Hauses gefunden? »Du glaubst, dass ich mit dir in diese Bank spaziere? Du wirst mich hinterher dennoch töten oder Björn Kumpf damit beauftragen.«

Er hob die Schultern und setzte ein ratloses Gesicht auf. »Es ist deine Chance, Jana. Du kannst lebend aus dieser Geschichte herauskommen, wenn du kooperierst. Du solltest diese Chance nutzen. Wir werden eine Lösung für dich finden.« Bilal trat auf sie zu und zog sie am Arm in den Stand. »Und jetzt gehen wir.«

Plötzlich hörte Jana von außerhalb ein lautes Klopfen. Ein kleiner Hoffnungsfunke keimte in ihr auf. Sie wollte schreien, um auf sich aufmerksam zu machen. Sofort legte sich Bilals Hand so fest auf ihren Mund, dass sie zu keinem Mucks mehr fähig war.

Kapitel 36

Samstag, 09. April, 21.45 Uhr

Maike konnte Teubner nur mit Mühe daran hindern, über die Straße zu rennen, um den Kollegen Frank Strodtbeck vom Geschäft der Ahmadis wegzuzerren. Es wäre für ihre Mission, Jana Helmes zu finden, nicht hilfreich, wenn plötzlich Polizisten vor Kumpf und Ahmadi senior stünden. Zumal es äußerst unwahrscheinlich war, dass man Jana in dem noblen Antiquitätenladen in Dortmund gefangen hielt. Zu viele Aspekte sprachen dagegen. Der Laden lag mitten in der Innenstadt und im selben Haus wohnten mehrere Mietparteien, was das Risiko deutlich erhöhte, dass irgendjemand etwas von der Entführung mitbekam. Außerdem fand sich weit und breit keine Spur von Bilal Ahmadi, der laut seinem Telefonat doch persönlich mit Jana sprechen wollte. Teubner verschloss die Wagentür also mit Widerwillen. Die drei Unnaer Kriminalbeamten beobachteten, wie Björn Kumpf eilig aus seinem Caddy auf die Straße sprang und in Begleitung des Lkw-Fahrers ebenfalls auf den Eingang des Antiquitätenladens zustürmte.

»Frank ist solch ein Idiot«, schimpfte Teubner und schlug ärgerlich aufs Lenkrad. »Der bringt unser ganzes Vorhaben in Gefahr und sich selbst ebenfalls. Hoffentlich geht das gut!«

»Lass ihn. Ist jetzt eh zu spät«, beruhigte ihn Maike, »wenn er Jana Helmes findet, hat er uns eine Arbeit abgenommen. Falls nicht, wissen wir wenigstens, dass wir woanders nach ihr suchen müssen.«

Teubner murrte eine unverständliche Antwort. Gemeinsam beobachteten sie, wie der Senior die Ladentür öffnete und Strodtbeck fragend anblickte. Dann sprach er einige Worte zu Kumpf und dem Fahrer, die sich widerwillig zurückzogen, bevor Ahmadi mit einem freundlichen Lächeln Strodtbeck in seine Räumlichkeiten bat. In diesem Moment fühlte Maike sich in ihrer Vermutung bestätigt, dass die Nichte der Brechts woanders gefangen gehalten wurde. Als Björn Kumpf kurz darauf in seinen Wagen stieg und an ihnen vorbeifuhr, schnappte sie sich ihren Rucksack. »Ihr müsst Kumpf folgen! Vielleicht führt er euch zu Jana Helmes. Ich werde beobachten, wie sich die Situation hier in der Balkenstraße entwickelt.«

Sie verließ das Auto und wartete, bis ihre Kollegen hinter der nächsten Kurve verschwunden waren. Langsam schlenderte sie Richtung Friedensplatz, wo sie sich mit ihrem Rucksack zwischen den Beinen auf die Stufen des Rathauses setzte. Auch aus einer Entfernung von etwa 50 Metern hatte sie den Eingang des Antiquitätenladens gut im Blick. Der Lkw parkte weiterhin schräg gegenüber dem Laden, der Fahrer lehnte am Heck und tippte abwechselnd auf seinem Smartphone herum oder verschwand in der Rauchwolke seines Verdampfers wie Aladin, der sich in seine Wunderlampe zurückzog.

Maike fröstelte und blickte seufzend auf ihre Armbanduhr. Inzwischen war es fast 22 Uhr und Strodtbeck schon über zwanzig Minuten bei Ahmadi im Geschäft. Endlich trat er auf die Straße und ging zu seinem Wagen hinüber. Von Maike nahm er keine Notiz, er machte einen traurigen Eindruck und schien völlig in Gedanken versunken zu sein. Sie wählte seine Handynummer, die Teubner ihr geschickt hatte. Er war sofort in der Leitung.

»Da war nichts!« Seine Stimme klang resigniert. »Das war …«

»Später«, unterbrach Maike ihren Kollegen. »Hör genau zu, Frank! Teubner und Reinders folgen Björn Kumpf. Und du musst raus aus der Sicht von Ahmadi senior und dem Lkw-Fahrer. Die beiden unternehmen sicherlich nichts, solange du in der Nähe bist. Am besten fährst du zur Kleppingstraße, biegst dort rechts ab und suchst dir einen Parkplatz. Ich behalte die beiden im Auge. Da Jana Helmes offensichtlich nicht hier festgehalten wird, besteht noch die Möglichkeit, dass der Fahrer uns zu ihrem Versteck führt. Wir werden dem Laster folgen, sobald er losfährt. Er muss über die Kleppingstraße, anders kommt er nicht auf den Wall und aus der Innenstadt heraus. Also mach, was ich dir gesagt habe, und warte auf mich.«

Sie schob ihr Handy zurück in die Tasche ihrer Steppjacke. Die Stufen der Rathaustreppe fühlten sich eiskalt an ihrem Gesäß an, die Temperatur bewegte sich garantiert nur noch im einstelligen Bereich. Maike stand auf, gleichzeitig lenkte Strodtbeck den Dienstwagen aus der Parklücke und verließ die Balkenstraße kurz darauf. »Braver Junge«, murmelte sie und schulterte den Rucksack. Dann schlenderte sie langsam zurück in Richtung Antiquitätenladen, während sie so tat, als schaue sie angestrengt auf ihr Handy.

Ahmadi trat aus dem Laden und rief dem Fahrer etwas auf Arabisch zu. Aladin nickte und verschwand hinter dem Ladeninhaber im Geschäft. Maike schlenderte bis ans Ende der Straße, bog um die Kurve, wo sie stehen blieb, um das Geschehen aus der Ferne zu beobachten. Etwa fünf Minuten später verließ der Fahrer wieder den Laden, schob endlich die Ladeklappe des Lkw hoch und verschloss die Lederschlaufen der Plane. Ahmadi war im Laden geblieben. Was die beiden wohl besprochen hatten? Ob es um die nächste Fuhre ging? Oder um den Verbleib von Jana Helmes? Vielleicht hatte der Fahrer aber auch Anweisungen bekommen, was mit der Fair-Trade-Ware passieren sollte. Denn die befand sich nach wie vor in den Kisten auf der Ladefläche. Aladin steuerte nun auf die Fahrerkabine zu. Das genügte Maike.

Sie lief in die Kleppingstraße und erkannte Strodtbecks Dienstwagen in einiger Entfernung am Straßenrand. Sie eilte darauf zu, warf ihren Rucksack auf die Rückbank und setzte sich auf den Beifahrersitz.

»Der Lkw kommt jeden Moment!«, sagte sie und schnallte sich an. »Ich bin gespannt, wohin die Fahrt geht.« Sie rieb sich ihre eiskalten Hände und bat den Kollegen, die Heizung höher zu drehen.

»Da war nichts!«, erzählte Strodtbeck nun frustriert. »Keine Spur von Jana. Der Laden sah von innen so nobel aus wie eine Ausstellung im Museum. Büsten hinter Glas, Schmuck, alte Bilder an den Wänden. Antike Möbel. Alles sah verdammt wertvoll aus, aber keine Altertümer oder so.«

»Gab es ein Hinterzimmer, Kellerräume, eine Garage? Durftest du überall nachsehen? Ist dir irgendetwas Verdächtiges aufgefallen?«

Strodtbeck hob ratlos die Schultern. Sein Gesicht wirkte aschfahl im Licht, das von einer nahen Straßenlaterne auf ihn strahlte. »Ja, ich durfte jeden Winkel des Ladens inspizieren. Dabei war das Verhalten dieses Alten von solch einer selbstsicheren Arroganz, dass ich im Grunde schon vorher wusste, dass ich nichts finden würde. Hinter dem Laden ist ein kleiner Flur, von dem man in ein Büro und in ein Lager gelangt. In dem Lagerraum befanden sich einige Skulpturen auf dem Fußboden, die man vielleicht mit illegalem Antikenhandel in Verbindung bringen könnte, aber das bringt uns Jana ja keinen Schritt näher! Im Büro herrschte eine übersichtliche Ordnung. Der Keller war ziemlich düster. Es gab mehrere Abteile für die verschiedenen Mietparteien, denn über dem Laden wohnen laut Ahmadi noch drei Familien. Da die Kellerräume nur mit Gittertüren versehen waren, konnte ich mit meiner Taschenlampe in jeden hineinleuchten.

Nichts!« Er seufzte, während er sich zum wiederholten Male umdrehte, um nach dem Lkw zu schauen.

»Ich nehme an, die Skulpturen, die du in dem Lager gesehen hast, sind einige Objekte von denen, die Björn Kumpf unter der Garage der Brechts gefunden hat. Das würde Sinn machen.« Maike holte Luft und hatte ihren Besuch bei Milo Mathys wieder vor Augen. »Der Rest der Sammlung ist sicherlich schon im Genfer Freihafen. Die Ahmadis haben dort einen großen Lagerraum gemietet. Vermutlich war Kumpf deshalb nicht aufzutreiben, weil er die Ware dorthin gebracht hat. Im Genfer Freihafen sind die Kulturschätze in Sicherheit und können potenziellen Kunden auf neutralem Terrain präsentiert und verkauft werden.«

»Klingt plausibel und nach einem lukrativen Geschäft«, stimmte Strodtbeck zu und sah sich erneut um. Im selben Moment vibrierte ihr Handy. Sie zog es aus der Jacke. »Was gibt 's, Max?«

»Kumpf ist zu seinem Geschäft in Mülheim gefahren. *Antikes und Antiquiertes* steht an der Tür. Hier hatten die Kollegen ja bereits nach Jana Helmes gesucht, genau wie in seinem Privathaus, das sich in einem Vorort in der Nähe befindet. Kumpf bringt die neue Ware gerade in den Laden. Ahmadi junior ist nirgends zu sehen, sein weißer Audi Quattro ebenfalls nicht. Also werden wir Jana Helmes nach wie vor hier wohl nicht finden. Aber vielleicht führt Kumpf uns ja doch noch zu dem Ort, wo sie versteckt wird und wo wir auf Ahmadi junior treffen. Sollte Kumpf nach Hause fahren und sozusagen Feierabend machen, knöpfen wir uns ihn vor. Vielleicht lässt er sich auf einen Deal ein, wenn wir ihn etwas unter Druck setzen. Wegen Antikenhehlerei kriegen wir ihn dieses Mal sowieso dran, brauchen wir nur seinen Laden zu durchsuchen. Und Kleebaum wird bestimmt seine Stimme identifizieren, sodass schwere Körperverletzung und unterlassene Hilfeleistung dazukommen. Möglicherweise führt er uns zu Jana, vorausgesetzt, er glaubt, seine Position dadurch verbessern zu können, wenn ihm der Prozess gemacht wird.«

»Alles klar, Max, ich drück euch die Daumen«, erwiderte Maike, die das Gespräch bewusst nicht auf Lautsprecherfunktion gestellt hatte. Strodtbeck stand bereits genug unter Strom. Sie wusste von Max, dass Jana für ihn nicht nur ein Entführungsopfer war, sondern vermutlich seine große Liebe. Frank musste aber in jedem Fall einen kühlen Kopf bewahren, andernfalls könnte er für Maike zu einem Risiko werden. »Wir bleiben an dem Lkw dran und melden uns.« Sie beendete das Gespräch.

»Da kommt der Lkw!«, rief Strodtbeck im selben Moment und wollte sogleich den Motor starten.

Maike umfasste seine Hand und hielt ihn zurück. »Langsam, Frank. Wir dürfen nicht auf uns aufmerksam machen. Der Fahrer kennt deinen Wagen. Halt also genügend Abstand!«

Strodtbeck nickte. Augenblicke später ratterte die rote Plane an ihnen vorbei. »Jetzt aber«, sagte er und lenkte den Wagen auf die Straße, als der Lkw schon fast die Ampel am Wall erreicht hatte.

»Fahr langsam«, mahnte Maike und zog ihre Hand zurück.

»Scheiße«, rief Strodtbeck und schlug verzweifelt aufs Lenkrad, als die Ampel am Wall ihn bei Rot zum Halten zwang.

»Nun bleib mal ruhig, Frank«, mahnte Maike, die sah, dass die rote Plane gerade nach links auf die Märkische Straße abbog. Sie hatte lange genug in Dortmund gearbeitet, um sich in der Innenstadt auszukennen. Der Lkw fuhr mit Sicherheit Richtung B 1. Auf der Strecke dorthin würden sie das auffällige Fahrzeug am späten Abend und bei der entspannten Verkehrslage in kurzer Zeit einholen.

Strodtbeck drückte aufs Gas, als die Ampel auf Grün sprang. Mit quietschenden Reifen passierten sie die Kreuzung und bogen ebenfalls nach links.

»Du sollst ruhig bleiben, habe ich gesagt«, schrie Maike und krampfte ihre rechte Hand an den Haltegriff in der Tür. »Wenn du dich nicht unter Kontrolle hast, halt an und lass mich weiterfahren.«

Strodtbeck ging vom Gas, war dennoch schnell genug, um den Blitzer auszulösen, der kurz hinter der Kreuzung stand. Weiter vorne sah man den Lkw ebenfalls an einer roten Ampel warten.

»Du bist ein Idiot, Frank!«, schimpfte Maike. »So hilfst du deiner Freundin nicht, kapier das.« Der Lkw setzte seine Fahrt bei Grün fort. Maike schwieg eine Weile. In ihr brodelte es. Einerseits konnte sie Strodtbeck verstehen, anderseits würde er mit seinem unprofessionellen Verhalten nur die Aufmerksamkeit des Lkw-Fahrers auf sich ziehen. Dieser wechselte jetzt in Höhe des Gebäudes der Industrie- und Handelskammer auf die linke Fahrspur und fuhr dann auf den Westfalendamm.

»Der fährt Richtung Unna«, realisierte Strodtbeck.

»Sehe ich selbst«, meinte Maike mürrisch. »Was ist eigentlich mit der Privatadresse der Ahmadis? Wohnen die vielleicht in der Nähe? Könnte Jana Helmes da festgehalten werden?«

Strodtbeck schüttelte den Kopf. »Die wohnen im Villenviertel von Herdecke in einer schlossähnlichen Anlage. Da bekommen wir die Erlaubnis zur Hausdurchsuchung nur mit hieb- und stichfesten Anhaltspunkten. Außerdem leben die Ahmadis dort mit ihren Ehefrauen und Bilal hat zwei Kinder im Alter von acht und zehn Jahren. Ich kann mir nicht vorstellen, dass die so dreist sind und unter den Bedingungen eine Geisel im Keller oder sonst wo festhalten.«

Maike nickte und grübelte. Da Teubner und Reinders keine weiteren Händler aufgetan hatten, die aus dem Ruhrpott mit illegalen Antiken handelten, dürfte es sich in der Hauptsache um das Trio Ahmadi, Kumpf und Brecht gehandelt haben, plus deren Handlanger. Jana war aus ihrem Haus in Unna-Mühlhausen entführt worden. War es da nicht am plausibelsten, sie in der Nähe zu verstecken? Fragte sich nur, wo genau. Es musste ein Ort sein, der für Kumpf leicht zugänglich war. Also doch in seinem Wohnort Mülheim? Das würden Teubner und Reinders herausfinden. Maike wählte Teubners Nummer.

»Hey Maike«, grüßte er. »Kumpf parkt jetzt vor seiner Garage in Mülheim-Uhlenhorst und telefoniert im Auto. Hübsches Einfamilienhaus mit Vorgarten und ansehnlichem Grundstück. Von Ahmadi junior und seinem weißen Audi Quattro keine Spur. Warte! Jetzt steigt er aus und geht zum Haus.«

»Okay«, erwiderte Maike. »Der Lkw fährt Richtung Unna, vielleicht wird Jana irgendwo dort festgehalten. Hast du nicht gesagt, Kumpf sei …?«

»Ich werde verrückt«, unterbrach Teubner sie, »Kumpf hat die Haustür nur kurz aufgeschlossen und kommt jetzt mit einer Reisetasche zurück. Also, unsere Observierung ist wohl doch noch nicht beendet. Mal sehen, wo er uns jetzt hinführt.«

»Okay, Max, wir bleiben in Kontakt. Viel Erfolg!« Maike beendete das Telefonat. Strodtbeck stierte auf die dreispurige Fahrbahn und fuhr in passablem Abstand zum Lkw. Sie passierten die Bundesbank-Filiale in Dortmund, ein Gebäude von dem Maike wusste, dass es auf jede nur erdenkliche und technisch mögliche Art vor Diebstahl geschützt war. Mit breitem Wassergraben ringsum galt sie als sicherster Geldspeicher Deutschlands.

»Wo könnte Björn Kumpf bloß Jana Helmes gefangen halten?«, dachte Maike laut. »Der Laster hat immer noch die *Fair*

Trade Egypt-Ware bei sich. Hoffen wir mal, dass er nicht auf dem Weg ist, diese irgendwo auszuliefern.« Maike wurde nervös. Was, wenn sie mit ihren Ermittlungen auf dem falschen Dampfer waren? Würde der Lkw wirklich in Unna Halt machen?

»Er wird uns zu Jana führen, Maike. Da bin ich ziemlich sicher«, meinte Strodtbeck, und es klang, als wolle er sich selbst Mut machen. Sie befuhren inzwischen die A 44, wechselten bei Unna auf die A 1 in Richtung Bremen. »Der wird wohl gleich die nächste Abfahrt nehmen, oder?« Strodtbecks Stimme klang unsicher.

Maike nickte zaghaft. »Hoffen wir mal. Die nächste Abfahrt ist die nach Königsborn. Das erreicht man über die A 1 schneller, als wenn man den Weg durch die Innenstadt mit den vielen 30er-Zonen nimmt.« Als am Fahrbahnrand die Leuchtreklame des IKEA-Einrichtungshauses sichtbar wurde, setzte der Lkw-Fahrer den Blinker. »Na also, geht doch«, sagte sie erleichtert.

Strodtbeck atmete auf und blieb weiterhin auf Abstand.

»Die werden Jana Helmes doch nicht in dem Haus gefangen halten, wo sich der Antiquitätenhandel der Brechts befunden hat?«, meinte Maike entsetzt, als sie erkannte, dass der Lkw genau in diese Richtung fuhr. Als sie kurz darauf von Weitem das Ladenlokal erblickte, überkam sie eine schreckliche Leere. Sie dachte an Jochen, der dort niedergeschossen worden war und immer noch im Krankenhaus im Koma lag. Sie hatte am Mittag mit seiner Schwester telefoniert. Sein Zustand sei noch nicht stabil genug, um ihn zu wecken. Dabei hatte Maike so sehr gehofft, mit ihrer Rückkehr könne sie ihn wieder in die Arme schließen, sich an sein Bett setzen und mit ihm reden. Sie musste Geduld haben. Nun galt es erst einmal den Täter zu überführen, der ihm das angetan hatte.

Kapitel 37

Samstag, 09. April, 23.05 Uhr

Es war ein Komplize von Bilal gewesen, der oben gegen die Tür geklopft hatte. Damit Jana nicht mehr schreien konnte, hatte Bilal ihr den Mund mit Klebeband verschlossen, und nun bekam sie kaum noch Luft. Nachdem er sie von den Fußfesseln befreit hatte, drängte er sie durch einen dunklen Kellergang auf eine Treppe zu, die sie mühsam hinaufstolperte. Janas Brust fühlte sich an wie ein Vakuum. Platt gedrückt, als sei sämtlicher Sauerstoff aus ihren Lungen entwichen. Sie röchelte, krümmte sich, sehnte sich nach ihrer Medizin, ähnlich einer Ertrinkenden, die vergeblich nach einem Rettungsring Ausschau hielt. Sie taumelte neben Bilal her, keuchte, nahm ihre Umgebung nur schemenhaft wahr. Bilal schubste sie am Ende der Treppe in einen Hausflur und riss die Tür nach draußen auf, wo ein bulliger Glatzkopf mit langem Kinnbart und roter Haremshose stand, der sie sofort fest am Arm packte.

Jana wollte schreien, brachte durch das Klebeband aber nur einen dumpfen Laut heraus. Sie sah sich verzweifelt um. Vor ihr lag eine Straße, schwach beleuchtet von einigen Straßenlaternen. Hier lagen die meisten Einfamilienhäuser im Dunkeln und ihre Bewohner schliefen längst. Niemand würde sie hier hören. Der Muskelprotz schaute sich kurz um, nickte dann.

Janas Gedanken überschlugen sich. Sie betraten den Vorgarten des Hauses. Zwei große Hortensien wuchsen links und rechts des Eingangs im Beet. Man erkannte bereits die ersten Blütentriebe, was wohl dem sonnigen März zu verdanken war. Dahinter schlossen sich Buschrosen an, die den gepflasterten Weg bis zum Bürgersteig flankierten. Dazwischen wucherte Unkraut aus der Erde, was darauf deutete, dass das Haus seit Längerem leer stehen dürfte. Jana ließ den Blick über die Straße schweifen. Die Gegend kam ihr bekannt vor. Ja. Sie war hier oft spazieren gegangen, in der Mittagspause, damals, als sie noch bei den Brechts gejobbt hatte. Es musste sich um die Friedrichstraße handeln, nahe dem Königsborner Marktplatz.

Bilal und sein Kumpan zerrten sie zur Straße, wo ein Lkw mit roter Plane und ausländischem Kennzeichen stand. Jana röchelte, während sie in den Armen ihrer Entführer hing, die sie vorwärts zogen. »Reiß dich zusammen!«, fauchte Bilal sie an. An seinen Schläfen liefen Schweißperlen herab. »Du wirst gleich genug Zeit haben, dich auszuruhen.«

Der Männer drängten sie zum Heck des Lasters. Als der Glatzkopf die Lederschlaufen der roten Plane öffnete und die Ladeklappe herunterließ, hing Jana am Arm von Bilal und rang nach Luft. Der Fahrer kletterte auf die Ladefläche und hievte sie hinauf, bevor er sie fallen ließ wie einen Sack Reis.

Jana krümmte sich, konnte kaum noch atmen und zitterte am ganzen Körper. Fahrig griff sie sich mit den gefesselten Händen ins Gesicht. Während der Kraftprotz damit beschäftigt war, ihre Beine mit Panzerklebeband zusammenzukleben, knibbelte Jana mit den Fingerspitzen am Klebeband an ihrem Mund, bekam eine Ecke davon zu fassen und zog es sich mit einem Ruck ab. Sofort sog sie die kühle Nachtluft gierig in ihre Lungen. Ihre Bronchien pfiffen. Sie bräuchte dringend ihr Asthmaspray. Mühsam bewegte Jana ihre gefesselten Hände zu ihrer Jackentasche, wo sich die Medizin befand, doch es gelang ihr nicht, hineinzugreifen. Zum Schreien, damit jemand aus den Häusern ringsum auf sie aufmerksam wurde, fehlte ihr die Kraft. Sie schloss die Augen. Nach dem, was Bilal gesagt hatte, würde der Lastwagenfahrer sie zunächst in die Schweiz bringen. Das wäre ihr Ende. Tränen stiegen in ihr auf.

»Hurry up!«, blaffte Bilal den Glatzkopf an.

Jana hob den Kopf und sah, dass er sein Telefon ans Ohr drückte. »Bilal. Bitte. Mein Spray«, flehte sie.

Er sah sie einen Moment unschlüssig an, dann schien er sich zu erinnern, kletterte tatsächlich auf die Ladefläche und sagte einige Worte zum Fahrer. Der ließ von ihr ab, sprang auf die Straße und die Plane schlug hinter ihm zu. Bilal hockte sich neben Jana. Er blickte sie ernst an, tastete in ihrer Jackentasche nach der Medizin, zog den Deckel ab und hielt sie ihr an den Mund, sodass sie einen tiefen Zug inhalieren konnte. »Damit du mich in guter Erinnerung behältst«, säuselte er und schob das Spray zurück in ihre Jacke.

Jana atmete befreit auf. Im selben Moment wurde ihr klar, dass sobald der Lkw sich in Bewegung setzte, ihre Überlebenschancen gegen null sinken würden. »Was ist das für ein Haus?«, keuchte sie mit einem letzten Versuch, Zeit zu gewinnen, und deutete mit dem Kopf in die Richtung, wo sie gefangen gehalten worden war.

Bilal stieß einen knappen Lacher aus. »Es gehörte Holger Kern. Allerdings hat er nicht lange Freude daran gehabt. Den Schlüssel hat er wohl erst eine Woche vor seinem plötzlichen Ableben bekommen. Als ich bei ihm war und mich nach seinem Tod ein wenig in seiner Wohnung umgesehen habe, lag das Schlüsseletui bei den Kaufunterlagen auf einer Kommode. Der hat sich als Gehilfe deines Verräter-Onkels eine goldene Nase verdient und dann noch die Frechheit besessen, mich zu erpressen, um sein leer geräumtes Konto wieder aufzufüllen.«

Ehe Jana eine weitere Frage stellen konnte, klebte Bilal ihr erneut einen Streifen Panzerband auf den Mund. Dann zog er sein Smartphone aus der Hose und wählte eine Nummer. »Verdammt, Björn, warum meldest du dich nicht?«, sagte er kurz darauf. »Ruf sofort zurück, wenn du das abhörst. Du solltest längst hier sein und Jana begleiten.«

»Niemand wird von hier verschwinden«, hörte Jana plötzlich eine vertraute Stimme. Sie schallte laut durch die Nacht, gefangen von den umliegenden Häusern. »Nehmen Sie langsam die Hände hoch und kommen Sie von der Ladefläche runter.«

Frank, dachte Jana. Sie konnte ihr Glück kaum fassen. War das eine Illusion? Sie hob den Kopf und sah, dass ihr Freund tatsächlich an der Ladeklappe stand und die Plane zur Seite geschoben hatte. Er zielte mit einer Waffe im Anschlag auf Bilal, der immer noch neben ihr in der Hocke saß und sein Smartphone zurück in die Hosentasche schob. Plötzlich riss er seine Hand jedoch wieder hervor, ließ ein Klappmesser aufspringen und hielt es Jana blitzschnell an den Hals.

»Das wäre dann wohl eine Pattsituation«, sagte er. »Weg vom Lkw, sonst spritzt der Frau gleich Blut aus der Kehle.«

Frank trat zurück, die rote Plane schlug zu und versetzte das Innere der Ladefläche in Dunkelheit.

»Hören Sie, Herr Ahmadi«, erklang nun eine weibliche Stimme, die Jana nie zuvor gehört hatte. »Ich schildere Ihnen jetzt Ihre Situation. Mein Name ist Maike Graf, ich bin Kriminalhauptkommissarin. Ihr Komplize Björn Kumpf ist übrigens auch gerade mit seinem Caddy hier angekommen. Meine Kollegen haben ihn bereits festgenommen. Er wird beschuldigt, in den illegalen Handel mit Antiken verstrickt zu sein, hinzu kommt Körperverletzung, unterlassene Hilfeleistung und Entführung. Er dürfte für einige Jahre in den Knast wandern. Der Fahrer dieses Lkw sitzt seit 3 Sekunden mit Handschellen im Polizeiwagen, er wird Ihnen also nicht aus der Patsche helfen. Sie sollten jetzt sofort die Finger von Jana Helmes lassen. Sie stehen ganz alleine da.«

»Keine Angst, Jana«, schrie Frank. »Die Kollegen der Autobahnpolizeiwache Kamen sind auch gerade gekommen.«

Bilal stand auf und zerrte Jana auf die Beine. Er hielt sie vor sich wie ein Schutzschild. Das Messer presste er ihr fest an den Hals. Langsam schob er sie zur Ladekante. »Schieb die Plane zur Seite. Ich will sehen, mit wem ich es zu tun habe.«

Janas Hand zitterte, als sie seiner Aufforderung folgte. Sie sah Frank, der seine Waffe im Anschlag hatte, was in seiner zivilen Kleidung fremd wirkte. Neben ihm eine Frau um die 40, die sich Maike Graf genannt hatte. Im Hintergrund zwei Einsatzwagen der Polizei mit blinkendem Blaulicht, das nicht durch das dichte Lkw-Verdeck gedrungen war. Die Türen der Polizeiautos standen offen. Dahinter waren insgesamt vier Streifenbeamte in Stellung gegangen. Sie zielten mit ihren Waffen auf Bilal.

Er schwieg einen Moment, schien zu überlegen. »Ich brauche Bedenkzeit!«, brüllte er nach draußen und zog Jana zurück. Er drückte sie zu Boden, entfernte das Klebeband von ihrem Mund, schnitt ihr in der Dunkelheit die Fußfesseln auf und zerrte sie wieder auf die Beine. »Wir machen uns allein auf den Weg, Jana«, sagte er und presste ihr erneut die Klinge an den Hals. Er erhob die Stimme, als er weitersprach. »Sie werden mich mit meiner Geisel nun unbeschadet zu meinem Pkw gehen lassen. Sollte mir irgendwer in die Quere kommen, schneide ich Jana die Kehle durch. Fahren Sie die Polizeiautos fünfzig Meter zurück.« Er trat mit Jana einige Schritte vor. »Öffne die Plane einen Spalt, damit ich hindurchsehen kann!«

Jana gehorchte. Die Uniformierten stiegen in die Polizeiwagen. Motoren wurden angelassen, dann setzten die Fahrzeuge mit blinkendem Blaulicht rückwärts. Frank stand mit seiner Kollegin weiterhin dicht am Lkw, immer noch zielte er mit seiner Dienstwaffe auf das Heck des Lasters.

»Waffe langsam auf den Boden legen und ihr beide geht auch zurück!«, befahl Bilal.

Frank bückte sich, ohne dabei Bilal aus den Augen zu lassen, und legte seine Schusswaffe vor sich auf die Straße, dann hob er die Hände und bewegte sich rückwärts. Seine Kollegin tat es ihm gleich.

»Setz dich!«, befahl Bilal leise und drückte Jana herunter. Er blieb dicht hinter ihr. Gleichzeitig berührten sie mit dem Gesäß den Boden des Lasters. Seine Beine schoben sich links und rechts neben ihre, seine Nähe fühlte sich unangenehm an. »Rutsch langsam vor«, zischte er und krampfte einen Arm wie einen Schraubstock um ihren Bauch, während er mit der anderen Hand weiterhin die Klinge an ihren Hals presste.

Janas Füße schwangen nach draußen. Kurz darauf bewegte Bilal sich mit einem Ruck nach vorn und sie rutschten gemeinsam durch die Plane ins Freie. Er schob sie weiter, blieb hinter ihr und hob Franks Waffe auf, die er ihr sofort an den Kopf hielt. Dann ließ er das Messer einrasten und steckte es in seine Hosentasche.

Im selben Moment stürmte Frank auf ihn zu und sprang ihn an. Jana ging mit den beiden Männern zu Boden. Auch im Kampf mit dem Polizisten behielt Bilal seine Hand schmerzhaft in ihren Arm gegraben, sodass sie sich nicht in Sicherheit bringen konnte. Sie sah, dass Maike Graf auf sie zugerannt kam, um zu helfen. Im nächsten Augenblick richtete Bilal die Waffe auf Jana und drückte ab.

Im Bruchteil einer Sekunde sah sie ihr Ende besiegelt. Bald wäre sie vereint mit ihrer Mutter. Sie durfte vielleicht endlich erfahren, was damals passiert war, an der Baustelle. Plötzlich spürte sie einen Schmerz im Arm, als die Polizistin sie zur Seite riss. Jana realisierte, dass Bilal den Abzug zwar gedrückt, sie aber weder einen Knall gehört hatte noch von einer Kugel getroffen worden war. Zitternd am ganzen Leib ließ sie sich auf die Füße helfen. Jana war unfähig, sich zu bewegen, und dankbar für die Decke, die ihr jemand um die Schultern legte. Frank nahm Bilal die Pistole aus den Händen und legte ihm Handschellen an. Sie sah das alles und konnte doch noch nicht begreifen, was gerade geschehen war.

»Keine Angst«, sagte Maike Graf nun neben ihr. »Frank ist nicht lebensmüde. Die Munition hatten wir zuvor aus unseren Waffen entfernt. Kommen Sie, ich bringe Sie zu seinem Wagen. Ich denke, er wird sich persönlich um Sie kümmern wollen.« Die Polizistin lächelte.

»Vielen Dank!« Jana atmete erleichtert auf. Unendlich langsam begriff sie, dass ihre Entführung ein glückliches Ende genommen hatte.

»Ich bin so froh, dass du lebst!«, stieß Frank hervor, als er sie auf sich zukommen sah. Er fischte ein Taschenmesser aus seiner Hose und zerteilte das Klebeband, mit dem ihre Hände gefesselt waren, und riss es ab. Dann tastete er in ihrer Jacke nach dem Asthmaspray und reichte es ihr. Erst nachdem sie ihre Medizin inhaliert hatte, nahm er sie in den Arm und drückte sie. »Ich hatte solche Angst um dich«, flüsterte er nach einer Weile in ihr Ohr. »Gut, dass wir noch rechtzeitig gekommen sind.«

»War ziemlich knapp«, krächzte Jana und konnte nicht verhindern, dass Tränen an ihren Wangen hinabliefen. Sie schmiegte sich an ihren Freund, spürte seinen gleichmäßigen Herzschlag, seine kratzige Wolljacke, roch sein herbes Rasierwasser und fühlte sich geborgen wie ein Kind auf dem Schoß der Mutter. »Beim nächsten Mal darfst du dich ruhig etwas mehr beeilen.«

»Ein nächstes Mal wird es nicht geben, mein Schatz. Von jetzt an passe ich besser auf dich auf.«

Jana zog den Reißverschluss ihrer Jacke bis zum Hals zu. Sie konnte kaum glauben, die Tortur der letzten Tage endlich hinter sich gebracht zu haben. Dankbar ergriff sie Franks Hand und fühlte, wie ein wohliger Schauer durch ihren Körper jagte, als er sie liebevoll drückte und sie anlächelte. »Was geschieht jetzt mit Bilal?«, fragte sie, als einer der Polizeiwagen sich mit ihm entfernte.

»Der wird für eine lange Zeit hinter Gitter wandern. Dabei wird der illegale Handel mit Antiken noch sein geringstes Problem sein. Er muss ja ziemlich tief mit in deiner Entführung drinstecken«, meinte Frank.

Jana schüttelte langsam den Kopf. Es gab viel zu erklären, aber eigentlich fehlte ihr im Moment die Kraft dazu. »Bilal Ahmadi hat das Kidnapping in Auftrag gegeben«, sagte sie nur leise, »aber er hat noch viel mehr Dreck am Stecken. Später erzähle ich dir alles.«

Maike Graf trat zu ihnen und lächelte aufmunternd. »Sie ruhen sich jetzt erst einmal aus. Ihre Aussage nehmen wir in den nächsten Tagen auf. Wichtig ist nur, dass Björn Kumpf, Bilal Ahmadi und dessen Vater ihre gerechte Strafe bekommen. Den illegalen Antikenhandel und Ihre Geiselnahme können wir der Gruppe nachweisen. Und über DNA-Abgleiche werden wir auch herausfinden, ob einer der drei die Brechts ermordet hat.«

»Ich denke, es wird sich bestätigen, was Bilal mir gesagt hat«, meinte Jana und fühlte plötzlich einen abgrundtiefen Hass auf diesen Mann, der sie am Ende sicherlich getötet hätte. »Bilal Ahmadi hat mir gegenüber nicht nur zugegeben, dass sein Vater den illegalen Handel mit Antiken hier im Ruhrgebiet aufgebaut hat und alle Beteiligten so gut daran verdient haben, dass sie dafür über Leichen gegangen wären.« Sie holte tief Luft und fuhr fort. »Und das sind sie tatsächlich. Für den Mord an Tante Silvia und Onkel Matthias ist Bilal selbst verantwortlich, hat er gesagt und auch erklärt, warum er sie getötet hat. Die Ahmadis hatten herausgefunden, dass mein Onkel sie hintergangen und in die eigene Tasche gewirtschaftet hat. Deshalb musste er sterben.«

»Bilal Ahmadi hat zugegeben, die Brechts ermordet zu haben?«, fragte Maike Graf und wurde dabei sehr blass. »Also hat er auch den Schuss auf meinen Freund Jochen, ich meine auf den Polizeibeamten im Antiquitätenladen abgegeben?«

Jana nickte. »Das war Ihr Freund? Der Polizist, der bei der Schießerei getroffen worden ist? Ist er gestorben?« Sie hatte unendliches Mitgefühl mit der Kommissarin.

»Jochen lebt.« Maike Graf räusperte sich und schob ihre Hände in die Jackentaschen. »Er liegt noch im Koma. Aber er wird es schaffen.«

Jana lächelte aufmunternd und schmiegte sich an Frank, überglücklich, dass sie selbst heil aus dieser Geschichte heraus- und dass Frank und sie sich dabei auch noch nähergekommen waren. »Ich drücke Ihrem Freund ganz fest die Daumen!«

Kapitel 38

Einen Monat später

Maike betrat die Intensivstation mit Kittel, Einweghandschuhen und Mundschutz. Ihre Haare hatte sie zu einem Zopf gebunden. Seitdem die Corona-Maßnahmen gelockert worden waren, durfte sie Jochen regelmäßig besuchen. Sie tat das inzwischen jeden Tag nach der Arbeit. Sein Anblick war für sie nur schwer zu ertragen. Sie kannte ihn als starken, resoluten, klugen und integren Menschen, den nichts erschüttern konnte. Jetzt war da nur diese körperliche Hülle. Als Maike ihn das erste Mal nach ihrer Ägyptenreise besucht hatte, war ihr ein fürchterlicher Schreck durch die Glieder gefahren. Er war an Schläuche und Apparate angeschlossen. Überwachungsgeräte piepsten und er lag im Bett wie eine Wachsfigur. Blass. Unbeweglich. Eingefallen. In ihren Augen mehr tot als lebendig.

Es hatte sie Überwindung gekostet, sich an seine Bettkante zu setzen und nach seiner Hand zu greifen, obwohl die Krankenschwester, die sie zu ihm gebracht hatte, sie dazu ermuntert hatte. Nach einer Weile hatte Maike stumm geweint. Was war aus ihren Plänen geworden? Sie wollten doch zusammenziehen. Ein einziger Moment, und ihr Leben stand auf dem Kopf. Nichts war mehr so, wie es vor diesem verdammten Schuss gewesen war, der Jochen getroffen hatte. Würde man ihn jemals aus dem Koma holen können? Und wenn, mit welchem Menschen bekäme sie es zu tun?

Maike hatte Zeit und Geduld aufgebracht. Mittlerweile hatte sie sich an seinen traurigen Anblick gewöhnt, redete sogar mit ihm. Erzählte von ihren Wünschen und Plänen. Sie würden es schaffen! Gemeinsam!

Auch heute setzte Maike sich wieder an sein Bett. Sie nahm Jochens Hand und blickte ihn an. Sie wollte ihm vom Fall Brecht erzählen. Heute Vormittag hatte sie noch einmal die Berichte gelesen, im Besonderen das Protokoll der Befragung von Björn Kumpf, den sie selbst nie persönlich kennengelernt hatte. Der Mülheimer Antiquitätenhändler hatte ein umfassendes Geständnis abgelegt. Angefangen bei seinem ersten Besuch bei den Brechts, gemeinsam mit Adnan Ahmadi. Kumpf war damals erst Ende 20 gewesen und hatte schnell Blut geleckt beim lukrativen Handel mit illegalen Antiken. Er hatte sich bei der Vermittlung der Antiken als so erfolgreich erwiesen, dass er zum Schein und zur Geldwäsche seinen Antiquitätenladen in Mülheim eröffnen konnte. In den folgenden Jahrzehnten hatte er ein ansehnliches Vermögen angehäuft und eng mit den Ahmadis zusammengearbeitet.

Die Probleme mit den Brechts hatten ihm schließlich das Genick gebrochen. Angefangen bei den Uschebtis, die Matthias Brecht für die Ahmadis besorgt hatte, aber nicht herausrücken wollte. Kumpf hatte die Mumienfiguren für die Ahmadis am Tag vor der Ermordung der Brechts in deren Laden abholen wollen, die Brechts hatten sich aber geweigert, sie zu dem zuvor vereinbarten Preis herauszugeben, sie hielten ihn für zu niedrig. Und als Kumpf am folgenden Tag den Bericht mit den Osiris-Figuren in der Zeitung gesehen hatte, waren die Ahmadis entschlossen, mehr Druck auf Brecht auszuüben. Bilal wollte sich selbst darum kümmern.

»Du erinnerst dich bestimmt an unseren Spaziergang, mein Schatz«, erzählte Maike nun und blickte in das friedliche Gesicht ihres Freundes, das wirkte, als würde er lediglich einen Moment eingeschlafen sein. »Nach der Hausbesichtigung in Unna-Königsborn. Weißt du noch? Am Markt fiel ein Schuss, du bist durch den Hintereingang in den Laden gegangen, wo der Schütze auch auf dich geschossen hat.« Maike beobachtete seine Gesichtszüge genau. Legte sich seine Stirn leicht in Falten, als würde er sich bemühen zuzuhören? Oder bildete sie sich das ein?

»Wir konnten den Täter überführen«, fuhr sie leise fort. »Er heißt Bilal Ahmadi, ist Libanese und lebt mit seiner Familie und seinen Eltern in einem Prachtbau Herdecke. In Dortmund betreiben sie ein Antiquitätengeschäft.« Sie erzählte ihm ausführlich von den Verstrickungen der Brechts in den verbrecherischen Antikenhandel. »Teubner nennt die Hehlerbande seither nur noch Ruhrpott-Connection.« Sanft streichelte Maike über Jochens Hand. Er zeigte keine Reaktion. Die Geräte zeichneten weiterhin seine Vitalfunktionen auf, ohne eine erkennbare Veränderung, die auf eine Regung deuten könnte.

Maike dachte an die Befragung von Bilal Ahmadi, der lange geschwiegen hatte und dann ausgerechnet mit ihr hatte sprechen wollen. Marschewski war das ein Dorn im Auge gewesen, aber er hatte Maike zähneknirschend nach Dortmund bestellt, wo sie die Vernehmung gemeinsam durchgeführt hatten. Bilal Ahmadi hatte den Ermittlungsleiter allerdings gar nicht beachtet. Er hatte sich bei Maike entschuldigt. Dafür, dass er auf Jochen geschossen hatte. Sie schüttelte jetzt noch verständnislos den Kopf darüber. Er hatte jedoch auch alles gestanden. Drei Morde, den Schuss auf Jochen, die Antikenhehlerei, die Beauftragung von Kumpf, Jana zu entführen.

»Eigentlich wollte ich es dir ja nicht erzählen«, fuhr Maike nun fort und drückte Jochens Hand etwas fester, »aber ich habe mich auf eine sehr abenteuerliche Reise gemacht, die mich über den Zollfreihafen in Genf bis ins tiefste Ägypten geführt hat. Ich hatte die Hoffnung, so den Tätern auf die Spur zu kommen, die für deine schreckliche Situation verantwortlich sind.« Hatten seine Augen gezuckt? Nur leicht, doch Maike war sicher, er hatte reagiert.

»Ich habe tatsächlich maßgeblich zur Festnahme der Straftäter beigetragen«, sagte sie leise, »ich konnte eine Hehler-Route aufdecken. Meine Ermittlungsergebnisse wird die Abteilung für Organisierte Kriminalität weiterverfolgen. Übrigens bin ich in Ägypten bei einem sehr netten Paar untergekommen. Abbas und Bahiti Dawuhd. Inzwischen konnte ich mich für deren Hilfe bedanken, indem ich die Spesen meiner Reise, die tatsächlich von der Staatskasse übernommen werden, an sie überwiesen habe. Aber das Spektakulärste kommt noch. Ich habe in der Totenstadt Tuna el-Gebel beobachtet, wie ein Sarg aus einem Grabungsloch gestohlen worden ist. Man hat ihn zersägt und die Teile in Kisten verfrachtet, um ihn für einen Flug nach New York vorzubereiten. Dort hat meine Freundin Claudia seinen weiteren Weg verfolgt. Er ist von einem Privatkunden in Empfang genommen worden. Die beiliegende Provenienz war jedoch gefälscht und gab Adnan Ahmadi als Verkäufer an. Die müssen einen guten Fälscher an der Hand gehabt haben. Wir haben übrigens bei Kumpf einen Ordner voll mit Provenienzen gefunden. Den hatte er aus dem Haus von Brecht geholt. Was es genau damit auf sich hat, wird noch geprüft. Jedenfalls konnte man über den gestohlenen Sarg auch Ahmadi senior den unrechtmäßigen Handel mit Antiken nachweisen. Die Kollegen der OK sind da ebenfalls dran. Interpol ist Antikenhehlern schon lange auf der Spur, aber nur selten gelingt es, die Täter zu fassen.«

Maike beobachtete Jochens Gesichtszüge. Sein Kopf ruhte friedlich auf dem weißen Kissen, als schlafe er. Er hatte keinerlei Reaktion mehr gezeigt. Manchmal fragte sie sich, ob sich das je ändern mochte, und dann wurde sie sehr traurig. Sie durfte die Hoffnung nicht aufgeben! Niemals! Sie stand langsam auf, ohne seine Hand loszulassen, beugte sie sich über sein Gesicht und hauchte ihm durch die Atemschutzmaske einen Kuss auf die

Stirn. »Wenn du mich gesehen hättest, wie ich diesen Aladin überwältigt habe, du wärest stolz auf mich«, flüsterte sie, »ein Berg von einem Mann und in Nullkommanichts hatte er die Handgelenke in Handschellen auf dem Rücken. Er hat nicht einmal Piep gesagt.« Sie schmunzelte über sich selbst. »Ich komme morgen wieder«, versprach sie. Dann wandte sie sich rasch von ihm ab und verließ die Intensivstation.

Ihr roter Renault Clio parkte in einer Seitenstraße in der Nähe der Städtischen Kliniken. Maike nutzte sonst wegen der desolaten Parksituation in Dortmund gerne die S-Bahn, heute war sie jedoch mit dem Auto hergekommen, weil sie noch einen Termin wahrnehmen musste. Jana Helmes hatte sie gebeten, sie zu besuchen. Es gäbe Neuigkeiten, die sie ihr gerne persönlich erzählen wolle.

Maike erreichte das Dorf Mühlhausen in knapp vierzig Minuten. Als sie in die Einfahrt der Brechts einbog, fiel ihr zuerst ein Bagger auf, der vor dem Garagenanbau stand. Sie parkte ihren Clio dahinter und ging auf den Eingang des Hauses zu. Bevor sie die Möglichkeit hatte, zu klingeln, wurde ihr die Tür bereits geöffnet. Jana Helmes hatte sich gut erholt und strahlte eine zufriedene Selbstsicherheit aus. Die Folgen ihrer Entführung schien sie überwunden zu haben, zumindest äußerlich.

»Hallo«, grüßte Maike, »ich freue mich, Sie so wohlauf zu sehen. Sie scheinen die fast einwöchige Gefangenschaft gut überstanden zu haben.«

Jana Helmes nickte. »Schön, dass Sie so kurzfristig Zeit für mich haben, Frau Graf.« Sie reichte Maike zur Begrüßung die Hand. »Ja. Mit der Hilfe von Frank kann ich die furchtbaren Dinge gut aufarbeiten. Eine Polizeipsychologin steht uns zur Seite. Es war einfach schrecklich in diesem dunklen Keller. Ich habe da nicht die Hand vor Augen sehen können und das alles hat mich an meine Kindheit bei den Brechts erinnert. Mein Onkel hat mich auch oft in den Keller gesperrt.« Sie seufzte und blickte an Maike vorbei, als sei sie einen kurzen Moment mit den Gedanken weit weg. »Nun, mein Onkel lebt nicht mehr«, fuhr sie schließlich fort, »und Sie konnten Björn Kumpf und Bilal Ahmadi ja inzwischen festnehmen. Ich nehme an, Sie werden ihre gerechte Strafe bekommen.«

»Das werden sie mit Sicherheit«, bestätigte Maike. »Björn Kumpf hat gestanden, für die Ahmadis gearbeitet zu haben. In ihrem Auftrag hat er auch Ihre Entführung geplant und durchgeführt. Eine Zeit lang hat er sogar in dem Haus übernachtet, wo sie gefangen gehalten worden sind. Es tut uns leid, dass wir nicht herausbekommen haben, dass Kern es gekauft hatte. Bilal Ahmadi hatte aber die Kaufunterlagen und den Schlüssel aus Holger Kerns Wohnung an sich genommen. Da er den Kaufbetrag, wie wir inzwischen wissen, bar bezahlt hat, konnten wir auch bei Überprüfung seiner Konten nicht darauf stoßen.«

»Das ist jetzt nicht mehr wichtig«, warf Jana ein und trat zur Seite, um Maike ins Haus zu lassen.

Im Eingangsbereich roch es nach Farbe. Während Jana Helmes die Haustür schloss, fuhr Maike fort: »Bei der Befragung der Nachbarn in der Friedrichstraße ist mehrfach Kumpfs Mercedes-M-Klasse aufgefallen, obwohl er das Auto meistens in der zum Haus gehörenden Garage geparkt hat. Seiner Mitarbeiterin hatte er derweil gesagt, er sei auf Geschäftsreise in Ägypten. In Wahrheit hat er sich um die Drecksarbeit gekümmert, die ihm die Ahmadis aufgetragen hatten. Er hat die Antiken aus dem geheimen Raum Ihres Onkels ins Zollfreilager nach Genf gebracht, ebenso die Uschebtis, die sie ihm aushändigen mussten. Und er hat sich um Sie gekümmert. Ich nehme an, als er nach Genf gefahren ist, hat er Ihnen eine größere Ration Betäubungsmittel verpasst. Oder erinnern Sie sich daran, eine längere Zeit allein gewesen zu sein?«

Jana hob ratlos die Schultern. »Ich habe mich die ganze Zeit benebelt gefühlt und viel auf dieser unbequemen Chaiselongue geschlafen. Allerdings hat eine Zeit lang ein Eimer für meine Notdurft in einer Ecke gestanden hat, so eine kleine funzlige LED-Lampe daneben hat mich darauf aufmerksam gemacht. Es mögen zwei Tage gewesen sein, die ich ohne Fesseln verbracht habe, aber ich habe kein Zeitgefühl dort in der Dunkelheit gehabt. Daran hat auch das kleine Licht nichts geändert, das ich an mich genommen habe, um Zentimeter für Zentimeter den Raum auszuleuchten. Da habe ich dann auch Kekse und Wasser gefunden. Aber reden wir von etwas anderem. Ich werde mich noch intensiv mit dem ganzen Geschehen beschäftigen müssen, wenn der Prozess beginnt«, meinte Jana und bat Maike nun ins Wohnzimmer, das viel heller wirkte, als bei ihrem letzten Besuch.

»Wir haben ordentlich gewirkt«, fuhr Jana fort. »Frank und ich wollen hier unsere Zukunft verbringen. Ich bin nur noch einmal kurz nach Hamburg zurückgekehrt, um dort meine Zelte abzubrechen. Mein Job ist gekündigt, ein Makler mit dem Verkauf meiner Eigentumswohnung beauftragt. Inzwischen hat eine Entrümpelungsfirma das Haus hier leer geräumt, eine andere die zerschlagene Fensterfront erneuert und noch eine weitere die Wände frisch tapeziert und gestrichen. Die Küche ist bestellt, ich schlafe momentan auf einer Luftmatratze.« Sie lachte unbeschwert. »Aber um Ihnen das zu erzählen, habe ich Sie nicht hergebeten. Setzen Sie sich doch bitte. Der Blick in den Garten ist im Frühling fantastisch.«

Maike nahm in dem leer geräumten Wohnzimmer auf einem der zwei Plastikstühle Platz, die an einem Campingtisch standen.

Die Abendsonne strahlte warm herein und warf bereits lange Schatten. »Ich bin sicher, Sie werden sich hier sehr wohlfühlen«, lobte Maike und lehnte das angebotene Getränk ab.

»Wie Sie wissen, bin ich am vergangenen Wochenende mit Frank nach Genf gefahren. Er hatte dort ja auch Ihre Reisetasche aus dem Schließfach am Flughafen mitgebracht«, kam Jana Helmes ohne Umschweife zum Punkt und setzte sich auf den zweiten Stuhl.

»Sie waren in der Banque Cantonale de Genève? Ich bin gespannt.«

»Ja. Was wir da erlebt haben, wollte ich Ihnen gerne selbst erzählen. Nach Überprüfung meiner Personalien und des Erbscheins hat man mich nach langer Wartezeit endlich zu dem Schließfach gelassen.« Sie deutete auf einen Briefumschlag, der auf dem Tisch lag. »Diesen Brief und über 500.000 Euro habe ich darin gefunden«, fuhr sie fort und ließ ihre Worte einen Moment wirken.

»Man muss die Herkunft des Geldes noch überprüfen, aber der zuständige Ermittler hat mir gesagt, dass ich es vermutlich behalten kann.« Sie seufzte. »Diese Scheine entschädigen mich gewiss nicht für meine traurige Kindheit. Außerdem klebt Blut an diesem dreckigen Geld. Deshalb werde ich es für gute Zwecke verwenden. In jedem Fall möchte ich Armin Zauner unterstützen, den ehemaligen Geschäftspartner meines Vaters, den mein Onkel so schäbig betrogen hat. Am liebsten würde ich ihm das verlorene Geld auf einen Schlag zurückzahlen. So einfach geht das in unserem bürokratischen Deutschland leider nicht. Eine Schenkung an Fremde darf 20.000 Euro nicht überschreiten, sonst schluckt der Staat 30 Prozent Steuern, aber die bekommt er auf jeden Fall. Und ich werde mir noch mehr einfallen lassen, um dem alten Herrn Zauner mit meiner Hilfe einen angenehmen Lebensabend zu bereiten. Ich werde ihn regelmäßig besuchen. Da kann ich auch das ein oder andere Gute tun.«

»Das ist sehr anständig von Ihnen, Jana«, meinte Maike. Sie hatte Armin Zauner bei einer Befragung als liebenswürdigen Menschen kennengelernt. Ein vom Leben gezeichneter Mann, der Unterstützung gewiss gut gebrauchen konnte.

»Ich habe übrigens auch einen größeren Betrag an *Fair Trade Egypt* überwiesen. Als ich gehört habe, dass die Lieferung dieser Ware aus Ägypten von den Ahmadis genutzt wurde, um illegale Antiken zu schmuggeln, bin ich richtig wütend geworden«, meinte Jana aufgebracht.

»Ja. Der Lkw wäre mit Ihnen und den Fair-Trade-Produkten zu dem Warenlager einer Handelskette bei Köln gefahren, bevor man Sie zu der Schweizer Bank gebracht hätte«, erklärte Maike und wies auf den Brief, der auf dem Tisch lag. »Was hat es mit dem Umschlag auf sich?«

Janas Augen wurden wässrig, als müsse sie jeden Moment weinen. »Lesen Sie selbst!«, sagte sie mit zittriger Stimme und schob Maike das Kuvert zu. »Ein tödliches Vermächtnis. Ich kann immer noch nicht fassen, was mein Onkel da geschrieben hat.«

Maike beugte sich über den Tisch und griff nach dem Brief. »Für Jana, nach meinem Tod«, las sie auf dem Umschlag und zog einige dicht beschriebene Blätter heraus. Sie lehnte sich zurück und begann die geradlinige Schrift zu lesen.

Jana,
wenn du diesen Brief liest, gibt es mich nicht mehr. Dann habe ich ein Geheimnis, das ich seit deiner jungen Kindheit hüte, mit ins Grab genommen. Vielleicht sollte ich die Vergangenheit

auf sich beruhen lassen, aber dieses schriftliche Geständnis erleichtert mein Gewissen. Ich habe zwei Menschen getötet. Zuerst deinen Vater und danach deine Mutter. Damit du mich besser verstehen kannst, versuche ich dir alles zu erklären.

Deine Mutter war eine talentierte Architektin. Sie hat unser Haus entworfen, dein Vater sollte es bauen. Er leitete damals die Baufirma, die einst deine Großeltern gegründet hatten. Neben dem Gebäude wollte ich eine Garage mit einer geheimen Kammer anlegen lassen. Eine Art Panikraum. Den hatte deine Tante Silvia sich gewünscht. Beim Ausheben der Grube ist die Baggerschaufel auf Widerstand gestoßen. Ich habe mit dem Spaten etwas Erde zur Seite geschippt und eine Truhe gefunden. Dein Vater und ich haben sie geborgen und geöffnet. Sie war voller Goldmünzen. Ein Schatz! Wir waren reich! Dachte ich.

Leider sah Dirk die Sache anders. Er wollte den Fund der Stadt melden. Dieser verdammte Idiot! Wir haben heftig gestritten. Schließlich habe ich nach dem Spaten gegriffen und ihm damit den Schädel zertrümmert. Dirk brach sofort bewusstlos zusammen. Ich habe wie von Sinnen weiter auf ihn eingeschlagen, bis er tot war. Einen Moment war ich selbst erschrocken über meine Skrupellosigkeit. Aber das Gold war es mir wert. Du musst wissen, ich komme aus sehr armen Verhältnissen. Das Erbe meiner Frau, deiner Tante, hat uns einen kleinen Wohlstand verschafft, sodass wir ein Haus bauen lassen konnten, aber das sichert einem ja nicht den Lebensunterhalt.

Dann habe ich das Loch, aus dem wir die Kiste mit dem Gold gehoben haben, vergrößert und deinen Vater hineingezerrt. Leider ist genau zu diesem Zeitpunkt deine Mutter mit dir im Kindersitz auf dem Fahrrad an die Baustelle gekommen. Sie hat geschrien, als sie Dirk in der Grube gesehen hat. Ich bin mit dem Spaten auf sie zu. Da ist sie mit dem Rad geflohen. Allerdings habe ich sie mit dem Auto schnell eingeholt. Ich habe sie von der Straße gedrängt und sie ist in den Graben gefallen. Sie hat sich aufgerappelt, ist in einen Feldweg geflüchtet. Ich konnte sie einholen und habe ihr einen dicken Ast auf den Kopf geschlagen. Immer wieder. So lange, bis auch sie tot war. Dich habe ich im Kindersitz festgeschnallt zurückgelassen.

Damals gab es noch nicht die Möglichkeit, Täter-DNA zu überprüfen. Trotzdem wollte ich keinen Verdacht aufkommen lassen. Ich habe für die Polizei einen Liebhaber erfunden, mit dem Kerstin fliehen wollte. Als Beweis habe ich der Polizei einen alten Liebesbrief vorgelegt, den ihr ein Freund geschickt hatte, mit dem sie vor deinem Vater zusammen war. Die Beamten konnten ja nicht wissen, dass ich den Brief in einen Umschlag neueren Datums gesteckt hatte, in dem der Mann deine Eltern zu seiner Hochzeit nach Amerika eingeladen hatte.

Deine Oma hatte die alten Briefe beim Aufräumen von Kerstins Zimmer gefunden, als deine Mutter mit deinem Vater zusammengezogen war. Sie lagen in einer Kiste zusammen mit anderen persönlichen Sachen von Kerstin, die sie niemals bei uns abgeholt hat. Zu meinem Glück. Denn ich habe mich an die alten Briefe erinnert, die ich darin gesehen hatte, und daraus eine Geschichte gebastelt. Da es keinen Absender gab, hat man den angeblichen Liebhaber zu meinem Glück nie ermitteln können.

Tante Silvia hat meine Aussage bestätigt. Sie hatte meine blutige Kleidung bemerkt und ich habe ihr meine Taten gebeichtet. Sie hat zu mir gehalten, obwohl ich doch ihre Schwester erschlagen habe. Als Armin Zauner bald darauf den Estrich in der unterirdischen Kammer gegossen und die Mauern hochgezogen hat, war die letzte Ruhestätte für Dirk gesichert.

Du wirst verstehen, dass Silvia und ich dich im Auge behalten haben. Als deine einzigen Verwandten haben wir deine Vor-

mundschaft übernommen. Wer weiß schon, was ein zweijähriges Kind alles mitbekommt? Deshalb mussten wir Strenge walten lassen, sodass du niemals den Mut aufbringen solltest, das Wort gegen uns zu erheben. Die Firma deiner Eltern habe ich verkauft und das Geld für deine Erziehung verwendet. Den Rest haben wir dir ausgezahlt, als du volljährig wurdest, wie du weißt.

Allerdings bin ich nicht ganz unbeschadet aus der Sache herausgekommen. Die Schatzkiste mit den Goldmünzen hatte ich in Dortmund einem Händler angeboten, der antike Fundstücke ankauft, ohne viel zu fragen. Der Mann heißt Adnan Ahmadi. Ein angesehener Geschäftsmann mit Einfluss. Er hat einen fairen Preis gezahlt. Leider war ich so dumm und habe bei ihm nach mehreren Gläsern Wein damit geprahlt, mit welchem Einsatz ich mir die Kiste verdient habe. Seitdem hatte Ahmadi mich in der Hand. Man hat Silvia und mich gezwungen, Antiken aus Grabrauben im Ausland nach Deutschland zu schmuggeln. Eine recht geringe Strafe für zwei Morde, zumal ich für meine Dienste recht anständig entlohnt worden bin. Ich weiß, du wirst mir niemals verzeihen, was ich deinen Eltern und damit auch dir angetan habe. Wäre dein Vater doch damals nur nicht so stur gewesen, wir hätten gemeinsam reich werden können. Dir, Jana, wünsche ich eine bessere Zukunft.
Onkel Matthias

Maike ließ den Brief sinken und sah, dass Janas Wangen nass vor Tränen waren. »Das ist ein schreckliches Erbstück, dieser Brief, den Ihr Onkel Ihnen hinterlassen hat«, meinte sie ernst und griff über den Tisch nach der Hand der Frau. »Das tut mir furchtbar leid für Sie!«

Jana nickte. »Danke. Irgendwie habe ich es immer geahnt, dass die beiden mir etwas vormachen. Aber einen Mord an meinen Eltern hätte ich Onkel Matthias trotzdem nicht zugetraut. Jedenfalls habe ich nun Klarheit. Sie dürfen den Brief gerne zu Ihren Akten legen. Ich brauche ihn nicht mehr.«

Maike nahm den Umschlag an sich und stand auf. »Mein Kollege Max Teubner hat sich bereits intensiv in diesen Cold Case eingelesen. Man wird die DNA von Matthias Brecht mit den damals gesicherten Beweismitteln vergleichen. Dann kann der Fall offiziell als geklärt betrachtet werden. Ihr Onkel wird sich für die Morde nicht mehr verantworten können. Er hat seine Strafe auf andere Weise bekommen.« Sie ergriff die Hand von Jana Helmes und drückte sie fest. »Ich wünsche Ihnen, dass Sie die entsetzlichen Geschehnisse der vergangenen Wochen weiter gut verarbeiten können.«

»Danke. Mit Frank an meiner Seite kann ich jetzt schon sehr positiv in die Zukunft sehen. Vielleicht zum ersten Mal in meinem Leben. Ich bin so froh, dass wir zueinandergefunden haben.«

»Ja«, lächelte Maike. »Sie passen sehr gut zusammen!«

»Und er unterstützt mich, wo er kann. Das Inventar vom Antiquitätenladen hat er an die Hammer Antiquitätenhändlerin Wiebke Ipek verkauft. Den Kontakt hat Ihr Kollege Kommissar Teubner hergestellt.«

»Er hat mir davon erzählt«, sagte Maike und ging durch den Flur zur Haustür. Draußen fiel ihr Blick auf den Bagger. Sie wusste jetzt, warum er dort stand. Die Garage und die darunterliegende Kammer mussten abgerissen werden, um das Grab von Janas Vater freizulegen. »Da wird noch einiges auf Sie zukommen«, meinte Maike und dachte nicht nur an die Abrissarbeiten. Jana musste gegen ihren Ex-Freund Bilal Ahmadi und gegen Björn Kumpf aussagen. Man würde den Mord an ihren Eltern wieder aufrollen. Sie musste die schrecklichen Geschehnisse erneut durchleben, aber vielleicht würde sie sich danach befreit fühlen. »Ich wünsche Ihnen alles erdenklich Gute«, sagte Maike und reichte Jana Helmes die Hand.

»Das wünsche ich Ihnen auch Frau Graf«, erwiderte Jana und sie wussten beide, dass sie dabei vorrangig an den Zustand von Jochen Hübner dachte.

ENDE

Nachwort und Danksagung

Das Schreiben eines Kriminalromans ist stets eine große Herausforderung. Wird man dem gewählten Thema gerecht werden können? In diesem fünften Fall von Maike Graf und Max Teubner geht es um Antikenhehlerei. Ein Verbrechen an Kunst und Kultur, das weltweit seit vielen Jahren, Jahrhunderten äußerst skrupellos und sehr gewinnbringend betrieben wird. Sie soll nach dem illegalen Handel mit Drogen und dem mit Waffen an dritter Stelle der illegalen Erwerbsquellen stehen. Da mich die alte Geschichte Ägyptens von jeher enorm interessiert hat, ist ein Handlungsstrang des Krimis hier verortet. Die Recherchen dazu haben in mir die Faszination wieder aufleben lassen.

Alle Handlungen in diesem Roman sind frei erfunden, aber die Arbeitsweise der Antikenhehler funktioniert im Großen und Ganzen so, wie ich sie beschrieben habe und wie Maike Graf sie bei ihrer abenteuerlichen Reise nach Ägypten aufdeckt. Die Totenstadt Tuna el-Gebel existiert ebenso in der Realität wie das Genfer Zollfreilager. Die Schätze, die hier gebunkert werden, gehen in Milliardenhöhe, eine Angabe, die Reportagen zu diesem Thema entstammen, die im Anhang aufgelistet sind. Auch die Marke *Fair Trade Egypt* in nicht erfunden. Diese Organisation unterstützt lokales Kunsthandwerk aus Ägypten, das unter dem zurückgehenden Tourismus leidet. Zum Schmuggeln illegaler Antiken wurde die Ware nach meiner Kenntnis allerdings nie missbraucht.

Dankeschön an den Prolibris Verlag, der mir mit der Veröffentlichung dieses Kriminalromans die Gelegenheit gibt, mit der Antikenhehlerei ein Thema anzusprechen, über das die Gesellschaft nicht hinwegsehen sollte. Ich bedanke mich besonders bei Frau Doktor Anette Kleszcz-Wagner für das stets hervorragende und sehr aufwändige Lektorat. Ganz herzlich möchte ich mich auch bei Herrn Doktor Ralf Dollenkamp bedanken, der mich schon in vorherigen Romanen in medizinischen Fachfragen beraten hat und mir in diesem Buch die möglichen Folgen eines Bauchschusses mit der Konsequenz eines Langzeitkomas verdeutlicht hat. Bedanken möchte ich mich ebenfalls bei Doktor Michael Müller-Karpe, einem Kriminalarchäologen, mittlerweile im Ruhestand, der mir die freundliche Erlaubnis gab, die inhaltlichen Fakten seiner Ausführungen zur Antikenhehlerei zu verwenden, wie die in einem Interview, das er beim Berliner »Tagesspiegel« mit der Redakteurin Nicola Kuhn über Raubgräberei geführt hat. In meinem Roman findet sich ein an seine Person angelehnter Experte mit dem Namen Doktor Martin Kneipp. Ein besonderer Dank geht an meine Familie, die stets hinter mir steht und mich mental unterstützt. Und last, but not least natürlich ein riesengroßes Dankeschön an all meine Leserinnen und Leser, die mir die Bestätigung für mein Schreiben geben.

Von derselben Autorin im Prolibris Verlag

Astrid Plötner
Festa Mortale
ISBN 978-3-95475-220-1

Das italienische Fest – fünf Tage voller mediterranen Flairs mit Musik, Essen und fröhlichen Menschen in der kunstvoll beleuchteten Innenstadt von Unna. Der kleine Torben will ins Riesenrad und sich mit seiner Mutter alles von oben ansehen. Als ihre Gondel hoch über dem Festplatz schwebt, glaubt er unten seinen Vater zu sehen, der von der Mutter getrennt lebt. Ungeduldig wartet er, bis er aussteigen kann, und rennt davon, um zu ihm zu eilen. Die Mutter verliert ihn aus den Augen und Torben bleibt verschwunden, trotz intensiver Suche, auch durch die Polizei. Dann findet das Team um Maike Graf und Max Teubner einen Toten. Es wird nicht der einzige bleiben. Nach und nach kristallisiert sich heraus, dass Torben das Verbindungsglied zwischen den Mordopfern ist. Was verschweigt seine Mutter?

Von derselben Autorin im Prolibris Verlag

Astrid Plötner
Teufels Tod
ISBN 978-3-95475-223-2

Ein 90-Jähriger wird erschlagen am Rand der Massener Heide in Unna aufgefunden. Wer ermordet einen netten betagten Großvater?
Niemand! Denn liebenswürdig war der Patriarch Friedrich Teufel nicht. Dem Team um die Kriminalkommissare Maike Graf und Max Teubner scheint es fast, als habe er den Namen völlig zu Recht getragen. Nicht nur seine Familie hat der Alte tyrannisiert. Verdächtige und Motive gibt es daher mehr als genug. Der Pächter, dem er sein Land entgegen der Absprache doch nicht verkaufen wollte. Sein Sohn, dem er immer noch seine Entscheidungen aufzwingt. Die Enkelin, die ihm nicht verzeihen kann, dass er ihre geliebte Oma in ein Heim abgeschoben hat. Die Reihe ließe sich endlos fortsetzen...

Kriminelle Weihnachtsgeschichten aus dem Ruhrgebiet im Prolibris Verlag

Almuth Heuner (Hrsg.)
Killer, Kerzen, Currywurst
ISBN 978-3-95475-156-3

Almuth Heuner (Hrsg.)
Zechen, Zoff und Zuckerwerk
ISBN 978-3-95475-181-5

Spannende, kuriose, witzige und besinnliche Weihnachtskrimis aus: Bochum, Bottrop, Datteln, Dortmund, Duisburg, Essen, Mülheim, Oberhausen, Recklinghausen, Unna, Wanne-Eickel und Wattenscheid.
Geschrieben von Autoren aus dem Ruhrgebiet: Mischa Bach, Christiane Bogenstahl, Christiane Dieckerhoff, Arnd Federspiel, Almuth Heuner, Karr & Wehner, Herbert Knorr, Peter Märkert, Rosemarie Müller, Irene Scharenberg, Gesine Schulz, Thomas Schweres, Mike Steinhausen, Ursula Sternberg und Klaus Stickelbroeck.

Für »Schwarzes Erbe« erhielt die Autorin Almuth Heuner den

Glauser für den besten Kurzkrimi 2019